MW00736673

PLINIO APULEYO MENDOZA

PLAZA JANÉS

AÑOS DE FUGA

Plinio Apuleyo Mendoza

PLAZA & JANÉS EDITORES, S.A.

ESTE LIBRO HA SIDO IMPRESO
EN LOS TALLERES DE
LITOGRAFIA ROSÉS, S. A.
PROGRÉS, 54-60. GAVÀ (BARCELONA)

Diseño de la portada: Marta Borrell
Ilustración de la portada: *French Cafe*, Martha Walter.
  © David David Gallery, Philadelphia

Primera edición: marzo, 1999

© 1979, Plinio Apuleyo Mendoza
© de la presente edición: 1999, Plaza & Janés Editores, S. A.
  Travessera de Gràcia, 47-49. 08021 Barcelona

Printed in Spain – Impreso en España

ISBN: 84-01-01235-X
Depósito legal: B. 14.152 - 1999

Fotocomposición: Fort, S. A.

Impreso en Litografia Rosés, S. A.
Progrés, 54-60. Gavà (Barcelona)

L 0 1 2 3 5 X

A Marvel

Avec ma main brûlée, j'ai le droit maintenant d'écrire des phrases sur la nature du feu.

FLAUBERT

CAPÍTULO UNO

I

En la penumbra llena de humo, el disco tantas veces oído aquel año: Richy Rey; Richy Rey, Boby Cruz, Willie Colón, Ray Barreto, Johny Pacheco con todos los hierros, dejándose venir en el estéreo con una salsa hirviente, candela pura; *ahora vengo yo*. Y ya Fernando, con el resplandor rojo de la única pantalla colgada del techo dorándole las barbas, una camiseta amarilla pegada a los omoplatos por el sudor, descalzo, las piernas veloces, bailaba en el centro de la pieza en medio de gente joven que, sentada en el suelo, acompañaba la música con vasos y cucharas. Una muchacha en bluejeans, de nalgas breves y firmes, se había levantado a bailar y lo hacía con un ritmo bárbaro.

—¿De dónde es ella? —preguntó Minina.

—Barranquillera, ¿no ves cómo baila? —respondió Ernesto mirando aún a la muchacha, fascinado.

Buscando el fresco de la noche, se habían sentado junto a la ventana con un vaso de cubalibre en la mano. De afuera, de la noche del *marais* negra de patios y mansardas, venía una brisa tibia, de verano. Hacia el lugar donde parecía encontrarse el Sena el cielo se teñía de difusos resplandores, una especie de halo luminoso

11

que surgía sobre los tejados y que bien podía corresponder a las agujas de la Santa Capilla o a las torres de *Notre-Dame* iluminadas.

Observaba a Minina:

—¿Con quién vives ahora, mujer?

—Con el mismo de siempre.

—¿El vegetal aquel que pinta cajas de fósforos y pedacitos de salchichón?

—Ay, chico, no te burles —le reprendió ella.

Estaba sonriendo. Él veía el destello de sus dientes muy blancos, las pestañas lentas, los ojos oscuros e insinuantes que sabían sostener la mirada, y pensaba que Minina seguía siendo linda. Ahora sólo de tarde en tarde la encontraba y siempre de un modo fugaz, y él experimentaba al sentarse al lado de ella una especie de afecto taciturno como si fuera una hija, la hija que apenas se ve de paso, y no una muchacha con la que había vivido.

—Qué raro —suspiró—. ¿A qué se debe ahora una monogamia tan vistosa?

—No sé —respondió ella agitando en la mano su vaso de cubalibre—. A lo mejor es que me cansé. Y luego, chico, Alain no es posesivo —lo miró con burla—. No es como tú.

Él se quedó en silencio.

—Pobre muchacho —reflexionó después—. Se ganó el tigre de la rifa.

Ella se rió.

—¿Y tú? ¿Con quién andas ahora?

—Con una pantera —dijo.

Fernando se había abierto paso hacia ellos, sin dejar de bailar. Con una especie de cabriola cómica dobló las rodillas, como si fueran de trapo, dejándose caer sobre un cojín, a su lado, agitado y con la camisa empapada en sudor. Le extendió a Ernesto un vaso que había sostenido todo el tiempo mientras bailaba.

—Sírvame un trago, hermano. —Sobre su barba negra, cerrada, los ojos se le movían inquietos, perspicaces, ligeramente enrojecidos por efecto de la marihuana—. No les corto la nota, ¿verdad?

—No, hombre.

Sediento, bebió un largo trago. Limpiándose la boca con el revés de la mano, se acomodó a su lado, recargándose contra la pared y extendiendo las piernas. El sudor le brillaba en la frente y en los pelos de la barba. Se había quedado mirando con descaro a Minina, cuyo busto se marcaba rotundo bajo la blusa.

—Qué buena está, hermano —le dijo a Ernesto, risueño—. ¿Vos sabés lo que me ocurrió con ella la única vez que...?

—Sí, sí, que no funcionaste.

Fernando se estremeció de risa:

—Ya no hay secretos de alcoba en este mundo.

—Y lo peor es que yo tenía ganas —recordó Minina, traviesa—. Habíamos hablado toda la noche de astrología.

—Me friquió. —Fernando seguía riéndose—. No pude hacer nada, me friquió.

—Instinto de conservación —dijo Ernesto—. Pipí perspicaz.

—Seguro, hermano.

Fernando había sacado del bolsillo una bolsita de cuero.

—¿Te fumás un cacho?

Ernesto negó con la cabeza.

—La marihuana me produce sueño. Yo soy de la generación del bolero.

—Como mi papá —dijo Minina.

—Sí —suspiró él—, tan lejos de Bob Dylan. Mira, alcánzame la botella de ron. Y el hielo. Está en ese horrible recipiente acrílico en forma de piña.

Minina le ayudó a poner el hielo en el vaso.

—¡Ernesto!

La muchacha barranquillera se le había acercado y le extendía la mano invitándolo a bailar.

—Cheo Feliciano —dijo indicando el disco que sonaba ahora en el estéreo—. De ataque.

—No, muñeca. Hoy no bailo; hablo.

—Tú no haces sino hablar.

—Y tú bailar.

—Niño, el que pierde eres tú —dijo la muchacha con risa, sin dejar de moverse. Se alejó bailando.

Ernesto la siguió con la mirada.

—¿Ya te la cogiste? —preguntó Minina.

—¿A ella? No, es la hija de un amigo mío. Yo soy algo así como su tutor en París.

—¿Y qué? No te conociera yo.

—Tampoco es así, mujer. Tampoco.

—¿Qué edad tiene la tipa con que sales ahora?

—La tuya, más o menos. Veintitrés o veinticuatro años. Es otra edípica.

—¿De dónde es?

—De Chaina Vaita.

—¿De dónde?

—Chaina Vaita. O si prefieres, Chinavita.

—¿Estados Unidos?

—No; Boyacá, Colombia.

Había vuelto. No tenía ya veinte años como entonces, sino treinta y siete, todo era distinto, pero estaba contento de encontrarse en París; contento de que el París recordado durante tantos años como un sueño brumoso de juventud estuviese de nuevo allí, real, y malva y azul en el crepúsculo. Muchachas de trajes ligeros caminaban contra la brisa; se encendían luces; era el fin del verano y algo en la atmósfera seguía siendo excitación, alegría de vacaciones, noche de *Saint-Tropez*. El barrio había cambiado. Allí estaban aún la torre de la abadía, el Deux Magots, el Flore, la Brasserie Lipp. Pero el ambiente de *Saint-Germain-des-Prés* era otro. Ahora se respiraba prosperidad y despreocupación. Otra generación había surgido entretanto; otra, que caminaba ahora por el bulevar o llenaba las terrazas de los cafés, riendo y hablando, sin memoria de la guerra, del todo ajena a la trompeta de Sidney Bechet o a los poemas de Jacques Prévert. La Greco, ahora madura, estaba en la tapa de los discos y en los afiches del Olympia, y no, como en aquellos tiempos, muerta de hambre ante una taza de café crème o cantando en la Rose Rouge, vestida de negro y con una voz dura y amarga, *je suis comme je suis, je suis faite comme ça*. Las cavas, aquellas penumbrosas grutas de piedra donde el sexo, el saxo, el humo y el sudor se confundían en un solo vértigo, habían desaparecido, y también los negros y las muchachas desgreñadas y pálidas y calzadas con sandalias que en aquella época bailaban todo el verano, hasta el amanecer. Bajando o subiendo por la *rue Saint-Benoit*, muy tarde, no se escucharía ahora, brotando de alguna parte en espirales lánguidas, la queja de un saxofón: un saxo inspirado y único en el calor de la noche. *Finit tout ça*. Al París de sus veinte años podía ponerle una rosa; una rosa y un suspiro, ahora que había vuelto.

Pues había vuelto, y ahora que lo recuerda Javier estaba a su lado aquella noche, sentado también en la terraza del Deux Magots, nostálgico y a lo mejor vagamente erótico mirando pasar en la luz malva y azul del crepúsculo, por encima de un vaso de cerveza, a las muchachas eternas de *Saint-Germain-des-Prés*, ahora no desgreñadas y verdes de hambre como sus probables madres existencialistas, sino frescas, radiantes, tostadas por el sol de vacaciones. Pasaba entre las mesas el inevitable *clochard* de la pluma en el sombrero *(un franc, patron)*, antes de ser expulsado ignominiosamente *(allez, allez, foutez-moi le camp)*. Algún tipo tocaba una guitarra. Pero Javier sólo veía a las muchachas, y con aquel gesto suyo de simulada cólera o de sorpresa que suscita cualquier provocación inconcebible, se volvía hacia él de tiempo en tiempo: ¿has visto eso? Eso, era una escandinava semidesnuda tostada al fuego lento de una isla mediterránea; eso, una morena de ojos verdes y pelo negro, con algo de pantera; eso, un trasero insolente, un busto atrevido, un par de muslos soberbios, ceñidos por una túnica. ¿Lo has visto?, y movía la cabeza, sombrío. A él (Ernesto) le resultaba curioso estar sentado con Javier en la terraza del Deux Magots, como en los viejos tiempos. Pues allí mismo, en aquel café, se daban cita veinte años atrás, cuando él (Ernesto) estudiaba en el Instituto de Ciencias Políticas y Javier seguía cursos en la *Académie Julien*. Javier llegaba con toda su banda de amigos. Volvía a verlo como entonces: un adolescente apenas (de dieciocho años, quizá: tenían la misma edad), con una gabardina clara, una carpeta de dibujos bajo el brazo y una bufanda colgándole del cuello, aproximándose en el aire radiante de la primavera entre un grupo de muchachos y muchachas que hablaban al tiempo y reían. Javier era siempre el centro, el polo de atracción de aquel grupo de estudiantes de bellas artes, no porque irradiara energía y fuerza, sino todo lo contrario: porque a su encanto, a su humor discreto, taimado, irresistible, se unía un aire de desamparo, algo que hacía pensar en un huérfano, en el hermano desvalido que todo el mundo quiere y protege. Las muchachas que andaban con él, aun si eran muy jóvenes, se le volvían madres; lo mimaban, le abrigaban, le preparaban tizanas. Y lo admiraban, también. Porque Javier tenía talento. Lo que pintaba entonces (lo que pintaba y luego por inseguridad, destruía), aquellas figuras alargadas a lo Modigliani, tenía el mismo aire suyo de delicadeza y desamparo, pero mostraba ya una destreza. Será un gran pintor con el tiempo, decía todo el mundo; tiene madera, tiene pasta. Pero no había hecho nada. Había dejado pasar los años aplazando una y otra vez el momento de ponerse a pintar en serio, al regresar a Colombia. Se había casado con una mujer alta, emprendedora y maternal que con el tiempo empezaba a verlo como el mayor de sus hijos. Se había comprado una finca cerca a un páramo, en Boyacá; tenía sementeras de papa y huertos con árboles frutales, y una casa confortable llena de libros y discos franceses, de aquella época (Charles Trenet, Brassens, Mouloudji); una casa que miraba a las colinas brumosas. Pero no había pintado nunca, ni siquiera le agradaba que le recordaran ahora que alguna vez, en París había querido ser pintor. No le enseñaba a uno sus cuadros, que no tenía, sino las peras que cultivaba en su huerto. En fin, no había hecho nada de su vida. Tampoco él (Ernesto). Tampoco, pero por distintas razones.

Y allí estaban, como aquellos tipos maduros de su época de estudiantes, que volvían, dueños de una aura de respeto profesional, las sienes encanecidas, al lugar de sus antiguas locuras, *Montparnasse*. Pues los fantasmas de aquellos tipos estaban en *Montparnasse* (su mundo había sido el de Hemingway y Scott Fitzgerald, la Coupole y la Closerie des Lilas), como los de ellos, los de Javier y él, en *Saint-Germain-des-Prés*. La historia se repetía, se seguiría repitiendo siempre, mientras París fuera París. No importaba. Para él (Ernesto) bastaba estar allí de nuevo, dejando que la noche llegara despacio mientras bebía cerveza en la terraza del Deux Magots y las muchachas pasaban caminando contra la brisa tibia. Había tomado una determinación, que esperaba comunicársela a Javier después de otra cerveza helada; había que estar un poco borracho para hablar de una manera inspirada, para convencerlo. Quizá no era tan difícil. La prueba era que estaban allí, que había logrado ya sacarlo de sus sementeras de papa y de sus árboles frutales para llevarlo a París: sólo por un mes, es cierto, y aprovechando un charter de la Alianza Francesa. Aquella idea de venirse a París, después de tantos años, le había brotado así, espontáneamente, estando en la finca de Javier, dos meses atrás. Oían a Mouloudji, recuerda (y tan lejos que se oía allí, en Boyacá, Colombia, Mouloudji); afuera, en los potreros negros, croaban los sapos y el frío y toda la tristeza de la cordillera estaban ya en las ventanas, y ellos hablaban, como les ocurría siempre, cuando se encontraban, de tarde en tarde, de París, de sus amigos de París, de su época en París cuando tenían veinte años, de *Saint-Germain-des-Prés,* de Jean, de Dominique, de Viñas, de todas aquellas cosas, ya tan remotas, cuando la idea, brusca, le había venido a la cabeza: ¿por qué no volver, aprovechando el charter de la Alianza? ¿Por qué no? Javier se pasaba la mano por el mentón, caviloso: dudaba, temía; París era su juventud, una confrontación, una prueba, despertar todo aquello que había querido ahogar con la bruma y la soledad de los páramos, sus sementeras de papa y sus árboles frutales. Pero la posibilidad, la tentación estaban ahí, al alcance de la mano, en aquel charter barato y en aquel amigo suyo (Ernesto) dispuesto a acompañarlo. Él (Ernesto) no le había querido decir en aquel momento todas las razones personales que tenía para irse y no por un mes, sino definitivamente. Es decir, que estaba en la lona; que Estela, la muchacha con quien vivía, lo había dejado; que no quería seguir trabajando de día en una agencia de publicidad como redactor de textos y emborrachándose de noche en cualquier parte; que Camilo, la revolución y todas aquellas cosas habían muerto, y que volver a París era una manera como cualquier otra de hacer borrón y cuenta nueva, de darse otra oportunidad antes de que fuera demasiado tarde. Nada de esto le había dicho, para no asustar a Javier. Simplemente que había un charter, que era barato. Y que París, qué carajo, era siempre París.

Así que habían llegado a París convertidos en un par de turistas nostálgicos, empeñados en encontrar, con veinte años de distancia, el rastro de sus antiguos amigos. Sólo habían localizado a dos. Jean, en aquella época un joven artista de dibujos animados, se había convertido en un publicista muy conocido en París. Ahora tenía una leve calvicie y una soberbia oficina de alfombras blancas. Los había recibido efusivamente besándolos en las mejillas; los había invitado a un restaurante luminoso de la Avenida George V y al domingo siguiente a tomarse un café en su casa. Pero estaba casado ahora con una mujer rubia y sofisticada que observó con desdén su pinta de sudamericanos, y a la media hora de encontrarse en aquel apartamento, también alfombrado de blanco, nada tenían que decirse con Jean y menos aún con su esposa. Dominique, en cambio, otra amiga suya, de aquellos tiempos, no los sorprendió por su prosperidad, sino por su pobreza. Continuaba viviendo en un cuartico de sexto piso de la *rue Grenelle,* de una prima de desempleo; a los pocos minutos de hablar con ella se dieron cuenta que no había hecho nada, salvo menudos trabajos aquí y allá. En su época de estudiantes era una muchacha de grandes ojos asombrados, enamorada siempre de Javier. Ahora había envejecido, tenía arrugas amargas alrededor de los ojos, se reía muy fuerte y olía a vino como un *clochard.* Javier le tomó horror, sobre todo después de una noche en que ella, pasándole posesivamente el brazo sobre los hombros, se lo llevó a su cuarto. De los restantes amigos no hallaron sino vagas referencias. Estaban perdidos, volatilizados, reducidos a migas por la gran ciudad: al parecer, con hijos, prudentemente protegidos por la seguridad social, viviendo en los suburbios, en la inmensa *banlieue* parisina de viviendas multifamiliares y de tristes trenes.

De modo que renunciando a convocar fantasmas, se habían limitado a disfrutar de la mejor manera posible de aquel septiembre deslumbrante en París: de la luz dorada, increíble, ya casi otoñal: del aroma de los castaños, de los libros y las frutas ofrecidas en los escaparates con un derroche insolente; de las plazas, pájaros, arenques, quesos, películas y espectáculos, y de aquel perturbador e incesante desfile de muchachas en minifalda paseándose por *Saint-Germain-des-Prés.* Y como no había nada que llevarse a la cama, salvo quizás a Dominique, que era lo mismo que seducir al clochard de la pluma azul en el sombrero, se habían acostado con un par de putas de *Pigalle.* Habían quedado tristes y como apaleados (las mujeres se habían hecho pagar anticipadamente y tenían prisa) preguntándose si ya había llegado para ellos la edad siniestra de pagar por hacer el amor. En suma, habían pasado un mes más bien solitario, sin hallazgos ni aventuras memorables, y ahora Javier preparaba su regreso, comprando bagatelas para su casa. Aquella misma tarde había deslizado en su bolsillo el menú del *Petit Saint-Benoit,* menú escrito en desvaída tinta color violeta, que luego sus amigos comunes de Bogotá —exiliados también de un París que era ya para ellos sueño brumoso y suspiro— se pasarían de mano en mano, primero nostálgicos, luego divertidos, comparando con el de su tiempo el precio de un plato de endibias o de una torta llamada aún el *gateau Stanislas.*

Recuerda que después de unas cuantas cervezas bebidas en la terraza del Deux Magots mientras anochecía del todo, le había hablado a Javier. No le dijo, ¿cómo decírselo?, que él (Ernesto) estaba en un momento en que podía hacer cualquier cosa de su vida, inclusive acabarla de un tiro si no encontraba una salida mejor; que volver a Bogotá, a sus noches lúgubres y solitarias ahora que Estela ya no estaba, a los oficios alimenticios, a la bohemia sin esperanza, no tenía sentido; que nunca era demasiado tarde para enderezar el rumbo, inclusive para decretarse una segunda juventud, y que el mejor sitio, para alguien que se proponía pintar o escribir, era París. Nada de esto le dijo, salvo que pensándolo bien había decidido renunciar a su pasaje de regreso en el charter de la Alianza. ¿Por qué no hacía él lo mismo? Javier se rascó la cabeza, con el aire de quien contempla un pequeño contratiempo. La vaina, dijo, es que tengo una señora muy grande que debe estar esperándome ya en el aeropuerto, con una cantidad de niñitos: míos. Fíjate, le había replicado él: si realmente fueras un hacendado, yo no te haría propuestas indecorosas. Pero debajo de la ruana que allí te pones, hay un pintor que nada tiene que ver con las papas y los árboles frutales. Dale una oportunidad, mientras su señora se ocupa de las hortalizas, ella es mejor que el pintor para ese oficio. La cara de Javier se había ensombrecido. De pronto, en sus párpados abotagados, en aquellas ojeras amargas, habían caído los veinte años que separaban al adolescente de la bufanda y la carpeta de dibujos bajo el brazo del hombre maduro ya, que contemplaba absorto su vaso de cerveza. Empezó a hablar sin convicción. Quizá tenía razón, decía; en uno o dos años vendería la finca y se volvería a París o a Mallorca para ponerse a pintar. Siempre lo había pensado. Le habló vagamente de un almacén de artesanías típicas colombianas, que su esposa podía atender en Palma o en París. Era un buen negocio. Daba plata. Y a medida que sumaba argumentos, como queriendo no tanto convencerlo como convencerse a sí mismo, renunciando a la propuesta que él acababa de hacerle, irresponsable, quizá, pero capaz de salvarlo, él (Ernesto), comprendía que Javier se quedaba sin remedio en la otra orilla, que el barco levaba el ancla y largaba al aire el bramido de su sirena, y que el viejo amigo volvería prudente a cultivar su huerto de sueños fallidos, a su funeral altiplano de brumas, esposa e hijos y disco de Brassens. Bueno, le dijo él (Ernesto), el caso es que yo me quedo. Sacó del bolsillo aquel pasaje del charter. ¿Qué crees que puede hacerse con esto? Javier observó el pasaje aéreo con una expresión de humor melancólico. Pegarle candela, dijo.

Habría sido una hermosa idea: como Hernán Cortés con sus naves. Pero, en realidad, se lo vendió por cien dólares a un cura que se encontró en el Consulado de Colombia.

Y así, solo, empezó su segunda aventura en París.

Atraída por el olor que salía de la cocina, Minina fue allí y volvió poco después con dos platos de paella.

—¿Quieres vino?

—Bebe tú, si quieres. Yo me quedo con el ron.

Fernando no tardó en aparecer también con un plato de paella en la mano. Estaba sudando.

—¡Qué calor! —se quejó, sentándose a su lado, de espaldas a la pared—. París me recuerda esta noche a Puerto Berrío. —Empezó a comer con apetito—. ¿Cómo les parece la paella?

—Está divina —dijo Minina.

Ernesto distinguió, en el tumulto de gentes que se había formado frente a la cocina, a Luisa, la esposa de Fernando.

—¿Ya tenéis paella? —les gritó ella para hacerse oír por encima del estrépito de la música.

—Ya, gracias.

Era una española pequeña, laboriosa, todavía joven y con un pelo negro muy corto. Se movía entre aquellos estudiantes, ocupándose de que todos comieran, como una gallina entre sus pollitos. Fernando era algo así como su pollito preferido. A Ernesto le había divertido siempre la manera como Luisa se ocupaba de su marido, friéndole tortillas y remendándole calcetines, mientras Fernando, sentado siempre en un rincón de su apartamento, bebía botella tras botella de vino, a cualquier hora del día, y fumaba marihuana hasta que los ojos se le ponían muy rojos y empezaba a desvariar. Ernesto los había conocido meses atrás, por casualidad, en la correspondencia del Metro Chatelet. Vendían collares hechos en cuentas baratas y granos de fríjol y mochilas colombianas, que desplegaban sobre un papel periódico. Fernando había resultado ser colombiano, hijo de un comerciante o pequeño industrial de Armenia. Luisa era de Oviedo.

Ernesto observaba ahora a Fernando, que seguía comiendo.

—¿Dónde conociste a Luisa?

—En Hamburgo. Ella trabajaba de camarera en un restaurante y yo descargaba harina de pescado en el puerto. —Fernando sacudió la cabeza recordando—. Harina de pescado, hermano. Uno quedaba oliendo a mierda durante quince días. Luisa fue la única mujer que se atrevió a acercarse a mí a menos de un metro de distancia.

—¿Fue en Hamburgo donde te metieron en la cárcel? —preguntó Minina.

—En Bremen. Por robar naranjas. Hambre, hermana; pura hambre —murmuró Fernando—. ¡Qué tiempos! Nos helábamos en las carreteras haciendo autostop.

Ernesto seguía mirándolo. En la cara demacrada, los ojos le brillaban siempre como si tuviera fiebre.

—¿Por qué no te vuelves a Armenia?

—¿A Armenia? —se sorprendió Fernando—. Vos no sabés qué es eso. Te sentás en una heladería un domingo y ves pasar los perros, y los perros están tan desesperados como vos.

Había sacado su bolsa de cuero y preparaba un nuevo cigarrillo de marihuana.

—Convéncete de una cosa, hermano —dijo después—. París o la selva, no hay otra alternativa. Yo me voy de aquí muy pronto. Ésta es prácticamente una fiesta de despedida, sólo que no queríamos decirlo la gallega y yo. Pero nos vamos. No para Armenia sino para un pueblo cerca del golfo del Darién, que se llama Puerto Escondido. Todo lo que hay allí son unas cuantas casas y un café con un billar. Y un brujo. Y unas culebras que llaman mapaná cabeza de candado y matan a las doce horas de picar. Cuando le dije a la gallega que ni siquiera había carretera, ¿vos sabés lo que me dijo? Mejor, mucho mejor.

Ernesto se quedó pensativo.

—Yo me quedo con París y sus conserjes —suspiró al fin.

—Yo no. Yo me mamé de esta ciudad, hermano. —Fernando frunció los labios con disgusto—. Palomas en los patios y caca de perro por todas partes. Ahora estoy en la onda ecológica.

Le pasó a Minina el cabo del cigarrillo.

—¿Te fumás ahora sí un cacho? —le preguntó a Ernesto.

—No, déjame con el ron. El ron y Minina me bastan por esta noche.

—Embuste —dijo Minina—, estás esperando a otra tipa.

Fernando los miraba con curiosidad:

—Yo no los entiendo a ustedes.

—¿Por qué? —preguntó Ernesto.

—Siempre que encuentro al uno, me pide noticias del otro. Y cuando se ven, adiós fiesta: se sientan en un rincón a hablar toda la noche. En ese caso es mejor vivir juntos.

—Ya hicimos el experimento —dijo Ernesto—, y no sé cómo salimos vivos. Yo, por lo menos, quedé curado de espantos.

—Y yo también —sonrió Minina.

—Minina es todo un caso —le explicó Ernesto a Fernando—. Tiene cuentas muy antiguas que arreglar con el género masculino. Siglos de opresión machista, imagínate. Es el prototipo de la joven latinoamericana liberada. Es decir, blande el machete que da gusto. Cuando menos te acuerdas, ¡zas!, te ha capado con la mayor dulzura.

Fernando soltó la risa.

—Yo lo sé, hermano.

—Tú no sabes nada —le replicó Minina—. Este monstruo es posesivo y machista. Y lleno de rollos, pobrecito —dijo, acercándose a Ernesto para besarlo—. Pero nos amamos, ¿verdad?

—Eternamente —dijo Ernesto.

Fernando se rascó las barbas.

—¿Cómo fue el cuento, hermano? La conociste en medio de las balas...

—¿De las balas?

—En Chile, ¿no fue así?

—No, hombre, no; la conocí en París y luego con ella y un grupo de venezolanos amigos suyos, me fui para Chile. Hace ya... ¿cuántos años, Minina? Tres o cuatro.

Fernando estaba perplejo.

—¿Y qué fueron a hacer allí?

—Es una historia larga —respondió Ernesto—. Otro día te la cuento. Ahí donde nos ves, todos tenemos dentro nuestro rebelde dormido... que se despierta cuando alguien agita un trapo rojo.

Fernando sacudió la cabeza.

—A mí los trapos rojos no me dicen nada —negó.

—Te equivocas, pendejo. Por algún motivo eres hippie y no industrial en Colombia.

—Quizá tengas razón, hermano. He visto hombres herejes. Y no tengo como mi papá un hígado de bronce. —Movió la cabeza, rememorando—: allá en el Quindío, por los lados de Salento, teníamos una finca. Yo estaba empeñado en ganar plata, también. Pero la gente de la región estaba cagada de hambre. Don Fernando, me decían, don Fernando, ayúdenos con algo. Bueno, ¿sabes lo que hice? Les enseñé a robar vacas. Vacas de mi viejo, inclusive. Las matábamos y a las cinco de la mañana se las vendíamos por menor precio a un carnicero de Armenia. Hasta que así, de pronto, todos los que andaban conmigo en ese negocio empezaron a morirse.

—¿A morirse?

—Sí, hermano, a morirse. Amanecían en un potrero, con un tiro en la cabeza y los gallinazos volando bajito. —Fernando hizo una mueca de disgusto—. Mire, hermano, yo no soy Che Guevara. Me fui. Con lo que llevaba puesto me fui. Por lo menos así habría en la región un hijueputa menos. —Se rió—. Pero la nota revolucionaria no va conmigo. ¿Irme a Chile? Qué va. Allí no hay hierba, compañero. Sólo vino.

—Y pisco —dijo Minina.

—Muy buen pisco —confirmó Ernesto.

—¿De veras? Yo creí que los verdaderos revolucionarios no bebían, ni fumaban, ni tiraban.

—¡Qué va! Y si no, que te lo diga Minina, que hizo más estragos entre los líderes de la Unidad Popular que el propio Pinochet.

A Fernando le brillaban los ojos de risa.

—¿Cierto, hermana?

—Ay, chico, no le creas ni una palabra a Ernesto. Siempre exagera.

Fernando se sirvió un nuevo vaso de vino.

—¿Pero qué hacían ustedes en Chile? —preguntó después de beber un trago, limpiándose los labios con el dorso de la mano.

—Fuimos a... ¿a qué, Minina?

—A trabajar por la Unidad Popular —dijo ella muy seria—. Nuestros compañeros, que eran todos de Venezuela, habían tenido experiencia en la lucha armada.

—No comiences a hablar con mayúsculas, Minina. —Ernesto se volvió a Fernando—. En realidad, bebimos mucho pisco hablando de lo que deberíamos hacer si se producía un golpe militar. Y cuando se produjo, nos desplazamos con relativa rapidez hacia las embajadas.

Minina protestó:

—El asunto no fue así, vale.

—Cuéntalo tú, pues.

—Intentamos resistir —dijo ambiguamente Minina. Quiso agregar algo, pero renunció a nuevas explicaciones—. No había organización, ni armas...

—Sólo consignas. Frenesí verbal —dijo Ernesto—. Y a la hora de la verdad, nos quedamos en un apartamento de Santiago, tirados en el piso de una cocina, cagados porque había una balacera espantosa por todos lados, esperando a un dirigente del Mapu que debía darnos instrucciones precisas, llegado el momento del golpe. No vino, en realidad. Se asiló al oír los primeros tiros. Y era un comecandela terrible.

Minina sonrió:

—Qué bolas tenía ese hombre. Menos mal que logramos asilarnos también, haciéndonos pasar por periodistas. No había otra cosa que hacer.

—Y así terminó nuestra aventura en Chile —dijo Ernesto.

—Pero intentamos hacer algo —murmuró Minina.

—Intentamos, sí —sonrió Ernesto.

Minina no parecía contenta de la explicación.

—Uno de los nuestros murió —dijo.

—De una bala perdida —precisó Ernesto, recordando el disparo que había atravesado el vidrio de una ventana y matado a Frank, en aquel apartamento próximo al cerro, en el cual, durante veinticuatro horas, habían esperado al responsable del Mapu. Le había quedado para siempre en la memoria aquella imagen: Frank en un sillón, muerto, y su esposa, sin decir una palabra, sin llorar siquiera, a su lado. Le había envuelto la cabeza en una toalla y la toalla había empezado a humedecerse de sangre, muy despacio, mientras afuera, en la ciudad a oscuras, infinitamente desierta, se oían aún disparos aislados.

—De todas maneras Frank estaba perdido —murmuró de pronto—. Tenía el estómago lleno de úlceras.

De lo que siguió después de su llegada a París recuerda poco, salvo que el invierno fue duro, que había nieve, sí, cuánta nieve, nieve entrevista por la ventana cayendo sosegadamente y cubriendo de blanco los árboles ateridos de la *Avenue Kléber,* convertida en chubasco de agua y hielo. Los periódicos hablaban de un invierno sólo igual al de setenta años atrás, la conserje *on n'avait rien vu de pareil je vous assure*, y era muy triste despertarse en aquel apartamento grande y vacío con olor a linóleo y a pintura fresca que Viñas le había prestado temporalmente, mirando por la ventana, al otro lado de la calle y a través de los copos de nieve, hileras de ventanas de oficinas con gente trabajando en la luz muerta y rutinaria del neón. Pasaba el tiempo yendo en metro de un lado a otro (uno más de aquel rebaño húmedo y fatigado que avanzaba por los corredores de mosaicos) en busca de trabajos improbables, en la ORTF, Hachette o las escuelas Berlitz; traducciones, cursos de español: nada de firme, humo. Recuerda las tardes sombrías de domingo, el concierto para violín y orquesta de Beethoven, su única cassette, resonando en el apartamento vasto y vacío y la avenida muerta y sucia de barro y nieve divisándose por la ventana. Acuciado por bruscos deseos, se iba a veces a merodear por barrios de putas, *Pigalle* o la *rue Saint-Denis.* Pero el espectáculo de aquellas mujeres de caras duras y amargas en el cortante frío de los portales y las esquinas y el de los pobres diablos solitarios como él, con aspecto de inmigrantes norteafricanos, pasando una y otra vez delante de ellas, torvos y silenciosos como gatos, lo devolvían deprimido a su apartamento sin muebles, a Beethoven, a la estufa donde calentaba una taza de té tras otra. Había empezado a añorar terriblemente a Estela. Sus cartas ligeras le llegaban al Consulado de Colombia en inconfundibles sobres color violeta. Las leía en un cafecito de la *rue d'Anjou,* y muchas veces, a la vuelta de una frase, los ojos se le habían llenado de lágrimas. Le hacía daño en realidad, mantener aquel contacto que se decía de amigos, de buenos amigos, después de haber vivido con Estela tres años. Con frecuencia, hallándose solo en el apartamento, reflexionaba sobre aquella vida en común con una muchacha, separada ya de su marido, que nunca había sido aprobada por su hermana. Ahora Estela vivía en la isla de San Andrés con un poeta nadaísta y sus cartas expresaban desconcierto, un pesar, un «yo no sé lo que a fin de cuentas quiero». Y lo entristecían. Pero volver a Estela, a Bogotá, a las noches del Cisne y del cine-club y a las fiestas lúgubres de los sábados, y a los trabajos irrisorios y puramente alimenticios, le producía horror. Nada tenía que hacer allí, el aire que se respiraba en Bogotá tenía el olor lúgubre de las salas funerarias. Al menos para él.

Debía quedarse, pues; romper con un pasado que era herrumbre y derrumbe, buscarse un trabajo, nuevos amigos, una mujer quizá. Debía romper una tendencia a replegarse en sí mismo. Y por esta razón, probablemente, ahora lo recuerda, llamó a Lenhard. Estaba fuera de sus hábitos llamar por teléfono a un profesor de antropología que apenas conocía por referencia de amigos comunes y darse cita en un café. El Cluny, recuerda, El Cluny, y un número del *Nouvel Observateur* como medio de identificación. No imaginó en el primer momento que el hombre de tupida barba negra y con un pañuelo rosado al cuello sentado al lado de la mujer de lacio pelo rubio, que había desplegado el *Observateur* sobre la mesa, fuese él, Lenhard. Le sorprendió aquella pareja. Él, jovial, desenvuelto, mucho mayor que ella, la barba moviéndose rápida y locuaz sobre el inocente pañuelo rosa. Ella, fría, desaliñada, atractiva, con una insultante displicencia hacia el desconocido latinoamericano que se había sentado delante suyo. La mujer que se fastidia y lo hace sentir con sus silencios, sus respuestas evasivas, su manera de mirarse las uñas o de fumar, arrojando sin gana al aire del café el humo de un cigarrillo. Su nombre era Graciela, pero Lenhard la llamaba Oona. Sólo más tarde supo que era a la vez costarricense y francesa; pero su español tenía, nunca pudo explicarle por qué, un dejo del sur, del cono sur (no exactamente de ahí, diría ella, sino de la pelvis). Aquella tarde en el Cluny no pudo saberlo, porque escasamente habló. Su mirada distraída erraba por el ámbito del café. Finalmente había apagado el cigarrillo y se había levantado: *il faut que je m'en aille, Ro.* Mientras se echaba sobre los hombros un abrigo de gamuza verde y se ponía en la cabeza una boina, él había observado bajo el aparente desaliño de sus ropas (una falda de cuero, una blusa de tela cruda marcándole atrevidamente los pezones) que tenía un cuerpo duro y ágil como el de una muchacha que juega al tenis. Se había ido lanzándole por encima del hombro un «chau, hasta la vista», rápido y trivial. Era odiosa. Le había resultado odiosa. Lenhard la había seguido con los ojos mientras ella abría la puerta y se perdía en la bruma del bulevar: una mirada tranquila y amorosa de padre, no de marido. Y también él la había seguido con los ojos. Todavía tenía en su cabeza aquella silueta despreocupada, las dos manos en los bolsillos del abrigo y el lacio pelo rubio sobre los hombros perdiéndose en la bruma, cuando Lenhard, días después, lo llamó para invitarlo a cenar en su casa. Estaba solo. Lo encontró solo, inalterablemente plácido, ahora no con un pañuelo rosa al cuello, sino amarillo oro con diminutos tréboles color tabaco. Y su barba rápida y petulante, vamos a esperar a Oona que no tarda. Pero tardó. Esperándola habían bebido más de tres whiskys. Bebían whisky y comían almendras saladas en aquel apartamento pequeño y ordenado repleto de libros y máscaras indígenas, con un afiche cubano en la pared y otro de Ángela Davis, sin que Lenhard diera muestra alguna de impaciencia. Le hablaba de un viaje realizado recientemente por el Orinoco, de un libro que preparaba sobre las misiones en el Amazonas. A las diez de la noche se levantó y se dirigió al teléfono. Marcó un número. *Bonsoir, as-tu vu Oona? Ah! bon.* Se había vuelto a sentar, sin rastro alguno de inquietud, recelo o impaciencia. Oona no tarda. Pero habían transcurrido cuarenta y cinco minutos antes de que sonara el timbre y entrara ella, con el mismo abrigo y la misma boina infantil de la vez anterior, boina mojada por la lluvia que se sacó al entrar, liberando su lacio pelo rubio, mientras saludaba a su marido con un jovial *salut* y a él, qué tal. Apenas le prestaba atención a Lenhard que le recordaba risueño la hora. Al quitarse el abrigo, Oona descubrió un traje verde, muy fino, con un agudo escote que dejaba ver el nacimiento de sus senos; un traje dentro del cual daba la impresión de estar absolutamente desnuda. Pasé por la facultad, dijo a su marido. La mentira resultaba transparente, pero Lenhard la aceptó sin que un solo músculo se crispara en su cara. Oona se encerró durante largo rato en el baño. Apareció después en la puerta con una horquilla entre los dientes y un cepillo en la mano, desenredándose el pelo. Y él (Ernesto) mirándole los ojos brillantes, los dientes que mordían la horquilla y sobre todo aquel aire de languidez soñolienta e insultante había tenido la sensación turbia de que alguien, una hora atrás, la estrujaba y la acariciaba en una cama cualquiera. Hablando a través de la horquilla les había pedido que fueran a cenar sin ella. Sé bueno, Ro, dijo quejumbrosamente. Y Lenhard, sin enojo, «ce n'est pas vrai», dijo. Lo había llevado a la Coupole, recuerda. Y apenas habían empezado a comer luego de que Lenhard eligiera con todo escrúpulo una buena marca de vino tinto, cuando una mano femenina, larga y tintineante de pulseras, dejó caer entre sus dos copas un bolso de gamuza verde. Y al levantar ambos la vista sorprendidos, encontraron a Oona, de pie junto a la mesa, sonriéndoles. No pongás esa cara de boludo, le dijo a su marido. Estaba muerta de hambre y decidí venir.

Una típica pareja sado-masoquista. ¿Quién le había definido así a Lenhard y a su mujer? ¿Quién le había dicho poco después de conocerlos, que la suya era una relación sado-masoquista absolutamente demencial, que Oona, casi por principio, se acostaba con los mejores amigos de su esposo? Linares, sin duda. El poeta Linares. Su primer amigo en París. La vez que lo conoció en el departamento español de la ORTF, le había dado la impresión de un hombre de las cavernas, de un gigantesco trucu-tú embutido en una piel de chivo, con una cabellera irredenta y una barba espesa y salvaje con motas de lana y grumos de queso. Peruano, le había dicho bajando en el ascensor de la ORTF. El poeta olía a chivo, a inaudita jaula de monos, a hombre acostumbrado a vivir siempre en cuartos sin ducha, ni bañera, ni nada parecido, salvo algún aguamanil cuarteado y con grifos herrumbrosos. Pero tenía una risa franca y profunda, una seguridad plácida y vital instalada en los huesos y un olfato casi animal para encontrar lugares baratos, para saber dónde se compra el queso, dónde la lechuga y el vino. Era un viejo perro curtido en la miseria cotidiana de París. Le había sido útil enseñándole la estrategia de sacarle partido a cuatro verduras y dos condimentos o en convertir una helada pata de pollo envuelta en papel celofán en algo dorado, tierno, bañado en salsas de vino. Un mediodía, recuerda, lo había llevado a su cuarto de la *rue de la Tombe-Iss*oire. El cuarto, con zapatos y botellas de vino vacías en el bidet, olía como el poeta, a jaula de monos. Recuerda: en un colchón tirado en el suelo había una muchacha nórdica, seguramente pescada la víspera en un café de *Montparnasse;* una muchacha soñolienta bajo una cobija, que acabaría incorporándose después, sonámbula aún de sueño, sus dos pequeños senos rosados al aire y un vello rubio entre las piernas, para ponerse un pullover de Linares. Entraba por la ventana el sol de un día claro y frío. Oían a

Vivaldi, bebían espeso vino tinto y el poeta preparaba en la cocina un plato de espaguetis. Con voz ronca y torrencial le hablaba de París en invierno. París era una mierda, hermano, una fruta que te rompe los dientes si no le entras con tiento. Le había sugerido que se fuera a Mallorca si no encontraba trabajo en París. En Mallorca la comida era barata, el invierno suave y con mucho sol y había un paisaje cojonudo con olivares, con naranjos, buen vino y chicas fáciles a montones, turistas que puedes llevarte a la cama con sólo hacer así. Habían terminado borrachos, recuerda. De pronto estaba el crepúsculo de invierno en la ventana y Vivaldi había sido sustituido por los Beatles. Lúbrico, el poeta le acariciaba los pechos a la muchacha nórdica pasándole su gran manaza bajo la lana del pullover. Y él se había levantado: me voy, hombre. Y el poeta: quédate, pues (malicioso), hay tiempo para todo. Pero él había insistido en marcharse. Mira, esta muchacha que tienes aquí me gusta muchísimo y me pone nervioso. Y Linares con una gran risotada, ya verás, muchachas así las tendrás a montones, no sabrás qué hacer con ellas. Veo que eres como yo, un machista repugnante, le había replicado él tomando su abrigo. Y aquella noche, merodeando por los alrededores de la *Gare Saint-Lazare,* mirando las tristes putas, se había decidido por una vietnamita alegre y pequeña que encontró al doblar una esquina. Solo y con el alma alborotada de congojas regresó al apartamento de la *Avenue Kléber.* Pensando: después de todo, si aquí no consigo trabajo, puedo irme a Mallorca en vez de pegarme un tiro. Sol y olivares, y muchachas a montones con sólo hacer así.

—En realidad, Ernesto es muy machista —Minina se dirigía a Fernando—. Cuando volvimos de Chile seguimos viviendo juntos, pero no pude civilizarlo.

—Vivíamos en un estudio de la *rue du Départ,* nombre más que premonitorio —dijo Ernesto.

Veía aquel estudio lúgubre, en un sexto piso, ocupado casi enteramente por una cama y un balcón que daba a la Torre de *Montparnasse.* Cocinaban en un reverbero y toda su fortuna era una cassette de Ray Charles, que ponían todo el tiempo.

—Oíamos a Ray Charles —dijo.

—Y a Moustaki —recordó Minina.

—Qué frío hacía aquel invierno, mujer. Me moría de frío y de celos.

—¡Qué va! Tú estabas friqueado por otra tipa. Viniste a buscarla y, ¿qué pasó, chico, qué pasó con ella? Dormías muy poco y salías por las noches. Estabas flaquísimo.

—Así es —confirmó Ernesto. Le había caído de repente un frío en el corazón y bebió un trago de ron para alejarlo—. En realidad, estaba flaco por tus infidelidades.

Minina negó con la cabeza.

—Eran rollos tuyos.

—Después de hacer estragos con los líderes de la Unidad Popular chilena, Minina se interesó en la plástica latinoamericana en París —explicó Ernesto a Fernando—. Soto, Botero, Viñas... ¿también le Parc?

—¡Cállate! —le dijo Minina con risa tapándole la boca.

—Soto —insistió Ernesto hablando a través de sus dedos.

—Yo no tuve nada con él —dijo Minina—. Simplemente me invitó una noche a *Montmartre.* Cantó algunas canciones.

—El Gavilán Pío Pío —acusó Ernesto.

—¿Y Botero? —preguntó Fernando, curioso.

—Ésa fue otra historia —dijo Ernesto—. Un día la encontré con él en el estudio de la *rue du Départ.*

Estaban sentados delante de una botella de champaña.

—Era mi cumpleaños —se disculpó Minina.

—Rosada. Champaña rosada. Eran las doce del día, hora más bien insólita para aquellos lujos y los dos tenían cierto aire de culpabilidad. Semanas más tarde, Botero me enseñó en su taller una apetitosa escultura de mujer. Tenía en el trasero los dos hoyuelos de Minina.

—Todas las mujeres los tienen —se defendió Minina.

Fernando movió la cabeza, caviloso.

—Luisa, no —dijo.

—Después vino... ¿quién fue, Minina?

—Ah, no comiences.

—Déjame contárselo a Fernando. Sólo para demostrarle que su órgano viril tenía más que razón en declararse en huelga. Instinto de conservación, te digo. Pipí perspicaz.

—Tú ya estás borracho.

—Nazareno.

—¿De qué estás hablando, chico?

—Aquel cómico de la televisión venezolana.

—Nazareno no se llamaba.

—En todo caso un cómico famoso —Ernesto se dirigía ahora a Fernando—. Lleno de brillantes, de vistosas corbatas de seda y camisas de un rosa subido. La llamó desde el aeropuerto. Quería alquilar un Mercedes Benz. Y Minina se perdió tres días con él.

—Fuimos a *Chartes* —explicó ella con candor—. Quería conocer la catedral.

—Y otros lugares menos piadosos —dijo Ernesto—. Yo, en señal de protesta, me fui a vivir a un hotel. La historia aquella duró tres días y tres noches, que en Minina es *quand même* un récord de duración. A la tercera noche, loco de amor, el cómico vino a arañar a su puerta. Ábreme, decía sollozando.

—Sollozando, no —armó Minina—. ¡Tú sí exageras!

—Gimiendo, entonces. Ábreme, pedía. Abre, Minina. Hasta que, vencido por el cansancio, se acurrucó en el suelo y allí se quedó dormido.

—La verdad es que era muy egocéntrico —explicó Minina—. Siempre estaba hablando de él mismo.

—La vecina de Minina, una anciana jubilada llamada *madame Marchand,* se llevó un gran susto al abrir al día siguiente muy temprano su puerta. No es cualquier cosa encontrarse a un venezolano haciendo las veces de tapete. Lo despertó de un grito: *«Qu'est-ce que vous faites là?»* El cómico estaba hecho un desastre.

—Con un ratón de espanto —precisó Minina.

—¿Con un ratón? —preguntó Fernando, sorprendido.

—Guayabo —tradujo Ernesto—. Resaca, diría tu mujer. Así que el cómico regresó muy triste a Caracas. Allí sigue matando de risa a sus compatriotas.

Ernesto bebió un trago.

—Hubo desde luego muchos más.

—¡Ah, no, basta ya! —protestó Minina.

—Rápidamente, Minina, para no dejar a Fernando con apetito: un pintor sicodélico, que hacía experimentos con rayos láser; un pediatra judío, que lloró en su regazo; una pareja de fotógrafos. Se le acercaron, melifluos, en el metro del *Hôtel de Ville.* Eran belgas.

—Si cuentas eso, me voy —dijo Minina, y él se dio cuenta que lo decía en serio: empezaba a enojarse.

—Paso sobre los belgas, pues. Olvidé el piloto de Mirage, que era fiel a su mujer.

—Eso no existe, hermano —comentó Fernando—. Ningún piloto le es fiel a su mujer.

—Pues éste sí —dijo Ernesto—. Le trajo un encargo a Minina, de Caracas. Y ella, con malas intenciones, lo invitó a tomarse un café en su cuarto. Llovía mucho, y el tipo te gustaba, ¿verdad, Minina?

—Era un catire bello —dijo ella, atraída de pronto por aquel recuerdo—, con ojos como dorados. Parecía un ángel. ¡Pero qué paquete, chico, estaba recién casado con una prima mía!

—¿Lo ves? —Ernesto se volvió a Fernando—. Minina le hizo con los ojos el cambio de luces que tú conoces. Y el hombre empezó a temblar. Salgamos de aquí o no respondo, le decía tiritando. Y pensar que era un piloto de guerra, maestro. Bueno, otro pipí perspicaz.

—Más peligrosa que una mapaná raboseco —dijo Fernando riéndose—. Decíme una cosa: ¿por qué los vuelve locos a todos?

—Mirada sensual. Lindo busto. Dientes de anuncio de Colgate... Lo demás pregúntaselo a ella.

Minina se encogió de hombros.

—Los hombres son como niñitos —dijo.

Fernando se frotó la barba, reflexionando. No parecía satisfecho. Al fin, se decidió.

—¿Pero es que es muy buena en la cama?

—*Pas mal* —respondió Ernesto—. Mucho apetito y curiosidad. Algo de gimnasia sueca. Orgasmos como trombas marinas. Pero es sexual, la verdad sea dicha; no erótica.

—No me vengas con finezas, hermano —protestó Fernando.

—Para él eróticas —intervino Minina con sorna— son las tipas con rollos.

—Las que torturan la imaginación.

—Las sifrinas —dijo Minina.

—Traducí —pidió Fernando.

—Intraducible —explicó Ernesto—. Aproximadamente niña bien, con remilgos.

—Pues si de remilgos se trata, yo soy sifrino —confesó Fernando. —Desde que una mujer me propone y se va pelando la ropa estoy friqueado. No puedo hacer nada. Yo me acostumbré a las sirvientas de Armenia, hermano. Forcejean y dicen que no hasta el último momento.

—Ustedes están podridos —dijo Minina con gesto de conmiseración.

—Seguro —dijo Ernesto—. Apestamos. La generación podrida. Sexo y pecado nos lo vendieron en el mismo paquete. Amamos con amor puro cierto tipo de mujeres, preferiblemente de signo Virgo, tipo Ingrid Bergman, Audrey Hepburn, Greta Garbo. Sexualmente nos atraen las mujeres tipo novia del teniente.

—Ya caigo —dijo Fernando—. Vestidos de raso muy ceñidos, tetas que estallan; un lunar. Ojos verdes. Como las putas de Medellín.

—Novia o amante de teniente. ¿Te acuerdas, Fernando, de aquellos tenientes de Policía que se suicidaban en el Salto del Tequendama?

—¡Qué me voy a acordar, hermano! Vos sos más viejo que yo.

—¿Cuántos años tienes?

—Treinta.

—Bueno, los tenientes de que te hablo se arrojaban al Salto del Tequendama, dejando en la piedra de los suicidas una gorra, su guerrera y una carta de adiós. A veces un retrato tomado en el Parque Nacional algún domingo. Y siempre, siempre, por culpa de una mujer así. Perversa. En este sentido todos somos tenientes. ¿Verdad, teniente Isaza?

—Cierto, mi teniente Melo —dijo Fernando.

—¿Y yo me parezco a una de esas tipas? —dijo Minina con prevención.

—No, tú perteneces a una generación nada dicótoma. El sexo para ustedes es puro deporte. Antes de que la imaginación se enrede en telarañas, ya ustedes se han quitado el blujin. Son sexuales, *ma non* eróticas. La mujer de que hablamos se insinúa, se esquiva...

—Okey, una calentadora.

—Si tú quieres.

—Con veneno —dijo Fernando.

—Cierto —dijo Ernesto—. Fuimos formados por el catecismo del padre Astete y por la Metro Goldwin Mayer. El amor era Ingrid Bergman en Casablanca. Y el sexo, una luz roja en un barrio de mala muerte. Tú, en cambio... ¿Con quién hiciste, Minina, el amor por primera vez?

Minina pareció hacer un esfuerzo de memoria.

—Con un pavito de San Bernardino —dijo—. San Bernardino es el barrio donde yo vivía, en Caracas. Vino a traerme un disco de los Beatles. No había nadie en casa.

—Beatles, petróleo —suspiró Ernesto—. ¡Ay, Minina, qué lejos estás de nosotros!

II

Ahora que trata de recordar cómo y cuándo conoció a María, cómo llegó a encontrarse con ella en París, todo lo que ve en su memoria es un día claro y frío (¿de fines de invierno, de comienzos de primavera?), y a Lenhard hablándole de una muchacha colombiana, de Cartagena, que quería presentarle. Fueron a almorzar con ella. Recuerda ahora que estaba aguardándolos en la plazuela del Odeón, pulcra, frágil, muy linda, con un traje gris y una gabardina arrollada en el brazo a la una de la tarde, muy distinta a la muchacha de la costa, desenvuelta y locuaz, que había imaginado. Cuando subió al auto de Lenhard y se sentó en el puesto de atrás y él la vio de cerca, tuvo de inmediato la impresión, la certeza de haberla visto antes. No sabía dónde. Y mientras Lenhard proseguía en el auto hacia la plaza de la Contrescarpe, donde supuestamente los esperaba Oona, él (Ernesto) torturaba su memoria intentando localizarla. Se acordó de pronto. Había sido años atrás en Cartagena, durante el festival de cine. La misma cara de rasgos delicados, los ojos oscuros y grandes, los hoyuelos que se le formaban en las mejillas al sonreír. Era de noche y estaban sentados en la terraza de un club de Bocagrande. Conversaban. El periodista que había ido a cubrir el festival de cine y aquella muchacha tan parecida a Audrey Hepburn (y seguía pareciéndose a ella, a la actriz Audrey Hepburn), conversaban. Recuerda en la oscuridad, los grillos, el calor, las palmeras de Bocagrande y el ruido y probablemente el olor del mar, muy próximos, mientras ella hablaba. Era melancólico lo que ella decía, la muchacha que se aburre en provincia, había pensado él, oyéndola. Pintaba y habían leído a Virgilio, cosa que le había parecido extraña en una muchacha como ella, vestida con un vaporoso traje blanco de florecitas, y en una ciudad de tanto calor. Había olvidado su nombre, pero no su cara.

Ella no se acordaba de nada. Aquella conversación fugaz en Bocagrande se había evaporado por completo de su memoria. Era tanta la gente que venía de Bogotá en la época del festival de cine o en las fiestas del once de noviembre, le dijo disculpándose, una vez que se encontraron sentados en una terraza de la Contrescarpe con una copa de Martini en la mano. Estaban momentáneamente solos. Lenhard se había ido a la cabina de teléfonos, en uno de sus frecuentes, pacíficos y desesperados esfuerzos por localizar a Oona, que había incumplido la cita. En medio de la plaza, sentados en el suelo, harapientos y felices, algunos vagabundos bebían vino y tomaban el sol. Fue en aquel momento, recuerda, cuando respondiendo a una pregunta suya, trivial (algo por el estilo de: ¿qué has venido a hacer aquí?), ella le contó que venía huyendo. Se lo dijo muy seria mirándolo con sus grandes ojos oscuros. Me vine huyendo de mi esposo, le dijo. Y él: ¿Caperucita huyendo del lobo feroz? Y ella, del lobo feroz, sí señor. Y él, inauditamente convencional: ¿cuáles son tus proyectos? Recuerda la manera como a ella se le ensombreció la cara. ¿Proyectos?, repitió con una voz brumosa, desconcertada. Con una mano no muy segura depositó la copa en el mármol de la mesa, mirando fijamente la cascarita de limón que bailaba dentro. No sé, dijo: cualquier cosa antes que volver. Está a punto de llorar, había pensado él. Tenía, siempre había tenido, una especie de olfato para saber cuando alguien se aproximaba a los confines de la desesperación, y no quiso saber más. Aquí todos somos fugitivos, no te preocupes, le dijo ambiguamente. No recuerda si fue en seguida, o después de un largo silencio durante el cual miraron al tiempo la plazuela tranquila llena de sol y los andrajosos vagabundos que bebían vino sentados en medio, cuando ella le habló de su miedo de las grandes ciudades, de los cuartos de hotel. Preferiría vivir en el campo, dijo. Sí, sí, confirmó él sonriéndole; ¿una casa con muchos libros y discos? Y ella: sí, sí, exactamente eso. Y él, ¿no eres Virgo, por casualidad? Géminis, estalló a su lado una voz jovial. Era Lenhard, que volvía de la cabina de teléfonos. Pero María tenía los ojos llenos de asombro: soy Virgo, ascendiente Virgo. Y dirigiéndose a él, intrigada: ¿cómo lo sabes?

Todo había sido previsible: que se encontraran uno y otro día a lo largo de aquellas semanas, que dieran largos paseos por París, que María le hablara de las circunstancias de su huida, de su matrimonio catastrófico; y que, en fin de cuentas, acabaran enamorándose. Muchas veces le habló de su vida en Cartagena. De su casa medio ruinosa en el barrio de Manga: casa de buena familia venida a menos, con un patio de helechos y una galería grande a la que llegaban los murciélagos. Le habló de su madre, que pasaba todo el tiempo pegando calcomanías en un álbum. De su padre, abúlico y envejecido en el calor, el polvo y la rutina de una oficina de aduanas, interesado apenas en los misterios del sistema solar. De Jacinta, la criada negra y medio bruja que fuera su nodriza, alerta siempre al vuelo de las lechuzas en las noches de mucho calor. Oyendo a María, él había llegado a sentir el peso de aquella vida asfixiante que había sido la suya: las horas quietas, los ejercicios de piano y las conversaciones inacabables con su madre en las noches, bajo el aletear de algún murciélago. Aquella madre amarga, que se quejaba sin cesar de su vida y hablaba de los tiempos en que su abuelo era el hombre más influyente de la ciudad. Madre araña típica, le había parecido a él oyendo a María; la que protege a su hija hasta extremos desmesurados y la atemoriza para mejor dominarla. «Qué será de ti el día que yo me muera», le decía suspirando cada vez que una jaqueca la derribaba en su gran cama de bronce. Y María, niña aún, se aferraba a sus sábanas llorando. Debía referirle todo lo que hacía, hasta sus sueños. De esta manera había llegado a ser una muchacha dócil, pulcra, asustadiza, enteramente plegada a la voluntad de la madre, que sólo aspiraba a casarla con un hombre rico y de buenos apellidos, buscando sin duda con ello un desquite de su propia suerte. Y ese millonario, no de Cartagena sino de Bogotá, había aparecido en unas fiestas del once de noviembre. Era pequeño, calvo, con un tic en el labio. Bebía mucho. Le sudaban las manos y cuando la miraba sus ojos parecían llenos de pensamientos sucios. Pero era el heredero de una cadena de supermercados en todo el país. A María le producía repugnancia. No importa, le decía la madre, férrea, abrumadora: después lo matas, lo envenenas, si quieres, pero te casas con él. La voluntad inflexible de la vieja había terminado por imponerse. En medio de la apatía del padre, que seguía interesándose sólo en los espacios siderales y del júbilo amargo y triunfal de la madre, se habían adelantado los preparativos de la boda. María le habló de las vajillas de Sèvres y de las cristalerías de Limoges que iban acumulándose en la sala de la casa, del compromiso bendecido por el obispo y finalmente de la boda, con el gobernador y los notables de la ciudad en las primeras bancas de la iglesia. No fue entonces —mientras paseaban por los jardines de las Tullerías o bebían un refresco en un café de la *Place Maubert*— cuando le habló del horror de aquella luna de miel en un hotel de Miami. Sólo le habló del otro horror, su regreso a Bogotá, en casa de su suegra, casa vasta y glacial como un mausoleo, con criadas que circulaban por los salones en puntas de pie, de la vieja, altanera y aristocrática, que manifestaba su desaprobación alzando las cejas. María le habló también de su marido, mimado como un niño por aquella mujer; de la primera noche que llegó borracho con un tropel de amigos traídos del Jockey Club, de cómo en medio del delirio de éstos, se orinó en la alfombra y se disfrazó con las prendas interiores y los zapatos de tacones altos de ella. Era normal, después de todo, que a las pocas semanas María se tomara aquellas veinte pastillas de somnífero. De la clínica de reposo la sacó una prima suya, muy decidida, que vivía en Miami. Fue ella la que consiguió el permiso del marido para llevársela unos días: en viaje de convalecencia, dijo. Y una vez allí la había puesto en un avión: «Escápate —le ordenó—; la próxima vez, si vuelves, conseguirás matarte de verdad.»

Él se había ofrecido para ayudarle a María a encontrar trabajo. Todas las mañanas, recuerda, pasaba a recogerla en su hotelito de la *rue de Sommerard*. Desayunaban a la vuelta, en un café de la *Place Maubert,* frente a la algarabía de los vendedores de frutas y legumbres. Trazaban planes de batalla, como él les llamaba. Pero no había trabajo adecuado para María. María era todavía muy frágil para moverse en aquel mundo de centros *d'accueil* para estudiantes, buscando los clásicos cursos de español, traducciones u ocasionales empleos para hacer limpieza en una casa o cuidar niños. Resultaba impensable imaginarla, por ejemplo, recogiendo fresas en el sur, como llegaron a ofrecerles en un *foyer* de la *rue Jean Calvin,* con aquellas manos suyas pálidas y muy finas de pianista. No obstante, tenaz y disciplinada, estaba todas las mañanas dispuesta a explorar bolígrafo en mano los anuncios del *Figaro* o a emprender agotadores viajes en metro tras una remota posibilidad de trabajo. La cotidiana realidad de las salas atestadas de estudiantes árabes y africanos esperando la misma oportunidad, las colas, los manteles manchados de tomate y aceite de los restaurantes griegos del barrio latino, la deprimían. Tambaleaban sus más firmes resoluciones y una especie de pánico le saltaba a los ojos. Si no me puedo quedar, me mato, decía a veces. Él había empezado a experimentar hacia ella una especie de ternura profunda, casi paternal. Este sentimiento, cosa extraña, no daba campo a ningún deseo. Púdicamente la esperaba todas las mañanas en la recepción del hotel, sin subir a su cuarto; púdicamente la depositaba por las noches en el mismo lugar. Jamás se había atrevido a proponer que compartieran su apartamento de la *Avenue Kléber.* Somos hermanos, le había dicho ella a un músico argentino que una noche, en la Brasserie Morvin, les preguntó acerca de su parentesco. Confusamente él (Ernesto) había sentido la necesidad de quebrar esta imagen tranquilizadora. Ten cuidado, le había dicho, haciéndola sonrojar: yo soy más bien propenso al incesto. Muchas veces, de regreso a su apartamento, se preguntaba las razones de aquel pudor, que encontraba absurdo. Decidió que debía acostarse con ella; después de todo era una mujer. Y una noche, con una especie de diablo travieso sugiriéndole maniobras y tácticas calculadas, le había hecho beber dos ponches en la Rhumerie Martiniquaise, luego una botella de Sancerre helado en un restaurante alsaciano próximo a la plaza de *Saint-Michel* y dos whiskys en la Escale, un bar latinoamericano que conocía desde su remota época de estudiante. En vez de quedarse en el primer piso, oyendo las tristes flautas del altiplano andino, escuchadas ahora por los franceses como quien asiste a una misa, había bajado al sótano de humo y penumbras donde tocaba la orquestica cubana. Piano, batería, trompeta, flauta y guitarra eléctrica se acoplaban maravillosamente en aquel ambiente con olor a sudor, a pecado, a noche tibia y callada de Veracruz. Cantaba un mulato, que sería mucho más tarde su amigo Barreto, un cha cha cha de los viejos tiempos; la penumbra era roja y la música ensordecedora. María no quiso bailar entonces, sino después, cuando los músicos largaron un bolero cursi de Roberto Ledesma. Por primera vez, ciñéndola contra él, había sentido el vago aroma a limón de su pelo, el contacto de sus senos pequeños y firmes. Pero estaba tensa. No se abandonaba al ritmo lento del bolero, a la penumbra con aquel olor a noche de Veracruz; la sentía en sus brazos alerta, ligeramente rígida. Cuando salieron al aire húmedo de la calle él se preguntaba cómo decirle, cómo proponerle. De pronto decidió abandonar todo cálculo. Quiero dormir contigo, María, le dijo simplemente, bajando por la *rue Monsieur le Prince.* Captó de inmediato la leve crispación de la cara, el destello de pánico en los ojos. Todavía no, dijo ella; dame tiempo. Extrañamente no experimentó decepción, sino una especie de tranquilidad y de ternura. La besó al despedirse, suavemente. Estaba enamorándose de ella, no había duda.

Fue por aquella época en que gracias a Linares estableció contacto con una editorial en Barcelona para hacer algunas traducciones (un libro de Boris Vian, recuerda). En cuanto a María, todo lo que pudo encontrar inicialmente fue un empleo de algunas semanas para cuidar una niña en una casa por los lados de *Butte Chaumont*. Los padres de la niña, un profesor español y su mujer, una alemana de gruesos lentes, le tomaron aprecio a María y se ofrecieron a ayudarla. Le encontraron un empleo para lavar platos en un restaurante de la *rue Saint-Placide* llamado «L'étoile bleue». La propietaria vio llegar a María con una especie de conmiseración. «*Je suis habituée à en voir des filles comme vous. Elles ne tiennent pas le coup, mais essayez quand même*», le dijo, antes de enseñarle un fregadero lleno de agua grasienta con pilas monumentales de platos al lado. El primer día, después de lavar platos durante dos horas, María no pudo tocar siquiera el asado de cerdo con fríjoles blancos que la patrona le había colocado sobre la mesa. Se encerró en el baño y estuvo a punto de vomitar. Dos días después (él le había dado cita en el cafecito de la *Place Maubert*) la vio salir muy pálida del metro. En cuanto se sentó a su lado, en una banqueta del fondo, se echó a llorar. Un árabe, le dijo, se había restregado contra ella en el vagón y luego la había seguido por los corredores del metro diciéndole indecencias. Pero lo del árabe, se dio cuenta él a medida que la oía hablar con la nariz enrojecida y los ojos llenos de lágrimas, no era sino un pretexto. Había otras cosas, los platos de L'Étoile bleue y las cartas de su madre instándola desesperadamente a regresar para evitar el escándalo. Él, recuerda ahora, le pasó el brazo por los hombros y ella dejó caer la cabeza contra la suya. No era todavía la muchacha enamorada, sino la niña que saliendo apenas del horror de una pesadilla encuentra la mano del padre, la luz de una lámpara y las tibias frazadas de lana devolviéndola al mundo de las cosas seguras. Escucha, le había dicho él sintiendo que de algún modo franqueaba una puerta definitiva: nos vamos a Mallorca. Y había largado también al aire su globo de colores, hablándole de una casa muy vieja, con libros, con discos, con pájaros piando en las viejas tejas descoloridas por muchos soles y lluvias con olor a campo, lejos de París. Padre, al fin, no compartiendo temores, sino asumiéndolos solo. Una especie de esperanza había empezado a temblarle a ella en las pupilas todavía llenas de lágrimas. ¿Y cómo haremos? Comeremos naranjas, le había respondido él. ¿Naranjas? Sí, niña, de ésas que caen de los árboles.

Aquella noche habían ido en busca de Linares, que los había llevado a la Rose Bud, un bar de la *rue Delambre* lleno de tipos desgreñados como él. Y mientras bebían un burbón con mucho hielo les había hablado de Deià, un pueblo de Mallorca con casas muy viejas, con cisternas y fantasmas y amarillas colinas con olivares y gentes cojonudas que vivían como artesanos de la edad media. Les habló de campos magnéticos en las montañas y de los cuatro Cristos que habían aparecido en el pueblo en los últimos años; uno de ellos, por cierto, era un colombiano llamado Carlos, Carlos Obregón. Él había reaccionado vivamente: qué Cristo, ni qué mierdas, hombre; Carlos era amigo mío. Los tres se habían echado a reír. María miraba al poeta Linares, siempre locuaz, con su vozarrón brotándole entre la maraña salvaje de las barbas, como a una atracción folklórica. Eran cerca de las dos de la mañana cuando salieron a la calle con los ojos irritados por el humo. El poeta se despidió ofreciéndoles conseguirles una casa en Deià. Se habían ido caminando hacia el Sena, recuerda, llenos de una especie de excitación. Soplaba un viento frío con gotas de llovizna en el *Pont des Arts.* La neblina densa que envolvía el sauce del *Vert Galant* y flotaba sobre el agua oscura y lenta del río estaba perforada de luces y reflejos. Habían escuchado la campana de un reloj dando las tres de la madrugada. María tenía frío. Se veía tan pequeña y frágil con su impermeable claro que él la abrazó. La sentía temblar entre sus brazos. La besaba, no sólo en la boca sino también en el cuello y en el lóbulo de la oreja, cuando algo se contrajo en ella de repente. Se desprendió de él con un brusco pavor en los ojos. Espera, espera, Ernesto, quédate tranquilo. La había dejado como de costumbre en la puerta de su hotel, asegurándole que no estaba enojado.

Lenhard los invitó a su casa en vísperas del viaje, recuerda. Había mucha gente, pues se trataba de una fiesta. No conocían a nadie, pero en seguida comprendieron que la mayoría de los asistentes eran profesores de antropología, hispanistas o bien latinoamericanos que trabajaban en la Unesco. Vestida con un traje ligero color fuego, los sedosos cabellos rubios sueltos sobre los hombros, Oona parecía enteramente en su ambiente, riéndose de bromas que le hacían. Al parecer ella como muchos de los presentes habían estado en La Habana; un comandante le habría dicho que tenía el ombligo más lindo de Cuba. Él y María habían permanecido al margen de todo grupo. En un momento dado, yendo hacia la cocina, Oona se había encontrado con ellos. Como la primera vez que la viera, él tuvo la sensación de que bajo la vaporosa transparencia del traje estaba desnuda. Las dos, Oona y María, se observaron,

49

recuerda, por espacio de un segundo; el rechazo mutuo e instantáneo habría podido detectarse en el aire, ambas conscientes de ser el opuesto de la otra. María, delicada y pulcra, con un sobrio traje gris. Oona, insolente, provocativa en su traje color fuego. La habían visto más tarde en un rincón penumbroso del salón, sus finas y largas piernas dobladas negligentemente sobre un cojín, hablando con un argentino de ojos verdes y sienes plateadas. Más tarde aún había desaparecido del todo. Su traje rojo (él la había buscado con los ojos, silenciosamente), no se veía por ninguna parte. Su desaparición resultaba aún más desafiante que su presencia. Pero Lenhard no parecía inquieto. Se había acercado a ellos con un vaso en la mano y hablaba locuaz, la barba agitándose sobre un pañuelo de seda ahora verde. Caminando hacia el metro, María le había preguntado después cómo le había parecido la mujer de Lenhard. Frívola y atractiva, había contestado él. Y María, feroz, sorprendiéndolo por su dureza: pues a mí me pareció una muchacha muy vulgar.

Seguía llegando gente. Las dos piezas del apartamento estaban ahora repletas, así como la cocina y el vestíbulo de entrada donde había un grupo bebiendo de pie. La música del estéreo retumbaba entre aquellas paredes. Regresando del baño. Ernesto miró a un lado y a otro buscando a Cristina, pero no había llegado. De repente oyó que lo llamaban desde la puerta.

Confusamente distinguió a dos muchachas que le hacían señas.

—Mierda —dijo, reconociendo a Margot Cecilia Núñez, la Margy—. ¿Qué haces aquí?

Los latinoamericanos parecían tener radar para detectar dónde había fiesta. Aparecían siempre, aunque no conocieran al dueño de casa.

Saludó con un beso en cada mejilla a la Margy, que estaba muy elegante. Llevaba una chaqueta y unos pantalones negros muy finos y de corte ligeramente varonil. Del cuello le colgaba un pañuelo de seda color vino tinto. Salvo los párpados, teñidos ligeramente de azul, no llevaba en la cara ni un gramo de maquillaje. Era bonita; pero el pelo demasiado tirante en las sienes, los ojos pardos que miraban siempre seguros, desprovistos de toda dulzura, y sobre todo la línea dura de los labios, le daban el aspecto de un muchacho. También era varonil la manera de pararse sobre sus botas de altos tacones. Sólo el perfume que se respiraba al besarla tenía una discreta reminiscencia femenina.

—¿Chanel? —le preguntó él acercando la nariz a su pelo.

—*Courrège* —respondió ella—. *Empreinte de Courrèges.* Ernesto, tú la conoces a ella.

En la penumbra y tumulto del vestíbulo, no reconoció de inmediato a la muchacha de pelo castaño, casi dorado, y túnica color rojo que estaba al lado de Margy. Pero los ojos muy claros que lo miraban con risa, más claros por el tono tostado del cutis, le dijeron algo. De repente la vio: la vio años atrás, desnuda, los cabellos sueltos sobre los hombros, sentada en una roca de Lluch Alcari, en Mallorca, frente al resplandor del mar, liando un cigarrillo de hachís.

—¡Jacqueline! —exclamó.

Le latía el corazón más de prisa mientras se inclinaba a besarla.

—Qué linda estás —le dijo—, creí que andabas aún por la India.

—Estuve un año —dijo ella.

—Y ahora hablas español —Ernesto se volvió hacia la Margy—. Oye, esta es la noche de los fantasmas, de los aparecidos. Lo digo por esta niña y por otra que está allá adentro. Es venezolana como tú, por cierto.

Abriéndose paso a través de la gente que bailaba, las condujo al lugar donde Minina y Fernando, este último tendido boca arriba en el suelo, con la cabeza apoyada en un cojín, continuaban conversando.

Minina y la Margy se habían visto alguna noche, en Caracas.

—Tú eres de Maracaibo, ¿verdad?

—Mi familia es de Valencia —dijo la Margy.

Demasiado elegante para este antro, pensó Ernesto acomodándose precariamente al lado de ellas. Con sus ropas costosas, compradas en el Faubourg Saint-Honoré, Margy parecía vestida para una noche del Country Club de Caracas, y no para una fiesta de estudiantes. La Margy hacía pensar siempre en un padre rico, en autos deportivos y casas refrigeradas. Tenía la seguridad y la desenvoltura que da el dinero. Ernesto vio cómo miraba a Minina, con ojos apreciativos, semejantes a los de un hombre.

—Ten cuidado —le advirtió a Minina—, la Margy ya te puso el ojo.

La Margy soltó la risa.

—Margy y yo tenemos el mismo gusto en materia de mujeres —le dijo Ernesto a Minina.

—Sí, somos cómplices. Para ser colombiano, Ernesto es bastante liberado —dijo Margy.

—No mucho —precisó Minina, rencorosamente.

Fernando estaba perplejo. La marihuana le daba un aire soñoliento.

—Cada cual su nota —dijo al fin—. Cuando veo mujeres como ustedes —le habló a Margy— sólo lamento el desperdicio. Bueno, ¿qué se toman? Hay ron y Coca-Cola. Vino barato. Vino Préfontaine de tres francos la botella, que es el mismo de los *clochards* y actúa sobre el hígado como ácido sulfúrico. Quizá queden dos dedos de whisky en alguna botella.

—Ellas no beben, fuman —le advirtió Ernesto.

—Tengo bareta de primera, dijo Fernando. La golden Colombian.

—Trae, pues —dijo la Margy interesada.

Se había sentado al lado de Minina y la miraba con interés.

—Mira, chica, ¿qué haces tú en París?

—Estudio cine.

—Está haciendo ahora su primer cortometraje —informó Ernesto—. ¿De qué diablos trata? Me lo has explicado varias veces, pero no entiendo un carajo.

—Es una película sobre los rollos de la pareja moderna. Sus fantasmas.

—Ah, sí —recordó Ernesto—. Una versión moderna de la *Tempestad* de Shakespeare, ¿no es eso? Dicho en acento caribe: la Tempetá. Pobre Shakespeare.

—No seas ladilla—dijo Minina.

Todos se rieron. Ernesto observó a Jacqueline, que permanecía en silencio. Qué linda está, pensó. Es un pecado. Su pelo color miel, los ojos mucho más claros que la piel; uno sólo podía imaginarla en la luz del verano. Su traje rojo estaba ricamente bordado y constelado de diminutos espejitos brillantes.

—Nunca pensé que Margy y tú se conocieran.

—Nos encontramos en Ibiza el año pasado.

Hablaba un español muy divertido, cadencioso, con acento venezolano.

—El mundo, chico, es un pañuelito —dijo la Margy—. Qué sorpresa cuando supe que te conocía, que había estado contigo en Mallorca. —Le pasó la mano a Jacqueline por el pelo, una mano pequeña y fina; pero el ademán era el de un muchacho enamorado—. Cuando la conocí, llevaba dos días sin comer. Imagínate, se fue a la India sin una puya.

—¿Qué hiciste?

Jacqueline se encogió de hombros.

—¿Qué podía hacer? Pedí limosna. Es la idea más

simple que se le viene a uno a la cabeza cuando necesita dinero. También robé. *Mais toujours a des mecs qui avaient du fric, tu sais?*

La Margy le pasó el cigarrillo preparado por Fernando, después de haberle dado un chupón.

—Coño, esta hierba está buenísima —comentó.

Había empezado a experimentar una tensión, un hielo, recuerda. Ni siquiera ciertos ademanes de ternura —tomarse la mano, por ejemplo, en las oscuridades de un cine— llegaban a quebrar aquel cristal erigido entre los dos por los sucesivos rechazos de María. Pero él había renunciado a forzar las cosas; todo debería terminarse el día en que, se encontraron en la vieja casa que habían alquilado en Deià, gracias al poeta Linares. Habían hecho cuentas y con las nuevas traducciones obtenidas en Barcelona, las cosas parecían arreglarse. No obstante, el frío inconfesado subsistía cuando se encontraron esperando la salida del tren en la tumultuosa y lúgubre cafetería de la Gare d'Austerlitz, bajo el resplandor glacial del neón. Más tarde, en el atestado compartimiento de segunda clase, los venció muy pronto el sueño. Despertaron con la primera luz del sol en las colinas, luz que era presagio del verano, de España. Se sintieron felices. Todas las aprehensiones de París se desvanecían rápidamente. No pudo explicarse sin embargo, por qué a última hora decidió pedir dos habitaciones en el hotel de Barcelona, en vez de una. Sentía como un cardo bajo la ropa el absurdo de la situación, pero pensaba que al fin y al cabo había mucho tiempo por delante, ninguna necesidad de precipitar las cosas y luego todo se reducía a pocas horas (tomarían el barco para Palma al anochecer), a la necesidad de tomar una ducha y cambiarse de ropa. El día era muy limpio y brillante y el aire parecía más ligero que en París cuando salieron de nuevo a la calle. María se veía muy joven y bonita con aquel traje blanco que nunca antes le había visto y un pañuelo azul celeste anudado al cuello y sujeto por un broche. Paseando por las ramblas, contemplando los puestos de libros y la venta de pájaros y las polvorientas fachadas grises de los edificios sobre el esplendor de los plátanos de hojas recientes, experimentaban una excitación y una alegría de primer día de vacaciones. En un restaurante pequeño y lleno de humo, con paredes atiborradas de fotos de actores y toreros, tomaron una hirviente sopa de mariscos y una botella de vino blanco muy frío. Tres muchachos con largas capas negras cantaban canciones andaluzas acompañándose con guitarras; un resplandor de azul cielo mediterráneo encendía el rectángulo de la ventana. Mientras bebía despacio un coñac, miraba en la tibia atmósfera de humo la cara plácida y luminosa de María, las delicadas aletas de su nariz y sus dientes muy blancos y parejos quebrando delicadamente el barquillo de un helado, y no podía evitar la zozobra de un deseo lento y turbio que empezaba a latirle en la sangre, la idea de una siesta de caricias lentas y besos en la penumbra de la alcoba del hotel. Sus miradas se habían cruzado y ella le había tomado la mano acariciándosela suavemente. Qué habría hecho sin ti, dijo de pronto. Y él, sintiéndose peludo y lascivo contemplando desde la fronda de sus deseos a la inocente Caperucita, tuvo un repliegue avergonzado. Pero al levantarse de la mesa, aquel hielo estaba de nuevo en las entrañas. Afortunadamente el barco zarparía a la medianoche.

Estaba aclarando cuando, luego de una noche pasada en sus respectivos camarotes, se encontraron en el puente del barco. Ya se veía la isla. Todo aquello, las altas colinas amarillas cayendo a pique sobre la superfi-

cie pálida del mar, el chillido de las gaviotas en el aire
frío y el rumor del agua rasgada por la quilla del barco,
tenía un aspecto tan nuevo y desconocido, que por primera vez tuvieron una sensación real de ruptura con
todo lo que que daba atrás, de vida nueva. Temblando
de frío, María se apretó contra él. Tenía una cara intensa como si fuera a llorar. Fue suya la idea de alquilar un
automóvil en la oficina de Avis, próxima al muelle. Somos pobres con manías de rico, le decía él riéndose, al
salir a las calles de Palma, ruidosas y con altas casas
amarillas. Tardaron algún tiempo en encontrar la carretera de salida. Cuando, rodando veloces en el auto, se
internaron por aquellos campos de tierra rojiza, con el
olor de los almendros y los olivares en el aire tibio y radiante y las colinas tenuemente dibujándose al fondo,
volvieron a tener una sensación abrupta de libertad.
Sentada a su lado, un pañuelo en la cabeza y el traje on-
dulándole en la brisa, María contemplaba fascinada las
rocas y los olivos de grueso tronco retorcido desfilando vertiginosos tras las bardas de piedra. Muchas
veces, recuerda ahora, recorrerían aquella carretera; la
recordarían tramo por tramo, hasta saber en qué recodo reventaban las buganvilias o dónde había el riesgo de encontrar un conejo encandilado por la luz de los
faros. Pero en aquel momento todo les resultaba iné-
dito. A medida que avanzaban en medio de aquella paz
de olivos y cipreses y viejas casas de piedra con ventanas azules, los envolvía un sopor de placidez como el
zumbido de una mosca a la hora de la siesta. De lejos
divisaron el pueblo de Valldemosa, con la torre de su
cartuja elevándose sobre un rebaño de casas en un aura
de luz rosada. Siguieron de largo. Acababan de traspo-
ner una colina cuando divisaron, muy abajo, en un repentino desgarrón azul entre el verde de los pinares, el
mar. Les llegó su olor. Cuando detuvieron el auto les
llegó también el rumor del agua estrellándose contra

los acantilados. Dieron algunos pasos respirando en el aire el intenso olor de los pinos. Piaban las golondrinas. Qué paz, dijo ella. Qué silencio. Y él pensó en aquel momento en Javier, que tantas veces le había hablado de Mallorca. Lo imaginó en sus laderas brumosas con una ruana y se dijo que algún día era necesario rescatarlo de tan triste destino. Siguieron su camino, en el auto, disfrutando ahora de las vastas colinas pardas desplegándose en lentas curvas frente a la remota claridad del mar, hasta divisar desde un recodo el pueblo, tal como lo recordarían luego, con la torre cuadrada y el cementerio de cipreses sobre una colina en el hueco de la alta montaña. Piedras, casas y flores en el viento tibio del mar, Deià.

Crujió la ancha puerta de madera y casi de inmediato les llegó un olor a cal fresca y humedad. Habían dejado el auto en la placita desierta y siguiendo el plan que el poeta Linares les había dibujado en una servilleta de papel no tardaron en encontrar a doña María, depositaria de la llave. Doña María resultó ser una viejecita pequeña y afable como una abuelita de libro de cuentos. Estaba sentada delante de la casa con una cesta repleta de guantes a los pies. Hablándoles del buen tiempo, los acompañó hasta la casa. Les abrió la puerta y los precedió en el oscuro vestíbulo. Cuando abrió los postigos, la luz de un limonero estalló en el marco de la ventana y toda la claridad del día y de las colinas encendió las paredes encaladas y las pulidas baldosas. Por un instante, en el silencio claro del mediodía, escucharon los cencerros remotos de los corderos. Zumbaba una abeja en los geranios de la ventana. Se miraron con María sorprendidos. Parece una casa de cuentos de Calleja, dijo ella. Pero ya doña María diligentemente les enseñaba la cisterna profunda con una polea y un cubo

para subir el agua; la cocina muy limpia y con flores en
la ventana; las alcobas del piso alto con viejos arcones
para guardar ropa y cuadros de santos en las paredes; y
un altillo con vigas y dos ventanas que miraban hacia
las amarillas colinas sembradas de olivares. El mar se
divisaba a lo lejos. Y fue en aquel momento, al saber in-
cidentalmente que eran colombianos, cuando les habló
por primera vez de Carlos. ¿El fantasma?, susurró María inquieta. Aquí se la pasaba noche y día trabajando,
decía doña María. En este mismo cuarto. María quiso
saber si había muerto en la casa. No, dijo la vieja, murió en Madrid. Pero fue aquí donde se le estropeó la cabeza. Aquí, donde conversaba con el demonio.

Poco después, caminando por el pueblo, María quería
saber de Carlos. Contemplaban las altas casas de piedra, escalonadas como en un pesebre, y detrás de ellas
la montaña encendida por el sol en el intenso y misterioso silencio que parecía envolver el pueblo, mientras
él le hablaba de Carlos, de la época en que, siendo niños, se habían conocido vagamente en el liceo. Luego
su encuentro en París, mucho más tarde, el niño de entonces convertido en un hombre hermético de distraí-
dos ojos claros tras unos lentes con montura de carey,
una eterna pipa entre los dientes, enredados en toda
suerte de telarañas metafísicas. Alguna tarde le había
prestado a Carlos su apartamento para que se acostara
con una muchacha alemana. Los había encontrado,
tendidos en la cama el uno al lado del otro, escuchando
un disco de Brahms y mirando por la ventana cómo
caía la noche sobre las mansardas de París.

Hablando, pues, de Carlos se habían alejado caminando por la carretera. Se internaron por un camino de tie-

rra en el silencio perfumado y zumbante de abejas de los olivos hasta llegar al mirador que domina la cala de Deià. Desde lo alto divisaron los bruscos peñascos y el agua azul y deslumbrante del mar. Redes de pescadores colgaban sobre el rústico embarcadero de piedra. María había suspirado feliz. Podría quedarme aquí durante años, había dicho. Y contemplándola allí, con una chaqueta de lana sobre los hombros, una felicidad intensa reflejándosele en la cara, frente al viento del mar, había sentido venir aquel brusco ramalazo de ternura. Estaban solos. Lejos, zumbaba una lancha. El rumor del agua en las rocas. La besó. Podría quedarme muchos, muchos años, repetía ella.

De regreso al pueblo, habían conocido al poeta Robert Graves. Venía por el camino de los olivares, una cesta de paja colgándole del hombro y un sombrero también de paja en la cabeza. Les había preguntado en inglés si el agua estaba fría. A los dos les había sorprendido que un hombre tan viejo se dispusiera a echarse al agua a una hora que estaba próxima al crepúsculo y en una época que no era aún caliente. Se había quedado conversando con ellos en un español pedregoso. Quiso saber, mirándola con sus ojos tranquilos azules, cuál era el signo de María y cuando ella se lo dijo aprobó como si lo hubiese sospechado. Al saber que eran colombianos y que vivían en la casa más alta del Puch movió la cabeza maravillado. Increíble, dijo. Les habló de Carlos como uno de los cuatro Cristos que habían aparecido por el pueblo en los últimos veinte años. ¿Lo habían visto ya? Aparecía de noche al pie de la cisterna. La esposa de un músico alemán le había preguntado una noche quién era, qué quería. Carlos le había mirado en silencio antes de desaparecer. María oía al viejo asustada. El poeta les había referido que el pueblo había formado en la Edad Media, con Soller y Fornalux, el triángulo de los brujos. Les habló de campos magnéticos en la montaña cuya influencia agudizaba las tendencias latentes de quienes llegaran a vivir allí. Cagliostro había vivido en el pueblo. Gentes habían sido quemadas por brujería siglos atrás. Las casas, muy viejas, guardaban ecos y voces; en el lugar donde en otro tiempo existió una escuela se oían todavía cantar los niños, aunque esos niños hubiesen muerto de viejos hacía muchos años. El poeta grande y viejo y hermoso, mirándolos muy serio con sus grandes ojos azules bajo el sombrero de paja: ningún rastro de broma, sino una convicción honesta, casi cándida, acerca de todo aquello. Se despidió poco después y siguió su camino hacia el mar.

A medida que se acercaban al pueblo, a la casa que los aguardaba en lo alto con sus alcobas grandes y vetustas, María parecía inquieta por el fantasma. Quizá por aquella razón, decía, la casa ha estado tanto tiempo deshabitada. Pero él, riéndose, le dijo que no creía en fantasmas nacidos en Chapinero. En realidad, ahora lo recuerda, sus bromas disimulaban un apremio y a la vez una inquietud ante la idea de encontrarse a solas con ella en la misma habitación. Decidió invitarla a la terraza del café antes de subir. Pidió una ginebra. Ella aceptó otra. La pueril inquietud del fantasma parecía más bien aproximarla a él, entregársela sosegadamente. A la segunda ginebra él se sentía más seguro. Estaban solos en aquel rincón del Mediterráneo: las golondrinas en el crepúsculo, un lucero en la montaña, el cuello largo de María, sus labios muy finos, sus senos que debían ser duros y pequeños como peras. Sintió el contacto de sus rodillas. Algo cálido y confiado le latía en la sangre. Se oyó a sí mismo proponiéndole que regresaran a casa. Ernesto, me vas a matar de hambre, dijo ella riéndose. Y él batiéndose en retirada, caramba, mujer, tienes razón. De modo que habían comido en el restaurante del pueblo. El vino de la cena era espeso y fuerte. A él le hubiese gustado que María no se limitara a beber unos sorbos delicados y que no mirara con inquietud la manera como él bebía. No pareció aprobar que él pidiese una copa de coñac después de la cena. Te vas a emborrachar, le decía. Pero él se sentía bien. Empezaba a preguntarse cómo sería ella en la cama, a veces muchachas como María, todo pureza y todo candor, eran volcanes de lava hirviente, se revolvían como tocadas por un látigo. De regreso a casa, María le hablaba cosas fútiles (¿Sientes el olor a jazmín? Mira la vía láctea...) a las que él apenas prestaba atención. Por primera vez sentía por ella un deseo brusco y apremiante. Llegaron por fin. Recuerda el gemido de la puerta al abrirse, el olor a casa vieja, la luz de la luna entrando oblicuamente por la ventana. La atrajo con violencia hasta sentir contra el suyo aquel cuerpo de huesos frágiles. Y la voz de ella, asustada, prende la luz. No, decía él, buscándole la boca. Ella se debatía, apartaba la cara, espera, espera. La luz estalló como un relámpago en su cabeza. María había encontrado el interruptor. Espera, le decía ella sonriendo, no seas impaciente. Compré una linda camisa de dormir. Y él: ¿una qué? Ella, ruborizándose: una camisa de dormir, dame tiempo de ponérmela. Dame tiempo. Era como para reírse, aquellas dos palabras hacían irrisorias la incertidumbre y la espera de tantas semanas. Mientras la aguardaba en la alcoba, preguntándose si debía empezar a desnudarse, sólo quedaba el deseo ardiendo tenaz en la penumbra de la pantalla, mientras ella se demoraba en el baño. Por fin decidió él quitarse la ropa. Cubriéndose con las cobijas se quedó absorto, los ojos fijos en las vigas del techo, su deseo palpitando siempre en el centro de una ansiedad profunda. La oyó salir del baño, apagar una luz, subir la escalera. En el resplandor de la pantalla, la vio aparecer en el umbral con una camisa de seda blanca hasta los pies, sonriendo un poco turbada como una muchacha antigua en la noche de su primer baile. Ven, le dijo él ahogado de apremio. Ella insistió en apagar la lámpara antes de deslizarse temblando a su lado. Él sintió la fragancia a limón del pelo y el cuerpo frágil y asustadizo bajo la seda del traje de noche. La besaba repetidamente y ya su mano alzaba la camisa de dormir cuando la sintió contraerse con un reflejo de animal arisco. No, no, la oyó implorar de pronto, horrorizada. Apartaba la cara y su mano lo apartaba con violencia. Cuando él encendió la luz, María se había dado la vuelta contra la pared, estremecida por los sollozos. Lo esquivó como tocada por una brasa. Déjame, le dijo la voz. La voz estaba llena de horror. Él se vistió de prisa y en silencio. Bajó la escalera y cruzando el vestíbulo salió a la placita quieta y oscura. Temblando encendió un cigarrillo. Mierda, pensó. Mierda. Ladraban perros en alguna parte del monte. Detrás de la casa, sobre la mole alta y oscura de la montaña, brillaba solitario un lucero. Pero al otro lado, hacia el mar, se desplomaban racimos de estrellas. Respiró hondo. Dio algunos pasos. Caminar, no pensar en nada. Por ahora en nada. Cuando se sintió tranquilo y con los nervios seguros, regresó a la casa. María estaba sentada en la cama fumando. Tenía todavía los ojos llenos de lágrimas. Perdóname, le dijo. Y luego con una voz tranquila y firme: me voy mañana. *Voilà*, pensó él. Alguna vez, no recordaba cuándo, aquello mismo le había ocurrido. Alguien muy próximo, alguien que él amaba, se iba. Oyó en su memoria pitar un tren. Se estremeció. Tenía deseos de sentarse a llorar en alguna parte como un niño abandonado. Pero se oyó decir con una voz fría, neutra: está bien, si así lo quieres, está bien. Las campanas de San Diego sonando allá lejos en el crepúsculo, en su infancia. Te vas, está bien, repitió ahora casi con rencor. Encendió un cigarrillo y se quedó mirando por la ventana la plaza en la quieta oscuridad llena de estrellas. Cuando se volvió hacia la cama, descubrió que María estaba llorando, la cara cubierta por las dos manos. Sintió por ella una repentina ternura. Qué pasa, conejo, le dijo. Dime qué pasa. Encontró los ojos de ella, asustados. Tengo miedo, dijo. Al besarle los párpados sintió en sus labios el sabor a sal de sus lágrimas. Quédate, le pidió (le imploró) suavemente. Quédate, María, todos tenemos miedo. Le pasó la mano por el pelo, mano que María no esquivó esta vez, que atrapó en las suyas y aproximó a sus mejillas como una niña con su conejo de felpa.

Le había ofrecido dormir en otra alcoba. Pero ella no había querido, quizás asustada ante la idea del fantasma. Así que se quedó junto a ella, tendido en la cama, fumando. Y hablaron hasta muy tarde, recuerda. María necesitaba hablar. Fue en aquel momento cuando le contó de su marido y el horror de aquella luna de miel en Miami. Era un enfermo. En Bogotá, lo sentía llegar con terror. Era horrible lo que quería hacer conmigo. Era tal mi repugnancia que yo me iba a vomitar al baño. A lavarme luego, a quitarme su olor de encima. Así, hasta que tuve mi primera crisis de depresión. Era horrible. Necesito tiempo, Ernesto. Confianza. Cuando me besaste en el cuello fue como si él... Sí, sí, claro, le había interrumpido. Lo entiendo, cómo no lo voy a entender. Fumaba el cigarrillo con un escalofrío de decepción en las entrañas. Le había dado las buenas noches besándola en la frente. Y había llegado a dormirse a su lado. Pero cuando sonó el reloj de la iglesia dando las tres o cuatro de la madrugada, estaba de nuevo despierto. La había sentido volverse hacia él, suspirando. Pero no suspiraba en sueños. Estaba despierta. Lo adivinó en la forma consciente y deliberada como se le acercó. Oyó su voz susurrante: contigo me siento bien, ya no tengo miedo. Ya no. Él la besaba despacio y cautelosamente. Y ella, de pronto, en un susurro ahogado, inesperadamente: ¿quieres? Mientras él la tomaba por primera vez le decía palabras calculadas y dulces y ella le pasaba la mano por el pelo, pétalo tierno pero inerte. Y él, cuidadoso como si avanzara entre copas de cristal, no lascivo, no lobo bestial y codicioso, sino puro y suave, ángel de la guarda haciendo el amor.

III

—Le oímos a Daniel Viglieti, en la Mutualité, una linda canción sobre Camilo Torres —decía la Margy—. ¿Cómo era Jacqueline? Donde murió Camilo nació una flor.

—Me parece que así decía.

—¿Ustedes lo vieron alguna vez? —preguntó la Margy.

—¿Al cura Camilo? Yo no —dijo Fernando—. Éste sí —y señaló a Ernesto.

—¿Verdad que era bello? —preguntó Minina—. Catire y de ojos azules.

—Verdes —dijo Ernesto—. Pero hablemos de otra vaina.

—¿Por qué? —preguntó la Margy.

—La salsa y el tema de Camilo no van bien juntos.

—¿Pero verdad que era bello? —insistió Minina.

—No sé lo que ustedes llaman bello. Tenía ojos verdes... y una pipa. Se ruborizaba a cada paso porque era tímido. Pero es verdad, las muchachas andaban locas por meterse a su cama. Isabel, la mamá, tenía que espantárselas a escobazo limpio.

—¿Y nunca se cogió a ninguna? —preguntó Minina.

—Minina, tú no piensas sino en eso.

64

—Ay, chico, pero cuando yo veo un curita pienso siempre: ¿cómo hará?

—O una monja —dijo la Margy.

—Pues yo creo que Camilo tomaba en serio su papel de cura —dijo Ernesto—. Además, ya que el tema tanto les interesa, para librarse de sus tentaciones llevaba una hierbita alcanforada sujeta de la cintura por un hilo de seda.

—¿Una hierba? —La Margy estaba interesada también.

—Adormece los deseos. Muchos curas la usan. Y tú tambien, Margy. Tú también deberías usarla.

Minina seguía intrigada:

—¿Estás seguro de que nunca le interesó una mujer?

—Eso no he dicho —respondió Ernesto—. Camilo tuvo una novia, que se metió de monja cuando él decidió hacerse cura. Y otra, platónica también, francesa, que conoció en Lovaina, según parece, lo siguió a Bogotá y vivió muy cerca de él hasta su muerte. Muy católica, y de joven muy atractiva, con el pelo oscuro y los ojos claros. Supongo que sublimó su amor. La libido sublimada da gentes muy activas. Cuando Camilo dejó de ser cura para dedicarse por entero a la revolución, ella lo siguió. Era su secretaria.

Fernando sacudió la cabeza escéptico.

—¿Amor platónico? Yo no me trago ese cuento.

—Bueno, pienso que después de que salió de cura la hierbita alcanforada no tenía razón de ser. Tómenlo como simple hipótesis.

—¿Qué pasó con ella?

—No cuento más —dijo Ernesto—. Hablar de Camilo me corta el trago. Me pone mal.

—Es el ron que te está pasmando —advirtió Fernando—. Bébete otra vaina. ¿Quieres agua mineral?

—No, voy a beber ron solo. Sin mezclarlo con Coca-Cola.

—¿Qué pasó con la francesa de Camilo? —insistió Minina—. ¿Se metió a la guerrilla también?

—No, quedó de enlace entre la guerrilla y sus soportes políticos. Cuando murió Camilo, escapó de Colombia. La ayudó una señora de la más alta burguesía que había sido compañera suya en París. Esta señora, esposa de un ex ministro, mujer encantadora, a quien le gustan como a su marido los buenos cuadros y los vinos y las porcelanas de Limoges y otros oprobiosos refinamientos burgueses, tuvo el valor de sacar a esta muchacha en una avioneta y dejarla en Panamá, cuando toda la Policía y los servicios de seguridad la buscaban. Riesgo, entre paréntesis, que pocos revolucionarios habrían corrido. Gracias a ella, la amiga de Camilo vive ahora en Versalles.

—Me gustaría conocerla —dijo Margy.

—Cualquier día —dijo Ernesto—. Ahora está casada. Con un cura, por cierto. O un ex cura, prueba de que sus polillas son tan tenaces como las mías.

Ernesto bebió un trago de ron.

—Fíjense qué historia se está perdiendo la Metro Goldwin Mayer.

María arregló la casa. En el lugar donde había óleos de santos, puso algunas reproducciones de Miró. Clavó una herradura en la puerta, colgó un cascabel japonés en el marco de la ventana y en la pared de la cocina un viejo farol de coche de caballos que había encontrado en un depósito de cosas inservibles cerca de Palma. Compró también muñecas de paja y una gallina de mimbre que colocó en la repisa de la chimenea; libros, flores amarillas de papel y cassettes de Mozart, Brahms, Vivaldi y también Manzanero y los Beatles, y unos corridos de Cuco Sánchez, que a él le gustaban. Con todas esas cosas, y frutas, jamón, queso de

Mahón, galletas y tarros de Nescafé y algunas botellas de vino y brandy, se sintieron muy seguros. María empezó a pintar. Su primera acuarela (el paisaje de la montaña visto desde una ventana de la casa) mostraba una delicadeza y una armonía excepcionales. La animó a seguir pintando. Él (Ernesto), por su parte, se había instalado en el cuarto del altillo. Trabajaba en una nueva traducción de Boris Vian, contratada en Barcelona, pero reservaba algunas horas de la mañana para un libro que siempre había deseado escribir sobre Camilo Torres.

A medida que llegaba el verano, los días iban haciéndose más calientes. Todo era muy tranquilo. El sonoro tictac del reloj de péndulo que había en el vestíbulo se oía en toda la casa. Zumbaban las moscas en los cristales. Vivaldi, a veces; a veces Manzanero, María pintando en la planta baja y él escribiendo en el ático; jamás habían sido tan felices. Se habían descubierto una vocación común para vivir en el campo. Les encantaba escuchar al amanecer el canto remoto de los gallos. Cuando despertaban del todo en la gran alcoba en penumbras, oían piar las golondrinas en el alero. El sol ponía rayos de luz muy viva en las celosías. Al abrir la ventana, que daba a una placita desierta, les llegaba en el resplandor cálido de la mañana el olor limpio del mar y los olivares. Alguna mujer barría un umbral. Al otro lado de la placita, en el jardín de la casa cural veían la sotana del cura oreándose. Les gustaba ir al mar. Descubrieron lugares, muy solitarios en la costa de Lluch Alcari. Les encantaba aquel camino abrupto que descendía hacia calas perdidas en el aire ardiente y lleno de algarabía de cigarras, entre viejos olivos, hasta internarse en la sombra espesa y perfumada de un pinar. El agua se divisaba desde muy alto, relumbrando entre los pinos. Era tan transparente que se veían las piedras del fondo, doradas por el reflejo de la luz. Permanecían horas enteras tendidos en una roca muy lisa azotada constantemente por el mar, con el sol en los párpados y el viento tibio del Mediterráneo trayéndoles a veces el rumor lejano de una lancha. La piel de María tomó un tono dorado que hacía resaltar en su cara la blancura de los dientes y el resplandor tranquilo de los ojos. Jamás he sido tan feliz, decía a cada instante. Y en seguida tocaba madera. Le gustaba salir a pasear en las noches por las calles silenciosas del pueblo. Cuando había luna llena, las altas casas de piedra con sus enredaderas florecidas parecían envueltas en una extraña fosforescencia y era más intenso el olor de los jazmines. A veces llevaba a María hacia el cementerio. Ella siempre tenía miedo de entrar e intentaba detenerlo tirándole por la manga cuando él empujaba la puerta chirriante que daba a las lápidas llenas de luz de luna. En realidad, María estaba siempre asustada por las historias de fantasmas que circulaban por el pueblo. Temía quedarse sola en casa. Aseguraba haber oído ruidos en un cuarto abandonado de la casa. Un suspiro. El crujido de una cama. Ningún mal puede hacernos el fantasma de un amigo, le decía él riéndose. Pero María estaba segura de todo lo que le contaban. Había encontrado en un estante un libro de poemas de Carlos, lleno de polvo. Algo quedaba de él entre los muros, decía. Una ansiedad; una especie de vibración.

Doña María les habló una noche de Carlos, de sus últimos días. Les refirió que trabajaba todo el tiempo en el cuarto del altillo. De noche, cuando ella iba a acostarse, veía desde el patio (entonces no había luz eléctrica en la casa) el resplandor de una vela en la ventana. Carlos trabajaba hasta muy tarde. Muchas mañanas, ella lo había encontrado dormido sobre la mesa, todavía con la ropa puesta y la vela consumida en un plato. Tanto había trabajado, decía doña María, que la cabeza empezó a estropeársele. Decía disparates. Que el diablo no lo dejaba en paz. Que lo seguía a todas partes, que le daba cita en los pinares de Lluch Alcari. Déjalo esperando, no vayas, le decía doña María. Pero él, testarudo: tengo que ir, María. Y se iba. Volvía arañado, con las alpargatas destrozadas, sollozando. Doña María le lavaba los pies en un platón de agua caliente. Le ponía un par de calcetines limpios de lana, mientras él seguía sollozando, horrorizado por haber visto al demonio, por haber combatido con él. Sólo a los santos les es dado ver al demonio, le decía doña María. Le pedía que llevara un testigo, así cuando muriese podía ser canonizado. Pero Carlos aseguraba que no era ningún santo y nunca quiso que nadie lo acompañara a los pinares donde tenía sus citas. Muchachos de las fincas lo habían visto corriendo cerca de los arrecifes. Tropezaba con las piedras, a veces caía. El día que intentó suicidarse arrojándose en una motocicleta por el barranco donde se queman las basuras del pueblo, alguien llamó a su madre o le envió un telegrama. Y la madre de Carlos vino. Era una mujer todavía muy hermosa, de reposados ojos claros, que lo trataba como a un niño pequeño. Los habían visto juntos en la iglesia, aquel domingo de otoño en que ella permaneció en el pueblo; luego comiendo en la pensión de Can Oliver. Ella hablándole siempre de manera suave, continua y persuasiva; él escuchándola sin decir nada, una pipa apagada sujeta por los dientes y los ojos errando de un lado a otro. Los vieron caminando por la carretera; los vieron también contemplando el mar desde una terraza llena de flores. De vez en cuando, él sacaba una libreta del bolsillo y tomaba apuntes, siempre en silencio y con la pipa apagada en la boca. Se habían ido al día siguiente. El día era lluvioso, recuerda doña María, ella los había visto pasar frente al estanco: la madre hablándole aún de manera continua y razonable; él distraído, mirando hacia fuera, hacia las casas y la lluvia. Dos semanas después se había matado en un sanatorio de Madrid, y nadie sabía decirle si había sido con somníferos o arrojándose por una ventana.

Ahora, de alguna manera, Carlos había vuelto a la casa convertido en leyenda de luna llena, en sombra, en crujido, en suspiros inexplicables. Carlos había compartido con ellos la soledad de sus primeros tiempos en Mallorca. Soledad que a veces a él lo abrumaba. Pero no a María. Detesto la gente, le dijo alguna vez. En sus pesadillas tenaces, que la hacían temblar y quejarse mientras dormía, veía siempre caras de amigas de Cartagena llamándola. O paredes que se agrietaban para dejar salir porquerías. La enfermaba recibir cartas de su madre, siempre llenas de reproches amargos. Según la vieja, el marido de María no hacía otra cosa que emborracharse en Bogotá diciéndole a todo el mundo que su mujer era una triste puta, se había fugado con un periodista. La madre de él había hablado con el arzobispo y abogados amigos protocolizaban una separación por abandono del hogar. Temían siempre que María solicitara dinero. Cada vez que recibía cartas de este género, María salía del baño con los ojos llorosos. Nunca más quiero volver a ese país, juraba. De noche, en la cama, se apretujaba contra él. No sé qué habría hecho sin ti, le decía; seguramente me habría matado. Con algún esfuerzo (pues ella siempre prefería pasearse por lugares apartados) conseguía llevarla al café, que había ido llenándose de muchachos con aspecto de hippies.

Los Azuola habían sido, recuerda, sus primeros amigos en Mallorca. Él, un asturiano de palabra brusca y pelo prematuramente encanecido. Ella, una madrileña alta y locuaz. Dos hijos: una muchacha de diecinueve años, Julia, y Pepe, un muchacho de quince. Tal había sido el grupo de intrusos que encontraron una mañana en su piedra habitual de Lluch Alcari. Fue la madrileña la primera en acercársele. Les había pedido un cuchillo para partir un melón. La ve ahora en su memoria abriendo el melón y hablándoles animadamente, mientras su marido permanece silencioso con los ojos fijos en el agua. En un momento dado, ella les había preguntado si tenían chicos, dando por sentado que él y María eran marido y mujer. María se había ruborizado. Y antes de que contestara nada, él (Ernesto) se había anticipado a decir: no estamos casados sino escapados. La madrileña, que se llamaba Carmen, soltó la risa; qué bárbaros, dijo. Fue entonces cuando el marido dejó oír su voz brusca. Hacen mal, advirtió volviendo hacia ellos, en la cara muy tostada, un par de ojos azules llenos de humor. Yo creo que hay que casarse joven y a menudo. Señaló a su hija, que en aquel momento subía a la roca donde se hallaban, chorreando agua: se lo digo siempre a esta bruja. Vestida con un traje de baño amarillo, la muchacha, muy morena, parecía una gitana; tenía una manera impertinente, muy divertida, de levantar la cabeza y mirar derecho a los ojos. ¿Casarse?, repitió mientras se secaba el rostro con una toalla. Ni siquiera a menudo. Éstos, dijo señalando a sus padres, predican el libertinaje, pero son tan monógamos que dan asco. A él (Ernesto), aquella familia le había caído en gracia. Recuerda al asturiano, invitándolos aquel día a cenar. Prepárale esta noche un conejo a los escapados, le había dicho a su mujer.

Tenían una casa en Lluch Alcari con una terraza llena de flores que por encima de muros encendidos de buganvilias miraba hacia el mar. Y ahora había perdido la cuenta de todos los crepúsculos que pasó en aquella terraza bebiendo ginebra, con el olor intenso de las flores en el aire y el sol hundiéndose gradualmente en el agua, antes de que oscureciera del todo y en la quieta oscuridad sólo quedaran las estrellas y los grillos. Martín, el asturiano, que había sido hijo de un anarquista, hablaba sarcásticamente de Franco, del Opus y de la

Falange y de la benemérita sociedad española, de los curas y las obras de caridad, pero no veía ninguna salida a corto plazo. Los verdaderos partidos españoles en este momento son el Real Madrid y el Atlético Bilbao, decía a veces. Carmen, su esposa, parecía acostumbrada a sus críticas y apenas le prestaba atención. Le gustaba tocar la guitarra y muchas noches, después de la cena, cantaba canciones flamencas con una voz profunda y muy hermosa. Julia y Pepe, los hijos, eran hinchas de Joan Manuel Serrat y de Paco Ibáñez, y todo el tiempo estaban poniendo en un tocadiscos portátil, que sacaban a la terraza, *Jornaleros de Jaén* y *Tu nombre me sabe a hierba*. Ambos tenían simpatías por el partido comunista. Julia era además feminista beligerante. Hablaba del amor libre y del bisexualismo provocando el escándalo de la madre (bárbara, qué estás diciendo, le decía a cada rato) y la mirada escéptica y tolerante del padre, que la hacía enfurecer diciéndole habla, habla todo lo que quieras, mocosa, que ya te veré zurciéndole calcetines a tu marido. Julia se parecía un poco a Estela. Tenía sus ojos y la misma manera atrevida de lanzar opiniones y contradecir. Se lo dijo un día, yendo al lado suyo hacia el mar por el camino de los olivares. Te pareces a una muchacha con la que viví. ¿Qué pasó con ella?, preguntó Julia. Su feminismo me producía sobresaltos. La muchacha se rió. Eres igual a mi papá, un machista protector. Por eso se entienden tan bien, porque son parecidos. Les gustan mujeres dulces y sumisas. La alusión a María, sin saber por qué, le había producido a él un sordo malestar.

María había sido adoptada por el asturiano y su mujer. El asturiano la llamaba criatura, y Carmen le había dicho a él (Ernesto): qué encantadora es, cuánta suerte tienes. Julia en cambio, le lanzaba toda suerte de alusiones agresivas. Para mí, dijo un día, la dulzura es pura y simplemente debilidad de carácter. María se había ruborizado intensamente. Qué muchacha insoportable es Julia, le dijo aquella noche. Y al día siguiente, con el pretexto de un dolor de cabeza, se quedó en casa. Insistió en que él fuera. Cuando la disculpó con sus amigos, Julia lo miró con sorna. Toda aquella noche, recuerda, él se sintió inquieto, pensando en María; le asustaba quedarse sola en casa. Las ginebras que tomaba para levantar el ánimo sólo conseguían hundirlo en una especie de embriaguez sonsa y triste. Anímate hombre, qué te pasa, le dijo Carmen en un momento dado. Julia le clavó los ojos. Se siente culpable, le dijo a su madre. Se siente culpable de haber venido solo. Estaba sentada delante de él, la luz de la lámpara alumbrándole el rostro muy moreno y encendido por el largo día en la playa. Las pupilas le brillaban insolentes. Detrás de ella, en la oscuridad entrevista en la ventana, latían los grillos. Es una niña, pensaba él rápida, defensivamente. Julia lo ponía nervioso. Volviéndose hacia el asturiano, que en aquel momento destapaba una botella de vino, le dijo: tienes razón en llamarla bruja, adivina los pensamientos. Julia se rió, sonrojándose intensamente.

Había regresado a casa, poco después de la medianoche, con una ansiedad que no sabía a qué atribuir, si a Julia, a las ginebras bebidas o a aquel olor espeso y caliente del verano. Sentía un vago apremio latiéndole en la sangre. Nunca supo por qué hizo aquello: despertar a María, que se había quedado dormida sin apagar la luz y sacarle sin palabras el camisón de noche. La había mirado desnuda en el resplandor de la pantalla. Vio sus senos pequeños, más blancos por la huella del traje de baño y el triángulo, más blanco también, sobre la sombra del pubis. La besaba con un deseo intenso y rabioso, recuerda, como si fuese otra mujer, una desconocida hallada en la arena de la playa. Ven, no seas necio, la oía susurrar inquieta. Pero él buscaba a través de una fragancia suave de jabón y agua a colonia, su olor verdadero de mujer. Sentía hirviente necesidad de romper aquel celofán protector, tierno, dócil, inepto, que la envolvía como a una rosa de floristería. La recorría con sus besos, recuerda, injuriándola con una especie de turbia y jadeante desesperación. Pero descubrió que en las pupilas de ella no había placer alguno, sino susto. ¿Qué te pasa?, le preguntaba. También éste soy yo, repetía con furia buscándola, demorándose, izándose sobre ella con un escalofrío en la médula, con una ansiedad fragorosa en las entrañas, intentando desesperadamente arrastrarla al vértigo oscuro, a la ávida corola de fuego. Cuando todo terminó se dio cuenta de que ella estaba llorando. Lloraba como una niña asustada. Él había caído a su lado, respirando hondo, jadeante como un náufrago que se derrumba en una playa. Soy una bestia, pensó. Perdóname, le dijo. Habían permanecido largo tiempo uno al lado del otro, en silencio. Al fin sintió en su cabeza la mano de ella, tierna, comprensiva. La culpa es mía, sólo mía, le oyó decir. Perdóname tú, soy muy complicada. O eres muy brusco o demasiado tierno. No puedo explicártelo.

Ernesto preguntó la hora. Eran cerca de las doce de la noche y Cristina no había llegado. No pudo venir, pensó con decepción. Toda la noche, mientras hablaba con Fernando y Minina, primero, luego con la Margy, había estado aguardándola; se lo decían sus vísceras, siempre alerta, y aquellos latidos más rápidos del corazón cada vez que sonaba el timbre en la puerta. Desde los tiempos de Oona, ya lejanos, no volvía a experimentar este tipo de ansiedad.

—¿Qué te pasa hombre? ¿Tienes sueño?

Luisa, la mujer de Fernando, se había inclinado sobre él. Gotas de sudor le brillaban en el mentón y a los lados de la nariz.

—¿Quieres café? —le proponía.

—Sí, con un poco de coñac.

—Deberías bailar un poco —dijo Luisa, señalando con la cabeza hacia la gente que bailaba: la barranquillera se destacaba entre todos, incansable—. Por ahí anda una chiquita preguntando por ti.

Ernesto se estremeció.

—¿Bella, de ojos verdes?

—Fea —dijo Luisa—. Y no te conoce sino de nombre.

—Bueno, mándamela de todas maneras.

Luisa se dirigió en voz alta a todos los que estaban en aquel rincón.

—¿Falta alguno por comer? Queda un poco de paella. Y una torta.

—Yo quiero una torta —dijo la Margy.

—Tortillas —dijo Ernesto.

Fernando se echó a reír. Luisa le miró con disgusto.

—¿De qué te ríes? Estás hecho un idiota, no fumes más.

Minina anunció que debía irse.

—Chica —protestó la Margy—, si la fiesta está apenas comenzando.

—Nos dejas frustrados a la Margy y a mí —dijo Ernesto—. Ambos teníamos, cada cual, de nuestro lado, malas intenciones contigo. ¿Verdad, Margy?

—Yo siempre tengo malas intenciones —dijo ella, una chispa de malignidad en los ojos pardos.

—De veras no puedo —dijo Minina recogiendo su bolso—. Vivo en *Fontenay-sous-bois* y el último bus sale de *Châtelet* a la una. —Se inclinó hacia Ernesto y lo besó—. Adiós, hombre —le dijo en voz baja—. ¿Cuándo nos vemos?

—Cualquier día.

Ella lo miró muy seria.

—¿No quieres verme?

Seguía hablando en voz baja.

—Ahora eres monógama.

—Yo soy siempre libre, tú sabes.

—Cierto. Tú eres la libertad.

No quería verla, en realidad. Minina le recordaba muchas cosas. Era ya el único punto de enlace con toda una época de su vida en París, antes de irse a Chile. Una época que deseaba olvidar.

Ella pareció adivinar sus pensamientos.

—¿Cómo está tu vida?

—Bien.

—¿Todo bajo control?

—Todo bajo control.

—¿Sigues escribiendo?

—Artículos alimenticios. Con diez seudónimos. Pero no me quejo; ahora como tres veces por día.

—¿Y tu libro?

—Rodó por editoriales de Barcelona. Literatura intimista, que hoy no tiene mucha importancia. Algo de eso dijeron. En fin, es mejor dejar en paz los recuerdos de infancia.

—¿Te vas a quedar en París en verano?

—Quizá vaya a Deià. Es un pueblo con muchos fantasmas. Para mí, al menos.

Minina lo contemplaba aún con ojos quietos, profundos.

—Te quiero —le dijo en un susurro—. Lo sabes, ¿verdad?

—Lo sé, mujer. Yo también te quiero mucho.

La vio abriéndose paso hacia la puerta a través de la

gente que bailaba. Su tipo debía aguardarla en un café, pensó Ernesto. Si el muchacho con quien vivía ahora tenía tripas de hierro o había perdido por completo todo atavismo machista, aquello podía durar... algún tiempo. Ellos no tenían, por fortuna, parecido alguno con su generación, pensó de pronto, recordando lúgubremente su adolescencia, los cafetines sombríos del amanecer, en Bogotá, las conversaciones sobre Dios y Schopenhauer en el humo de los billares.

—¿En qué estás pensando?

La Margy lo miraba curiosa.

—En el arte de envejecer sin nostalgia.

—¿Por qué la dejaste ir?

—La espera un tipo. Aquí, entre machos como nosotros, Margy, en estos casos no hay nada que hacer, tú lo sabes.

—Nada que hacer, vale —dijo la Margy, llena de experiencia. Lo observó con sus duros ojos pardos—. Tú no estás viejo, Ernesto. Tú no te pareces a los viejos.

—En París somos siempre jóvenes.

—Eso es verdá.

IV

Al terminarse el verano, se fueron los Azuola. El verano había sido como una larga fiesta, fiesta cuyos últimos rastros fueron barridos por los primeros fríos, en octubre. El pueblo quedó triste y desierto. Y el otoño no fue sino María, y también el invierno; María, Vivaldi, la lluvia, los olivares grises bajo la lluvia y el viento, aquel viento fuerte que venía del mar en las noches golpeando puertas y ventanas. Crujía la casa como un barco muy viejo. El frío, la soledad, el viento y los crujidos de las maderas, les había hecho sentir, como nunca, la presencia de Carlos en aquella casa. El pueblo, en in-

vierno, era muy extraño. Había en sus noches algo indefinible, inquietante. María tenía frecuentes pesadillas. La sentía gemir y temblar a su lado, en sueños.
Y él, por su parte, sufría de insomnio. Despertaba en
las tinieblas de la alcoba escuchando el viento triste en
los olivares y una especie de ansiedad, se apoderaba de
él. Tenía la sensación de hallarse perdido, enterrado en
aquel limbo del Mediterráneo. Pensaba en su vida con
angustia. La veía como una colcha de retazos, hecha de
sueños malogrados, de búsqueda sin sentido, de rechazos inútiles. Pensaba como nunca en su infancia; en su
madre, de la que tenía apenas un vaguísimo recuerdo y
de quien ni siquiera conservaba un retrato; en su padre,
líder de los años treinta, todo ímpetu y fuerza, al parecer, muerto también, al tiempo que su madre, en un absurdo accidente: sus dos vidas segadas, tronchadas en
plena juventud para sobrevivir apenas en el recuerdo de
amigos suyos, ahora escasos y envejecidos, que de tarde en tarde había encontrado en alguna polvorienta oficina. Su tío Eduardo, diplomático y hombre de mundo,
debía verlo a él (Ernesto) como un perfecto fracaso. Jamás lo había entendido. Beatriz, su hermana, casada y
separada y con tres hijos, era el único lazo con el pasado, una presencia dulce e inevitablemente distante. Debía resignarse a verlo también como un caso sin remedio, ella que aceptaba todas las normas y valores de la
burguesía bogotana. Pero él sabía que tras la pulcritud
de sus modales, indumentarias, cuadros y alfombras,
pulcritud erigida como un muro protector, estaba de
algún modo la soledad y el desconcierto; que un disco
antiguo, un álbum de fotografías hojeado algún domingo de lluvias en Bogotá, la devolvían a sus recuerdos tristes de internados y casas hurañas de tías, a las
eternas preguntas de qué sentido tiene esto, para qué.
Jamás había aprobado que viviera con Estela sin casarse. Creía que Estela era la responsable de todos sus

problemas. María, en cambio, habría contado o contaría con su aprobación, porque era también estricta y pulcra (distinguida, diría ella), sin un gramo de vulgaridad. A condición, naturalmente, de que todo entrara en la norma; separación y matrimonio discreto en Venezuela, y sobre todo nada de arrejuntamientos, de amaños, como los indios. Debes hacerla tu esposa y no una querida, acabaría por decirle. Qué porvenir sería aquel, pensaba a veces, imaginando su vida con María en Bogotá, en algún apartamento de los barrios del norte. Sólo de pensarlo le corría un escalofrío por la espalda. Desde muchacho, no sabía por qué, había rehusado ciertos destinos previsibles de su generación. No había querido estudiar derecho como Rodrigo Vidales, su amigo; menos aún, química industrial (idea de su tío). Quería darle a su vida un sentido, ¿cómo decía entonces?, trascendente. A Camilo le ocurría lo mismo. Habían hablado de aquello alguna vez. Le resultaba irrisorio o insuficiente como realización individual el esquema que tantos otros admitían y aun anhelaban de seguir una carrera, ganar dinero, casarse, reproducirse, envejecer y morir. No basta, decía Camilo. Volvía a verlo (mientras soplaba el viento en los olivares y María, a su lado, gemía y suspiraba durmiendo) en un café de Chapinero alguna noche del 47, apenas adolescente, hablándole de Cristo. Si Dios no existiese, yo seguiría siendo cristiano, le decía. Cristo había expresado un anhelo muy profundo de igualdad y fraternidad. De amor, decía; el amor y la bondad son las más altas calidades humanas. Los hombres sufrían. Sufrían de soledad y miedo, necesitaban amor. Extrañas palabras para un muchacho que no hacía mucho tiempo se había puesto su primer par de pantalones largos. ¿Por qué sufriría Camilo, en aquel momento? ¿Por qué aquella tristeza en los ojos, sus largos silencios, la manía de encerrarse durante horas en su cuarto? Isabel, su mamá, les pedía a sus amigos que lo llevaran al cine, que lo distrajeran de algún modo. Era inútil. Después de unas vacaciones en el llano, Camilo estaba muy extraño, escribía cuentos tristes, y todo el mundo andaba preguntándose qué pasa, qué carajo le ocurre, hasta el día en que Vidales, el más próximo de sus amigos, el más cáustico, más ateo, y escéptico de todos y no obstante el primer depositario de su secreto, les había dicho: nada, que quiere meterse de cura. Anuncio que el propio Camilo, arropado en una ruana blanca, les había confirmado aquella tarde friolenta y lluviosa de sábado, mientras bajaba por la calle dieciocho. Lo más duro pasó ya, les había dicho. Teresa lo sabe. Teresa, su novia, lo había sabido la víspera, y semanas después se había metido de monja; aquello parecía el argumento de una novela radial. Pero todo se había cumplido de un modo inexorable. Camilo había entrado al seminario. Recordaba aún su sorpresa al verlo por primera vez con sotana, en París, tres años después. Era verano, un verano ardiente, y Camilo, con una sotana negra, sudaba y olía a sudor, y él, abrazándolo en la puerta del Consulado de Colombia, había pensado: caramba, ya huele a cura. Iba para Lovaina. Y él (Ernesto) había tenido la impresión del amigo que al apartarse de la vida de uno, se pierde sin remedio, impresión que confirmaría tiempo después al encontrárselo en Bogotá enteramente entregado a oscuros apostolados de barrio. Actividad que él, Vidales y demás amigos suyos, dueños entonces de todas las verdades revolucionarias, encontraban irrisorias. ¿Qué sentido tenía, en efecto, aquello de distribuir tazas de chocolate entre los indigentes de los barrios del sur cuando la única solución para su miseria y para la miseria de todos los explotados de Colombia, no podía ser otra que una revolución como la que Fidel Castro estaba haciendo en Cuba? Así pensaban entonces, y había sido Camilo, ironías de la vida, el que, comprendiendo de pronto de una manera que seguía siendo candorosa y adolescente la inutilidad de aquellas tazas de chocolate repartidas entre los pobres, se había quitado la sotana y con barbas y uniforme de guerrillero se había hecho matar en una selva.

Pero en aquellos primeros tiempos del sesenta, habría sido imposible imaginarse que esto llegaría a ocurrir. Mientras Camilo reunía sus juntas de acción comunal en los barrios, ellos sus amigos, de otra época, se ocupaban de cosas serias. Viajaban a Cuba. Cuba; Cuba amenazada; los discursos de Fidel; la fraternidad tumultuosa que encontraban en estadios y plazas hirvientes de banderas y consignas; las canciones de Carlos Puebla; los milicianos, tan jóvenes, acechando desde el malecón o en las terrazas del Vedado, el cielo y el mar, temiendo una invasión norteamericana que podía producirse en cualquier momento: todo aquello los había marcado profundamente. Les parecía que la revolución, considerada por los comunistas prematura y temeraria dado que las condiciones para hacerla posible no se habían reunido, podía hacerse como en Cuba, mediante la aparición de vanguardias decididas. Así que la coyuntura insurreccional podía crearse, violentarse. El primer deber de un revolucionario es hacer la revolución, decía el Che Guevara. Se interesaban por primera vez en problemas de organización militar, en los manuales guerrilleros del general Bayo y del propio Che, en la manera de irse procurando armas y explosivos, de entrenar gente, seguros de que la actividad puramente agitacional y aun electoral que hasta entonces los había ocupado era en fin de cuentas transitoria.

Y así, en aquella alcoba a oscuras, escuchando a veces el reloj de la iglesia dando alguna hora de la madrugada o simplemente el viento nocturno agitando furiosamente los olivares, había pasado revista una y otra noche a aquella época de su vida, cuando habían empezado a trabajar en los cimientos de una organización clandestina, que más tarde sería el Ejército de Liberación Nacional, sin saber todavía de quién o quiénes habían sido, en realidad, instrumento. Porque habían sido únicamente un instrumento y él sólo lo había sabido tarde, no tanto como para comprometerse de manera irremediable en la aventura, pero sí lo suficiente como para que otros, amigos suyos, más impacientes o decididos o ilusos, resultaran muertos. La lista era muy larga. Volvía a ver en su memoria el grupo aquel de estudiantes que en el año sesenta se reunían por las noches en su apartamento de Bogotá; del cual, con el tiempo, había salido todo, aunque sus componentes estuviesen lejos de imaginárselo en aquel momento. Pues eran novatos y desde luego ineptos en el manejo de armas. Ninguno de aquellos estudiantes mal trajeados de la Universidad Nacional, de la Libre o de la Tadeo Lozano que llegaban a su casa con la lluvia de la calle en los zapatos buscando un trozo de pan y una taza de café en la cocina y un sitio tibio y al abrigo donde sentarse y discutir; ninguno había llegado a saber cómo era y cuánto pesaba un revólver en la mano y lo más parecido a un arma que habría utilizado en su vida hasta entonces sería una botella de Coca-Cola llena de gasolina con un trapo impregnado también de gasolina en vez de corcho, lanzada a considerable distancia para encabritar los caballos de la Policía, durante alguna de las tumultuosas manifestaciones de apoyo a Cuba o de protesta por el alza del transporte. Así que los veía de nuevo, diez años atrás, entrando en pequeños grupos de dos o tres hasta formar una docena, o menos, todos pobres, todos, con excepción de uno, provincianos, hijos de una maltrecha clase media en la cual un título de abogado o de ingeniero tenían una importancia considerable, viviendo en pensiones de mala muerte del barrio Santa Fe y vistiendo con la compostura modesta de sus padres, con sacos y corbatas deslucidas, gastadas por el uso. Se habían afiliado al Movimiento Revolucionario Liberal, MRL, siendo marxistas y castristas, en parte, aunque no se lo confesaran, por fidelidad sentimental al rótulo político que en sus provincias seguía siendo no sólo el de sus padres sino también el de las masas inconformes, y en parte, también, porque no había otra cosa, salvo un par de grupúsculos y un partido comunista polvoriento, litúrgico como una cofradía religiosa, con dirigentes envejecidos y repitiendo consignas rituales, partido cuyos más jóvenes exponentes salían aún por la carrera séptima con carteles tales como «¡Larga vida al glorioso astronauta Gagarin!».

Ése había sido uno de los vínculos entre Vidales y él (Ernesto), por una parte, y aquellos dirigentes universitarios, por otra: el de ser todos miembros de aquel movimiento, el MRL; el de constituir su vanguardia castrista y creer que, tarde o temprano, como ocurría ya en Venezuela, la lucha legal se convertiría en lucha armada. Ahora diez años después, desde la soledad de aquel limbo mediterráneo donde se hallaba, podía ver toda la ilusión lírica que había en aquellas previsiones. Ahora, cuando al menos dos de aquellos ocho, diez o doce muchachos que se reunían en su casa, Manuel Vásquez y Niño, habían sido muertos (el uno por el ejército; el otro, absurdamente fusilado por los propios guerrilleros); en tanto que los restantes integrantes del grupo se hallaban dispersos por el país, libres ya de toda cucaracha revolucionaria, abogados en sus provincias los unos, funcionario municipal o funcionario diplomático o exportador de fresas y claveles los otros; Vidales senador, y Valdivieso, ironía sangrienta, Juan M. Valdivieso, dueño de una cadena de peluquerías en Bogotá.

Justamente Juan Valdivieso venía a su memoria, una

y otra vez: el menos culto de todos, el opaco incapaz de levantarse en una asamblea universitaria para dar un concepto, incapaz de largar un discurso o de participar en una discusión teórica (¿se habría leído alguna vez un libro?, se preguntaba él a veces), era el que en su recuerdo cobraba, por obvias razones, una dimensión considerable. ¿Quién lo había llevado a su casa? Quizás el pastuso, que había sido expulsado como él de las juventudes comunistas. Podía recordar la manera cómo Juan Valdivieso hizo su entrada en aquellas reuniones nocturnas de su apartamento en el barrio de la Soledad; la impresión modesta que le produjo. No hablaba al principio, parecía intimidado exactamente como si a un muchacho que pasa el día echando paletadas de cal en un muro lo bajan de su andamio para sentarlo entre jurisconsultos. Cuando sonreía se sonrojaba intensamente y un diente calzado en oro le brillaba en la boca, avieso, inesperado, ahora que lo pienso, como una señal de peligro. Estudiante de último año de arquitectura, le habían dicho, pero era imposible imaginar aquellas manos rojas, anchas y toscas como su cuello disponiendo con un lápiz espacios, puertas y ventanas sobre una hoja de papel, sino bajando ladrillos de un camión o sacando del bolsillo un mugriento pañuelo con rayas de colores para sonarse. Es un muchacho de extracción popular, había pensado; sin ninguna formación política, eso saltaba a la vista: uno de tantos que seguían cursos nocturnos en alguna Universidad del centro, mientras de día manejan un ascensor o trabajan como ayudantes de un juzgado. Pero eficaz, había pensado, también, observando cómo era el más apto de todos en ciertas labores concretas; eficaz para procurarse un mimeógrafo o aun un frasco de bolas de cristal a fin de que las regaran por el suelo y sobre ellas resbalaran y trastabillaran los caballos de la Policía. El cuadro perfecto, formado quizá dentro de las disciplinas de los comunistas y no de las tumultuosas asambleas liberales, que se las arreglaba para viajar a cualquier parte con veinte pesos, capaz de dormir, si era necesario, sobre una estera con las ropas puestas y de ganarse rápidamente la confianza del pueblo, de aquellos colonos de Puerto Boyacá, por ejemplo, que lo reconocían como a uno de los suyos por su fortaleza física, sus bromas, su manera de comerse un pedazo de carne o de ponerse un palillo entre los dientes. Se sentían más a gusto con el compañero Valdivieso.

Lo veía aún como en aquellos primeros tiempos, entrando a su casa, sentándose en medio de los otros, las manos rojas colgándole entre las piernas, su ajado, invariable y barato traje color café y los zapatos amarillos con una costra de barro seco en los bordes, modesto, popular, silencioso, enteramente indiferente y aun incómodo con los análisis y especulaciones políticas de Vidales, que presidía a veces las reuniones, con sus propuestas y tácticas relacionadas con las convenciones, pero alerta, en cambio él (Valdivieso), como un perro alza las orejas al oír un ruido que sólo él había escuchado, cuando se hablaba de contactos en zonas campesinas donde operaban bandas armadas o acciones de apoyo a movimientos de huelga. Había sido el primero, recuerda, en introducir dudas acerca de Vidales y sus propósitos. Sobre Vidales, su amigo de toda la vida desde las remotas épocas del liceo, abogado pobre, defensor de presos políticos, fundador de ligas agrarias, el único de todos ellos que, como comunista primero y luego como liberal de izquierda (el clásico itinerario de tantos), había corrido riesgos en época de la violencia. Bromas inofensivas, que cuadraban bien en la atmósfera a veces retozona de aquellas reuniones, lanzadas al descuido de Vidales, o cuando éste se había ido ya; bromas y luego alusiones deslizadas de soslayo, corrosivamente, a propósito de las aspiraciones electorales de su amigo. Él (Ernesto) lo veía todavía a Valdivieso, enrojeciendo y diciendo a través de una sonrisa en la que relucía, suspicaz, el diente calzado en oro: «caramba, yo creo que si la revolución se dilata o se embolata nuestro compañero Vidales se transa por su curulita en la Cámara». No digas huevonadas, le decía él (Ernesto), pensando en un simple complejo de inferioridad de Juan Valdivieso frente al abogado joven, agudo y culto que era Rodrigo Vidales, cuyas réplicas cáusticas, exposiciones y análisis exigían, es cierto, casi a gritos, el ámbito parlamentario y no aquellas esmirriadas reuniones de estudiantes, impacientes y excitados sólo ante cualquier forma de acción. Acción para la cual Valdivieso iría, por cierto, a mostrarse de una eficacia asombrosa.

Recordaba durante aquellas noches la manera cómo Juan Valdivieso había logrado establecer una especie de sigilosa complicidad con los otros, o al menos con cinco o seis de ellos. Cambiaban miradas entre sí; las bromas acerca de Vidales y de los que todavía creían, en una época como aquella, con la revolución cubana a las puertas de la casa, en el cuento dorado de elecciones y agitación de masas, discursos y manifiestos y otros procedimientos teñidos de sospechoso oportunismo, y no en armas y explosivos y unidades de combate, ya no corrían sólo por cuenta de Juan Valdivieso, sino también de los otros, de Niño, de Restrepo, de Bastidas, quizá de Manuel Vásquez y en todo caso del pastuso. Ahora venían y se iban juntos. Y una noche, tras muchas vacilaciones, miradas y carraspeos, todos éstos, sentados, recuerda, en torno a la mesa del comedor donde habían comido huevos fritos, el resplandor de la pantalla colgada sobre la mesa dándoles a sus caras aire de conspiradores, habían resuelto hablarle. Le tenían confianza, quizá más confianza que a Vidales. Paralelamente a la organización legal de comandos del

MRL había que ir creando, le dijeron, las bases de una organización clandestina, cerrada, en previsión del futuro; pues la represión vendría, una dictadura vendría tarde o temprano. Y debía aprovecharse una etapa de lucha legal que facilitaba contactos y desplazamientos dijo alguno, y ya Juan Valdivieso, invitado por sus amigos, sacaba del bolsillo una servilleta de papel con un diagrama de círculos y líneas para explicarle cómo podría ser aquella organización, con brigadas de acción o combate de sólo cinco miembros y un solo enlace con mandos superiores; tal era, decía, la organización del FLN argelino, él la había estudiado. Era sorprendente que Valdivieso hablara de algo tan remoto, tan ajeno a su experiencia cotidiana y a su pragmatismo como el FLN argelino. Pero aquélla no sería, en realidad, la primera de las sorpresas que les reservaba a todos, pues muy pronto, a medida que la idea, expuesta esa noche como algo que parecía una travesura de estudiantes, iba tomando cuerpo, concretándose y desarrollándose de una manera asombrosa, Juan Valdivieso, el tímido, el rústico y opaco Valdivieso, revelaba una sorprendente aptitud de estratega recursivo, eficaz y siempre de pocas palabras. Había sido él, por ejemplo, sin duda él, Juan Valdivieso, y era importante recordarlo diez años más tarde aunque nadie le creyera o le interesara aquello y para sus rememoraciones y reflexiones él (Ernesto) no encontrara sino el eco desolado del viento en los olivares, el primero en proponer para aquella organización, que entonces cabía en torno a la mesa de un comedor, el rótulo ambicioso de Ejército de Liberación Nacional. Los otros, actuando en una atmósfera que era aún de juego, de divertida travesura estudiantil, y más influidos por las películas de James Bond que por cualquier general Bayo o Che Guevara o patriotas argelinos, habían propuesto el nombre de «La Mano Roja», oportuna réplica a la organización anticastrista auspiciada por banqueros y financistas que los periódicos de izquierda denunciaban como «La Mano Negra». Pero Juan Valdivieso, sin aire de imponer nada, mirándose los zapatos o las manos, o sonrojándose cuando alzaba hacia ellos la mirada, había puesto reparos, había sonreído de pronto y con el intempestivo relámpago de su diente calzado en oro, yo creo que eso suena un poquito mafioso, compañeros, había dicho. Con un nombre así no era fácil obtener el apoyo de los cubanos. No sonaba serio. Los venezolanos tenían ya sus FALN (Fuerzas Armadas de Liberación Nacional). ¿Por qué no hacer lo mismo en Colombia, aunque por el momento, dijo (y de nuevo sus ojos esquivos, el oro del diente subrayando el sarcasmo) lo de ellos fuera más modestico? Se habían reído; habían aceptado la propuesta del compañero Valdivieso: su organización se llamaría ELN, ya era hora de pensar en grande. Bonito ejército había pensado él, poco después, mirando desde la ventana cómo se alejaba aquel grupo de muchachos, ninguno mayor de veinticinco años, por aquella avenida del barrio de Soledad, oscura y lluviosa, empujándose y dándose zancadillas, como estudiantes a la salida del liceo.

Desde luego no había tomado muy en serio aquello, ni entonces, ni después cuando los oyó hablar de cómo cada cual, conforme a lo previsto, iba constituyendo su comando secreto de cinco miembros. A Vidales no debía decirle nada; no aún, le habían pedido. Y él nada comentó a su amigo, aunque debió cambiar alguna broma con él sobre las tentaciones guerrilleras de sus compañeros. Seguía tomando aquello como un juego inclusive, cuando aparecieron, siempre tarde y siempre los cinco, pero ahora con una muchacha morena y simpática de Sincelejo, novia de Juan Valdivieso, explicándole que habían resuelto anticipar una acción a nombre del ELN con motivo de la llegada del presidente Kennedy a Bogotá. Qué acción, les había preguntado él (Ernesto) risueño. No sabían aún. Alguno, quizá Restrepo, había propuesto colgar en la puerta de la ciudad universitaria un muñeco de trapo representando al imperialismo norteamericano. Valdivieso no había dicho nada. Los había oído a todos, lo recordaba ahora muy bien, aunque los reparos se le leían en la cara, y de pronto, sonrojándose, y siempre con ojos esquivos entre los párpados plegados, yo propondría un poquito más, dijo. Y por la manera como aquello creó en los otros silencios y expectativa, él (Ernesto) se había dado cuenta de que ya les infundía una forma extraña de respeto, de credibilidad. Explosivos, dijo Valdivieso con un ligero parpadeo. De repente todos habían callado; de repente todo dejaba de ser broma; se habían mirado entre sí con la misma inquietud y luego todos estaban a la espera de una nueva precisión. ¿Explosivos?, repitió él (Ernesto) con una extrañeza tal, que el otro se ruborizó aún más. Nada que haga daño a nadie, compañero, se apresuró a decir. Sólo dos explosioncitas casi simbólicas para que el ELN moje prensa, para darnos a conocer. Inocuo había dicho él. Pero los otros estaban intrigados; el juego los excitaba; querían saber cómo, dónde, con qué. Y Valdivieso: por eso no hay problema, yo me encargo de conseguir los materiales: tengo mi comandito ya.

Ninguna bomba estalló. Pero una tarde llegaron radiantes con un periódico informando del hallazgo hecho por un barrendero del aseo urbano, cerca del edificio de la Esso, de unos tacos de dinamita sin estallar envueltos en papel de Navidad comprado en el almacén Ley. Este envoltorio fue asociado con las siglas del ELN que embadurnaban la pared del edificio, justo después de la visita del presidente Kennedy. Le pareció que jugaban a los ladrones y policías, que aquello era cosa de niños. Sólo había empezado a tomar en se-

rio a Valdivieso mucho más tarde, aquella vez que lo
envió a Puerto Boyacá con carteles y otros materiales
de propaganda del MRL y al mes se encontró con que
los mejores dirigentes locales ya no creían en elecciones, ni en carnetización de militantes, sino en la manera de ir adquiriendo algunas armas, y lo miraban suspicaces o lo sorprendían hablando con Valdivieso en voz
baja en alguna trastienda. Podía verlo, empapada de
sudor su única camisa, atravesando en un jeep aquella
región ardiente, cruzada por oleoductos de gasolina y
con súbitas llamaradas de gas ardiendo entre árboles
selváticos recién talados por colonos, al lado de aquel
obrero de la Texas, Senón Blanco. O con aquel maestro, ¿cómo se llamaba ya? Federico, Federico Rosas, de
espesas barbas oscuras y ojos verdes, cuya cara con
sangre encontraría uno o dos años después en el periódico, bajo el título de *Liquidado foco guerrillero.* Estaban en la trastienda de una cantina, llena de ruido y calor; Federico en una hamaca; Valdivieso a su lado,
hablando muy cerca, como gentes que están comuni-
cándose un secreto. Se habían vuelto hacia él, incómodos en el primer instante, luego sonriendo cuando él les
había preguntado: ¿conspirando? Federico, lo conocía
bien, era un apóstol. Escribía versos, soñaba con la revolución, se había ido a vivir entre colonos como un
misionero entre los indígenas.

A él no le había molestado tanto como a Vidales que
Juan Valdivieso fuera de un lado a otro, estableciendo
sus contactos paralelos, ni había creído que fuera agente del MOEC, o de otra organización estudiantil de vocación clandestina, pues sabía que se trataba de aquel
pomposamente bautizado ELN, cuya actividad se reducía por el momento a poca cosa: una sigla pintada
apresuradamente en unas cuantas paredes y alguna
proclama dirigida supuestamente a los campesinos, impresa, no en mimeógrafo, sino, lo que era sorprenden-

te, en imprenta y en letra de linotipo. Tengo mis contactos, contestaba Valdivieso, sonrojándose como un empleado modesto y meritorio, cuando él (Ernesto) le preguntaba cómo había hecho para conseguirse una imprenta. Sigiloso y eficaz, pensaba en aquel tiempo, observándolo. Si alguna vez el país volvía a la antigua época de represión y violencia o si la agitación social (y cuántas huelgas habían entonces) o lo que designaban como aparición y desarrollo de una conciencia revolucionaria (aquellas multitudes en la Plaza de Bolívar, que uno no sabía cómo habían aparecido de la noche a la mañana, gritando «Cuba sí, yankis no» o aún «¡Revolución!», «¡Revolución!») obligaban a la clase dirigente a quitarse su máscara (así hablaban, con ese lenguaje) y se cerraban las vías legales, creando la coyuntura apropiada para otras formas de lucha, tipos como Valdivieso, pensaba, resultarían entonces necesarios y su organización, por irrisoria que pareciese, sería muy útil. Toda la América Latina respiraba el mismo aire de agitación prerevolucionaria; surgían grupos armados en muchos países: en Venezuela, en el Perú, en Guatemala, aún en Argentina.

Y todo aquello, recordaba bien, todo aquello que hasta entonces parecía balbuceos, tanteos, pininos revolucionarios, tuvo una dimensión concreta, inesperada, cuando Vidales fue a La Habana, invitado; cuando volvió con noticias increíbles, Había hablado con Fidel Castro. Durante una hora había hablado con Fidel y él (Ernesto), podía recordar ahora el silencio que se produjo cuando Vidales empezó a referirles su entrevista en aquella polvorienta oficina suya de abogado de la calle once, el rostro muy serio, la nariz pronunciada, los ojos grandes y alerta tras los anteojos que refulgían en el sol, crepuscular de la ventana, las campanas de la catedral sonando muy cerca. Había hablado con Castro, y su charla en un principio (los cubanos se semejaban tanto a los costeños, decía Vidales), parecía pura mamadera de gallo. Pues había hablado de las piernas de Jacqueline Kennedy. Recordaba cómo se habían mirado entre sí, con qué risueño desconcierto. Sí, decía Vidales; había hablado de la visita de Kennedy a Bogotá. ¿Por qué había tanta gente en las calles? Fidel no lo entendía, pero Vidales sí, eso, comandante, no requería ningún análisis marxista, le había dicho, todo el mundo salió para ver a Jacqueline. Y Castro perplejo, con una reacción que podía haber sido la de un barranquillero, cartagenero o samario, pero vamos a ver, chico, qué le ven ustedes a esa mujer, tiene las piernas torcidas, tú sales a La Habana y encuentras en cualquier calle veinte, qué digo veinte, cuarenta muchachas más bonitas que ella. Y Vidales, respetuoso, pero con todo su humor bogotano en las pupilas: no comandante, yo creo que la Jacqueline está buenísima, aparte de que no todos los domingos se ve en Bogotá a la esposa del presidente de los Estados Unidos y a su marido, desfilando en auto por las calles.

Había sido el preámbulo ligero antes de pasar a cosas más serias. Fidel le había hecho preguntas; lo había escuchado con atención. Luego, apartando el gran cigarro de su boca, le había dicho lo que pensaba. La agitación de masas, el trabajo legal, todo eso tenía su importancia, pero no había que hacerse ilusiones, chico, no había que hacerse ilusiones, la lucha armada en Colombia, como en todas partes donde el imperialismo y las oligarquías se sintieran realmente amenazadas sería inevitable. Había que prepararse para eso, una revolución no se improvisa, no surge de manera espontánea. Él había visto, durante el bogotazo, el pueblo anarquizado, desbordado, su insurrección liquidada por falta de organización. Había que formar cuadros, entrenarlos, ir constituyendo ya un dispositivo de lucha desde ahora mismo, le había dicho Fidel a Vidales, y ellos, todos ellos, los que estaban allí, incluyendo a Valdivieso, cambiaban miradas entre sí, cada cual con la sensación de que ahora el asunto iba en serio. Fidel ofrecía entrenarles gente de Cuba, decía Vidales.

Más tarde recordaría aquélla como una época intensa, en la que de pronto la revolución había dejado de ser una quimera proyectada en el brumoso porvenir, un juego de estudiantes, una palabra largada sobre una multitud desde un balcón o un lema escrito en una bandera roja, para convertirse en una empresa urgente y sigilosa, que requería pasos preliminares, cautela y sobre todo mucha decisión. Él había aceptado el compromiso, consciente de que en Colombia las masas populares, cada vez que su inconformidad entraba en un punto de ebullición, habían sido siempre salvajemente reprimidas porque jamás se había previsto para ellas una forma articulada de lucha, todo se había reducido siempre a la esporádica y desesperada resistencia de grupos campesinos cuando se producía la represión oficial. Había que actuar en dos planos, uno legal, de agitación, electoral inclusive, mientras las condiciones lo permitiesen; y otro, clandestino ya, destinado a crear un dispositivo de lucha armada, si la situación así lo exigía. Dentro de esta última hipótesis, la oferta cubana, pensaban Vidales y él, tenía una gran importancia.

Así que había tomado en serio la nueva empresa. Con decisión se había opuesto a Juan Valdivieso, empeñado en aprovechar los contactos establecidos en La Habana por Vidales, pero manteniendo a éste al margen de lo que había dado en llamar el ELN. Aquel propósito no sólo era desleal con un amigo, sino también infantil, le dijo; si cada cual tenía su organización de bolsillo, excluyendo a quienes no fuesen de su agrado, no irían muy lejos. Idénticos argumentos dio a Vidales cuando éste aduciendo no muy claras razones de desconfianza, quiso oponerse al viaje de Valdivieso a Cuba, entre los primeros muchachos que allí serían entrenados en guerra de guerrillas. Abogó por Valdivieso de un modo categórico, ya que conocía, o creía conocer, su vocación por este tipo de lucha. Había tenido oportunidad de observarlo mientras Valdivieso lo acompañaba por diversas regiones del país, por el Quindío, la costa y las brumas de las cordilleras, en autobuses o autos por puesto, seleccionando entre el enjambre de muchachos afiliados al MRL los cuadros aptos para ser enviados a Cuba. No había duda, Valdivieso tenía un olfato extraordinario para saber quién servía y quién no. Sabía separar el grano de la paja. No se equivocaba, no se equivocó, en realidad, cuando con una simple broma acompañada por el relámpago de su diente de oro, le sugería descartar algún joven estrepitoso con alardes de líder, con gusto excesivo por la palabra sonora, el discurso en balcón y el manifiesto (otro hijo de la tradición liberal y colombiana, futuro concejal, diputado o representante a la Cámara); cuando le señalaba, en cambio, al oscuro, al sigiloso, al hambreado, al apóstol, al romántico, al resentido, al que acostumbrado a la vida sobria y violenta del campo, sabría arriesgarlo todo y morirse cualquier día sin aspavientos.

Así, pues, con el apoyo de Valdivieso (quién iba a creerlo, pensaba ahora, oyendo siempre el viento en la oscuridad de aquellas noches de invierno en la isla), había ido organizando aquella excursión de futuros convictos, de futuros fusilados o muertos en combate. Podía verlos, recordaba a algunos. A Federico Rosas, por ejemplo, aquel maestro de escuela de Puerto Boyacá, de barbas oscuras y claros ojos verdes, que uno o dos años después moriría en el territorio Vásquez, cercado por las tropas del entonces coronel Matallana, arrojadas por helicópteros en el claro de la selva donde se encontraba su campamento. A Ricardo Otero, llamado por ellos «Compañerito», suave y sigiloso como un fraile, que, empeñado en vivir como los pobres, dormía sobre un simple cuero de chivo en un cuarto de la Perseverancia, antes de abrir un frente en la cordillera Central, donde sería sorprendido y muerto por el ejército en un rancho, a las cinco de la mañana. A Mario Salgueira, aquel cantante de boleros de Barranquilla, pálido y con un delgado bigote de galán romántico de otros tiempos, que siempre lo había impresionado por su cautela y su comprensión rápida y aguda de las cosas. Vivía con una mujer desaliñada y celosa y cuatro muchachos hijos de ella pero no suyos, y componía radios en su casa y a toda hora oía la CMQ de La Habana. Era frío, sabía controlar sus emociones, pero al hablarle de aquel viaje a Cuba en el vestíbulo sofocante de su casa la emoción le había encendido la cara. «No me diga eso, compañero», y el alborozo le había hecho temblar la voz y le había puesto un brillo en los ojos, aquellos ojos profundos de cantante de boleros que él encontraría después, todavía brillantes pero inmóviles, en una foto de prensa, sobre sus barbas recientes manchadas de polvo y sangre, cuando fue dado de baja por el ejército: fusilado, según parece, al pie de una palmera, en el Sinú.

No podía recordar a Fabio Vásquez Castaño, futuro y sombrío jefe del ELN en el Opón, pero sí a su hermano Manuel, que lo había propuesto y recomendado como buen candidato para ser entrenado en Cuba. Vidales sostenía que aquel Fabio Vásquez, hijo de un liberal asesinado durante la violencia, habiéndose familiarizado con la manera constante, fácil y horrible como la gente resultaba en esa época muerta a tiros por la Policía, era excesivamente impetuoso; «arrevolverado» decía, todo quería resolverlo a bala. No obstante, le habían facilitado el viaje. Debido a Manuel. Pues Manuel, lo recordaba ahora, les inspiraba mucho respeto. Manuel era callado; era inteligente, hablaba siempre el último en las reuniones, después de escuchar la opinión de todo el mundo y de tomar notas en una libreta; una vez que daba su opinión, no había nada más que añadir. Un notable líder de la Universidad Libre. Lo recordaba siempre en aquellas remotas reuniones de su apartamento de la Soledad, vestido con esa triste corrección que tienen a veces los estudiantes pobres, recogiendo distraídamente miguitas de pan sobre la mesa para llevárselas a la boca mientras reflexionaba, flaco y alto, con una contextura tan escuálida que era imposible imaginarlo con un uniforme de guerrillero y fusil al hombro, soportando el calor y las penurias de la selva, donde moriría años después, en combate.

Los cubanos también habían sabido separar el grano de la paja. Ponían en observación a todos los que iban llegando. Al que les parecía un simple charlatán (un diputado, decían ellos con humor), lo devolvían afectuosamente después de un gira turística por la isla, con libros de propaganda y discos de canciones revolucionarias, que les serían luego arrebatados en la aduana, al regresar a Colombia. A los otros los dejaban; los entrenaban según sus aptitudes especiales. Así Salgueira, por ejemplo, había aprendido altas técnicas de comunicaciones en clave, elaboradas indudablemente por los soviéticos. A él (Ernesto), no le había sorprendido que Juan Valdivieso se calificara como un cuadro muy valioso y que hubiese tenido el privilegio de entrevistarse con el propio Che Guevara. Podía entender perfectamente aquello, ya que el Che andaba exasperado por tanto charlatán, teorizante y chisgarabís latinoamericano que aparecía por La Habana en aquellos días; un hombre decidido y concreto capaz de analizar sensatamente diversas posibilidades de lucha, reflexionando sobre cada uno de sus problemas, retenía de inmediato su interés.

De modo que Juan Valdivieso había regresado convertido en el eje de todo aquel grupo de muchachos bien entrenados e impacientes por actuar, a los que ahora seguía deslumbrando con audacias tales como las de traer armas desde México en valijas de doble fondo —o así decía, enseñándoles aquellas armas— o de organizar por su propia cuenta robos o asaltos llamados por él operaciones de finanzas, burlándose con el brillo repentino y sarcástico de su diente calzado en oro de los escrúpulos de los otros, inquietos de pisar terrenos reservados al hampa e incapaces aún de imitarlo. Pero aquellas operaciones parecían darle algún resultado, porque ahora siempre tenía dinero en el bolsillo, no sólo para financiar desplazamientos y la eventual compra de algún revólver u otras armas, sino también para mejorar su indumentaria y poner picadura inglesa, comprada de contrabando, en la pipa que ahora usaba. Se le veía más seguro, casi insolente, y no disfrazaba ya su sarcasmo cada vez que escuchaba los análisis políticos de Vidales o los suyos (de él, de Ernesto), relacionados con coyunturas electorales o la posibilidad de que el triunfo de la candidatura, entonces inconstitucional, de López Michelsen, se convirtiese en el detonador de una situación insurreccional. Como los otros recién llegados de Cuba, Juan M. Valdivieso parecía creer que el primer deber de un revolucionario es hacer la revolución, según la frase del Che Guevara. Y ya entonces, o quizá más tarde, pensaban con Regis Debray que a partir de un foco de lucha armada podía desencadenarse un proceso revolucionario, tesis que sólo había retenido de la experiencia cubana la hazaña ya mitificada de los doce sobrevivientes del Gramma en Sierra Maestra. Así que con aquellos fundamentos teóricos, todo lo que dilatara, aplazara o condicionara la lucha de guerrillas era para ellos oportunismo, electorerismo o simple falta de cojones.

Estaban pues, impacientes como jugadores de fútbol bien entrenados que esperan desde un escaño el momento de lanzarse a la cancha. Parecían incapaces de volver a sus estudios, cuando eran aún estudiantes, o de sumergirse en el polvo de notarías y juzgados si ya tenían un título en Derecho, después de haber olido tan cerca la pólvora y visto a su lado las barbas y uniformes verde olivo de revolucionarios triunfantes que habían sido como ellos oscuros líderes universitarios, agitadores, sastres o profesionales fracasados. Se agitaban, se aburrían, pedían acción; se lo decía Fabio Vásquez a Vidales, también él, Vásquez, crispado o piafando de impaciencia. Bajo sus espesos bigotes de guapetón de película mexicana, acabaría lanzando un desdeñoso yo me voy yendo ya, cuatro, ocho o diez semanas antes de que se enteraran de su presencia en el Opón, al frente de un grupo guerrillero organizado por su propia iniciativa. Otros seguirían su ejemplo.

Podía recordar al Juan Valdivieso de aquellos días, yendo de un lado a otro, inquieto, soterrado y febril y muy probablemente desbordado por los acontecimientos, sosteniendo que todo aquello era, en efecto, prematuro, pero que era necesario mantener contactos, mientras daba la impresión de haber proseguido por su cuenta aquellas operaciones de finanzas, pues ahora tomaba aviones en vez de autobuses y su ropero se veía enriquecido por un sorprendente abrigo de piel de camello. No se parecía ya al camionero de los primeros días, sino a un comerciante próspero surgido de la clase media (ahora con pipa entre los dientes y perdiendo el cabello prematuramente), visitando en el país las sucursales de su firma. Podía recordarlo cuando vino a verlo solicitándole que lo acompañara a Barranquilla para ver a Salgueira. Salgueira tenía todas las claves del sistema de comunicaciones aprendido en Cuba. Urgía ponerlo en práctica, le dijo, ahora que había compañeros en el monte. Aunque estuviesen por fuera ya del movimiento y su decisión hubiese sido precipitada, era necesario ayudarlos, protegerlos; el aprovechamiento de aquellos códigos era vital. Lo que decía parecía, razonable, así que aceptó llevarlo donde Salgueira, que había vuelto a ser, provisoriamente, cantante de boleros en un night club. Hacía mucho calor en Barranquilla aquella noche, se oían grillos en la oscuridad, recordaba ahora, y el aire de la salita donde conversaban con Salgueira parecía lúgubre y sofocante con aquel calor, con aquel bombillo de sesenta vatios ardiendo sobre sus cabezas. Volvía a ver a Valdivieso, sudando su camisa de buen hilo, tranquilo, en apariencia, pero mordiendo su pipa, chupándola, arrojando breves y constantes volutas de humo, y a Salgueira, alerta, vivo, desconfiado, pasándose un dedo caviloso por el bigote, hasta que pidiéndoles excusas al compañero, lo había llamado a él (Ernesto) aparte, al patio de su casa denso de grillos y olor de guayabas maduras, para preguntarle si tenía confianza absoluta en Valdivieso, si era seguro ciento por ciento. Y él le había contestado: «si no se puede estar seguro en él, no se puede estar seguro en nadie: es el fundador de esta travesura». Y Salgueira: ¿del ELN? Sí, hombre, sí. Entonces no hay más que hablar compañero, dijo Salgueira, y poco después había aparecido con un cuaderno en la mano. El cuaderno con las claves de inspiración soviética.

Nunca olvidaría aquel instante, en la salita mal alumbrada. Pues a Salgueira sólo volvería a verlo con los ojos muy abiertos, brillantes y fijos en la foto del periódico que anunciaba su muerte en el Sinú, después de que muchos otros como él empezaran a morirse en diversos lugares del país como moscas y después también de que Rodrigo Vidales le participara de aquel descubrimiento terrible basado en comprobaciones irrefutables: Juan M. Valdivieso era y había sido desde el principio de todo aquello un agente, y no del irrisorio DAS colombiano, sino de una organización más vasta, más sutil, más rica y poderosa. De la CIA.

V

—¿Es usted Ernesto Melo?

—A sus pies.

—Yo lo estaba buscando —dijo la muchacha—. He leído cosas suyas. Su artículo sobre Chile...

Lo decía en un tono que parecía sugerir una amenaza. La muchacha tenía un aspecto escuálido, insignificante: algunos granos le habían reventado ingratamente en el mentón y su mirada parecía insegura. Se sentó sobre los talones, a su lado.

—No me gustó —agregó abruptamente.

Las miradas de los otros se dirigieron hacia ella.

—A mí tampoco —comentó Ernesto con buen humor—. Es un artículo escrito en caliente. Demasiada pasión y poco análisis, ¿no es eso?

Después de la taza de café que le había traído Luisa con unas gotas de coñac, se sentía lúcido y eufórico.

La muchacha parpadeó; de repente había perdido todo el aplomo.

—Es decir, que tiene aspectos positivos y otros negativos —dijo, insegura. Pero la curiosidad que suscitaba en los otros volvía a avivar su agresividad como gotas de gasolina echadas en el fuego—. No obstante, le hace el juego a la derecha.

—¿Ah, sí? ¿Por qué?

—En vez de denunciar abiertamente al imperialismo, recoge argumentos de la prensa burguesa. La escasez, por ejemplo.

—Me parece que hablo del papel jugado por la CIA.

—No basta —dijo ella—. Además, le asigna demasiada importancia a la pequeña burguesía, que es una clase oportunista. Nunca sigue hasta el final los procesos revolucionarios. Se queda en el camino. Su posición es más bien socialdemócrata, reformista.

—De pronto —dijo Ernesto, divertido. Había pasado media vida oyendo argumentos similares; los pininos dialécticos le divertían como los primeros pasos de un niño—. ¿Qué eres tú, comunista?

—En Colombia soy de la UNO.

—Eso suena a marca de refrescos.

Una expresión de ira pasó por la cara de la muchacha.

—No me extraña que ignore qué es la UNO.

—Claro, vivo hace muchos años fuera. ¿Son los pro-soviéticos o los pro-chinos? Siempre confundo.

—No sé qué quiere decir con eso. Creemos en el internacionalismo proletario.

—Magnífico.

—No le hacemos el juego a la reacción, y objetivamente aceptamos que la Unión Soviética es la patria del socialismo. Sin ella Cuba no habría sido posible.

—Perfecto. Bébete un trago, compañera. ¿Ron o coñac?

—Yo creo que a ella le conviene un cacho de marihuana —dijo Fernando, y los otros se rieron.

—¿Se están burlando de mí?

—De ninguna manera —dijo Ernesto—; bebe algo. ¿Cómo te llamas?

—Aura Colmenares.

Se produjo un silencio incómodo. La muchacha evidentemente no se sentía a sus anchas, pero era demasiado tímida para irse. Su mirada se desvió de pronto hacia Jacqueline. Atraída por el ruedo de la túnica que ésta llevaba, lo rozó con la mano.

—¿Dónde la conseguiste? —le preguntó.

—La robé, mi amor —dijo Jacqueline.

—Te lo pregunto en serio.

—Y yo te contesto en serio. Cuando una cosa me gusta y no tengo cómo comprarla, la robo.

Margy y Fernando volvieron a reírse y la Colmenares pareció crisparse. Es un nudo de complejos, pensó Ernesto. La nuca se le asomaba entre mechones de pelo grasiento y ralo. El patito feo. Feo y colérico. Antes se metían de monjas, pensó. Ahora ingresaban al partido comunista, vindicativamente y con la misma pasión encarnizada con que sus tías entraban al convento. Los prados de las Universidades estaban llenos de gentes como ella, venidas de suburbios y provincias. El hambre, las desigualdades sociales, el desdén y la insolencia de la clase alta, hacían de ellos comecandelas sin brújula. Rara vez su espíritu revolucionario iba más allá de prenderle fuego a su automóvil. Si alguna vez triunfaba la revolución, serían comisarios sin piedad. Pero a ellos se debía también que la revolución se postergara y dilatara infinitamente.

—¿Qué haces en París? —le preguntó Ernesto, conciliador.

—Estoy haciendo un *maîtrisse* en psicología social —dijo—. Me interesa aplicarla al contexto campesino, en Colombia. Contra todos sus intereses de clase, los campesinos siguen siendo en su mayoría liberales conservadores. Hay que saber por qué.

—Yo tengo un primo en Ramiriquí que te lo puede decir. Es el gamonal del pueblo.

La Colmenares se frunció.

—Ustedes no son serios —dijo bruscamente.

—Por fortuna —dijo Ernesto.

—Lástima —dijo ella—. Pensé que podía hablar con usted. Pese a sus posiciones pequeñoburguesas, hay algo de positivo en sus artículos.

—Gracias muchacha. Bébete un ron.

Pero la Colmenares parecía inflexible, como un fiscal acumulando cargos.

—Ustedes, en realidad, son desarraigados. Se han dado a la dolce vita en París.

—No te imaginas qué dolce ha sido.

—Afortunadamente hay escritores, intelectuales, que pese a vivir lejos de su país han tomado conciencia.

Ernesto la contempló con divertido interés.

—¿Por ejemplo?

—Cortázar —dijo ella—. García Márquez. Sus posiciones son muy positivas.

—Antes los denigraban con entusiasmo. ¿Qué ha ocurrido?

—¿No ha leído lo que ellos han escrito sobre Cuba?

—Algo de eso he visto —dijo Ernesto.

—¿Y qué le parece?

—Bueno, Cortázar está en plena adolescencia. Ha crecido mucho, pero todavía conserva su candor en política.

—¿Y García Márquez es también un adolescente?

—No, Gabo ha sido siempre un hombre de izquierda. Toda su vida.

—¿Usted lo conoce?

—Claro. Viajamos juntos a Moscú, en la época de los festivales mundiales de la juventud. Contemplamos al tiempo, reverentes, el cadáver de Stalin antes de que lo tiraran a la basura. Creo que tuvimos al tiempo nuestras primeras dudas.

—¿Dudas sobre el socialismo?

—Sobre lo que llamaban allí socialismo.

—Me parece muy extraño —dijo la Colmenares—. ¿No ha leído lo que ha escrito sobre Cuba?

—Me gusta mucho lo que escribe él. Es un escritor de los grandes. De los grandes, grandes.

—No hablo de eso, sino de sus posiciones políticas. ¿Leyó lo que escribió sobre Cuba?

—Sí, claro. No coincide con los informes que tengo por otro lado.

—Informes de gusanos.

—Gusanos que crecen aún en el socialismo. Son pobres y diáfanos. Se parecen más a las mariposas.

—Usted nunca habla en serio.

—Casi siempre hablo en serio. ¿Sabes quién era, en realidad, Remedios la bella?

—¿Qué tiene que ver con lo que estamos hablando?

—Mucho. Remedios la bella era, según parece, una sirvienta guajira que perturbó la infancia de Gabo. No subió al cielo; se fue con un camionero de Valledupar.

—¿Y eso qué tiene que ver con Cuba?

—Cuba sufre en él el mismo proceso de transfiguración poética. Es otra Remedios la bella.

La Colmenares tuvo una sonrisa amarga.

—¿Ah, sí? Entonces las escuelas y la atención médica gratuita no existen en Cuba. ¿Y no se acabó allí con el analfabetismo? ¿Usted sabe que en Colombia miles de niños se mueren de hambre? ¿Sabe que los enfermos se mueren en la puerta de los hospitales porque no hay cupo? ¿Sabe todo eso?

—Cierto, mujer. Todo eso es la Biblia. Pero... no veo para qué partido único, la burocracia, los presos políticos. ¿Has oído hablar de Huber Matos? En fin, hablemos de otra cosa. Qué sabroso suena esta salsa. Johnny Pacheco, con todos los hierros.

La Colmenares lo miraba con rencor.

—Ahora sé quién es usted.

—¿Quién?

—Un reaccionario. Ni siquiera un socialdemócrata, sino un reaccionario —dijo la Colmenares levantándose—. Me lo habían advertido.

Se fue, arrojándoles una mirada llena de desdén a todos.

—Qué ladilla —dijo la Margy.

—Abundan —dijo Ernesto.

Se despertaba, pues, en la alcoba fría y en tinieblas, y durante horas se quedaba insomne, recordando aquellos tiempos, mientras María suspiraba y a veces gemía a su lado, en sueños, y el viento del mar agitaba los olivares en las colinas y hacía crujir puertas y ventanas en la casa. Sabía que en alguna parte de su vida se había roto un hilo que lo unía a su país, a los suyos: quería saber cómo, dónde, por qué. De ahí que volviera una y otra vez en su memoria a la época en que había descubierto aquel manejo increíble, manejo que había precipitado la muerte de tantos, había convertido a Vidales en un político escéptico, realista y tradicional, a otros compañeros suyos en profesionales pragmáticos y a él en una especie de náufrago sin brújula. Porque con la excepción de la época breve y fulgurante en que Camilo Torres, olvidándose de sus inútiles apostolados de barrio, surgió a la luz de las plazas públicas, movilizando de manera sorprendente muchedumbres con unas cuantas verdades fervorosas y elementales, para dejarse encandilar en seguida con el espejismo guerrillero y ser muerto en el primer combate, ya aquel descubrimiento hecho por Vidales había infiltrado en el ánimo de todos la impresión de que podían quizás escapar de aquel mundo que desde niños habían sentido opresivo e injusto, o podían contemporizar con él y jugar con sus cartas, si tenían hígados para hacerlo, pero no modificarlo por actos voluntaristas so pena de ser destruidos; e inútilmente, además.

Vidales debió tener un indicio serio de esto último cuando empezó a recibir aquellas amenazas anónimas por teléfono; amenazas de muerte, diarias y salpicadas de epítetos soeces, dirigidas desde el otro lado de la línea por una voz de hombre y a veces por una voz de mujer. Las tomó en broma o como simples tentativas de intimidación (diciendo: si me quieren matar de verdad no me lo avisan) hasta el día en que otro abogado de izquierda amigo suyo y con él defensor en otras épocas de presos políticos, Garavito Muñoz, recibió en pleno centro de Bogotá tres disparos, que milagrosamente no lo mataron, después de un mes de constantes amenazas anónimas por teléfono. De modo que Vidales se compró un revólver y empezó a cuidarse. Yo sé de dónde vienen esas llamadas, dijo alguna vez, enigmático, sin añadir ninguna aclaración. Tenía, pues, su idea al respecto, idea que él (Ernesto) descubrió el día en que, caminando con Vidales y otros amigos por la carrera sexta, encontraron a Juan Valdivieso, y Vidales, deteniéndolo con una determinación fría y agitándole un dedo frente a la cara le dijo muy serio: «Oiga, si algo me ocurre es usted el autor intelectual: todos mis amigos lo saben ya.» La cara de Valdivieso cambió de color. Es decir, se puso roja y luego muy blanca. Parpadeó intranquilo; su aplomo lo había abandonado de repente. Al fin consiguió sonreír; o más bien consiguió que sus labios se abrieran despacio y con desdén sobre el brillo ahora cínico de su diente calzado en oro. Estás loco, dijo. Pero ya Vidales seguía su camino, entre el estupor de todos y muy especialmente suyo (de él, Ernesto).

Sí, es una certeza, le había dicho Vidales, hablando con aquellos términos cautelosos de abogado bogotano; una certeza muy bien fundada, precisó, cuando se encontraron a solas y sentados a la mesa, en el restaurante del edificio Monserrate donde solían almorzar. Dejando que la sopa se le enfriara sobre la mesa, había empezado hablándole de los ojos de Valdivieso. Nunca

miran de frente, ¿te das cuenta? Nunca, le decía, a sabiendas que comenzaba con lo más fútil y aleatorio,
como un fiscal que organiza de manera gradual sus
pruebas ante un jurado, dejando para el final las de mayor peso. Vidales decía desconfiar de las gentes que
eran incapaces de sostener la mirada. En la época de la
violencia, cuando defendía presos políticos, había tenido que vérselas muchas veces con sapos enviados por
los servicios de inteligencia. Eran torpes a veces, a veces muy vivos, pero siempre había algo en sus ojos,
algo huidizo y sin convicción y como ajeno a lo que estaban diciendo, que producía desconfianza.

Luego, sorprendentemente, le había hablado del reloj
de Juan Valdivieso, ¿lo había visto? Bueno, sí, había contestado él (Ernesto), un reloj; como queriendo decir que
cualquiera tenía derecho a tener en la muñeca un reloj
fosforescente sin que esto justificara sospecha alguna.
Pero Vidales tenía otra idea. El reloj de Juan Valdivieso
era de oro; un Rolex de oro. Yo no podría ponerme un
cacharro de esos en la muñeca sino el día que ganara el
gordo de la lotería, le había dicho clavándole sus saltones ojos azules como para acentuar todas las implicacio-
nes de esta observación. Un reloj que valía por lo menos,
en Panamá o Curazao, unos tres mil dólares. ¿Tres mil?
Sí, hombre, tres mil. Y también era muy costoso aquel
abrigo de piel de camello de Valdivieso y la picadura inglesa que ponía en su pipa resultaba un lujo. Admite que
es muy raro ver un revolucionario, hijo de panadero,
con gustos, objetos y ropas de potentado. Ya sin convicción, y sólo para calmar una inquietud que le ensombrecía el almuerzo, él (Ernesto) había tratado de explicar
aquella repentina prosperidad de Valdivieso, indiscu-
tible, con algunas razones: su actividad profesional (¿no
le había hablado acaso de una oficina de arquitectos que
había montado, al margen de su actividad política?) o
bien sus asaltos o como debieran interpretarse aquellas

llamadas por él operaciones de finanzas. Ahora Vidales, reía, tomando su sopa. ¿Realmente lo creía?, ¿realmente imaginaba a Juan Valdivieso asaltando Bancos? Él, Vidales, lo había visto alguna noche, durante una de aquellas manifestaciones de apoyo a Cuba: blanco como un papel, escondiéndose en un zaguán mientras sus amigos le tiraban piedras a la Policía. Era un cobarde. ¿Realmente podía imaginar a un tipo así asaltando Bancos? ¿Con un pañuelo en la cara y un revólver en la mano? Vidales continuaba riéndose. Podía recordar cómo lo había crispado aquella risa. Hombre, le había dicho, el asunto es serio, no hagas chistes. Enrojeciendo repentinamente, Vidales había dejado de reír. Sí, yo sé que es algo muy serio. Quiero que veas este asunto más de cerca; ¿tienes algo que hacer ahora?

En su viejo automóvil de segunda mano, Vidales lo había llevado aquella misma tarde a una panadería del barrio Ricaurte, donde detrás del mostrador había un hombre idéntico a Valdivieso, pero mucho más viejo y con una expresión fatigada y un delantal lleno de harina, al que compraron un pan. Vidales le preguntó por su hijo. El panadero lo miró un instante, sombrío. No es aquí donde lo van a encontrar, dijo bajando la voz. Él se ha olvidado por completo de la familia. De pronto había abierto los labios en una sonrisa muy parecida a la de Valdivieso, con la diferencia de que no tenía un diente calzado en oro sino un solo colmillo desamparado en la boca: ahora es un oligarca. Y luego: esperen. Desganadamente fue a la trastienda y volvió con una tarjeta mugrienta, en la cual estaba impreso el nombre de una sociedad de arquitectos e ingenieros. Parece que ésa es su oficina, dijo el viejo; ahí lo pueden encontrar, si es que no lo han nombrado ya ministro de Obras Públicas, y de nuevo el sarcasmo, que parecía tener el sello de la familia, resultó aviesamente apoyado por su sonrisa de un solo colmillo.

¿Socio mío? ¿Socio de esta firma? El ingeniero o arquitecto que los recibió en la dirección señalada por la tarjeta, un tipo jovial con una cabeza de apretados rizos, sin duda de la costa, se estremeció de risa. Déjense de vainas, les dijo, riendo todavía. Valdivieso había trabajado alguna vez en aquella oficina. Nada fijo, explicó; una que otra marañita, de esas que se les sueltan a los estudiantes de arquitectura cuando hay mucho trabajo. Pero el cliente aquel tenía la uña larga; cuando venía a trabajar o se quedaba de noche para terminar algún plano o dibujo, se les perdían cosas: bolígrafos, una regla de cálculo, hasta un radio transistor. ¿Les debía dinero? ¿Algún cheque chimbo? No le extrañaría mucho, el muchacho tenía sus mañas. Pero tal como estaba el país, dijo, llegaría con el tiempo a ser contratista de mucho éxito.

Al salir de aquella oficina, la inquietud del almuerzo se había convertido en alarma. No obstante él (Ernesto) se aferraba a frágiles explicaciones. Quizá eran ciertas aquellas operaciones de finanzas: Valdivieso retendría una parte para sí mismo. Llevándolo por las calles atestadas del centro, Vidales lo oía con una expresión incrédula, irónica, casi divertida, como un fiscal seguro de sus cargos oye deleznables argumentos de la defensa. Espera, espera, decía, sin rebatirle nada, sin prestar atención a sus argumentos; todavía falta lo mejor, espera, decía doblando por una calle triste del barrio Santa Fe, contigua al cementerio, en la cual se detuvo.

Tardó algunos instantes en reconocer a la muchacha: a Nelly Ramos, la novia de Valdivieso. Podía recordar a Vidales llamándola por teléfono desde una lonchería cercana a la pensión donde ella vivía; a Vidales sacando del bolsillo un paquete de Pielroja, diciéndole de nuevo ahora vas a verlo, espera, espera; y a la muchacha, finalmente, llegando con una ruana de colores, muy seria, llena de miedo y de sigilo y sentándose en una mesita del rincón. Pues no había duda que aquella joven de Sincelejo, amulatada, de pelo rojizo y hasta atractiva cuando echaba a reír, ahora tenía miedo. Se le veía en los ojos, en la manera como miraba todo el tiempo por la vidriera tras la cual se marchitaban, acosados por moscas, bizcochos de crema y bocadillos de guayaba, hacia fuera, hacia la calle triste y lluviosa que daba a la pared del cementerio. Si él sabe que estoy con ustedes, me mata, decía. Y Vidales, tranquilo, pasmosamente tranquilo, mientras le ofrecía un Pielroja: cuéntaselo todo a Ernesto, todo, como me lo contaste a mí. Le habían ofrecido también una Coca-Cola. Y mientras Nelly hablaba en voz baja, haciendo pausas apenas para fumar o para tomar un sorbo de Coca-Cola, él iba viendo surgir de aquel relato la imagen de un Valdivieso insospechable, tal como sólo ella, conviviendo con él, podía verlo: no tímido ni taimado, sino cínico y violento, un Valdivieso que se hacía temer por las mismas razones de un Al Capone, y no sólo de ella, sino también de sus amigos, aquellos amigos que, según Nelly, Valdivieso citaba a horas muy raras y en sitios tan caprichosos como la trastienda de un fotógrafo especializado en fotos coloreadas de bodas y primeras comuniones. Amigos con pintas de esmeralderos, decía la muchacha, para describir de algún modo a aquellos individuos ordinarios y llenos de broches en las corbatas y anillos en los dedos, a los que la riqueza parecía haberles llovido de repente.

Que hombres así le entregaran al descuido armas a Valdivieso; que Juan M. (como Nelly lo llamaba aún) las guardara en el propio cuarto de ella, escondiéndolas bajo las tablas del estarimado, no eran cosas que a la muchacha le infundieran miedo, aunque se preguntara qué tenían que ver tipos como aquellos con Cuba, con el socialismo o con las barbas de Carlos Marx. El miedo le había empezado después de las primeras llamadas anónimas hechas a Vidales desde un teléfono público por el propio Valdivieso, disfrazando la voz con un pañuelo puesto sobre la bocina. Ella misma, Nelly, había participado en alguna de esas llamadas, creyendo, les dijo, que se trataba de una broma o en el peor de los casos de una manera de crear en Vidales la idea de que continuar viviendo en la ciudad era peligroso y que más valía iniciar cuanto antes la lucha armada en el campo. Pero los disparos hechos a Garavito Muñoz, el otro abogado de izquierda, le habían abierto los ojos. Las llamadas no eran una simple broma; anunciaban peligros reales. Fue en aquel preciso momento, decía la muchacha, cuando le empezó el miedo. De nada sirvió que para tranquilizarse una vez le hablara a Valdivieso de sus escrúpulos, de ética revolucionaria y aún le amenazara con dar informes a sus restantes compañeros. Valdivieso, no bien ella acabó de hablar, la derribó al suelo de una palmada feroz. Luego, cuando ella se incorporó con los ojos nublados de lágrimas, le había largado otra que la echó sobre el catre; y luego otra, más, hasta que ella, incapaz de moverse, con la cara ardiéndole como una brasa y el corazón latiéndole de terror, le había oído decir mientras la miraba desde la puerta del cuarto con una cara que no parecía la suya, pues era pálida, glacial y absolutamente decidida: si sapeas, te tostamos.

Pero Nelly había sido discípula de Vidales en la Universidad Libre y era posible que hubiese estado enamorada de él. Lo tenía, además, por hombre de izquierda, con inclinaciones electoreristas, pero honesto. Así que corriendo toda suerte de riesgos, había logrado ponerlo en guardia, contárselo todo, aunque sin atreverse a dejar a Juan Valdivieso. Por miedo. Pues estaba rodeada no ya de universitarios estrepitosos y bromistas, sino de hombres que podían matar a sangre fría sin perder ni el sueño ni el apetito —y ahora, diez años después, con el clamor desolado del viento abatiéndose en las noches de la isla en invierno, cuando ya Nelly había sido encarcelada; cuando ya había vuelto a su provincia y a lo mejor estaba ya casada con algún ganadero del Sinú, él (Ernesto) continuaba viendo a Nelly en aquella lonchería, temblando de susto, sin saber que días después sería detenida. Como todos los otros.

Los otros. En ellos había pensado al sentarse de nuevo junto a Vidales, en su automóvil, con un creciente y amargo desasosiego. Había que hablar con ellos lo más pronto posible. Así que moviéndose con prisa había logrado reunirlos en su casa al día siguiente: a Manuel Vásquez, Bastidas, Restrepo, el pastuso, quizá Niño. Volvía a verlos, sentados en torno a la mesa del comedor, cambiando bromas entre sí, como estudiantes que el profesor deja solos en el aula de clase: nunca le había parecido tan irrisorio el estado mayor de un ejército de liberación nacional. Antes de informarles nada, les había hecho unas cuantas preguntas. ¿Quién había conseguido la imprenta donde se imprimían las proclamas del ELN? ¿Quién adquiría las armas? ¿Quién tenía a su cargo los contactos con los compañeros que ya, equivocados o no, estaban en el monte? Se miraban inquietos, dudando en responder: ¿no habían convenido acaso que cada cual mantendría en riguroso secreto sus propios contactos? Él había reaccionado colérico. ¡Déjense de huevonadas, por Dios! El asunto es grave. Muy grave, repitió en un tono tal que los retozos terminaron, todos estaban serios y atentos como niños a los que se amenaza con un palo. Vio asomar en sus propias caras la sospecha, a medida que para todas aquellas preguntas no había sino una sola respuesta, el nombre de Valdivieso. Toda la organización reposaba en Valdivieso. Ninguno había adelantado jamás una operación de finanzas; tampoco sabían cómo, dónde o con quién Valdivieso adelantaba las suyas. Sólo veían el dinero que lograba con ellas; las armas que adquiría por su cuenta. ¿Contactos? Salvo con el grupo del Opón, era Valdivieso el único que los tenía en sus manos. Y a medida que iban desenredando aquella madeja de revelaciones y confrontaciones, el hilo había empezado a teñirse de sangre. Ricardo Otero, Compañerito, había sido muerto por el ejército en un rancho, lejos de sus escondrijos de la cordillera, donde Valdivieso le había dado cita. Y Federico Rosas, el maestro de Puerto Boyacá, sorprendido de modo fulminante por el coronel Matallana y sus hombres antes de que hubiese tenido tiempo de iniciar operaciones, actuaba muy probablemente en coordinación con Valdivieso. O así les parecía.

Había que averiguarlo, había que adelantar una rápida investigación, suspender contactos, cuidarse. Por lo pronto él (Ernesto) se ofreció a ir a la región de Puerto Boyacá en busca de informes. ¿Fue allí, en Puerto Boyacá, donde todo terminó para él? ¿Allí, en aquella vereda cuyo nombre había olvidado ya, cerca del río Negro? Volvía a ver el rancho o cobertizo —cuatro estacas sosteniendo una plancha de zinc y en el medio una mesa y un escaño— donde Vidales y él habían encontrado a Blanco, el amigo de Federico Rosas. Recordaba aquel mediodía desolado e hirviente, sin nada más en torno al cobertizo que los troncos talados y la tierra salvaje, amarilla y calcinada, y los gallinazos volando bajo en un cielo reverberante de luz y de calor. Blanco sabía: sí, el compañero Valdivieso había traído algunas armas; sí, cómo no, conocía muy bien el sitio donde había establecido el campamento Federico Rosas, el mismo donde habían llegado, una mañana, por sorpresa, los malditos abejorros del coronel Matallana. Donde Federico y siete compañeros más habían muerto.

Sudando por todos los poros de la cara y mojando de sudor su camisa, pero no obstante con esa compostura que los abogados bogotanos no pierden ni a cuarenta grados a la sombra, Vidales le había hablado por primera vez de la CIA —mientras afuera vibraba el aire de calor sobre la tierra calcinada enviándoles el olor próximo del río o de la selva cercana—. Éste no es asunto del DAS ni del F-2, decía, ni de ningún otro servicio de inteligencia colombiano. Es una operación concebida por estrategas de la CIA: anticiparse a crear el ELN en Colombia, partiendo de la base de que tarde o temprano el ELN o una organización de este tipo iba a surgir aquí, espontáneamente, por contagio de Venezuela o por iniciativa de Castro. Así podrían controlarlo, limitarlo desde un comienzo, y aún liquidar a sus más decididos organizadores. Nos han armado la trampa, ¿comprendes? Nos han armado la trampa para irnos cazando como conejos uno por uno. El único error que cometieron corre por cuenta del subdesarrollo local: su agente no aguantó las ganas de comprarse un reloj de oro, lo que es explicable si uno ha nacido y crecido en una panadería.

Vidales, irónico y sudoroso en aquel cobertizo cuyo techo de zinc crujía con el calor como un leño en la hoguera; Vidales hablando delante del pobre obrero atónito que era Blanco, y de él, que lo escuchaba con idéntico asombro y con la misma sensación de candidez engañada con que de niño había sabido que no era el Niño Jesús quien traía los juguetes de Navidad, sino que eran comprados por sus tías en el almacén Ley. ¿Hasta cuándo iba a durarle la edad de la inocencia?, se preguntaba luego oyendo a Vidales hablándole de todas aquellas guerrillas en América Latina. Che Guevara creía de buena fe en ellas. Era un romántico, decía Vidales. Pero Castro no. Castro no era un apóstol; no era un iluso, sino un político. Castro, recuérdalo bien, le decía, no tuvo inconveniente alguno en hacerse fotografiar leyendo un libro de Montesquieu en la Sierra Maestra —de Montesquieu y no de Marx— y de comulgar en público, con una medalla de la Virgen del Cobre colgándole del cuello, poco después de entrar en La Habana. Para despistar a los gringos, cosa que no habría hecho ninguno de nuestros marxistas comecandela. Castro había llegado al poder aplicando no tanto el marxismo como la aritmética; sumando todo lo que había en la isla contra Batista, contra un dictador ya declinante en un continente donde los dictadores se estaban cayendo en todas partes como guayabas podridas. Y él, Castro, sabía que esta experiencia no podía sensatamente repetirse de igual manera en América Latina. Lo sabe muy bien, decía Vidales —irónico, sus agudos ojos azules en la cara llena de sudor— y no obstante fomenta focos aquí y allá, y aún le encarga a ese buen muchacho de Regis Debray —un cartesiano francés, un normalista, imagínate, que nunca antes se había comido un mango, ni agarrado un palo de béisbol, ni bailado una rumba, y que nunca, con el cinturón de castidad de su moral de marxista del barrio latino, se habría hecho fotografiar leyéndose a Montesquieu o comulgando en la plaza de *Notre-Dame* de París— a ese muchacho Debray le encarga la redacción de una teoría revolucionaria para América Latina, como quien encarga un traje o una torta de cumpleaños. ¿Por qué lo hace? Para defender su revolución, cosa a la que tiene derecho. Castro es un político, no lo olvides, es decir un hombre capaz de cualquier cosa para llegar a sus fines. Guevara no, pero él sí. De suerte que, pobres infelices subdesarrollados, pobres tercermundistas, ahora somos manipulados por todos: por la CIA, por Castro, por los rusos mañana o los chinos —y por razones que sólo en apariencia son ideológicas: por la simple razón de Estado—. Lo único malo es que en este paseo estamos poniendo los muertos. Y lo que es aún peor, para nada.

Aquella sensación de desaliento, de tristeza: la había experimentado entonces, mientras regresaban de Puerto Boyacá a La Dorada, avanzando en la ardiente desolación de la tarde, y luego en Bogotá, cuando habló con sus compañeros. Querían hacerle un proceso a Valdivieso; quizás habían visto aquello en un libro o en una película: a los traidores se les juzga, se les condena a muerte. De modo que al sentimiento de desaliento se había agregado otro, el del ridículo de participar en aquella farsa. No de otra manera podía recordar la reunión aquella, convocada con suma urgencia, a la que no asistió Vidales, pero sí Valdivieso, nada menos que el propio Juan Valdivieso. Frío y pálido, allí apareció de último; se quedó junto a la puerta, vestido como un gángster de Chicago, con una corbata color plata y las dos manos en los bolsillos de su entonces invariable abrigo de pelo de camello. ¿Tendría un arma?, se preguntaban todos, mientras él, prevenido ya, decía con voz brusca que no tenía mucho tiempo, que fueran diciéndole lo que tenían que decirle. Quizá fue Bastidas el que ineptamente habló del reloj de oro o del Volkswagen (pues habían descubierto eso: que tenía ahora un Volkswagen). Valdivieso había empezado a sonreír, si sonrisa podía llamarse aquel relámpago cínico del diente calzado en oro sobre el constante y presuntuoso brillo de su corbata plateada, cuando él (Ernesto), evitando nuevos preámbulos, le dijo simplemente queremos hablarle de las muertes de Otero, de Federico Rosas, de otros. En aquel momento vieron por única, primera y última vez, la verdadera cara glacial de Valdivieso, la que había visto Nelly después de recibir tres bofetadas, y oyeron su voz no taimada, no prudente, sino lenta y soez. Estoy armado, dijo. Y tengo abajo y en la escalera gente armada que subirá aquí si no salgo en cinco minutos. De modo que quietecitos. Yo seguiré actuando por mi cuenta. Les recomiendo que se cuiden. Y se fue.

Así había terminado aquella reunión, tres minutos después de haberse iniciado: con el golpe de la puerta y todos mirándose las caras con desconcierto. En sus bolsillos tenían bolígrafos baratos, no armas. Y ninguno, salvo Vásquez y Niño que morirían años después, aprenderían a manejar un revólver, aunque sí todos ellos —excepto él y Vidales, nunca supo por qué— conocieron aquella misma semana la cárcel Modelo, así como amigos suyos de Cali, Bucaramanga y Barranquilla, y desde luego Nelly Ramos: detectives del F-2 encontraron las armas escondidas bajo el entarimado de su cuarto, arsenal que apareció fotografiado en los periódicos. Sólo años después habían sabido que Valdivieso había comprado una peluquería, luego otra y otra más, hasta formar una cadena. Había engordado, había perdido el pelo, llevaba lentes con montura de carey y sus negocios marchaban muy bien.

VI

—Me parece que todos ustedes tienen miradas diabólicas —dijo Ernesto—. Qué problema éste de andar entre drogados. Miren a Jacqueline.

—Ella vive trona —dijo la Margy tomándola suavemente por el cuello y atrayéndola hacia ella para darle un beso delicadamente en la mejilla—; ¿verdad, *mon amour*?

—Qué desperdicio —volvió a decir venenosamente Fernando, rascándose cavilosamente las barbas.

—Jacqueline es redimible —lo consoló Ernesto—. Pero antes tendrías que batirte a duelo con la Margy.

Ésta se echó a reír; la marihuana le hacía brillar las pupilas.

—Vieras con qué apetito se compra un *Playboy* —prosiguió Ernesto—. Nunca he visto a nadie que lleve mujeres tan lindas a su cama.

—Chico, se hace lo que se puede —dijo la Margy, modesta.

Una voz femenina los interrumpió:

—Buenas noches.

Era Cristina Reyes. Toda la placidez de Ernesto se esfumó al instante, ahuyentada por un tropel de latidos.

—Hola —la saludó ineptamente.

Muy atractiva, con una túnica blanca abierta en un tajo a lo largo de la pierna y ojos de un verde fosforescente, parecía una actriz compareciendo radiante y segura ante su público, en el resplandor de las candilejas.

—Mal educado —lo reprendió, y su voz era baja y llena de provocación—. Consígueme un lugar donde sentarme.

Miraba con desdén aquel rincón del cuarto sin muebles y con gentes sentadas sobre cojines al pie de una ventana. Ernesto se apartó ligeramente para dejarle un lugar. Cuando ella se sentó con un susurro de sedas, él sintió por un instante el peso frágil de su cuerpo contra el suyo y su olor, una fragancia suave, íntima como una alcoba a media luz.

La túnica, al sentarse, se le abrió descubriéndole la pierna. Igual que aquella tarde, cuando la viera entrar en la penumbra del estudio, con un vaporoso traje de verano ceñido a la cintura, Ernesto se sintió vulnerable junto a ella. El corazón le latía con fuerza. Sentía su propia ansiedad a flor de piel. Le rozó con el dedo la muñeca, bajo la manga. Tenía una muñeca frágil y cubierta con una pelusa suave como la piel de un durazno. No es sólo que me guste, pensó casi con sobresalto. Era más que eso, mucho más, lo comprobaba con asombro y tuvo la necesidad de reaccionar, rápida, defensiva, instintivamente con una broma:

—Les presento a nuestra reina de la mazorca —les dijo a sus amigos.

—Del acero —rectificó ella, mordiendo las palabras con una voz tan fría como aquel metal, a tiempo que examinaba a todos con un brillo de insolencia en los ojos muy claros. Pareció desdeñar rápidamente las barbas bohemias, los ojos irritados y la camiseta amarilla, húmeda de sudor, de Fernando. Cruzó con Jacqueline una mirada de prevención, la mirada de dos competidoras en un reinado de belleza, evaluando de una manera modesta su túnica de espejitos, y se fijó con interés en Margy, atraída por su rostro pálido y seguro de muchacho y por sus ropas, en las que seguramente había reconocido al instante la *griffe* de un buen modisto.

—¿Cómo te llamas? —le preguntó.

—Margot Cecilia. Me llaman Margy.

—Me llaman Margy —repitió Cristina imitando su acento—. ¿Costeña?

—Venezolana.

Cristina se inclinó hacia él y le habló en voz muy baja.

—Me gusta su amiga —le dijo.

—Yo diría que es más bien un amigo.

—Ya me di cuenta —habló en un tono aún más confidencial—. Pero el ambiente no me gusta. Democrático. Sudor, blujines —e hizo un gesto de repugnancia como un niño ante un plato de espinacas frías.

—Nos iremos cuando quieras.

Los ojos de ella relampaguearon en la penumbra.

—Venir aquí por poco me cuesta el divorcio —dijo, hablando siempre en voz muy baja.

—¿Qué pasó?

—Comíamos con un grupo de amigos. Gerard hablaba de política. Jarto. Jartísimos todos. De pronto pensé: basta. Me levanté y dije que deseaba tomar aire puro. —Se rió, recordando—. Pobre Gerard, yo lo adoro. Por algo me voy a casar con él.

Se dirigió a los otros:

—Perdonen —les dijo—. Eran secretos de alcoba.

—Buf —hizo Jacqueline.

Fernando estaba liando otro cigarrillo.

—¿Fumás, hermana? —le preguntó a Cristina.

Ella lo pulverizó con la mirada.

—No somos hermanos —le dijo con una sonrisa de hielo.

Fernando se ofendió:

—Ni prójimos.

Ella hizo un mohín como si estuviera hablándole a un perrito:

—Sin complejos —le dijo.

Lucía la insolencia como una joya. Margy la observaba con fascinación como un gato ante el aleteo de un canario. Sacó del bolsillo del traje una boquilla de nácar, ajustó en ella un cigarrillo corriente y se lo llevó a la boca. Encendió luego el cigarrillo con un encendedor de plata. Sus ademanes eran más varoniles que nunca.

—¿De dónde es usted? —le preguntó, arrojando el humo.

Cristina, en vez de responderle, se volvió hacia Ernesto.

—Qué antipática. Me dice usted.

—¿De dónde eres tú? —corrigió Margy, sin variar de expresión.

—Clínica de Marly, Bogotá.

—Paja, nació en Chaina vaita —rectificó Ernesto—. Qué pecado, negar sus orígenes boyacenses.

—Yo no soy de allá. Es mi papá —dijo Cristina despreocupadamente, sin mirarlo siquiera.

Margy no había comprendido nada.

—¿De dónde es?

—De una aldea del altiplano colombiano, llena de brumas, llamada Chinavita —recitó Ernesto—. Entre cultivos de papa y cebada transcurrió la feliz infancia de esta joven, hasta que don Cayetano, su padre, próspero hacendado de la región, la envió a París para estudiar diseño de modas. ¿No fue así? —le preguntó a Cristina—. De la changua en cazuela a Pierre Cardin, qué salto el que ha dado esta criatura.

—Basta de folklore —ordenó Cristina con la risa enredada en las pestañas.

Jacqueline se incorporó con una expresión de fatiga.

—*Je vais aux chiottes* —anunció.

Muchas veces oiría el viento en aquellas noches; muchas veces oiría caer una tras otra, en el reloj de la iglesia, las horas de la madrugada, despierto. A veces, haciéndosele intolerables las horas del insomnio en la oscuridad de la alcoba, salía a caminar por el pueblo, alumbrándose con una linterna. Pese al viento, caminar por aquel pueblo fantasmal, lo tranquilizaba. Trazaba planes. Había descubierto que era incapaz de escribir aquella biografía de Camilo Torres que tantas veces se había propuesto. No tenía un pelo de biógrafo. Además difícilmente reconocía en aquel mito romántico del cura guerrillero a su viejo amigo del liceo, al muchacho que veinte años atrás se había metido a cura, y aún al profesor universitario que olvidándose de sus inútiles apostolados de barrio había sido lanzado sorpresivamente a las plazas públicas. Había estado muy cerca de él en aquella época. Le parecía que aquellas verdades elementales y fervorosas que iba predicando Camilo en plazas y teatros, vestido no ya con sotana sino con un traje negro y sobrio y una camisa negra, iban a producir en torno suyo un fenómeno de masas comparable al de Gaitán. Pero Camilo llevaba prisa; Camilo había creído en el mito del amor y la caridad cristianas, y antes de que gran número de sus amigos llegaran a conocer sus propósitos se había hecho guerrillero con la misma decisión misteriosa e inquebrantable con que dieciocho años atrás se había metido de cura. Pronto se sabrá quiénes son los verdaderos revolucionarios, le había dicho una noche en el hotel Majestic de Barranquilla, durante una gira, sacándose la pipa de los labios y mirándolo con aquellos ojos suyos, verdes y a veces tristes. Frase cuyo significado no entendió sino dos o tres semanas después, cuando le llegó el anuncio de que estaba ya en el Opón con la guerrilla de Vásquez Castaño.

Lo matarán, le decía Vidales con una especie de sombría convicción. Lo matarán, le pronosticaba cada vez que se encontraba a la hora del almuerzo (Vidales ya enteramente ocupándose de su actividad electoral), no sólo porque el movimiento guerrillero estaba muy infiltrado (¿quiénes mejor que ellos podían saberlo después de lo ocurrido con Valdivieso?) sino también porque el jefe de aquel grupo del Opón, Fabio Vásquez, le inspiraba a Vidales muchos recelos. Lo conocía bien. Es un Pancho Villa del estilo de «aquí mando yo» le decía, más parecido a un caudillo de viejo cuño que a un guerrillero moderno, capaz de sacrificar estúpidamente a Camilo sólo para no ser opacado por él. Vas a verlo, decía Vidales con esa certeza lúcida y ya invulnerable a cualquier entusiasmo que iba convirtiéndose en un rasgo de su carácter y en un elemento premonitorio de su futura carrera política, de político tradicional. Certeza, convicción que él recordaría siempre. Pues tiempo después de muerto Camilo sabrían que, en efecto, Fabio Vásquez lo había lanzado a su primer combate sin arma, y con la misión de capturar su propio fusil, riesgo inmenso y estúpido; y en aquel primer combate había sido muerto.

Podía recordar cómo, no obstante estas constantes y lúgubres predicciones de Vidales, la noticia lo había estremecido. Era el crepúsculo, recordaba ahora; sonaban las campanas de la ciudad llamando a rosario, como lo habrían hecho seguramente desde los más remotos tiempos coloniales, mientras corrían por las calles los pregoneros con los diarios vespertinos que anunciaban la muerte de Camilo en grandes titulares de primera página. Recordaba la fotografía de Camilo. La foto de su cadáver: con un moretón en el ojo —de un culatazo, de una patada, quizá— y las barbas crecidas. Él (Ernesto) estaba solo en un parqueadero. Había llorado, dentro de un automóvil, con el diario en la mano. No sólo por Camilo; por él mismo; por lo que había muerto dentro de sí mismo. Quizá fue entonces —viviendo ya con Estela y trabajando como redactor de textos publicitarios, y con algo amargo y marchito en el alma— cuando pensó por primera vez en huir. En irse lejos de allí, de aquel mundo aplastante, que molía despacio o despedazaba a tiros, si era necesario, a quien quisiera sacudirlo. Pensó en huir y finalmente a la primera oportunidad —un chárter barato organizado por la Alianza Francesa— había huido, y allí estaba, prófugo de algo que no acertaba a explicarse, con una muchacha que huía también (no sólo de su madre, no sólo del marido), caminando por las calles fantasmales de un pueblo antiguo, mientras escuchaba el alarido furioso del viento en los olivares.

Trazaba planes, pues; debía escribir, pero no aquella biografía de Camilo, sino algo más personal, cosido con el hilo de sus propias experiencias. Una novela, pensaba. Nada orientado a sostener ni demostrar nada; nada de lo que tantas veces había intentado hacer con resultados mediocres, sino algo donde estuvieran las chinelas de su abuela, la casa de sus tías, el internado, quizás el propio Camilo, tal como era entonces, un adolescente que hablaba del amor y la bondad. Tenía necesidad de escribir sobre aquellas cosas. Y el día en que, luego de tomarse un café con la luz del limonero en la ventana, escribió en la máquina la primera línea de aquel relato gratuito apelando al más antiguo de sus recuerdos (su abuela dejándolo en un cuarto a oscuras), se sintió de pronto interesado y tranquilo. Aquel mediodía estaba de muy buen humor. María, por su parte, trabajaba también sin descanso. Algunas tardes, a las cinco, cuando él se levantaba fatigado de la máquina de escribir, se iban a caminar por la carretera. El crepúsculo en invierno caía, gris y lánguido, sobre un pálido mar color violeta; volaban tordos, el pueblo parecía recogerse sobre sí mismo.

Fue en aquel invierno cuando conocieron a Erick y Mariana. No se explica ahora cómo tardaron tanto tiempo en visitar su casa, que era conocida en el pueblo como la casa de las ventanas azules. Catalina, la costurera, había sido la primera en hablar de una señora de América, como ellos; del Uruguay o Nicaragua, no sabía bien. Se habían conocido en el estanco. O quizás en la calle, no lo recuerda bien. El caso es que una noche María y él se encontraron en el salón de una casa pulcra y tranquila donde ardía un buen fuego con una copa de brandy en la mano y hablando con una pareja que tenía mucho en común con ellos, razón por la cual entraron de inmediato en confianza, recuerda. Erick y Mariana eran muy diferentes el uno del otro. Como buen nórdico, Erick hablaba poco; escuchaba atentamente, ocupándose de atizar el fuego, el resplandor del fuego en las barbas y en sus ojos, que eran azules, a veces diáfanos como los de un niño y a veces llenos de una chispa de humor. Escultor, había vivido largos años en los Estados Unidos, en la India y en México, y era tan experto en los misterios del budismo Zen como en los corridos de Pancho Villa. Mariana era su opuesto; pequeña, locuaz, muy enfática. Escribía piezas de teatro y letras de canciones en inglés y español. Estaba suscrita a toda suerte de revistas y recibía cartas de una cantidad de gente en América Latina. Desde aquella casa, llena de libros, de máscaras indígenas y otros objetos de arte, casa que se abría en el crepúsculo a la última claridad de la montaña y a la algarabía de los pájaros, y que en las noches se replegaba en torno al rectángulo luminoso de la chimenea, Erick y Mariana parecían atentos al pulso del mundo: sabían de Biafra y del Vietnam y Guatemala, de las novelas de García Márquez, los poemas de Cardenal o los cuadros de Miró. De todo ello hablaban en aquellas noches de invierno, mientras crepitaban los leños de la chimenea y afuera soplaba el viento. A Mariana le gustaba hablar de fantasmas. Alguna noche había visto a una mujer sentada junto al torrente, sollozando con un niño en brazos; y otra noche, en la puerta de su alcoba, había divisado en la penumbra a un hombre alto, con una cicatriz en la mandíbula. Según Graves, era un francés que había muerto en aquella casa, años atrás, después de haber escrito con sangre, en el espejo del baño, las palabras *«je t'aime»*. Erick tomaba también muy en serio todas las historias del pueblo. Se interesaba en el paso de Cagliostro. Algunos hippies, que ahora vivían en las montañas después de haber sido expulsados de Ibiza, intentaban resucitar ritos paganos o misas negras de la época de la brujería medioeval, sacrificando corderos. Mariana y Erick referían aquellas cosas disfrutando del temor de María, que luego temblaba sólo de ver en la oscuridad, subiendo hacia su casa, los ojos amarillos de un gato.

Una noche se había sobresaltado al encontrar en la puerta de su casa, con una maleta de viaje a sus pies, una linda mujer rubia que les preguntó tranquilamente por Carlos. Era alemana. Cuando le dijeron que había muerto varios años atrás, movió la cabeza incrédula. Había sido amiga suya cuando trabajaba como cabinera de la Lufthansa. Estaba recién separada, y había decidido venir en busca de Carlos o indagar en Deià por su paradero. Aquella noche se quedó en el cuarto del altillo, porque era muy tarde para regresar a Palma. Al día siguiente, los tres desayunaron al sol, que entraba por la ventana del vestíbulo. Oían una cassette de Mozart. De pronto a la muchacha, que se llamaba Frida, los ojos se le humedecieron. No puedo imaginarlo muerto, les dijo en francés. Cuando la acompañaron hasta el paradero del autobús, ofreció venir a visitarlos aquel verano.

En vísperas de Navidad, llegarón de París las hijas de Erick y Mariana, que eran tres muchachas muy jóvenes y bellas de cabellos oscuros y ojos claros: una mezcla lograda de razas y con tantas nacionalidades posibles que finalmente no tenían ninguna. Hablaban de piezas de teatro, de películas y exposiciones que presentaban en París aquella temporada de una manera tan profusa que ellos, él (Ernesto) y María, se habían sentido, como rústicos aldeanos, incapaces de opinar sobre nada. Las muchachas habían llegado con un grupo de muchachos franceses y la noche de Navidad, con la complicidad del padre, organizaron un happening que se prolongó por dos días, en el que todo el mundo tuvo que disfrazarse. A María la vistieron de princesa egipcia y entre risas la maquillaron de una manera tal que, en efecto, parecía una belleza de la época de los faraones. Hacía mucho frío en aquellos días, y la alcoba estaba siempre helada cuando despertaban y desde la torre de la iglesia se oía desde muy temprano la música de villancicos difundida por altavoces. Siempre había bruma en las colinas al abrir la ventana. Don Pedro, el cura, a quien encontraban con frecuencia paseándose aburrido por la plaza, les hablaba de su deseo de ir a un lugar más interesante, por ejemplo el Amazonas donde había misiones catequizando a los indios. El 6 de enero, disfrazó de Reyes Magos a tres muchachos del pueblo que bajaron de las colinas en caballos con arneses floreados. Fueron los reyes los que entregaron regalos a los niños desde una tarima instalada en la plaza. Era divertido ver a las gentes del pueblo y a algunos hippies friolentos participando en aquella ceremonia. Después, él y María fueron con Erick y Mariana, sus hijas y amigos a un restaurante de Fornalux. Bebieron muchas botellas de Rioja, y al regresar por la tortuosa carretera en una caravana de automóviles, con las hojas de los olivares relumbrando en la luz de los faros, todos estaban un poco borrachos y en el auto trataban de cantar en coro, desastrosamente, si Adelita se fuera con otro.

Cuando las tres hijas de Erick y Mariana vinieron a despedirse, Cristina, la mayor de ellas, les habló sombríamente de París, del metro y de la dureza de la vida. Quédense todo lo que puedan por aquí, les dijo, no saben cómo los envidio. Él (Ernesto) estaba de acuerdo. María también. Desde que había empezado a escribir su libro, y a medida que éste avanzaba haciéndole revivir recuerdos de su infancia, se sentía extrañamente plácido y seguro. Después de un rápido viaje a Barcelona había regresado con nuevos contratos de traducciones: no era gran cosa lo que pagaban, pero gastaban tan poco que podían sobrevivir. Sólo cuando iban a Palma y María se demoraba ante las vitrinas de la calle Jaime III, atraída a veces por un par de botas o por un traje, se daban cuenta de su pobreza. Un par de botas representaban unos meses de comida. Pero asumían aquella situación con buen humor. María hablaba a veces de vender los regalos de matrimonio que había recibido. Pero él no quería saber nada de aquel dinero.

Déjaselo a tu madre, le decía. Al venirnos hemos elegido el riesgo, como los toreros; nos corresponde asumirlo. Por aquellos días María había empezado a hablarle de su deseo de tener un niño. «Será un pequeño hippie», le decía. Ni siquiera sería un hippie, contestaba él, sino un recolector de aceitunas. Aquello le producía, no sabía por qué, una oscura zozobra. Le inquietaba tener un hijo y le asustaba, además, la perspectiva de quedarse definitivamente en Mallorca. Pero a veces pensaba que después de todo podía seguir el ejemplo de Erick y Mariana. Erick le había hablado vagamente de algunos negocios de finca raíz en la isla. Algo al margen de su verdadera actividad, para ir viviendo. Y luego, debía pensar en María. María sería feliz con un niño. A veces, mirándola en el resplandor de la chimenea mientras cosía el ruedo de una falda, experimentaba por ella una ternura muy intensa. Sólo me tiene a mí, pensaba; vivir tranquilamente con ella en una isla, patriarcalmente: por qué no, en fin de cuentas.

Así llegó a pensarlo, a creerlo.

VII

Babilonia, pensaba Ernesto abriéndose paso por el corredor hacia el baño. Al pasar delante de una pieza, había entrevisto en la penumbra tres parejas besándose. La música proseguía incansable, martillando los mismos ritmos de salsa candelosa. Encontró en el pasillo a tres muchachos conocidos suyos, uno de ellos negro y con una espectacular floresta de greñas en la cabeza, que frecuentaban el Select, en *Montparnasse.* Se pasaban de mano en mano una botella de ron de las Antillas. Le ofrecieron un trago, que él rechazó con una broma. Vio también a la muchacha barranquillera que venía de la cocina con un inexplicable trozo de patilla en la mano. «Estoy muerta», le dijo al pasar. «Ten cuidado, no olvides que soy tu tutor», le dijo él. «Mira», rió ella.

Frente a la puerta del baño, que estaba cerrada, encontró a Jacqueline y a la Colmenares, en actitud de espera.

—Hay dos haciendo el amor ahí adentro —le informó Jacqueline.

—¿Hombre y mujer? ¿Mujer y mujer? ¿Hombres?

—*Je n'en sais rien* —respondió Jacqueline golpeando la puerta con fuerza—. *Dépechez-vous, merde!*

Dentro se oyeron risas: luego una voz de mujer: «No sean ladillas.»

Los almendros florecieron muy pronto en la isla aquel año, el aire se cargó de fragancias dulces y los días fueron haciéndose progresivamente más cálidos. Cuando recibieron una carta del poeta Linares anunciándoles que se disponía a viajar a Deià, acompañado por dos amigas, se dieron cuenta que el tiempo había pasado muy rápido. Habían cumplido un año en la isla. También los Azuola escribieron amenazando con un inminente desembarco. El día que entraron como una tromba en la casa (era todavía muy temprano y María dormía aún en su alcoba), luego de bajarse de un auto lleno de polvo y cargado hasta el techo con botes de goma, remos e implementos de pesca submarina, él comprendió que el verano en efecto había llegado. La aparición de los Azuola fue como una racha de aire fresco. Basta de tanto trabajar, le dijo Martín, escandalizado al saber que aún no habían tomado su primer baño de mar. Y la vida del verano anterior se reanudó. Volver a la terraza aquella de Lluch Alcari, a las ginebras con hielo y a los lentos y cálidos crepúsculos sobre el mar, a las noches quietas y llenas de estrellas

errantes, a los grillos, a los olores densos, a las muchachas vestidas con túnicas ligeras desfilando por el café
del pueblo, fue para él un alivio después de tantos meses de encierro. Sólo María pareció entristecerse. A mí
el calor, los mosquitos y la gente acaban por cansarme,
decía. Prefería el silencio y la calma de los días fríos.

El poeta Linares apareció poco después acompañado por dos lindas muchachas: una francesa llamada
Michèle y una alemana llamada Reichel. No tardó en
hacerse muy amigo de los Azuola y especialmente de
Julia. Desde su llegada, empezó a organizar fiestas tumultuosas en una casa apartada que había alquilado
cerca de la cala; una casa con vista sobre el mar. Daba la
impresión de tener una actividad sexual desaforada.
¿Qué hago yo con tantas mujeres?, decía a veces con
una cara de cómica consternación. Ayúdame. Él (Ernesto) y María se habían preguntado al principio con
cuál de las dos se acostaba: con la francesa o con la alemana, o si lo hacía con las dos. La francesa, Michèle,
era una mujer bonita, de grandes ojos oscuros, pero
con una expresión dura en la cara. En la playa, solía
descubrirse tranquilamente los senos para tomar el sol,
sin importarle el riesgo de ser multada por un guardia
civil. Reichel, la alemana, era espectacular: muy alta y
morena, y con unos ojos amarillos tan claros que a medida que su piel se iba oscureciendo con el sol de la playa tomaban una calidad fosforescente como los de una
pantera. Las dos muchachas se hicieron amigas de ellos.
Algunas tardes, mientras el poeta dormía la siesta, venían a visitarlos. Echadas en un diván del altillo —que
era el lugar más fresco de la casa—, el sudor brillándo-
les en la cara, sus blusas entreabiertas, lánguidas y sen-
suales como gatas, le producían una confusa ansiedad.
Hacía un calor terrible aquel agosto; afuera, en las colinas amarillas, ardía el sol, mientras él (Ernesto) bebía
con las muchachas copa tras copa de jerez, conversan-

do. La conversación derivaba casi siempre hacia temas sexuales, no sabía por qué. Reichel, que decía haber pasado unas semanas en Grecia asediada de una manera espantosa por los hombres, se quejaba de que no había ninguno en Mallorca. Los que me interesan no están libres, decía riéndose, y los ojos cada vez más claros en su cara tostada le relampagueaban como un faro emitiendo una señal. Michèle, de su lado, hablaba siempre del poeta como de un falócrata primario. Los hombres no saben nada de las mujeres, decía a veces, clavando en María sus grandes ojos oscuros de una manera que ésta se sentía incómoda. Esa mujer me crispa, susurraba María; yo creo que es lesbiana. Él (Ernesto) decidió preguntárselo un día mientras le servía una copa de jerez: «*Aimes-tu les femmes?*» Ella le sostuvo la mirada con una especie de desafío. «*Parfois*», contestó. María, desde entonces, había empezado a rehuirla. Justamente para no encontrarse con ella y sufrir el asedio mudo y codicioso de sus miradas, había desistido de acompañarlo a una fiesta organizada por el poeta con motivo de su cumpleaños.

Fiesta memorable, recuerda. Fiesta de libertinos, así había dicho el poeta riéndose para explicar por qué había invitado a Julia, pero no a sus padres. De modo que se habían encontrado en aquella casa tres mujeres: Michèle, Reichel y Julia, y tres hombres: él (Ernesto), el poeta y un argentino silencioso y pálido y con el pelo recogido hacia atrás en una trenza delgada como la cola de un ratón, que era artista, al parecer, pero trabajaba de camarero en Londres. Julia le había pasado el primer cigarrillo de marihuana. Vestida con una túnica larga de franjas y estrellas parecida a la bandera norteamericana, lo veía fumar con una expresión entre sarcástica y divertida. Estaban sentados en la luz crepuscular de la cocina, ayudando al poeta, que en blujines y con una franela roja pegada al torso por el sudor dirigía las operaciones culinarias, infinitamente atento al vinagre, al aceite, al vino, a la cebolla y el tomate. Se sentía en el aire quieto y sofocante la proximidad de una tormenta. El cielo visto por la ventana se oscurecía de nubarrones. Lejanos relámpagos fulguraban sobre el mar. Reichel pelaba una cebolla con los ojos llenos de lágrimas. Sólo llevaba puesto un overol color caqui con una cremallera por delante abierta negligentemente a la altura del busto. Fue entonces, recuerda, mientras fumaba despacio un cigarrillo de marihuana y miraba a Reichel, sudorosa, ceñida por aquel overol y con un cuchillo y una cebolla en las manos, cuando experimentó por ella un deseo brusco y violento que lo hizo temblar. Estaba sentado muy cerca de ella, en la penumbra sofocante de la cocina. Le parecía que podía sentir su olor salobre y denso. Siguiendo un impulso repentino, alargó la mano y tocando suavemente el aro de metal que abría la cremallera, lo bajó algunos centímetros. Húmedos y firmes, con dos pezones oscuros rozando la tela áspera del overol, aparecieron sus senos. Entre ellos resbalaba, lenta, una gota de sudor. Sin preocuparse de la cremallera abierta, los ojos claros de ella le sostuvieron la mirada. Cuidado, dijo Julia, te va a violar. No hay nada más peligroso que un reprimido sexual. El poeta, que estaba parado al pie de la estufa, atento al pollo que hervía en un caldero, se estremeció de risa. No creas, dijo volviéndose hacia Julia, su gran vozarrón brotándole entre las barbas: Ernesto es un *bélier*. —¿Un *bélier*?, preguntó Julia. Sí, un Aries. Sexualmente los Aries experimentan deseos rápidos, fulgurantes, es bien sabido. Tienen un feroz *démarrage* en el plano sexual, pero (perdona, viejo, no lo digo yo sino los astros), son inconstantes, apresurados y con muy poco refinamiento en los preámbulos. Tú mejor no dices nada, le interrumpió Michèle, hablando en francés. Un falócrata de tu especie no tiene derecho a hablar de refinamientos.

Con una gran risotada, el poeta volvió despreocupadamente a su caldero. Sentado en el suelo, el argentino de la trenza había aceptado el cigarrillo y lo aspiraba reverente, cerrando los ojos.

Había empezado a llover aquella noche. El aire que entraba por la puerta estaba cargado de humedad y calor. Pero había sido una noche de apetitos palpitantes, recuerda; festín de los sentidos súbitamente agudizados, afinados por el influjo de la marihuana. Comían como bárbaros hambrientos. Encontraron delicioso aquel pollo hervido en hierbas y rociado con una salsa espesa y oscura y sutilmente picante, secreto del poeta. Michèle los sorprendió con un gran queso cremoso que trajo en un plato de madera. El vino, espeso y fuerte de la región, se dejaba beber con facilidad. Comían riéndose por cualquier cosa. El calor les pegaba las ropas al cuello y el sudor les cegaba los ojos. Michèle se había abierto la blusa. Descubrieron que a Julia le palpitaban las narices y que Reichel tenía un brillo realmente diabólico en los ojos. El argentino apareció con un nuevo cigarrillo de marihuana, que pasó de mano en mano. En medio de las protestas de Julia que insistía en los Pink Floyd, el poeta puso en el tocadisco un viejísimo bolero de Toña la Negra. Cuando él (Ernesto) sacó a bailar a Reichel, tuvo la impresión de un cuerpo lánguido y largo, casi felino, que se le ofrecía envolviéndolo en una fragancia densa; olía a selva, pensó, a flores de pantano. Las altas caderas de Reichel se pegaron a las suyas. Se movía muy lentamente haciéndole sentir el roce codicioso de los muslos. Lo envolvió con los brazos. Ahora es una alga, pensó: un pulpo. Bailando, la llevó muy despacio hacia el cuarto contiguo, una sala en penumbras con estantes repletos de libros. La besaba en el cuello, sintiendo a la vez el roce caliente de la piel y su fragancia de flores salvajes, cuando escuchó en el salón un estruendo de gritos, risas y carreras. No comprendió lo que estaba ocurriendo sino hasta cuando vio las ropas y los cabellos empapados de Michèle y de Julia. El poeta las perseguía con un balde en la mano. El argentino de la trenza intentaba sujetar a Julia, que corría en torno de la mesa. Pero fue el poeta quien le desgarró el traje con un gran zarpazo de oso. Entre jirones y franjas y estrellas aparecieron los senos de Julia, que eran grandes y redondos. Riendo a carcajadas, el poeta acabó de desgarrarle la túnica, mientras el argentino, pálido y sin sonreír, pugnaba por arrancarle el slip y Michèle, súbitamente interesada, le pellizcaba suavemente los senos diciendo «*oh, elle a des beaux nichons*». Desasiéndose entre gritos y risas de aquel enjambre loco de manos, Julia corrió hacia la escalera. Los otros la siguieron, riéndose y tropezando. Inmóviles, todavía sorprendidos en medio de la sala anegada, Reichel y él (Ernesto), los oyeron retozar y gritar en el segundo piso. Al cabo de un instante sólo oyeron la voz ronca del poeta y una protesta de mujer. Luego nada: murmullos, un silencio. Espera, dijo Reichel divertida, poniendo un dedo en los labios. Espera, quiero saber qué pasa. La vio subir la escalera en puntas de pie, su largo cuerpo ceñido, moldeado por la tela del overol caqui. Bajó enseguida sonriendo. Están locos, dijo. ¿Qué hacen?, preguntó él. Ella hizo un gesto queriendo significar que la respuesta era obvia. Ven, ven, vamos a otra parte, le susurró al oído: estaremos mejor.

Recuerda la oscuridad de la noche, todavía quebrada de lejanos relámpagos y llena de un olor de naranjos lavados en lluvia, y el auto de Reichel, un Austin, avanzando veloz por un camino de tierra, saltando entre piedras y baches, y troncos de olivos surgiendo bruscamente en los recodos a la luz de los faros. En algún momento del trayecto, él se durmió. Despertó en la oscuridad de un patio en el que había una carreta abandonada. Sígueme, yo vivo aquí, susurró Reichel precediéndolo por un oscuro vestíbulo de piedra, luego por una escalera muy estrecha hasta una alcoba del segundo piso. Los movimientos de Reichel eran sigilosos y seguros. Él, en cambio, se sentía ahora aturdido, incapaz de dirigir sus pasos como si se moviera en sueños. Tenía necesidad de sentarse para no caer. Advirtió vagamente que con rápidos ademanes Reichel se despojaba de su overol. En la débil claridad de estrellas de la ventana la vio, alta, esbelta, enteramente desnuda, caminando en puntas de pie hacia el baño. Él empezó a quitarse la ropa, sentado en la cama. El aire de la noche me cayó mal, pensó. Se echó en la cama. Le parecía que el cuarto se movía. Muy quieto, esperó con los ojos cerrados que aquella sensación desapareciera.

Despertó con la sensación de algo oscuro y rápido pasando entre sus piernas. Era un gato. Tardó un instante en reconocer la alcoba; en la ventana estaba ya la primera luz del amanecer. Reichel dormía a su lado, desnuda. No recordaba haber hecho el amor con ella. ¿Tan mareado estaba? Pensó un instante con inquietud en María antes de quedarse de nuevo dormido. Cuando despertó del todo, había una luz radiante en la ventana. Ondulando al viento, en la puerta que daba a la terraza, una cortina muy ligera dejaba pasar ráfagas de aire caliente con olor a verano, a limoneros. Se estremeció al pensar en María. María debía aguardarlo en casa, llena de susto. Le dolió imaginar que había pasado la noche aterrada por los crujidos de la madera, pensando en fantasmas. Quizás entendería lo ocurrido sin hacer de ello un drama. En realidad era imposible vivir siempre como un monje. Lo peor era que ni siquiera había hecho el amor.

Reichel entró en el cuarto con una bandeja. Vamos a desayunar en la terraza, le dijo alegremente al pasar. Sólo llevaba encima una camisa de hombre muy ancha que le caía negligentemente sobre los muslos. Después de lavarse, él se reunió con ella en la terraza. Le dolía la cabeza. Reichel había colocado sobre una mesita de hierro pintada de blanco dos tazas de café negro, una canastilla de pan, mantequilla y mermelada de fresas. Qué fiesta, le dijo ella en español mientras comían. Se veía muy hermosa, con el pelo negro cayéndole sobre los hombros y los ojos amarillos de pantera en el rostro moreno. Lo contemplaba con risa. Tú eres un bebé, le dijo. Dime, le preguntó él, intrigado: ¿hicimos el amor anoche? Ella movió la cabeza negando y se echó a reír. Al reírse sus pechos se agitaron bajo la tela de la camisa. Detrás de ella se veían las colinas de olivares y el mar muy azul en la claridad de la mañana. Lento, sigiloso como una serpiente, él sintió venir el deseo. Por debajo de la mesa alargó su mano y la deslizó entre los muslos de ella. Se dio cuenta de que no llevaba nada debajo de la camisa. Ven, le dijo, al descubrir en las pupilas de ella el mismo apremio lánguido que a él le latía en la sangre. Tomándola por la mano la llevó al cuarto. Debieron espantar al gato de Reichel, un gran gato negro con manchas blancas, que dormía sobre la cama. Empezó a acariciarla muy despacio, recorriéndola con los labios. La piel de ella parecía arder, como si tuviera fiebre, y era muy firme y con una fragancia que seguía siendo de flores selváticas. La oyó quejarse, hablándole en alemán. *Viens*, le oyó decir, al fin en francés; *viens*.

Recuerda ahora un nuevo despertar lleno de sobresalto a la una de la tarde. El olor de Reichel, sus cabellos sueltos; el clamor de las cigarras en la claridad ciega de los olivares, cuando salió con prisa, el corazón lleno de aprensiones por María. Reichel lo llevó en auto hasta el pueblo. Se despidió de él alegremente, dejándolo a solas con su inquietud. Subiendo hacia su casa del Puch, a él le pareció que todas aquellas viejas sentadas en los umbrales lo seguían con miradas suspicaces como si supieran todo su desvarío de la noche. Pensaba que debía decirle a María toda la verdad. Después de todo era absurdo sentirse hasta ese punto culpable. Era detestable sentirse en la piel de un marido que ha dormido fuera de la casa; un marido asustado.

No encontró a María. Empujó la puerta de la calle llamándola, pero nadie le respondió. La casa estaba vacía y en orden, habitada únicamente por el sonoro tictac del reloj de péndulo que había en el vestíbulo. Zumbaban moscas en la ventana; algunas flores se marchitaban en un jarrón. Se ha ido, pensó, ya no con inquietud sino con terror; se ha ido, qué loco soy, se ha ido. Incapaz de permanecer en aquel vestíbulo oyendo el tictac del reloj y el zumbido de las moscas, salió de nuevo a la calle. Recorrió el pueblo buscando a María. En un tono, que intentaba ser despreocupado, preguntó por ella a Erick y a Mariana. Pero no la habían visto. Pensó que estaría en casa de los Azuola. Echó a caminar en aquella dirección por la carretera, bajo el sol despiadado y perseguido siempre por el clamor de las cigarras. Los Azuola, que estaban comiendo sardinas y tomates en la terraza de su casa, rojos de sol, lo recibieron con bromas preguntando cómo había terminado la piñata en casa del poeta. Fue una orgía, dijo él, y de inmediato sorprendió en Julia un parpadeo de inquietud, que plegó rápidamente las alas para convertirse en tranquila insolencia. Sus padres nada debían saber de sus juegos eróticos. Los dejó, ofreciéndoles regresar en la noche. Y prosiguió su búsqueda desesperada de María. No estaba, como llegó a esperarlo, en la pequeña fonda de la Cala, ni en el café; en ninguna parte. La secreta esperanza de hallarla en casa se derrumbó en cuanto volvió a encontrarse en el vestíbulo quieto, únicamente con el tictac del péndulo y la luz ahora declinante y rojiza encendiendo la ventana que miraba hacia las colinas. Con despavoridas consignas de calma y reflexión se sirvió una ginebra con agua tónica. La bebió despacio, sentado en un sillón del vestíbulo, solo y lúgubre como un viudo reciente, pensando en María. La idea de que se hubiese ido, que lo hubiese dejado, lo llenaba de pánico. No había otra manera de definir aquel miedo en las vísceras, aquel sentimiento que le oprimía el pecho. Necesitaba a María, eso estaba claro. No sabía por qué, pero la necesitaba; y la idea de que se hubiese ido (¿pero cómo, adónde?: sus trajes estaban aún en el armario), le resultaba intolerable. Era un loco, un irresponsable, pensó; incapaz de elegir, de asumir a fondo cada paso que daba en la vida. Actuaba como los niños. Era un niño. El niño egoísta que quiere todos los caramelos de la piñata y al final no recoge ninguno.

Bebió otra ginebra, luego otra más hasta que el vestíbulo fue quedándose a oscuras. Por fin, la necesidad de hacer algo, de seguir buscando a María, lo obligó a salir. Pero no sabía adónde dirigirse. La noche de verano estaba llena de rumores de fiesta. Contempló el pueblo desde lo alto de la calle de las monjas: unas cuantas luces desperdigadas en la colina y en la hondonada, a lo largo del torrente. En alguna parte, quizás en el hotel Es Molí, siempre lleno de alemanes, se oía la música de Guantanamera. Encontró la terraza del café llena de gente. Se sentía desamparado y hambriento en medio de aquella algarabía de hombres y mujeres jóvenes, de autos y motos que pasaban delante del café. Era el habitual frenesí del verano. El poeta Linares pasó en un Land Rover gritándole desde la ventanilla que había fiesta en la casa de las ventanas azules. Y hacia allí se dirigió, tras las luces traseras del auto que bajaba despacio la calle.

Se abrió paso a través del tumulto de parejas que llenaban la sala, la cocina y la terraza de la casa, y del estrépito de la música. Era insensato imaginar que allí podría encontrarse María, pero a cada instante se sorprendía buscándola entre la gente que bailaba. Encontró al poeta, a Michèle y a Reichel, que vestida con una túnica roja y con flores en el pelo, lo vio venir fijando en él de una manera muy especial sus pupilas fosforescentes. No les dijo nada acerca de María. Bebió con ellos una ginebra, incómodo por el aire íntimo y confidencial que asumía Reichel con él. Como pudo se alejó de ellos. En la puerta de la calle se cruzó con Julia. Qué te ocurre, hombre, tienes una cara de funeral, le dijo. Busco a María, murmuró él, casi a pesar suyo. Julia soltó la risa. ¿Te ha dejado? Bien hecho, es el castigo que merecen los maridos infieles. Tuvo deseos de abofetearla, recuerda.

La noche estaba llena de estrellas. Le pareció sombrío llegar a la casa y subir a su alcoba de nuevo con una sensación de pánico en las vísceras. ¿Le habría ocurrido algo a María? En un pueblo como aquel, un accidente se sabría de inmediato. Nadie la había visto, era curioso. Decidió que debía aguardar hasta el día siguiente, antes de dar aviso de su desaparición. Esperándola, atento al ruido ocasional de un auto en la plaza, y aun al de pasos, se quitó los zapatos y se recostó en la cama. Lo venció el sueño. Despertó escuchando los pájaros en la primera claridad del día. Estaba vestido. Había soñado con María. María y su abuela estaban en un parque, tomándose una fotografía; le sonreían, pero por un motivo que no llegaba a comprender estaban lejos y él no podía aproximarse a ellas. La ansiedad, que ya estaba en aquel sueño, lo hizo incorporarse temblando. Incapaz de dormirse de nuevo, se puso los zapatos y salió a la calle. Era temprano. En el pueblo, todavía envuelto en una especie de bruma matinal, sólo los pájaros y los gallos de las remotas fincas parecían despiertos. Empezó a andar por la carretera, insensatamente, caminando de prisa. Del lado del mar, el cielo ya era claro. Sería un día muy caliente. Pensaba en María con una especie de rabiosa y atropellada desesperación cuando la vio, sentada tranquilamente en el bordillo de piedra de la carretera, con un vestido color lila, contemplándose absorta las manos. María levantó los ojos y sin mostrar sorpresa le sonrió. Le sonrió, pero sus ojos parecían quietos y ausentes; no expresaban nada. Tampoco contestó nada, de inmediato; cuando él le preguntó, trémulo, dónde había estado.

Dócilmente se levantó para seguirlo a casa. No hablaba. Sonreía cuando él le preguntaba algo, los ojos extrañamente inexpresivos. La llevó directamente a la alcoba. Hizo que se acostara en la cama. Luego él bajó a la cocina y calentó agua para servirle un té. Cuando volvió al cuarto, cuando puso en sus manos la taza de té hirviendo, ella reaccionó al fin. Empezó a temblar, vertió parte del té en las sábanas y estalló en sollozos. Quería matarme pero no pude, dijo. Bebí seis ginebras en el Hotel Costa d'Or. Pensaba tirarme desde un peñasco. Y estuve allí, en el peñasco. Durante horas. Pero no pude, no pude.

VIII

Margy y Cristina estaban conversando junto a la ventana, sentadas sobre cojines: ambas jóvenes, la una vestida de negro y la otra de blanco, parecían figuras de un teatro japonés. A su lado, tendido plácidamente en el suelo, Fernando navegaba ya en un lago de suaves ensoñaciones.

—Tu amiga nos invita a un lugar pecaminoso —le dijo Cristina a Ernesto cuando se sentó a su lado, de regreso del baño.

—Imagino cuál es —contestó Ernesto, pensando en el Katmandou, una discoteca de lesbianas donde la Margy era reina—. Allí no dejan entrar hombres —dijo.

—El que yo lleve entra —dijo la Margy, rotunda.

—Qué corruptora es —murmuró Cristina con su voz ronca y baja. Ernesto volvió a verla, por un instante, con su vaporosa falda de verano mirándolo en la penumbra cálida de su estudio aquella tarde, y se estremeció. La ansiedad le latía en la garganta.

—Estás despertando mis más antiguas polillas —le dijo—. Y la culpa es de esa túnica abierta que llevas.

—La túnica y todo el resto —dijo la Margy.

—Ustedes me escandalizan —dijo Cristina—. Háganme el favor de moderar sus pasiones.

En aquel momento oyeron en el pasillo el estruendo de un cristal al romperse y un grito.

—*Salope!*

—Es Jacqueline —dijo la Margy precipitándose hacia el pasillo.

Fernando abrió los ojos.

—¿Qué pasa?

—Una pelea —le contestó Ernesto, levantándose.

Al salir, alcanzó a divisar, arrodillada en el suelo, su túnica roja destacándose entre las gentes que se agolpaban en torno suyo, a Jacqueline. Sujetaba las manos de la Colmenares, que pugnaba por zafarse.

—¡Suélteme! —gritaba la Colmenares.

Luisa, la esposa de Fernando, trataba de calmarla. La Margy le sujetaba los pies.

—Chico, la carajita ésta se le metió en el baño a Jacqueline —le explicó alzando la mirada hacia él.

—Mentiras —aulló la Colmenares.

—*C'est vrai, elle a commencé à me peloter vachement. Et moi je ne voulais pas* —dijo Jacqueline.

—Déjenla —les dijo Ernesto—. Nos vamos.

Recostado contra la pared, en cuclillas, Fernando parecía vacilar entre el sueño y la realidad.

—¿Qué pasa? —preguntó de nuevo.

—Nuestra joven comecandela resultó hija de Lesbos.

Fernando soltó una risa sorda, que se convirtió en tos. Ernesto se puso también en cuclillas para hablarle.

—Me rajo, maestro. ¿Es cierto que te vas?

—Cierto, hermano. Vía Bahamas. —Su mirada tenía ahora un brillo lúcido y triste—. Me mamé, hermano. Esta ciudad... estamos metidos entre un zapato, ¿sabes? No tenemos salida.

—Quizá —suspiró Ernesto. Miró hacia la ventana; apagadas las luces de la Santa Capilla y *Notre-Dame,* París era un mar de tejados negros bajo un cielo vibrante de junio. Se acordó en un instante de otras fiestas en noches de verano, cuando era estudiante, y tuvo la sensación casi dolorosa de todo el tiempo transcurrido desde entonces. Miró a Fernando con afecto.

—¿Así que a la selva?

—A la selva, hermano. Es lo único que nos queda. Una vez... —su memoria, por efectos de la marihuana, parecía abrirse paso con dificultad a través de grietas y témpanos de olvido —mi papá quiso encargarme de su fábrica. Fue la primera vez que volvía de Europa, ya casado con Luisa. Pero yo..., yo que me había ido de casa a los veinte años, que había tocado la guitarra en los metros, no serví tampoco para eso, hermano, para industrial de enlatados de carne. Un espectro de risa le brotó entre las barbas—. Le doblé el sueldo a los obreros... y ahí terminó todo con el viejo. —Los ojos se le llenaron repentinamente de lágrimas—. La selva, hermano, no hay más.

Ernesto le puso una mano en el hombro.

—Cada cual busca su salida —le dijo.

—Si alguna vez esto te sabe a mierda, la gallega y yo te esperamos. Ya sabes. Puerto Escondido.

—De pronto, maestro.

Cristina y la Margy lo llamaban desde la puerta.

Otro otoño de brumas había vuelto, y de nuevo el pueblo estaba dormido y glacial, abandonado por los turistas, cuando llegó aquella carta de Lenhard tan inesperada. En el primer momento le pareció irreal lo que decía. Recuerda haberse quedado con la carta en la mano (dos hojas de papel azul con una caligrafía menuda y ordenada), confuso, mirando por la ventana los huertos y colinas brumosas. Doña María, su vecina, colgaba sábanas en una cuerda. Lenhard le hablaba de un viejo proyecto suyo, que ahora parecía concretarse gracias a un editor de Suiza; una colección destinada a presentar testimonios de la realidad política latinoamericana, ahora que el triunfo de Allende en Chile volvía a ponerla en el primer plano del interés general. Administración y fabricación se harían en Lausana, pero la selección de textos y la coordinación se llevarían a cabo en París. Trabajo inicialmente intenso pero interesante, decía Lenhard. Había propuesto a Ernesto como coordinador y aunque ciertos puntos (su sueldo, por ejemplo) estaban por decidirse con los suizos, el asunto parecía seguro. ¿Le interesaba?

Le sorprendió descubrir que aquella propuesta no le producía alegría, sino un vago malestar. París no le atraía ya. Seguía recordándolo con las imágenes lúgubres de aquel invierno anterior a su venida a Mallorca, cuando buscaba trabajo con María; calles heladas, oficinas tristes, mucha agua en los zapatos. En Mallorca había terminado por volverse campesino. Le gustaba aquella paz de pájaros, de olivos. Además estaba trabajando bien. Su libro avanzaba. Quizá llegaría a terminarlo, contando con los meses del invierno. No sabía decir qué interés tenían aquellas páginas de recuerdos, tan remotos ya, de su vida en Bogotá cuando niño, pero le hacía bien escribirlas: por primera vez no se sentía dentro de sí mismo ansioso y amargo. Pero había problemas económicos, las perspectivas de obtener nuevas traducciones eran dudosas. Se lo había confirmado el poeta. Ya de por sí vivían muy mal, comiendo sólo una vez por día (de noche sólo café con leche y pan, y un poco de queso), pero las cosas podían empeorar. Desde ese punto de vista la propuesta de Lenhard resultaba providencial. Lo sensato era aceptarla. No obstante (y en aquel momento seguía viendo por la ventana las colinas brumosas), la idea de suspender su trabajo y abandonar aquel refugio mediterráneo le producía malestar, una inquietud indefinible. La decisión que tomara era importante, lo intuía. Decidió aguardar a María, que estaba haciendo compras en el estanco, para saber cuál sería su reacción.

No se había esperado aquella instantánea expresión de júbilo que le encendió la cara a María cuando leyó las líneas de Lenhard. Apartó el papel, radiante. Es maravilloso, le dijo. Y era tan espontánea, tan auténtica su alegría, que él no se atrevió a defraudarla. Parecía cruel hacerle compartir dudas que no eran las suyas. Recuerda que reparó en el traje que ahora llevaba, tan barato, tan pobre. Pensaba: ahora, al menos, podrá comprarse un par de botas. Es una buena noticia, le sonrió; muy buena.

Había hecho todo por dominar, disimular o disfrazar sus sentimientos de aprensión, mientras cruzaba cartas con Lenhard y el viaje iba haciéndose más inminente. Daba en aquellos días nostálgicos paseos por la carretera con María, en el temprano atardecer, mirando los olivos en la luz gris, el mar, gris también, y remoto, y los pájaros cayendo en bandadas del campanario de la iglesia y los altos cipreses del cementerio, pensando adiós, caramba, esto se acabó. Durante algún tiempo había llegado a pensar que allí se quedaría para siempre, como Erick y Mariana. Como ellos habría visto venir los años sin inquietud, en el hueco de aquellas colinas, con sus viejas casas de piedra habitadas por fantasmas y el rumor del torrente escuchándose siempre en el aire muy limpio, y las campanas de la iglesia y el viento, algunas noches, estremeciendo postigos y puertas. Le dolía dejar a Deià. Pero nada dijo a Erick y Mariana, que parecían compartir su aprensión. No comentaban nada, pero era evidente que París, como Nueva York y otras ciudades grandes donde habían vivido no los habían hecho felices. Una noche, justamente la noche en que los despedían, Erick sacó de la cartera una foto suya y se la pasó a él (Ernesto). La cara que mostraba en aquella foto de pasaporte era amarga y avejentada, crispada de tensiones. Ahí ves a París en mi cara, dijo, los ojos muy azules brillándole de un modo extraño, casi triste, en la lumbre de la chimenea. Aquella noche, mientras comían en un restaurante de Sóller, la conversación se había llenado de silencios, recuerda. Como quien arroja leños a un fuego que se extingue, Mariana hablaba de su infancia en Nicaragua, de un colegio de monjas, y de cómo había llegado a conocer a Erick en Nueva York. Erick callaba. ¿Habría visto, él que era un Piscis sutil, agudamente intuitivo, agitar sus alas en la penumbra a malas premoniciones? Lo cierto es que había dicho con la última copa de coñac: bueno, si algo malo ocurre en París, ahí estaría siempre esta isla esperándolos.

De regreso por la carretera, Mallorca había sido de nuevo la paz infinita de la noche llena de estrellas, los olivares plateados en la luz de la luna.

Muy temprano, al día siguiente, entregaron la llave de la casa a doña María. Y les dolió dejar el pueblo en la claridad fría de la mañana con el mar vislumbrándose ya en el hueco de las colinas.

INTER-CAPÍTULO

Cuando abuela cierra la puerta, el cuarto queda a oscuras. Oigo sus chinelas alejándose por el vestíbulo. Cruje, muy cerca de la cama, el entarimado. ¿Hay ratas? Temblando, me ovillo entre las sábanas heladas. ¡Qué frío hace! La noche es negra como tinta china en la ventana. Fuera, en la tiniebla húmeda de los potreros que rodean la casa, flota la neblina.

En noches así, salen las ánimas.

Sentada en el taburete de la cocina, un pañolón en la cabeza, la lumbre del fogón en su cara oscura y curtida como una vasija de barro, Aurora habla de las ánimas: las de su pueblo, que vagan por los trigales, se meten en los graneros y dejan ver en la oscuridad luces temblorosas señalando el lugar donde hay guacas enterradas. A veces se quejan, a veces suspiran. A veces arrojan tejas hirvientes a los patios.

Yo las he visto sumerced, pobres desventuradas.

¿Entrarán en el cuarto? Sus blancos sudarios subiendo las escaleras, hilera gimiente, penando siempre, implorando oraciones. Manos frías agarrándome los pies. Suspiran, se quejan. Me cubro con las cobijas. Tiemblo. De pronto, qué alivio: tac, tac, en alguna parte de la casa, el ruido de una máquina de escribir. Mamá trabajando. Como siempre, mamá hasta muy tarde en el cuarto de los periódicos, tac, tac.

¿Qué haces ahí descalzo?

La voz suave, ligeramente sorprendida. Está sentada detrás del escritorio atiborrado de periódicos, un chaleco blanco de lana abotonado hasta el cuello, los ojos negros mirándome sin reproche, amistosos, más bien divertidos, bajo la oscura mata de pelo. El contacto de su suéter, suave como la piel de un conejo, su mano acariciándome la cabeza.

Tengo miedo, mamá.

Miedo de qué, vamos a ver.

De las ánimas, le digo. Ella se ríe. Cosas de Aurora, dice. La gente del campo es buena pero ignorante. Si vieras cómo se echó de rodillas la primera vez que la hicimos subir a un tranvía. Qué escándalo, la gente se reía. ¿Ves que a ti también te da risa? Las ánimas, los diablos no existen. Son cosas que inventan para asustar a la gente ignorante.

Pero el cuarto está muy oscuro, mamá.

Ven, yo te acompaño hasta que te duermas.

Ella comprende, comprendía siempre.

Detrás de los visillos, la luz gris de la mañana. Lejos, en alguna parte, pita un tren. Frío, neblina. De pronto, la sensación de una persona moviéndose quedamente por el cuarto. Doy la vuelta y encuentro a papá en bata y todavía sin afeitar con una camisa en la mano. Joven, ¿también usted es madrugador? Si se apura, viene conmigo. Lo llevo a la peluquería, creo que ambos estamos necesitando una buena motilada. Curiosa, su mirada se detiene sobre la mesa de noche llena de registros de santos. ¿Y eso qué es? Nada, papá, registros que me han regalado las monjitas de Cristo Rey. Caramba, caramba, creo que aquí tendremos el primer curita de la familia.

Se ríe, siempre con buen humor.

Temblando de frío, me quito la piyama en el baño mientras él se afeita delante del espejo que hay sobre el aguamanil. Rac, rac, la navaja de afeitar se desliza por su piel embadurnada de jabón con un rumor áspero, como si frotara papel de lija. ¿Cómo hará para no cortarse? ¿Cómo haré yo? ¿Papá, cómo haré para afeitarme cuando sea grande? Grave problema, joven. Serás un barbudo como Cinelli.

Mientras avanzamos en el auto hacia el centro, las calles parecen ateridas de frío en la neblinosa claridad de la mañana. Bamboleantes tranvías rojos ruedan entre casas de anchos aleros. Cuando el auto se detiene ante un semáforo, las manos suben automáticamente a los sombreros. Los loteros, los voceadores de periódicos, el mentón en la ruana terciada, reconocen a papá, se quitan la gorra, salud, jefe. El auto nos deja en la puerta de una casa con polvorientos balcones de madera. A todo lo largo del zaguán y de las crujientes escaleras con herrumbrosos pasamanos de hierro, vamos encontrando gentes que saludan a papá quitándose el sombrero. Qué tal amigo, qué tal, va diciendo él con prisa, sin detenerse, hasta llegar a su oficina, un cuarto con un escritorio lleno de tiras de imprenta y cuatro gastadas poltronas de cuero que silban como fuelles cada vez que uno se deja caer en ellas. Bajo el entarimado en el piso inferior, retumba una máquina impresora.

Apenas se ha sentado papá detrás del escritorio, entra un hombre pequeño en chaleco y mangas de camisa, una visera de celuloide sobre los ojos y un manojo de tiras de imprenta en la mano. Qué tal, jefe. Estuvo magnífico anoche. Lo oí por radio. Papá apenas le presta atención. Moncadita, hágame llamar a Cinelli. El otro sonríe. No sea sangriento, jefe, Cinelli debe estar amanecido. Observa a papá, intrigado. ¿Cómo hace usted para dormir sólo tres horas y despertarse tan fresco? Costumbres de campesino, dice papá. A la edad de éste andaba arreando ovejas por los páramos. Y luego, apremiante: Moncadita, ayúdeme con el teléfono. Vamos a espantarle el sueño a un par de ministros.

La casa de los Nogales. Papá, con un traje gris claro, delante de la verja, levantándome por los codos hasta poner mi cara a la altura de la suya. El roce áspero de su mejilla, por última vez. Mamá sentada en el auto, un sombrerito redondo, blanco, casi infantil, arrojándonos a Beatriz y a mí un beso con la punta de los guantes. Frente al volante, Cinelli, su guiño jovial sobre las barbas coloradas, despidiéndose de mí: adiós capitán. Se van de viaje a tierra caliente, a Tocaima. Nunca los veré más.

Ernesto, Ernesto. La voz susurrante, asustada, de mi hermana Beatriz llamándome aquella noche. Mi sobresalto al descubrirla de pronto junto a la cama, su camisón de dormir destacándose blanco y un tanto fantasmal en la oscuridad del cuarto. Todavía enredado en las telarañas del sueño tengo vagamente la sensación de una luz encendida en el vestíbulo, de pasos, de voces urgentes. La casa despierta, inesperadamente, en plena madrugada. Beatriz, estremecida.

Algo pasa, la abuela está besando un crucifijo y el teléfono timbra a cada rato.

Aurora entra en la pieza a toda prisa. Registra un armario con manos apuradas, sale luego con el abrigo de la abuela en las manos. Cállense, duérmanse. Más tarde, el pito de un taxi en la calle, sus faros relumbrando en la lluvia. Por la ventana, vemos dos siluetas, la de la abuela y la de un hombre de gabardina cruzando rápidamente el jardín bajo un paraguas. Suben al taxi. Cuando el auto se va (sus luces rojas traseras desapareciendo calle abajo), la casa parece aquietarse. Se apagan luces, crece en los cristales de la ventana el rumor de la lluvia.

Voy a buscar a Aurora, dice Beatriz.

Su silueta frágil y todavía fantasmal desaparece por la puerta. Oigo sus pasos cautelosos bajando la escalera. Puedo imaginarla en la sombra, moviéndose con sigilo por la casa ahora a oscuras. Espero. Croan sapos en los potreros, ladra un perro. Beatriz regresa después, sigilosa, rápida, la voz no más alta que un susurro.

Aurora y Ernestina han prendido una vela en la cocina y están rezando.

El corazón me late con prisa. Quédate, Beatriz, le digo. Tranquilo, tranquilo. Pero ella también está temblando.

Despierto con el sol en la cara. Beatriz está en la ventana mirando hacia la calle. Hay carros, dice. Hay gente. Me asomo. Cierto: hay carros, muchos carros y hay gente en el jardín, en el andén, delante del porche: un hormiguero lento de trajes y sombreros oscuros abriéndole paso a dos hombres que avanzan por el césped con una corona de flores. De repente Aurora entra en el cuarto. Tiene un abrigo negro en vez del delantal de todos los días, los párpados hinchados y las narices rojas. Está llorando. Llorando nos lleva al baño, nos lava las manos y la cara con ademanes bruscos, como si tuviera cólera. Tía Amelia, la hermana de papá, viene a buscarnos. Está muy pálida y sus ojos se ven también muy rojos. ¿Ya desayunaron? pregunta. Me pasa la mano por la cabeza contemplándonos de un modo muy raro. Ahora tienen que quererse mucho, empieza a decir, pero el mentón comienza a temblarle y se da la vuelta.

Bajamos con Beatriz por las escaleras tomados de la

mano. Jamás hemos visto la casa así, llena de flores. Flores y cintas moradas al pie de la escalera, y el vestíbulo y la sala llena de hombres y mujeres que van alzando hacia nosotros caras sombrías. Caemos en un lento remolino de brazos y voces susurrantes. Empujados por aquel torbellino llegamos a la sala. Entonces oímos los gritos de la abuela. Está sentada en el canapé de la sala, entre dos mujeres que le sujetan los brazos para que no se arañe la cara. ¡Dios mío, Dios mío!, grita. Intentan darle un vaso de agua.

Yo me echo a llorar, asustado.

Pobrecito, dénle agua también al niño. No, sáquenlo de aquí, que se vayan al patio. Están muy chiquitos para ver esto.

Tío Eduardo, en la cocina, sin afeitar y mirándose fijamente la punta de los zapatos. Una mujer del pueblo, llorando. En el patio lleno de sol, en torno a las macetas de geranios, zumban las abejas. Lejos, como todas las mañanas, el silbato del afilador de tijeras.

Deja de llorar, dice Beatriz. Vamos a partir arrayanes.

Nos dicen que papá y mamá se han ido de viaje y tardan en volver. Las tías retiran la máquina de escribir del cuarto de los periódicos y trasladan allí la máquina de coser Singer para hacernos overoles y delantales negros. Meten la ropa en baúles y maletas, forran con trozos de cartón y papel periódico el tocador de tres lunas frente al cual se peinaba mamá todas las mañanas, forran también la ortofónica y envuelven en una sábana los discos de la Rapsodia húngara y los tangos de Gardel. La mañana en que desmontan las camas, aparece el camión de los trasteos. Abuela, sirviéndonos una taza de agua de panela en la cocina, nos dice: ahora iremos a vivir a la casa de las tías, en Santa Bárbara.

¡Qué triste es esta casa! Qué grande, qué fría. Dos patios, un huerto, un comedor con vidrios de colores y un Sagrado Corazón sobre la puerta del zaguán. Delante, por la calle empedrada, bajan como en un pueblo recuas de mulas cargadas con leña. Gimen los tranvías en la esquina: todavía, muy tarde en la noche, en la alcoba con altos techos con molduras y guirnaldas de yeso, los oímos pasar, alejándose hacia la Plaza de Bolívar o hacia Las Cruces. A las seis, como ahora, retumban en la casa, profundas, las campanadas de Santa Bárbara. Vuelan golondrinas sobre el tejado, ladra la perra; mis tías, sentadas en el cuarto de costura, se persignan. Flaca, malhumorada siempre, tía Rosario se levanta de la silla.

Déjate desacalorar los ojos, le dice tía Amelia.

Voy a cubrir mis canarios.

Les habla muy cerca a los pájaros con una voz de susurro amoroso. Pobrecitos, qué lindos, agarrotados de frío, les dice. A las sirvientas, en cambio, las llama a gritos. Despiértense, les ordena por la mañana, muy temprano, metiéndose en su cuarto lleno de cagarrutas de zuros: ni reinas que fueran para estar dormidas a estas horas. Abuela dice que son modales de solterona. Tía Amelia es viuda. Su marido, un tal Jacinto Sánchez, se pegó un tiro en la cabeza cuando jugaba, borracho, a la ruleta rusa. Abuela dice que era muy bonita cuando joven. Todavía tiene la cara fresca, pero le preocupan las arrugas que empiezan a salirle al lado de los ojos y las canas que descubre en su pelo. Todas las mañanas, después del desayuno, se da cien golpes en el mentón para impedir que se le forme papada. Antes de acostarse, se embadurna la cara con una crema que ella misma prepara. Así, con la cara blanca y rígida como una máscara de yeso, escucha con la tía Rosario la novela de Colgate y Palmolive que pasan por radio.

Por las noches nos dan una taza de agua de panela

con un pan de dos centavos. Las dos tías nos recuerdan que ahora somos pobres, es tío Eduardo el que sostiene la casa. Beatriz y yo tememos que las tías hagan entrar a la abuela en un asilo de viejos: la amenazan con esto cada vez que se pelean con ella. No la quieren. En realidad, no son nada suyo. La han recogido por caridad. Porque Eduardito es muy bueno, dicen. No les gusta que nos metamos en su cuarto. La vieja fuma mucho y el humo hace daño en los pulmones. Pero Beatriz, que es rebelde, no hace caso. En cuanto las tías se encierran a oír las radionovelas, nos metemos en el cuarto de la abuela, sigilosos. Como ahora.

Acostada en su cama de bronce, las piernas cubiertas por una cobija, abuela aparta el periódico que está leyendo y nos mira, cómplice, por encima de sus lentes. Shh, shh, nos dice poniéndose el índice en los labios. Váyanse a la sala y me esperan.

Grande, helada, con un rancio olor a flores marchitas, la sala nos infunde siempre pavor. Aurora dice que un hombre de túnica morada sale allí por las noches. Abuela aparece con un chal sobre los hombros. Qué frío hace esta noche, dice. Cierra la puerta para que no nos oigan. Beatriz quiere poner un disco. Está quitando el paño que cubre la ortofónica y muy despacio le da cuerda al aparato dándole vuelta a la manivela. Oímos los primeros acordes de un violín, luego una voz antigua, triste, pedregosa, cantando Ramona, Ramona, sin ti no puedo yo vivir. Abuela se quita los lentes despacio y los ojos se le van poniendo tristes. Dice que aquella canción le recuerda a mamá, la época en que vivían en la pensión de Betulia Sánchez. Un músico la cantaba en el patio acompañándose por una guitarra. Siempre nos cuenta lo mismo: mamá trabajaba en un Banco y papá era un estudiante de derecho alojado en la misma pensión y los dos se querían mucho, y los domingos se iban a bailar al Ritz.

¿Qué hacen ahí?

Envuelta en una bata de flores, tía Rosario está en la puerta parada mirándonos con cara agria.

Quiten ese disco, esta casa está de luto.

Beatriz cierra la tapa de la ortofónica y pone encima el paño, las aletas de la nariz palpitándole de rabia. Abuela se muerde los labios. Cuando la tía nos deja de nuevo solos, limpia los lentes con el revés del delantal, muy despacio. Hay que tener resignación, dice. Un día cansada, me los llevaré a mi pueblo, a Sesquilé. Verán qué lindo es, en medio de los trigales, qué buena es la gente; allá se acuerdan de mí todavía. Los ojos se le han puesto más tristes, una lágrima le tiembla en las pestañas.

Viviremos felices los tres, ya lo verán.

La abuela suele hablarme de la guerra, evoca para mí las imágenes siniestras, Varsovia en escombros, los alemanes cayendo como murciélagos en los campos de tulipanes de Holanda, Bruselas, el desastre de *Dunkerque*. Pero esta tarde no dice nada, se ha quedado absorta, los anteojos sobre la frente, el diario como una cosa muerta entre las manos. «Cayó París», dice de pronto, y su voz suena remota, húmeda de pesar. En el silencio que sigue, oigo de nuevo las campanadas de la seis, pero no esta vez las de Santa Bárbara, sino las de otra iglesia más lejana. Zumba una mosca en los cristales. El tictac del reloj. «Parece que esta mañana un hombre se suicidó en Bogotá al saber la noticia. Un francés.»

El despacho del rector huele a sacristía, y es silencioso, con un silencio también de sacristía perforado por el tictac de un reloj de péndulo en la pared. De pronto se abre una puerta y sólo alcanzo a advertir el revuelo de una sotana sobre unas medias negras y unos zapatos con hebillas de plata antes de comprender que el sacerdote que acaba de entrar quitándose el bonete para colocarlo sobre la mesa, dejando al descubierto un cráneo redondo de pelos incipientes, es el rector. Tío Eduardo se pone de pies. Aquí le traigo, padre, este hijo de un liberal comecuras, dice sonriendo. Detrás de sus lentes con montura de acero el rector me examina con la mirada fría y profesional de un dentista. Es muy sute aún, dice. ¿Cuántos años tiene? Diez años, responde el tío. A la edad de éste su padre y yo andábamos llevando ganado a las ferias. Mire, padre, prefiero que lo guarden ustedes. Yo me voy para los Estados Unidos y no puedo dejar a este muchacho con sus tías: una de ellas se ha enfermado del corazón y yo tengo que mandarlas a vivir a tierra caliente. El rector me observa de nuevo, dudando, y al fin se decide. Está bien, doctor, déjenoslo. De estos cachorros de tigre sacamos los mejores corderos.

Despierto con el estruendo de una campanilla agitada en el corredor; se encienden luces, se golpean puertas: las cinco de la mañana, hora de levantarse. Mi cuarto es pequeño, escueto, con un catre blanco, un lavamanos, un crucifijo en la pared. Soñolientos y aun tiritando de frío, los internos forman desganadamente fila en el corredor. Rígido, su duro rostro inexpresivo como una piedra, el prefecto de la división da una seca palmada en un breviario. La hilera de alumnos se pone en marcha, baja como un largo gusano las escaleras y entra en una capilla de bóvedas resonantes. Toses, crujidos de escaños, olor a incienso en ayunas, el duro contacto del travesaño de madera en las rodillas, la voz del prefecto, en la penumbra de la capilla, declamando lúgubremente, no pierdas Dios mío mi alma con los impíos, ni la vida mía con los hombres sanguinarios en cuyas manos no se ve más que iniquidad y cuya diestra está colmada de sobornos. Una palmada en el breviario para que nos arrodillemos a la hora de la elevación; otra, en fin, para indicarnos que debemos salir en orden hacia el refectorio. Despiadados corredores flanqueados por arcos de piedra, escaleras, puertas, baldosines, un patio helado y gris con dos canastas de básquet: el internado. Y yo, preguntándome con un frío en las entrañas, dónde estará la abuela, dónde Beatriz, y cuántos días, meses, años todavía en aquel mundo.

CAPÍTULO DOS

I

Venir de la claridad mediterránea, de los alegres pájaros y los fragantes olores, para encontrarse en aquel apartamento decrépito conseguido por Lenhard, lleno de inútiles y pomposos horrores (había un piano de cola inservible en la sala, recuerda; piano que dejaba escapar a veces, en plena noche, una sonora nota musical sin que nadie hubiese tocado sus teclas), no podía resultarle más lúgubre. María había intentado arreglar aquel lugar, llevándose al desván los adornos más catastróficos (candelabros, una Diana Cazadora, maléficos ceniceros en forma de hoja). Todo en vano. Lenhard insistía en que tanto horror era reparable; hablaba extensamente de telas y cortinas, de nuevos papeles de colgadura, y acababa por señalarles que a fin de cuentas no era fácil conseguir en París tanto espacio por tan poco precio. María decidió renunciar a sus esfuerzos. Se limitó a comprar detergentes enérgicos para limpiar una mugre de muchas décadas. Compró también un canario, al que llamaron Fidel y que alegró con sus trinos aquel mausoleo, revoloteando siempre en su jaula de alambre, hasta que un buen día, meses después, murió envenenado a consecuencia de un escape de gas en la cocina. María decía riendo que, pese a todo, el apartamento tenía cierto aire «art nouveau», que estaba de moda. Pero durante muchos días no pudo pintar nada. Pasaba el tiempo mirando por la ventana un viaducto sombrío por el que pasaban constantemente trenes suburbanos. Al anochecer, se encendía al otro lado del viaducto un letrero de neón verde, que decía «parking»; intermitente, enviaba hasta el salón un resplandor tétrico.

Para colmo el trabajo propuesto por Lenhard no parecía seguro. Las famosas ediciones *Nouveau Monde* se reducían, por lo pronto, a dos cuartos atestados de libros y alumbrados a toda hora con luz eléctrica, en los que trabajaban un contabilista y una secretaria. La muchacha, de lentes, tenía el aspecto duro y glacial de una institutriz. Las oficinas estaban situadas en la *rue de Maître Albert,* calle tortuosa y estrecha con muchos restaurantes árabes y casas que parecían en ruinas. El contabilista, un hombre viejo y de aire fatigado, no sabía nada concreto acerca de la nueva colección de Lenhard. Le hacía notar a él (Ernesto) los problemas de no tener en Francia carta de trabajo. Era un asunto que debía tratarle a monsieur Cristopher (el suizo), cuando llegara a París. Hablaba siempre de él de un modo reverente. Aguardando al suizo, se pasaban los días, y los fondos disminuían peligrosamente. María y él se alimentaban sólo con pan y café con leche. La calefacción, además, era muy mala en su apartamento. Los domingos, sin dinero y con mucho frío en las calles, resultaban tristes, salvo cuando aparecía el poeta Linares con su pelirroja de turno y una botella de vino, hablándoles de influencias astrales y encontrándole a todo, apasionado como era del psicoanálisis, analogías fálicas. Entre semana, aquellos corredores del metro, con sus rebaños de gente fatigada, le parecían a él (Ernesto) tan deprimentes, que empezaban a lamentarse amargamente haber abandonado Deià. Respiró tranquilo cuando supo que el tal *monsieur Cristopher* había llegado.

Cuando lo vio por primera vez en el alfombrado vestíbulo de un hotel de la *Avenue Friedland*, tuvo la impresión de un hombre de negocios apresurado y glacial. Llevaba un par de lentes con fino aro de metal y sus ojos azules sólo expresaban desconfianza. Una vez que se encontró delante de él (Ernesto), abrió su portafolio de cuero, revisó algunos papeles y le hizo algunas preguntas en el tono de un comisario de Policía. ¿Es usted mexicano?, le preguntó. ¿Ah, no? Bueno, colombiano, mexicano, para mí todo eso, perdóneme usted, es lo mismo. *C'est pareil.* Le hablo con franqueza, le dijo después. Yo no lo conozco a usted. No sé si será la persona adecuada, ignoro sus capacidades, pero le hago confianza a monsieur Lenhard, pues no puedo hacer otra cosa. No soy un hombre de letras (intentó sonreír, pero su gesto fue doloroso o sarcástico): soy un hombre de números. Explicó seguidamente que su negocio, hasta entonces, había sido el de guías turísticas y libros de fotografías para facilitar el conocimiento de apartadas regiones del mundo. Ahora la colección *Nouveau Monde*, a instancias de monsieur Lenhard, quería dar una dimensión política y sociológica a sus presentaciones. Che Guevara, las guerrillas, todo eso había interesado a cierto público; ahora de Chile se ocupaba extensamente la prensa europea. América Latina interesaba. *Moi, vous savez, je m'en fiche de la politique. Je ne suis qu'un homme d'affaires.* Si el asunto marchaba, tanto mejor. Era de todos modos un riesgo calculado. Se limitaba a una inversión básica. No se iba a ocupar de ver textos. Editaría lo autorizado por monsieur Lenhard. Tirajes y ventas darían las pautas del éxito. En cuanto a la carta de trabajo, arrégleselas usted. No era problema suyo. Debía atenerse a las disposiciones de la ley. ¿Había sido claro? *Tout a fait, monsieur Cristopher.*

Había regresado con un sabor amargo en la boca a su apartamento. Es un vendedor de salchichas, le dijo a María cuando ésta le preguntó por el suizo. Estaban sentados en la cama, recuerda. Del techo llovía la luz amarilla de un bombillo. María se había metido bajo las cobijas para protegerse del frío. Él sentía sus zapatos impregnados de humedad. De pronto había tenido la necesidad de reaccionar contra aquel sentimiento depresivo que lo dominaba. Mira, le dijo a María: tengo muchas ganas de mandar al suizo y todo lo demás al carajo y regresarme a Mallorca. Ella lo miró muy seria. Hace días que lo pienso, no me atrevía a decirte nada. París sin dinero es horrible. Cuando me detengo en las vitrinas y las veo llenas de cosas... Ernesto, nunca había tenido la tentación de robar: aquí sí. La había mirado con asombro, antes de echarse a reír. Coneja, le dijo después, nada de esto es grave. Nos regresamos.

Había decidido hablarle a Lenhard aquella misma noche, recuerda. De repente tenía la impresión de haberse quitado un gran peso de encima, ahora que se disponía a regresar a Deià. En última instancia lo único que contaba era terminar su libro. Y María, por su parte, desengañada de París, volvería a sus acuarelas: Erick había ofrecido conseguirle una galería en Barcelona, la misma donde solía exponer sus esculturas. Eran muy hermosas; quizás un día, ¿por qué no?, tendrían éxito. Como fuese, escribir o pintar era ahora lo único que tenía sentido para ellos, y en París, con todas las dificultades para sobrevivir, no habría tiempo de nada. La colección no era sino el negocio de un mercachifle. Caramba, en qué trampa había caído, pensaba, dirigiéndose en metro a casa de Lenhard; por las ventanillas del vagón donde iba sentado desfilaban, en cada estación, entusiastas anuncios de lavadoras y mostazas, la felicidad de beber agua Evian.

Encontró a los Lenhard vestidos como para una fiesta; esperaban gente. Insistieron en que se quedara, antes de saber a qué había venido. Le pusieron un vaso de whisky en la mano, con mucho hielo y le acercaron un plato de aceitunas. Un fuego agradable crepitaba en la chimenea. Vestida con un rumoroso traje de seda color verde, Oona se rió mucho cuando él le refirió la entrevista con el suizo, describiéndoselo como un ejecutivo que hablaba de la línea de venta Che Guevara, los segmentos del mercado potencial alcanzados por un Regis Debray o la Unidad Popular chilena. Pero Oona no quiso tomar en serio su determinación de regresarse a Mallorca. Estás loco, le dijo, no puedes irte sólo por esa boludez. Lenhard pareció preocupado. Déjame hablarle al helvético, dijo. Como buen hombre de negocios, sabe más mañas que un gitano. Pero se puede obtener que te pague bien y que encuentre una solución a tu problema de carta de trabajo. Así es, dijo Oona observándolo con curiosidad. Ro, ordenó a su marido, sírvele otro whisky a este gallardo bogotano. Parece lleno de frío e inhibiciones. ¿Has leído al sublime Wilhem? Él (Ernesto) no sabía de qué le estaba hablando. ¿Wilhem?, repitió. Wilhem Reich. Muy recomendable para un bogotano como tú. Todo lo contrario, se rio él. En el altiplano andino Reich hace estragos catastróficos. Sin ir más lejos, echó a pique una especie de matrimonio que tenía en Bogotá. *Ah bon*, dijo ella con risa. Machista castigado por reichiana, ¿fue eso? Eso mismo, admitió él. Teníamos discrepancias, yo pienso con el bolero aquel que una mujer debe ser soñadora, coqueta y ardiente, debe darse al amor con frenético ardor. Enteramente de acuerdo, aprobó Lenhard. Machistas horribles, dijo Oona.

Poco después, el apartamento aquel había ido lle-

nándose de gente, la misma clase de gente que alguna
vez, en vísperas de su viaje a Mallorca, habían encontrado con María. Sólo que ahora muchos asistentes se
le acercaban interesados en el proyecto de las ediciones
Nouveau Monde. Consideraban necesaria, le dijeron,
una declaración previa de intenciones políticas en las
que se hiciera explícito el apoyo a Cuba y a los procesos revolucionarios de América Latina. Había que des-
pejar toda sospecha de que aquella empresa editorial
estuviese subvencionada por la CIA. Muy rápidamente, él (Ernesto) se dio cuenta de que aquellos amigos latinoamericanos de Lenhard, que pasaban su vida en
congresos literarios y en congresos de americanistas,
tenían desde lejos una visión superficial y más bien
emotiva del movimiento, guerrillero, sobre el que escribían abundantes poemas. Los franceses que andaban
con ellos no estaban mejor informados. Recuerda haberse encontrado delante de una bellísima muchacha
francesa de ojos verdes y aspecto sofisticado, que había
conocido al Che Guevara en La Habana. *Il était telle-
ment beau,* suspiraba. Por fortuna la lucha armada que
él había predicado se intensificaba en todas partes, ¿no
era así? Y él, consciente de echar un chorro de agua fría
sobre aquellas consideraciones piadosas: tengo entendido que la lucha armada ha entrado en una etapa de
repliegue. Quizás había llegado el momento de hacer al
fin un análisis crítico de aquella forma de lucha: sería
uno de los puntos fuertes de la nueva colección. Notó
de inmediato que esta opinión producía desconcierto
en la muchacha, y en sus acompañantes una desaprobación glacial. Cambiaban miradas entre sí. Discrepo
con el amigo, intervino al fin, a su lado, un tipo de sienes plateadas y con cara de galán cinematográfico que
vestía un blazer con botones dorados, llevaba una bufanda de seda y hablaba con un desdeñoso acento argentino. Dejemos que la CIA extienda un certificado

de defunción al movimiento revolucionario en América Latina, dijo. Yo creo que la lucha armada es muy rica, llena de variantes, y que a nosotros sólo nos corresponde darle nuestro apoyo sin reservas. Los demás aprobaron: desde luego, así es. Lenhard intervino, conciliador, agitando su vaso de whisky en la mano: un balance crítico no era incompatible con una adhesión de base, era lo que seguramente quería decir Ernesto. El argentino hizo un gesto de escepticismo irónico. Él (Ernesto) no quiso quedarse callado: pienso que las guerrillas son una forma de lucha como cualquier otra, a veces viable, a veces no, dijo; todo depende de las circunstancias concretas de cada país. No hablo de sentimientos sino de realidades objetivas. Después de todo agitar el trapito rojo, a prudente distancia, es muy fácil... Sintió en torno suyo el hielo de un silencio desaprobador, que Oona rompió oportunamente invitando al argentino a bailar un tango. Muy pronto se formó alrededor de ellos un círculo ruidoso. Rubia, resplandeciente, Oona hacía una divertida parodia del baile; dejándose ir hacia atrás mientras el argentino, con un aire pasional que convenía perfectamente a su estampa, la sujetaba por la cintura. Él (Ernesto) observó que Oona tenía unas bellísimas piernas. El tango aquel lo ponía inquieto. De pronto se dio cuenta de que Lenhard estaba a su lado, hablándole. Tienes razón, le decía; pero debes andar con cuidado, todos desconfían mucho de esta editorial. Mira, Lenhard, yo no soy diplomático, le respondió. Pero, en fin, yo me vuelvo a Mallorca, el asunto está decidido. Jamás he soportado los revolucionarios de salón. No seas impulsivo, hombre, sonrió Lenhard; hablaremos mañana.

Cuando ya se disponía a irse, Oona vino a su encuentro. *Alors, monsieur, avez-vous perdu vos inhibitions?*, le preguntó. Políticamente sí, dijo él; sexualmente no sé. Ella lo miró con coquetería. Estaba mordiendo con los dientes un cubito de hielo. Dime, ¿cómo se llama el vistoso revolucionario argentino? Ese que bailaba el tango contigo.., con blazer y pañuelito de seda. Ella se tragó el hielo de risa. *Oh qu'est ce que tu peux être méchant,* dijo. Está loco por mí. Se ve, dijo él. Pues, sí: es mi admirador número uno... en este momento. Magnífico, aprobó él. Es un gran poeta, dijo ella: ¿no has oído hablar de Estrada Hoyos, gallardo bogotano? Jamás. Pues no sólo es poeta, sino alto funcionario de la Unesco. Veo que lleva una vida altamente peligrosa, dijo él. A ella le brillaron las pupilas entre las pestañas húmedas de rímel. No seas malo, yo lo adoro.

Le dijo a María que la fiesta donde Lenhard había sido un asco. El único problema era encontrar dinero para volverse a Deià. Pero al día siguiente, cuando ya María ponía su ropa en las maletas, Lenhard lo llamó. Todo estaba arreglado, dijo. El suizo quería verlo. Todo estaba arreglado, en efecto. Le pagarían mil dólares mensuales desde el día que había llegado a París. Le adelantaban una suma para instalación, pero en el futuro el dinero sería consignado en Lausana para evitar complicaciones con el fisco francés y con la carta de trabajo. Lo único (y aquí el suizo había tenido la misma expresión de un médico que hace a su paciente una grave advertencia) es que no tendrá usted seguridad social. Él (Ernesto) se había echado a reír. Jamás he tenido seguridad social, ni nada que se le parezca. *Le tiers monde, monsieur Cristopher.* El suizo lo miraba con desconcierto. *C'est vrai, vous êtes mexicain... Mais c'est à vos risques et périls, je vous préviens.*

Cuando volvió al apartamento le dijo a María: vuelve a colgar la ropa, coneja. Y vamos a comprar un par de botas para ti y un abrigo. Y luego vamos al cine y a un restaurante: ¿no te dice nada, un turnedó?

María no podía creer que fuesen de verdad aquellos billetes que le estaba mostrando.

Después de salir de donde Fernando, iban en dos automóviles a casa de Margy. Seguramente Margy quería darse un pase. Era ritual en ella, lo exigía el tránsito hacia los desvaríos de la madrugada. Y ahora, mientras cruzaba en el automóvil las calles vacías y negras del Marais, Ernesto se preguntaba si Cristina, que iba a su lado, frágil y casi luminosa en su traje de seda, sería adicta como las otras. No lo parecía. Era distinta al resto de sus amigas. Tenía unos veintitrés años pero se vestía como una mujer de treinta y cinco, de una manera elegante y sofisticada; le gustaban los tapados de piel, las boquillas, los zapatos de tacones altos, y tenía una manera de mirar, provocadora y vagamente desdeñosa, con un movimiento lento de las pestañas, como si hubiese sufrido la influencia de actrices de la época de su madre o de su actual novio, un francés mucho mayor que ella.

—¿Qué edad tiene tu... tu futuro esposo? —le preguntó.

—Hágame el favor de dejarlo en paz. ¿Para qué quiere saberlo?

—Simple curiosidad.

En el resplandor de los faros acababan de surgir las arcadas sombrías y las vetustas fachadas, todas idénticas, de la *Place des Vosges*. No había luz en ninguna ventana; en aquel sector París daba la sensación de una ciudad muerta.

—Esta plaza es la más vieja de París. Así debería ser en la época de los mosqueteros.

—Gracias por el informe —dijo ella con ironía—. Gerard tiene 50 años. Me lleva 27.

—¿No es agente de la Bolsa, por casualidad?

—Diseñador de modas.

—¿Marica?

—Hágame el favor de ser más respetuoso.

—Mil perdones. En realidad te conozco hace muy poco. Hablo de conocer en términos bíblicos.

—Usted siempre me resultó odioso.

—¿Y has cambiado de opinión?

Ella tenía los ojos fijos en las calles dormidas y en las débiles luces que parecían correr al encuentro del auto. Sonrió despacio.

—Sexualmente está probado... y aprobado.

—Llénome de orgullo.

—Pero me gusta también su amiga —rió Cristina.

—No te conocía esas aficiones.

—Sé lo que está pensando, pero se equivoca. Adoro a los hombres.

Se aproximaban a la plaza de la Bastilla.

—En cambio —agregó Cristina—, a quien le gustan las lesbianas es a usted. Es vox populi.

—Tengo muchas amigas en ese bando, es cierto. Se sienten cómodas conmigo. Yo acepto las cucarachas de todo el mundo—. Hizo una pausa mientras buscaba, a la luz de los faros, el lugar de la plaza donde convergía la avenida Henri VII—. De paso es la mejor manera de no envejecer.

—Eso es lo que me gusta de usted —dijo ella.

Se hizo un largo silencio. El auto cruzaba ahora el Sena por el puente de Sully. *Notre-Dame* estaba ya a oscuras y la circulación era escasa. Había en la noche, sobre el río, los puentes y las cúpulas que se alzaban a lo lejos una especie de vibración luminosa. El aire tibio tenía el olor y la languidez del verano. Ernesto tuvo una momentánea sensación de nostalgia. El Sena y las noches de verano le recordaban, no sabía por qué, su época de estudiante.

Suspiró:

—Me pregunto a veces qué viene uno a buscar en París. ¿Será la libertad, Cristina?

—Yo no vine. Me pusieron en un avión.

Ernesto le echó una mirada curiosa. Cristina siempre lo sorprendía. Las luces del puente le iluminaban a trechos la cara, muy linda.

—Estaba en una clínica de reposo —dijo ella.

—¿Depresión nerviosa?

—Desintoxicación.

No supo qué decirle. Ella había sacado un cigarrillo de su bolso. Al otro lado del puente, un reloj señalaba las dos y media de la mañana.

—¿Cómo fue eso? —preguntó al fin Ernesto.

—Exceso de coca —explicó ella encendiendo el cigarrillo—. Hubo una época en Bogotá en que me iba de rumba todas las noches. Coca y ácido. Debí acostarme con todos los tipos que iban al Unicornio.

—¿Unicornio?

—Una discoteca de Bogotá —Ernesto sintió que la mirada de ella le rozaba la cara—. ¿Lo escandalizo?

—*Pas du tout.*

—Pero si le interesa saberlo, había sido una niña formal. *Comme il faut.*

—¿En Chaina Vaita?

—En la Javeriana. Estudiaba arte y decoración. Y tenía un novio muy serio, economista de brillante porvenir. Socio del Gun, zapaticos muy embolados y puños con mancornas. Apenas se atrevía a cogerme una mano en el cine —rió.

—¿Y...?

—Todo ese romance terminó en una finca de tierra caliente, durante una fiesta que nos dieron en vísperas del matrimonio. Me gustó un tipo que había allí. Casado. Fue un escándalo. Nos descubrieron encerrados en un cuarto. Tumbaron la puerta. El primo de mi novio quería sacar revólver, mi hermano me insultó. Pero, ¿sabe una cosa?, nunca supe por qué lo hice.

—Cucarachas libertarias, supongo. Te salvaron de un previsible destino en el barrio del Chicó.

—Horrible —admitió ella—. Conversaciones sobre sirvientas y pañales.

—Mercado en Carulla. Niños nacidos en la Clínica del Country y educados en el Anglo, vacaciones en Cartagena y de vez en cuando un viaje a Miami. ¡Qué porvenir!

—¿Se puede saber a dónde me lleva?

—Donde la Margy. ¿O has cambiado de idea?

—No. Me muero por ir al sitio prohibido que ella conoce.

Pocos metros más adelante vieron el Peugeot de Margy estacionado de la manera más arbitraria, sobre el andén.

El invierno fue muy suave, y la primavera llegó muy pronto, y era radiante, con una luz intensa, y todo París tenía una remota fragancia de flores. Hasta la estrecha *rue du Maître Albert,* de ordinario húmeda y penumbrosa, estaba llena de claridad. Un organillero, que llevaba siempre un sombrero descolorido con una pluma azul, aparecía allí todas las mañanas. Estaba de moda una canción que decía «*Nous irons tous au paradis*», y el organillero la tocaba una y otra vez, y la música parecía enroscarse, lánguida, en la pluma de su sombrero antes de ascender alegremente hacia el vibrante cielo azul, entre las altas fachadas decrépitas de la calle. Con frecuencia, a la salida del trabajo; se daban cita con María en un cafecito de la isla de San Luis. Cruzaban en el crepúsculo el puente del Archeveché y vagaban por las calles del barrio; de cafés y patios brotaban, repitiéndose infinitamente, músicas árabes parecidas a una sola quejumbrosa plegaria vesperal. Acababan metiéndose en algún cine de la *rue de la Harpe* para ver una vieja película de Chaplin o recorrían los puestos de los libreros del Sena, que a María le encantaban.

Su vida había cambiado. Ahora no tenían apuros económicos. Conocían a muchos escritores y artistas de América Latina, que encontraban en reuniones, comidas y *vernissages*. Por aquellos días habían detenido en La Habana al poeta Heberto Padilla, diversos intelectuales latinoamericanos le habían enviado con este motivo una carta a Fidel Castro y el tema de Padilla y la carta impregnaba venenosamente todas las conversaciones. Los amigos de Lenhard, en su gran mayoría, impugnaban la carta, en parte por solidaridad con Cuba, pero en parte también por reacción contra los llamados escritores del «boom» latinoamericano, que evidentemente suscitaban sus envidias. El más intransigente de todos era el argentino Estrada Hoyos. Vos me perdonás, che, decía a cada paso, pero una revolución amenazada debe ser implacable con sus enemigos; yo soy poeta, pero debo reconocer que la suerte de un poeta no tiene mayor importancia frente a un proceso revolucionario, aseguraba con una sonrisa de desdén que crispaba a María. Tanto tremendismo revolucionario contrastaba con sus bufandas de seda y sus zapatos italianos, y su gusto refinado por los caracoles y el buen vino. El poeta Linares (a quien el argentino llamaba a sus espaldas, el primate) no podía soportar a Estrada Hoyos ni a los restantes amigos de Lenhard. Su izquierdismo es absolutamente litúrgico, decía. Adoptan confortables posiciones de vanguardia por oportunismo. Cuba y sus congresos les resuelven problemas de conciencia, qué cojudos. Alguna tarde, recuerda, Linares lo llevó a casa del escritor Juan Goytisolo, que por entonces dirigía una revista llamada *Libre* y vivía con su mujer, Monique Lange, en un apartamento de la *rue Poissonnière.* En una salita llena de libros, con ventanas que miraban al crepúsculo primaveral y a las mansardas de París, estaban sentados Jorge Semprún, otro español llamado Fernando Claudín y el cubano Carlos Franqui. A Semprún lo conocía. Pero había cambiado mucho, desde la época remota del *Saint-Germain-des-Prés* de los años cincuenta en que había dejado de verlo. Entonces era un comunista férreo, que daba la mano enérgicamente y no sonreía nunca. Ahora tenía el pelo blanco, prematuramente blanco, pero su cara era aún joven, y estaba lleno de humor. Caramba, le había dicho él (Ernesto), bromeando, qué bien sienta una expulsión del partido comunista. Pequeño y tranquilo, con una especie de sigilosa bondad en sus ojos azules, Claudín lo había sorprendido hablando aquella noche de sus largos años de exiliado en Moscú; de cómo había sido alojado alguna noche en la dacha personal de Stalin, en el Mar Negro, y de Mercader, el asesino de Trotsky. Había conocido a Mercader en Moscú; antes del asesinato. Lo había visto también en Moscú, después de pagar sus veinte años de condena en México, convertido en un hombre huraño y marginal, que pasaba las horas jugando ajedrez y era considerado por los comunistas españoles sólo como un vulgar asesino. Pero cualquiera de nosotros habría podido hacer lo que él hizo, si nos lo hubiesen ordenado, advirtió Claudín con un resplandor grave en sus ojos azules. Estábamos entonces sinceramente convencidos de que Trotsky era el peor enemigo del socialismo y de la Unión Soviética. Franqui escuchaba a Claudín con interés, y sonreía a veces, y su sonrisa resultaba un tanto melancólica... Viéndolo en aquella sala, flaco, con zapatos muy gastados y ropas modestas, él (Ernesto) apenas llegaba a reconocer al dirigente revolucionario que alguna tarde en La Habana, muchos años atrás, había visto con uniforme y barbas al lado del Che Guevara. Hablaba de una manera lenta y cadenciosa, muy cubana; sus guiños, su manera de sonreír, cargaban de sutiles intenciones y también de un humor melancólico lo que iba refiriendo. Sus anécdotas decían mucho más acerca de Cuba y de Fidel que toda la hueca retórica revolucionaria de los amigos de Lenhard. Oyéndolo aquella noche, él (Ernesto) había sacado la impresión de que la burocracia y organismos y sistemas de seguridad copiados de la Unión Soviética ensombrecían aquella revolución cuyo delirio de los primeros años había compartido con pasión.

Había salido de casa de Goytisolo confundido y lleno de dudas. Semprún, Claudín y Franqui habían sido toda su vida revolucionarios. Creían en el socialismo. O mejor, en la esperanza de un socialismo que no degenerara en opresiones burocráticas. Su experiencia tenía más peso que todas las interpretaciones teóricas. Aquella noche, luego de oírlos, tenía la impresión de que hasta entonces se había movido entre nociones más o menos cándidas y elementales acerca de la revolución. Franqui era honesto, no había dudas. Franqui sabía cómo y por qué una revolución podía estropearse. Pero sus verdades resultaban incómodas para quienes habían adherido sin reservas a Cuba y al socialismo. Se lo dijo al poeta Linares, aquella noche, mientras caminaban por el bulevar *Bonne Nouvelle* en busca de un «Tabac». Caramba, a estas horas de la vida sólo me faltaba confirmar mis dudas sobre la revolución cubana. Linares se había echado a reír. Lo había invitado a tomarse una cerveza. Y mientras la bebían, mirando en la noche tibia y llena de resplandores de neón la multitud que salía de cines y teatros, él (Ernesto) le había hablado al poeta de sus experiencias en Cuba. Había evocado sus numerosos viajes a La Habana, como delegado de organizaciones revolucionarias; la fraternidad tumultuosa de estadios y plazas hirvientes de consignas y banderas; Fidel; las canciones de Carlos Puebla; los milicianos, muchachas y muchachos tan entusiastas, acechando siempre el mar y el cielo, temiendo una invasión. Le habló de cómo había creído que aquella revolución era también posible en Colombia. El poeta tenía todo el tiempo una sonrisa amarga escuchándolo. Se había limpiado de repente la espuma de la cerveza que le había quedado en el bigote y las barbas, y su vozarrón, ahora sarcástico, lo había sorprendido diciendo yo también hombre, yo también conocí todo eso. Pero fui más lejos que tú porque fui entrenado en Cuba y participé en las guerrillas. ¿Tú? Sí, hombre, sí, yo. ¿Pudor o simple recuerdo aciago sobre el cual no quería detenerse?: no quiso darle muchos detalles. Le habló de una guerrilla del MIR en Mesa Pelada, por los lados del Cuzco. El ejército nos hizo polvo. Duré un año en Lima, escondido. Salí por el Ecuador con falsos papeles. Eso fue todo lo que dijo; bebió el resto de su cerveza y se quedó un rato con aquella sonrisa suya que parecía una mueca amarga mirando pasar la gente por el bulevar.

Aquella noche había comprendido por qué Linares juzgaba de manera tan desdeñosa a Lenhard y a sus amigos. De Lenhard le decía a veces que tenía una curiosa perversión masoquista. Oona, decía, le plantaba soberbios cuernos con Estrada Hoyos, cuernos que aceptaba impávido. A fiestas y reuniones llegaban siempre los tres. Viajaban juntos a Londres o Suiza formando un estrepitoso *ménage à trois*. En realidad, a él (Ernesto) todo aquello le importaba muy poco. Aberraciones y vicios para mí son sagrados, le decía siempre al poeta. Naturalmente que se había dado cuenta que Oona y el argentino eran amantes. Ella se sentaba siempre muy cerca de él y con frecuencia se cruzaban bromas y miradas atrevidas ante la indiferencia plácida de Lenhard. Cuando Estrada Hoyos se iba, Oona lo acompañaba hasta el rellano de la escalera y se demoraba hablando con él largo tiempo, en medio de la tensión general, tensión que sólo Lenhard no parecía advertir. A él (Ernesto), por su parte, Oona lo ponía nervioso cuando aparecía por las oficinas de *Nouveau Monde*, cosa que ocurría con frecuencia, pues asistía a cursos en las cercanías. La veía entrar dejando caer despreocupadamente su boína, su chaqueta o su bolso en cualquier parte, para irritación de la secretaria y de monsieur Verdier, el contable. Llevaba de costumbre faldas muy cortas, altas botas de cuero y blusas casi transparentes. Le gustaba sentarse con insolente descuido en el borde de los escritorios y con frecuencia llamaba con descaro al argentino hablándole con una voz susurrante, llena de coquetería. Qué boludo eres, le decía a cada paso, cruzando y descruzando delante de él (Ernesto) sus largas y bonitas piernas enfundadas en las botas.

María la detestaba. No puedo soportar a esa mujer, le decía frecuentemente. A él lo irritaba también, especialmente cuando desempolvaba baratas teorías psicoanalíticas para explicarle por qué él era *«un monsieur très refoulé»*. La verdad es que la primavera lo enervaba tanto como Oona, y con frecuencia, viajando en el metro, se sentía como un adolescente perseguido por imágenes eróticas. Se decía todo el tiempo que el sexo en fin de cuentas no tenía excesiva importancia y que todo lo que debía hacer era continuar su libro, ahora estancado. No sabía qué ocurría con aquella especie de novela. El relato emprendido con tanto entusiasmo en Mallorca se le moría en la máquina de escribir; las palabras caían sin convicción en el papel, como si fuera una tarea escolar que se realiza simplemente por obligación. A veces María se asomaba a la puerta: ¿quieres venir al cine?, le decía. Haciendo cola ante un teatro de *Champs Elysées*, cuando la luz y aquel aire tibio y fragante de castaños en flor y las muchachas en minifalda parecían sugerirle toda suerte de tentaciones, se crispaba. María se daba cuenta. ¿Qué te ocurre?, le decía. Nada, decía él acariciándole una mejilla, debe ser mi libro que no marcha. María lo observaba inquieta. ¿Tú me quieres realmente, Ernesto?, le preguntaba algunas noches, cuando ya estaban acostados y en la oscuridad. Sí, sí, coneja, la tranquilizaba. Ella se dormía confiadamente, pero él se quedaba despierto, a su lado, durante horas, una especie de ansiedad latiéndole en el cuerpo. ¿Qué me ocurre?, se preguntaba perseguido por aquel desasosiego febril. Tenía frecuentes sueños eróticos, en los que a veces aparecía la secretaria de *Nouveau Monde* y con frecuencia Oona. Una noche, en que despertó palpitante y ardiendo como si tuviera fiebre, se vistió de prisa, casi con furia, y se echó a la calle. Caminando rápidamente llegó al cercano bulevar *Clichy*, hirviente de luces, de sex-shops y de cabarets de streap-tease. Entró en un bar penumbroso. Mujeres semidesnudas, intensamente maquilladas, estaban sentadas delante de la barra. Acabó yéndose a un hotel contiguo con una de ellas, una estridente mulata de pelo color de fuego y senos como melones ceñidos por una malla, que se extrañó entre risas de su prisa, de su violencia. Triste, extrañamente vacío, regresó a casa cuando ya estaba amaneciendo. Los primeros trenes suburbanos empezaban a pasar por el viaducto.

II

La Margy, con una mirada más diabólica que nunca, les abrió la puerta.

—Adelante.

A Cristina pareció sorprenderle aquel apartamento muy moderno, con un gran cuadro cinético en el salón:

un Soto. Jacqueline estaba al pie del estéreo, revisando discos.

—Si quieren un pase vengan al baño —dijo la Margy—. Tengo un perico arrechísimo.

Cristina rehusó.

—Prefiero hierba.

—Y yo un inocente Black and White con mucho hielo —pidió Ernesto.

—El perico iría bien contigo —comentó la Margy—. Bueno, no sabes lo que te pierdes —rió alejándose hacia la cocina.

Caminando con pasos muy cortos debido a la estrechez de su traje que le ceñía el traserito con verdadera provocación, Cristina inspeccionó el apartamento. Contigua al salón, había una alcoba sumergida en la penumbra que dejaba una mínima lamparilla de mesa. En la pared había un cuadro de extrañas representaciones siderales y sobre la cama, un gran gato negro. Cuando entraron, el gato abrió soñoliento sus grandes ojos dorados.

—Huele a sexo —susurró Cristina con un sigilo reverente como si estuviera ante el altar mayor de una iglesia.

—A esencias hindúes —rectificó Ernesto, deteniéndose ante el cuadro. Mostraba a un hombre desnudo extendiendo sus brazos entre un enjambre de constelaciones y planetas que llenaba el espacio sideral como moscas—. ¡Qué horror! —exclamó—. Mira los estragos que hace la droga.

Margy entró en aquel momento en la alcoba trayendo un vaso de whisky. Encendió la luz para enseñarles el cuadro.

—Fantástico, ¿no les parece? —dijo entregándole el vaso a Ernesto—. Lo pintó un amigo mío en Ibiza.

Se acercó a la pared. El cuadro estaba a la cabecera de la cama.

—Estos círculos —explicó pasando un dedo por el cuadro— representan la muerte, y éstos la vida, simbolizada en el placer. Si ustedes se fijan bien, en este círculo se ve a dos mujeres haciendo el amor; aquí, dos hombres. El tercero es una orgía.

—¡Mierda! —exclamó Ernesto.

—Sin malas palabras —lo reprendió Cristina.

Margy puso su índice en uno de los círculos.

—Las dos mujeres haciendo el amor somos Jacqueline y yo —dijo con orgullo.

—¡Qué corrupción! —dijo Cristina, fascinada, poniendo una rodilla sobre la cama para examinar el cuadro más cerca. La falda se le abrió dejando ver la pierna, detalle que no se escapó a Margy. En los ojos verdes de Cristina ardió un destello de asombro—. Es cierto, son ustedes dos.

La Margy se estremeció de risa. La coca le daba siempre el aire alerta y rápido de un malabarista que juega con naranjas.

—Es un pintor fantástico —dijo; y repitió fantástico con un ímpetu sorprendente—. Yo voy a presentarlo en el Ateneo de Valencia. Si ese hombre va allí se llena.

Ernesto imaginó divertido a los distribuidores de la Ford, a los banqueros y a los industriales de gaseosas y fibras acrílicas, llenando sus casas y despachos de aquellos desvaríos siderales pintados por un hippie en Ibiza. Esto en París es lo último en pintura, deberían decir orgullosos. Ernesto pensó en términos de titulares de prensa: estómago del capitalismo digiere arte psicodélico.

—Voy a hacer pipí —dijo, recordando urgencias más inmediatas.

Cuando volvió del baño, encontró a las tres muchachas en el salón fumando un cabo de marihuana.

—Tienen un aire cómplice.

Había risa en los ojos de todas.

—¿Te fumas un chucho? —dijo la Margy.

—No, soy zanahorio. Me da sueño.

Jacqueline, que estaba tendida de espaldas, su espeso cabello de reflejos dorados esparcidos sobre la alfombra, los labios entreabiertos y las pupilas como cristales que reflejaran la luz, sonrió observándolo.

—Bebé... —murmuró. Se volvió hacia Margy—. En Deià, no quiso hacer el amor al tiempo con dos mujeres. *Il a eu peur.* ¡Es un bebé!

—¿Y eras tú una de esas dos mujeres? —preguntó la Margy, repentinamente amorosa, inclinándose sobre Jacqueline para besarle el cuello, caricia que ella aceptó con un ronroneo de gata.

—Un poco de respeto –exclamó Cristina, risueña.

Las dos se volvieron hacia ellos.

—Tengo el pálpito de que nos quieren violar aquí mismo —dijo Ernesto.

—Yo tengo la misma impresión —dijo Cristina—. Y no me opongo, pero quiero ver primero el Katmandou.

Margy se incorporó sonriendo.

—Vamos, pues —dijo con un ímpetu repentino—. ¿Tomamos dos carros o uno?

—Dos —dijo Ernesto, prudente.

Por aquella época apareció Viñas, su viejo y ahora famoso amigo Viñas (*Time* había publicado una extensa reseña sobre su última exposición en Nueva York). Le alegró que Viñas viniese a establecerse definitivamente en París, que lo llamara al llegar y que su voz por el teléfono sonara cordial, brusca y cordial, como siempre. Lo invitó a su casa por la noche. Llevó a María, recuerda, imaginando que Viñas estaría solo, que hablarían hasta muy tarde, como en otras épocas, bebiéndose una botella de vino. Pero en cuanto les abrieron la puerta, quedaron desconcertados por aquella atmósfera que no se esperaban: mucha gente, camareros de chaqueta almidonada, relucientes copas en bandejas de plata, desnudas espaldas femeninas, trajes largos, risas, voces agudas. Viñas, por fortuna, vino rápidamente a su encuentro, abriéndole los brazos: hola, maestro. Maduro, todavía con la barba muy negra, una vitalidad tranquila y radiante, una especie de fuerza, de seguridad de hierro, parecían habitarlo ahora. Vestía ropas costosas e informales (un pantalón gris, una camisa de seda azul noche con blancos caballitos de mar sobre la que le hacían constantes bromas, recuerda). Apenas pudo cambiar con ellos dos palabras, cuando nuevos recién llegados lo obligaban a volverse y saludar.

Le había impresionado encontrar a Viñas en aquel ambiente mundano, y precisamente en París donde en otra época habían sido tan amigos. Viéndolo allí, entre hombres y mujeres que uno sólo se habría cruzado en el Lido, en Maxim's o en una tarde de derbi en Longchamps, él (Ernesto) no había dejado de medir toda la distancia recorrida por Viñas desde aquella remota época del *Saint-Germain-des-Prés* de sus veinte años, cuando lo había conocido, flaco y con un pullover agujereado en los codos, tocando la guitarra en un brumoso bar de la *rue Dauphine*. Recordaba el cuarto que ocupaba entonces en la misma calle: un catre de hierro, un aguamanil apenas disimulado por un biombo. Recordaba a Viñas sentándose en el catre con la cara todavía llena de sueño, cuando él venía a buscarlo a las dos de la tarde para almorzar. Nunca tenía dinero. Tocaba la guitarra en un bar durante la noche y el resto de su tiempo pintaba desaforadamente en su cuarto revuelto y miserable, y glacial en invierno. No recogió botellas ni trabajó con los traperos de Emaús, como lo diría *Time*. Simplemente tocaba en aquel bar de la *rue*

Dauphine, modesto y desdeñoso, su pullover agujereado, su cabeza de rizos polvorientos inclinada sobre la guitarra bajo el resplandor de un bombillo rojo. O verde, no lo recuerda. Sobre el mostrador, muy cerca de la puerta, había una cajita de madera con un letrero que decía: «no olvide los músicos. Gracias». Muchas veces habían aguardado los dos la hora del cierre. Viñas, con su guitarra al hombro, se detenía ante la caja para recibir de la patrona un billete y algunas monedas. Jamás le pedía dinero, ni siquiera aceptaba que él se lo prestara. Más tarde, decía: orgulloso, férreo, admirable, la nuez de adán pronunciada bajo el espeso bigote delatando hambres, vigilias desesperadas; más tarde, compadre. Todo lo que podía hacerse por él en aquellas lejanas primaveras, en aquellos veranos de luz radiante, era llegar a su cuarto siempre a oscuras y envenenado por el olor de muchos cigarrillos, despertarlo con una broma, abrirle traviesamente los postigos de la ventana para enseñarle la luz deslumbrante del sol y proponerle que fueran a almorzar. Un hermano, Viñas. Más que un amigo, un hermano. Habían viajado con Javier a Polonia, a no recordaba ya qué congreso juvenil. Los tres de pie, pobres y felices y tiritando de frío y cayéndose de sueño, durmiendo en el hombro del otro o mirando desfilar vertiginosamente el reflejo de las ventanillas en las nieves del terraplén. Su juventud. Las tumultuosas e incontables madrugadas en el barrio latino bebiendo cerveza en algún café, oyéndole cantar aquellas canciones mexicanas, chilenas, argentinas o colombianas. Y de pronto, en medio de la fiesta, del supremo despelote, la tensión repentina en el semblante, la fría determinación: ahora me voy a trabajar. Es inhumano decía Javier, que andaba siempre con ellos, viéndolo alejarse en la oscuridad de la calle.

Viñas era de hierro, lo había sido siempre. La manera cómo había dejado aquella muchacha argentina, por ejemplo. ¿Cómo se llamaba? Marta. ¿Marta qué? No lo recuerda. Marta, a secas. Su vocación era el teatro. Muy alta y con párpados verdes en una cara de cera, uno nunca habría podido decir si era bella u horrible; en todo caso estaba hecha para ser vista en el resplandor de las candilejas interpretando un papel trágico. Al parecer había tenido una infancia muy dura en suburbios de Buenos Aires. Una tentativa de suicidio la había llevado al hospital de la *Salpétrière*. Su amor con Viñas había sido silencioso y violento e inmediato, Sin haber cruzado con ella una palabra, sino duras y largas miradas en la penumbra del bar, Viñas se la había llevado a la cama. El cuarto de Viñas se había llenado del olor de ella: violento y perturbador olor de mujer, que él (Ernesto) había sentido una mañana cuando vino a despertar a Viñas, como de costumbre, y la vio apenas cubierta por una sábana y siempre muy pálida, durmiendo. Iba al bar todas las noches. Recuerda: Viñas doblado sobre su guitarra bajo el resplandor del bombillo y ella en la oscuridad de un rincón, llena de fiebre, mirándolo, esperándolo. Salían juntos del humo del bar al desvencijado catre de hierro sin cruzarse palabra, ambos flacos, tensos y casi hostiles entre sí en el hielo de la madrugada, pero ahogados de deseo. Sintiéndose intruso, él (Ernesto) no había vuelto al cuarto de Viñas. Pero se preguntaba todo el tiempo cómo harían para comer. Hambre y sexo es tuberculosis, pensaba. Lo del aborto lo había sabido mucho después, quizá luego de que Viñas apareciera por su hotel para darle su nueva dirección, un cuarto en Neuilly, y pedirle que sobre todo no se la diera a Marta. Y ella había venido después. Pálida, desesperada. Quiero ver a Viñas, le había dicho, en un tono que no era de súplica, sino simplemente perentorio como una orden. No se dónde vive, había mentido él. Y ella, fijando en los suyos sus ojos brillantes, intensos y tranquilos de loca: dígale que me voy de París, que sólo quiero verlo por última vez. Dígale que lo espero a la una de la tarde mañana en el Relais Odeón. Y había agregado luego, en un tono más bajo: por favor. Una sola vez pero en un tono donde una nota implorante y casi confidencial había aparecido al tiempo que los ojos, por primera vez, se le humedecían. Se lo dijo a Viñas. Le dio el mensaje. Pero Viñas no fue. Viñas no comentó nada. Se quedó con él a la hora de la cita en su cuarto de Neuilly, tan revuelto y miserable como el otro, bebiendo vino y fumando cigarrillos y hablando de cosas insustanciales y sin tomar aparentemente en cuenta el reloj despertador sobre la mesa de noche cuyos punteros iban avanzando con una especie de dolorosa lentitud. No la había mencionado a ella para nada. A ella, que en aquel momento debía seguir el paso lento de los minutos en un reloj de la plaza del Odeón. Sólo cuando fueron las cuatro de la tarde, el rostro de Viñas se ensombreció. Ya se fue, le dijo en voz baja. Ya. Tenía una cara muy extraña. ¿Por qué le haces eso, no te interesa?, le había preguntado él (Ernesto). Al contrario, había contestado Viñas sombríamente: me interesa demasiado. Y había cambiado de tema.

Ahora Viñas estaba allí, casi veinte años más tarde, con un vaso de whisky en la mano, desplazándose con desenvoltura en medio de gentes mundanas de París, gentes con un seguro olfato para acercarse a los artistas cuya cotización estaba en alza, pero que habrían sido seguramente incapaces de reconocer el valor de sus cuadros cuando éstos se amontonaban en un cuarto de sexto piso de la *rue Dauphine*. Lo veía deteniéndose ante dos mujeres altas y rubias, casi gemelas, y dos hombres de edad madura vestidos también como para una tarde de gran derbi en Longchamps. Les enseñaba un objeto dorado. *Alors*, Viñas, oyó la voz aguda, sofisticada, de una de las dos mujeres: *tu deviens collec-*

tionneur maintenant? Sí, me ha entrado esa manía. Y la otra: *as-tu vu la dernière exposition de Soto?* La barba impávida, la voz de Viñas brusca como un ladrido: yo nunca voy a las exposiciones. A las mías me llevan amarrado. Risas, y ahora uno de los acompañantes de las dos mujeres rubias preguntándole qué pensaba de la obra de Soto. Hierritos, dijo Viñas. Los otros volvieron a reír, y la mujer: *oh, qu'il est méchant, je dirai à Soto ce que tu penses de lui.* Y Viñas: no vale la pena, ya se lo he dicho yo. Somos amigos. Sus típicas respuestas. Se había acercado después a ellos, a él y a María. Ajá, maestro. Lo contemplaba con un afecto tranquilo, casi paternal. Y él, sin saber por qué, quizás obedeciendo a un deseo de aproximarse al Viñas de otras épocas: qué fauna tienes aquí. Vio surgir en los ojos de Viñas una instantánea prevención, un deseo de mantenerse a distancia de cualquier intimidad. Sin tomar en cuenta el comentario, Viñas se volvió hacia María: ¿quién es esta linda mujer? María se sonrojó. Llevaba un traje de calle oscuro, sencillo, y una bufanda de seda color vino tinto, y se veía en realidad muy bella. Un amor definitivo, respondió él. Es una de las verdades que nunca deben decirse, sonrió Viñas. Hizo una pausa, y ahí estaba sobre la barba muy negra, la expresión de sus pupilas, profundas, quietas, casi aburridas y vagamente paternales observándolo... Entonces, maestro: ¿cómo lo trata París? Era una mirada similar a la de su tío Eduardo, cuando accidentalmente lo encontraba en Bogotá. Implicaba de alguna manera un juicio, una evaluación discreta. Él (Ernesto) cedía en un primer momento al impulso de explicarse profusamente, de justificar lo que estaba haciendo (como ahora que refería a Viñas su trabajo en la editorial), a sabiendas que con ello sólo incrementaba en el otro una especie de apiadado escepticismo. Entonces se producía la reacción contraria, inevitable. También ahora ocurrió lo mismo, pues cortó su explicación diciéndole que todo aquello no era a fin de cuentas sino un trabajo alimenticio: vivía en París, que era lo importante. Para mí es una ciudad siniestra, dijo Viñas; desde que me bajo del avión pienso que alguna catástrofe puede ocurrirme. María protestó. Siniestro es Cartagena, le dijo. ¿Por qué? Viñas la contemplaba curioso: cuando hay mar y tanta luz nada es siniestro, dijo. Vive allí y después hablamos, le replicó María sonriendo.

Margy timbró. Debieron esperar largo tiempo antes de que la puerta se abriera con sigilo. La mujer que asomó la cara reconoció a la Margy de inmediato, pero se opuso a que entrara Ernesto. «Pas d'hommes», dijo con aspereza, apartándose apenas para dejar entrar a las muchachas a un vestíbulo tapizado de rojo. Adentro se oía música sincopada.

—Espérame —dijo la Margy antes de que la puerta se cerrara detrás de ella. Ernesto la aguardó tranquilamente, sentado en el guardafango de su automóvil. El letrero luminoso del Katmandou arrojaba sobre el andén desierto un reflejo de austero color lila. El calor de la noche había cedido y ahora la brisa que soplaba en la calle era apenas fresca y con una delicada fragancia estival. Al fin, la puerta del club volvió a abrirse y la Margy, oscura silueta en el umbral rojo como la boca del infierno, apareció haciéndole señas. Todo estaba resuelto, al parecer.

En cuanto entró en aquella oscuridad confidencial de terciopelos malvas cuyo olor era el mismo, sensual, tibio e intensamente femenino que se respira en una perfumería, Ernesto se dio cuenta, o mejor, sintió instintivamente que allí dentro no había hombres, en efecto, sino mujeres. Mujeres altas y sofisticadas, como modelos de Vogue, las piernas ceñidas por altas botas, que se movían en aquella luz de acuario como siluetas vistas en un sueño. Había algunas conversando en el bar, otras sentadas en mesas dispuestas de manera muy íntima, y otras, en fin, bailando con languidez, muy juntas la una y la otra, en la atmósfera azul de la pista. Una cabellera color plata estallaba de pronto en la penumbra. Siguiendo a la Margy, Ernesto divisó la mesa donde estaban sentadas Jacqueline y Cristina.

La botella de whisky que una muchacha colocó sobre la mesa tenía sujeta al cuello una tarjeta con el nombre de Margy. A Ernesto le pareció que los modales de ésta (su manera de servir el whisky, por ejemplo, con un reloj de hombre de punteros fosforescentes refulgiéndole en la muñeca) tenían una acentuada calidad viril. Sentadas a su lado, Cristina y Jacqueline parecían ahora apenas bonitas extras de una película opacadas por la actriz del papel estelar.

—La propietaria es una tipa increíble —dijo la Margy. Le hablaba a Ernesto sin reparar en las muchachas; de hombre a hombre, pensó Ernesto con humor.

—Ahora sé por qué no quieres volver a tu tierra —dijo él—. Supongo que en Caracas un lugar como éste corre el riesgo de ser tomado por asalto.

—No creas —dijo ella—. Sitios «gay» hay en todas partes.

—Bla-bla-bla —hizo Cristina, que estaba aburriéndose; jamás soportaba no ser el centro de la atención.

Pero Margy apenas le concedió una mirada displicente. Bebía su whisky despacio, la expresión segura, el reloj de punteros fosforescentes relampagueándole en la muñeca, mientras paseaba distraídamente los ojos por las otras mesas. Reconoció a alguien en el bar y le hizo una seña.

—Me perdonan —dijo levantándose—. Ya vengo.

Ernesto la siguió con la mirada mientras se alejaba hacia el bar. La Margy caminaba sin prisa, con pasos

firmes y largos de sus botas de cuero, las piernas ligeramente arqueadas: hacía pensar en un cowboy entrando a la taberna del pueblo. Saludó con un breve golpe-
cito en el hombro a la muchacha de pelo corto y viril
que estaba en la barra. Permaneció un rato conversando con ella, un codo en el mostrador y el puño en la cadera.

Ernesto se dirigió a Cristina:

—Ya estás en tu antro del pecado. ¿Te decepciona?

—Me parece fabuloso —dijo ella, y repitió haciendo énfasis en las sílabas—: fa-bu-lo-so.

—Bof —hizo Jacqueline—. *Il n'y a que des minet-
tes qui s'emmerdent.*

Difundida por un estéreo, se dejaba oír en la pista la
música quejumbrosa de un saxofón. Había dos mujeres
bailando tan despacio que parecían inmóviles. Una inquieta decepción le ensombrecía a Ernesto el ánimo:
todo lo que le interesaba era llevarse a Cristina y no sabía cómo hacerlo. Aquel lugar le aburría. Sigilosa como
un gato, la Margy se había acercado a la mesa.

—¿Me permites, Ernesto? —le preguntó despreocupadamente a tiempo que le extendía una mano a
Cristina, invitándola a bailar.

—Si ella está de acuerdo...

Lo estaba, sin duda; debía aguardarlo, se adivinaba
en la sonrisa dócil, en la repentina y satisfecha y casi
halagada fosforescencia de los ojos cuando se levantó
de la silla. Pasando a su lado, se desplazó hacia la pista
con la indolencia de una gata, entre el desesperado susurro de sedas que le ceñían los muslos. Jacqueline la
observó con hostilidad.

—¿Bailamos? —le propuso Ernesto cuando quedó
solo con ella.

—No sé bailar.

—Con esta música, basta arrastrar los pies.

—*Oui, mais ça me semble idiot.*

Él se rió. Pero en realidad se sentía inquieto. Estaba acordándose de Cristina aquella tarde, de la manera como estaba sentada en su estudio con su claro traje de verano, una copa de martini blanco en la mano, sabiendo exactamente lo que iba a ocurrir, autorizándolo tácitamente, y sintió la misma grieta de ansiedad abriéndose en el fondo de su estómago. Era el tipo de mujer con que podía enredarse uno de manera muy seria.

—*Regarde* —dijo Jacqueline.

Le señalaba la pista con un gesto. Cuando él se volvió y miró también en aquella dirección, tuvo una conmoción brusca. Acababa de ver las siluetas de Margy y Cristina, la una de negro, la otra de blanco, enlazadas en la luz de acuario de la pista. Apartó la vista con un estremecimiento. Calma, pensó sirviéndose un whisky. Calma, pendejo. Calma. Contempló fascinado el chorro de whisky resbalando sobre los bloques de hielo hasta llenar la mitad del vaso. Puso agua y bebió un trago pensando que debía portarse con el aplomo de un lord inglés. O de un cacique chibcha, era lo mismo. Sintió el sabor del whisky resbalándole por la garganta; lo sintió en el pecho, en el estómago: reconfortante, casi solidario. Sólo entonces tuvo el valor de mirar de nuevo hacia la pista. Cristina, todavía enlazada a la Margy, la besaba amorosamente en el cuello, hundiendo la cara en su pelo, como sólo habría podido hacerlo una amante apasionada. La mano de la Margy, descendía a lo largo de la cintura de Cristina, demorándose en el flanco para resbalar insidiosa y lenta como una serpiente por la cadera hasta el punto en que debía encontrar la curva lánguida del trasero. Casi no se movían. Ernesto se volvió y encontró la mirada irónica de Jacqueline.

—*Je m'en doutais* —dijo ella.

—Yo no —dijo él—. Ruda sorpresa.

III

De una manera que no podría explicar, Julia, la hija de los Azuola, fue responsable de lo que ocurriría luego con Oona; la chispa, quizás, el elemento fortuito que desencadenaría el desastre. Su llegada a París le resultó perturbadora, quizá desde el momento mismo en que se bajó del tren y él la encontró a su lado, caminando por el andén, cargada de bultos, el pelo por la cara y un par de blujines muy estrechos, hablándole atropelladamente. No soportaba vivir más en Madrid, le decía; tíos y tías y primos habían terminado por considerarla una perdida, sólo porque hacía lo que ellos se morían de ganas de hacer y no tenían el coraje de hacerlo. Venía a estudiar a París, a respirar un poco de aire puro. Esperaba encontrarse en París gente más civilizada que los menopáusicos e histéricos de sus tíos, uf. Se alojó en el apartamento de un matrimonio de amigos de su padre, por los lados del Panteón. Él era un pintor rumano y ella, una española ajada y locuaz parienta de Azuola, que vivía desde joven en París. El rumano aquel, un tipo avejentado de pelo gris y acuosos ojos amarillos, que vestía con blusas de cosacos y daba frecuentes palmaditas en las nalgas a su esposa llamándola *vieille pute*, no le gustó desde un principio, así como tampoco su apartamento, viejo y polvoriento, lleno de iconos y cuadros y objetos de madera, y a toda hora oloroso a ajo y a cebollas fritas. El rumano se la pasaba bebiendo licores anisados y fuertes y lanzando a través de sus dientes manchados constantes bromas de doble sentido a su mujer y a Julia, a quien seguía con una especie de libidinoso resplandor en los ojos amarillos. Tu papá te mandó a casa de un sátiro, le decía él (Ernesto) a Julia, cuando salían a la calle. Ella se reía. Oh, el pobre Ladislao ladra pero no muerde. Es él el que tendrá que cuidarse de mí.

El primer domingo que la llevó a casa, advirtió en seguida que Julia, como ocurría en Deià, no se llevaba bien con María. Eran demasiado opuestas. Las preguntas corteses de María, sus observaciones de circunstancia, suscitaban en la otra réplicas bruscas. Así que a la hora del postre (María había preparado un pollo al horno que había servido con mucho refinamiento) sólo se oía el ruido de las cucharas y los platos y todo el mundo parecía incómodo. Como hacía un lindo día él había propuesto una vuelta por el bosque de Meudon. María no quiso acompañarlos. Perdóname, le dijo, en un momento en que Julia fue al baño, pero esta muchachita me crispa, siempre te lo he dicho. Él no sabía qué hacer, pero María insistió en que fuera al bosque. Cuando salió a la calle con Julia, sintiéndose vagamente deprimido y molesto, ésta aspiró ruidosamente el aire. Uf, qué almuerzo, madre mía, dijo, y tomándolo de la mano lo hizo correr hacia el metro. El sol caía tibio a través de las hojas del bosque de Meudon y el aire olía bien, a tilos, mientras caminaban despacio hablando de todo. Julia le habló de su amor conflictivo con un profesor de Madrid, que estaba casado; había sido la verdadera razón de su viaje. Él le contó de su época de estudiante, de la casa de un viejo escritor amigo, a orillas del Sena, donde pasaba los domingos. Caramba, me parece que fue ayer, dijo. Estás hablando como un viejo, rió ella. Mientras volvían en tren a París, mirando en el luminoso crepúsculo de primavera las tristes casas de los suburbios, él se había sentido repentinamente triste. No sé qué me ocurre, había dicho de pronto. Allá, en Colombia, me sentía como metido en una caja de zapatos. Aquí... Aquí, lo interrumpió Julia con una sonrisa, te sientes perdido, pobre huérfano: ¿no es así? Él la miró intrigado. Un último resplandor de sol le daba a ella en la cara. ¿Qué edad tienes tú, Julia? Veinte años, ¿y eso por qué viene a cuenta? Nada, mujer, estoy pensando en voz alta. Ya cumplí cuarenta, hora de hacer cuentas, y mi saldo sigue en rojo. Tonterías, dijo ella. Tu problema es otro. ¿Cuál?, preguntó él. Otro, respondió ella. Dilo, pues. Está bien: creo que eres un reprimido. Ajá, ¿por qué soy un reprimido, si se puede saber? Me di cuenta por la manera como te comías una manzana al almuerzo. El uso de cubiertos es muy antiguo, replicó él. No te hagas el idiota. Y él (mirando los suburbios tristes que continuaban desfilando en la luz declinante): quizá tengas razón... Deja la melancolía a un lado, dijo Julia bruscamente: dime: ¿sólo te acuestas con María? Sip. ¿Sip? Sip. ¿Por qué no la dejas? ¿A María? ¡Estás loca! Ella te oprime, me doy cuenta. Es como una arañita que te envuelve en su tela. Pues yo quiero a esa arañita. La quieres como un buen papá, y eso no es amor; quizás es sólo miedo. ¿Miedo de qué, hispánica salvaje? Simplemente eso: miedo. Y tú, Julia, ¿no tienes miedo nunca? ¿A qué habría de tenerle miedo? No sé, a la noche oscura de los lobos... No, si un lobo me asusta hago todo para matarlo. Él se rió. Qué salvaje eres, qué hispánica. (Imitando su acento español): si me duele una pierna, pues me la corto. Ella soltó la risa, justo cuando el tren estaba entrando en la estación.

Pasaba a buscarlo con frecuencia hacia el mediodía, en las oficinas de la *rue du Maître Albert*. Oona, que encontraba a Julia con frecuencia, le hacía constantes bromas sobre aquella Lolita. Julia no parecía tomar en cuenta a la mujer de Lenhard. Un día, sin embargo, le preguntó a él si ya se había acostado con Oona. No digas barbaridades, le respondió él. Está casada con un amigo mío. ¿Y qué hay con eso?, lo miró Julia impertinente. La tía ésta coquetea contigo, te enseña las tetas... Yo creo que no aguarda otra cosa. Pues te equivocas, respondió él. Oona es así con todo el mundo, es su manera de ser. Coquetea hasta con el cartero. ¿Ah, sí?, reflexionó Julia un instante. Pues entonces se trata de una simple calentadora. España está llena de mujeres así. Las detesto, dijo. Y dos días después, cuando Oona se sentó con ellos para tomar un café en la *Place Maubert,* Julia empezó a lanzarle preguntas insolentes. ¿Cuántos amantes tienes?, le preguntó en un momento dado con toda tranquilidad. Oona, glacial: un número suficiente. Pues a mí con uno me basta, dijo Julia acercándole a él la nariz al cuello de un modo que lo hizo enrojecer. *Ah, bon,* comentó Oona, crispada. Se levantó muy poco después con cualquier pretexto lanzándoles por encima del hombro un frío chau, hasta la vista. Julia se doblaba de risa. ¿Te has dado cuenta?, decía. A tías como ésta, que han debido ser siempre niñas mimadas, hay que maltratarles el ego. No soportan la competencia. Aprende, huérfano.

Se veían muy a menudo. La cara de María se ensombrecía ligeramente al saber que había pasado la tarde con Julia. No sé qué le ves a esa muchacha, le decía. Quizás estoy cayendo en situaciones edípicas, bromeaba él. El terrible *Démon de Midi...* Sí, sí, es posible que estés entrando en la edad de las Lolitas, observaba María, muy en serio. Oh, mujer, no te preocupes. Julia es como una hija. Me recuerda, sí, a la loca de Estela. Jamás me ha pasado por la cabeza la idea de tener algo con ella. Era cierto. Pero al mismo tiempo experimentaba una confusa necesidad de verla. En una fiesta en casa del poeta Linares, le había irritado la manera cómo éste le pasaba la mano por la cintura. Los domingos, imaginándola sola y aburrida en aquel apartamento oloroso a cebollas fritas del rumano, inventaba cualquier pretexto para pasar unos minutos por allí. Le incomodaba encontrarse siempre con el rumano haciéndole bromas toscas como pedruscos a Julia y a veces atrapándola por la cintura y sentándola en las rodillas, en medio de las risas agudas y las procacidades y protestas risueñas de su esposa: anda, anda, chavala, cuidado me lo quitas. Julia decía siempre que el tal Ladislao era como un niño grande, pero él, observándolo con sus eternas copas de licor anisado en la mano y sus chistes de doble sentido, le decía a Julia que el rumano no era ningún niño sino un viejo verde. Sentía una sorda aversión por él. Le sorprendió saber una tarde que la española se iba de vacaciones para Bilbao dejando a su marido a solas con Julia. Hacían bromas descaradas al respecto. Espera a que se vaya la *vieille pute,* decía Ladislao dándole a la muchacha palmaditas de codicia en las nalgas para júbilo de su esposa. Se te va a meter en la cama, decía él (Ernesto) escandalizado. Te va a violar. Julia se reía: Ladislao ladra pero no muerde.

Aquella noche en que los encontró solos en el apartamento a Julia y al rumano (la mujer de éste había tomado el tren pocas horas antes), experimentó un sentimiento de irritación y de incomodidad muy parecido a los celos. O lo eran, simplemente, y él no quiso confesárselo. Tendida negligentemente en el diván de la sala, los pies descalzos, Julia leía una revista. El rumano guisaba un conejo en la cocina. No pareció agradarle su llegada. Esta vez no llevaba túnica de cosaco, sino un coqueto chaleco verde de cachemira con un descote por el cual le asomaban los vellos grises del pecho; anudado al cuello, un sorprendente pañuelo de seda. En la mesa había sólo dos puestos, una botella de champaña en un cubo de metal y dos candelabros con las velas encendidas. Mierda, qué es esto: ¿un cumpleaños?, exclamó él (Ernesto) dirigiéndose a Julia. Ella enseñó en una sonrisa su doble hilera de dientes perfectos. El resplandor de una pantalla le daba a su cara un tono cálido y confiado. Se le adivinaban los senos a través de la blusa entreabierta. Es una fiesta íntima que me ofrece Ladislao... Si es así de íntima me voy, replicó él, en un tono más brusco del que hubiese querido, y antes de darse cuenta se había despedido abruptamente y cerrado la puerta a sus espaldas con estrépito. Estaba temblando, no comprendía bien por qué.

Julia lo llamó al día siguiente. Tú y yo tenemos que hablar, le dijo en un tono cortante. En cuanto se hallaron sentados el uno frente al otro entre los espejos profusos y las luces múltiples e íntimas de la Vagenende, un restaurante donde iban con frecuencia, ella le habló bruscamente mirándolo derecho a los ojos con una expresión seria y decidida. No me gustó tu reacción de anoche, le dijo. Me acosté con Ladislao, si quieres saberlo de una vez. Hicimos seis veces el amor... Él sintió un frío en la boca del estómago. Le latía el corazón con prisa. Necesitaba beberse rápidamente un vaso de vino. Felicitaciones, dijo ineptamente. Ella lo observaba sin pestañear, con una expresión fría y curiosa a la vez. ¿Te molesta saberlo, verdad? Mucho, admitió él. Pues yo voy a decirte por qué, dijo ella: tú hubieras querido hacer lo mismo, pero ni siquiera te atreves a proponérmelo. Se sintió en aquel momento inerme, desamparado, profundamente incómodo como si hubiese sido descubierto in fraganti cometiendo algún acto vergonzoso, frente a la mirada tranquila, insolente y llena de provocación de Julia. Cambiemos de tema, propuso sintiendo que aquella conversación lo ponía en una zona de traidoras arenas movedizas. No, dijo ella, testaruda; no, hablemos, justamente quiero que hablemos. El camarero intervino a tiempo, providencial, poniéndoles en las manos un par de grandes menús empastados en rojo. Eligieron apresuradamente el menú del día y una botella de vino tinto. Luego se quedaron incómodos, mirándose, sin decir nada. Al fin ella sonrió. Puritano, le dijo suavemente rozándole la mano con los dedos. Quizá, murmuró él, haciendo esfuerzos por no dejarse arrastrar por aquel sentimiento depresivo y amargo que desde hacía un minuto empezaba a caer sobre él como lluvia. No sé qué me pasa, Julia, pero me parece una vaina que te hayas acostado con ese viejo indecente. Te veo como una hija... Ella se rió mordiendo con los dientes, cruel, una miguita de pan, sin dejar de observarlo. Ladislao es muy agradable, dijo muy despacio. Esperaba, curiosa, casi maligna, su reacción. Te molesta, ¿verdad? Pues a mí siempre me han gustado los hombres mayores que yo. Soy totalmente edípica... Qué idiota eres, Ernesto. Pero ya que insistes. (Levantó la copa.) A tu salud, hermanito. ¿O prefieres ser mi viejo papá Ernesto? No pongas esa cara lúgubre, hombre. Anímate.

Tenía deseos de abofetearla.

Sentados poco después en el Old Navy, con una copa de coñac sobre la mesa, él sentía aquel sentimiento depresivo envolviéndolo no como llovizna, sino como una bruma tenaz, definitiva. Julia le hablaba del primer tipo del que se había enamorado. Era su profesor de guitarra. Le había hecho perder su virginidad allí mismo, sobre la alfombra; yo era una cría, qué tío sinvergüenza... Estaba muy avanzada la tarde cuando salieron al bulevar. A él no le decía nada ir a la oficina. Se despidió de Julia, muy deprimido, sin saber adónde dirigirse. También le resultaba lúgubre llegar a su casa, sentarse con María en la luz del comedor. Verían los noticieros de la televisión, como todas las noches. Reaccionó bruscamente. Entró en un *café-tabac,* pidió un *jetón* y marcó sin pensarlo un número de teléfono. Escuchó la voz de Oona al otro lado de la línea. Oye, le dijo, ¿me invitas a tomar un trago? Tengo penas de amor... *Ah bon,* dijo ella con una risita. Vente, pues.

La encontró sola pintándose las uñas. Le resultó extraño y profundamente perturbador encontrarse con ella en aquel apartamento en penumbra. Oona sólo llevaba encima una bata de levantarse muy ligera. *Alors, raconte-moi tes chagrins,* insistía mirándolo traviesa mientras se ponía esmalte en las uñas, cuidadosamente. Oh, no tengo problemas concretos, ahí está lo malo, dijo él, sino difusos. A tiempo que hablaba se decía a sí mismo, mentalmente: no sé por qué le cuento esto, estoy loco. Pero proseguía, absurdo: tengo que hacer algo por mi propia liberación, Oona... Al segundo vaso de whisky discutían acerca de la monogamia y sus desastres. Oona decía que Lenhard era el marido más liberado que podía encontrarse en la vida. Nos concedemos toda la libertad del caso. Toda, subrayaba. Caramba, pensó él en voz alta, yo no veo qué hace él con su libertad. Oh, Robert, se rió ella, no piensa sino en sus cátedras de investigación. Pues en lo que a mí respecta, *je ne pense qu'à ça*, dijo él de pronto sirviéndose un nuevo trago. Se rieron. A él una especie de ansiedad, de excitación, empezaba a latirle en la boca del estómago viendo cómo se le abría la bata a Oona cada vez que cruzaba y descruzaba las piernas. Hubiese querido arrojar aquel frasquito de esmalte por la ventana y tumbarla sobre la alfombra. Ella le hablaba ahora de Lenhard, de cómo el suyo había sido el más convencional de los matrimonios. Yo era una chica de buena familia latinoamericana, nunca me había acostado con nadie. Fue sólo cinco años después de mi matrimonio que.... bueno, ya sabes. Un hombre, precisó él. Uno solo no, dijo ella. Tres en una misma noche. Yo estaba como loca... En aquel momento los interrumpió el timbre del teléfono. Oona se levantó. Hablaba en voz baja, sujetando el teléfono con la cara, haciendo bromas y riéndose con alguien. Al trasluz se le adivinaban las piernas, muy largas, bajo la bata. *Oui, il y a quelqu'un avec moi,* decía, echando en dirección suya una mirada de coquetería. *Que q'un..., un monsieur très sérieux.* Se envolvía en el hilo del teléfono, girando a veces, dándole la espalda, el arco de las piernas diseñándose provocadoramente bajo la bata casi transparente. Desnuda y con altos zapatos de tacón, pensaba él; le estaban temblando las manos. Debo irme, pensó. Rápido. Tomar aire fresco, estoy como loco. Cuando ella volvió a la silla, algo había cambiado, sutilmente, entre los dos. No consiguió que ella contara la historia de los tres hombres en una misma noche. No me creas nada, lo evadió ella; yo soy mitómana. Al despedirse, él la besó en la mejilla. Por un instante sus dos miradas se encontraron muy cerca, y él tuvo, fugaz, la impresión de que ella aguardaba algo. Pero lo empujó suavemente. Chau, le dijo y le cerró la puerta casi en las narices.

Cuando bajaba hacia el baño por las alfombradas escaleras, comprendió que estaba borracho. Le pareció divertido encontrarse a dos mujeres peinándose ante un espejo.

—*Vous avez beaucoup de courage, monsieur.*

—*Courage?*

—*Oui, de venir ici.*

—*En effet* —dijo él, entrando en el W.C.

Orinó en abundancia. Soy un imbécil, pensaba mirando la espuma que hacía la orina en la taza. Imbécil, volvió a repetirse después, mientras se lavaba las manos con una bola violeta de jabón, muy perfumada. Le pareció que aquella sensación la había vivido ya en su infancia. Estaba en un baño y sufría por culpa de una mujer. ¿Estaré condenado a repetirme? Se miró en el espejo. Algunas canas le brotaban ya en las sienes. No puedo portarme como un adolescente, pensó.

Cuando regresó a la mesa, Margy y Cristina se habían sentado de nuevo a la mesa. Cristina no lo miraba. Le había atrapado una mano a Margy y se la estaba besando.

—Estoy cansado —les dijo—. Me voy a dormir. ¿Te quedas o vienes conmigo, Jacqueline?

—Yo me voy —dijo ella levantándose.

Respiraron en la calle el aire fresco de la madrugada.

—No había nada más que hacer —dijo él.

Puso en marcha el motor de su automóvil. Sentía la necesidad de alejarse rápidamente de aquel lugar, de respirar otro aire. El bulevar Raspail estaba desierto. Apenas si le prestó atención a las luces de los semáforos. Le agradó encontrarse rodando por la vía rápida, a orillas del Sena. El puente Alejandro Tercero alzaba sus faroles en la oscuridad.

—Te has pasado dos semáforos en rojo —le previno Jacqueline en francés.

—No me di cuenta.

Un puente, luces entre los árboles, muertas fachadas de la ciudad dormida, vallas de propaganda y de improviso, a su izquierda, *la Maison de la radio* redonda como una torta de cumpleaños, todo ello iba desfilando en el mismo vértigo. París estaba desierto. Pronto sería el amanecer. Se sorprendió de hallarse en las afueras, rodando ahora por la autopista del Oeste que se desenvolvía plácida y vacía delante suyo; algunos letreros relumbraban a veces en la luz de los faros.

Jacqueline empezó a inquietarse.

—¿Dónde vas? —preguntó, y él captó en su voz una nota de alarma.

—Lejos.

—Para —dijo ella bruscamente—. Para y yo me bajo.

—Tranquila, Jacqueline. Voy a Dourdan. Está a cuarenta kilómetros apenas. Después de todo, no podemos despertarnos en París.

Ella pareció reflexionar. Miraba derecho delante de ella. De trecho en trecho, luces de camiones surgían en el otro carril de la autopista, lentas en la niebla azul de la madrugada.

—Ernesto —dijo ella con firmeza—, no pienso hacer el amor contigo, *je te previens.*

—Yo sé, Jacqueline. No hay problema.

El portero de la *Hôtellerie Blanche de Castille* les abrió la puerta con ojos llenos de sueño. Estaba en mangas de camisa.

—Tengo una reservación —mintió Ernesto.

Le agradó la alcoba, tan sobria e iluminada por luces muy discretas. Había una sola cama muy amplia. Le pareció irreal encontrarse de nuevo allí, después de tanto tiempo.

—¿De qué lado prefieres dormir?

—Me es igual —dijo Jacqueline sacándose su túnica roja por la cabeza.

Él se acercó a la ventana y la abrió porque hacía calor en el cuarto. Empujó los postigos y un soplo tibio de brisa, que olía a campo, le llegó a los pulmones. Empezaba a clarear. Ernesto tenía una extraña sensación de irrealidad.

A sus espaldas, oyó la voz de Jacqueline.

—*Bonne nuit* —le dijo, disponiéndose a dormir.

Remoto, cantó un gallo.

IV

Oona, recuerda, había pasado al día siguiente por las oficinas de *Nouveau Monde,* a la hora del cierre, pidiéndole que la acompañase un minuto a la Sorbona. Soñé anoche contigo, le dijo mientras caminaban por el sonoro vestíbulo de la Universidad. Íbamos juntos en un automóvil al Tirol. El Tirol, fíjate qué cosa más rara. Después de revisar listas de nombres clavadas en un tablero, caminaron sin rumbo por los lados de *Saint-Severin.* Oona se paró frente a las carteleras de un cine. ¿Me invitas... o *madame* te lo prohíbe?, preguntó con una risita. Al él le pareció ridículo negarse. Le produjo una sensación muy extraña encontrarse al lado de ella en la oscuridad de la sala; sus codos casi se tocaban. Seguía sin interés aquella película, que contaba la historia de una huelga en Ivry. Ni siquiera entendía por qué a veces estallaban risas en la sala. Me estoy portando como un muchacho con su primera novia, pensaba, irritado. Quedaba un resto de luz del día cuando salieron a la calle. Gente joven se paseaba en el crepúsculo tibio. De los restaurantes penumbrosos, con velas encendidas sobre las mesas, se escapaba un olor a carne asándose en parrillas. Acompañándose con guitarras, cantaba en la esquina una pareja de hippies. Se detuvieron a mirarlos. Oona, vestida con un traje blanco, estival, muy ligero, que le ceñía la cintura, se veía muy atractiva. No llevaba botas, sino finos zapatos de tacón alto. Caminaba sin rumbo, deteniéndose a cada paso para ver las vitrinas. Qué noche la que se viene encima, dijo de pronto, alzando los ojos hacia el cielo que empezaba a oscurecerse, pero que aún al aproximarse la noche seguía siendo muy diáfano. *Je n'ai pas envie de rentrer chez moi, monsieur.* Parecía esperar que él la invitara a cenar. Pero él se sentía paralizado pensando en María. Debía estar sola en el apartamento, aguardándolo. Fue Oona la que lo invitó a tomarse una copa de «kir» a la vuelta, en un café llamado el Petit Bar.

Seguía sintiéndose culpable, mientras llamaba por teléfono a María. Le dolió el tono esperanzado de su voz, al contestarle. Coneja, no puedo ir, le dijo. Estoy con amigos. Era la primera mentira que le decía. Abriéndose paso a través de la gente que estaba en la barra para reunirse con Oona, se sentía muy mal por dentro. Oona había pedido dos «kir» y estaba sentada ante una mesa en la terraza. Hablaba con un negro de gorra anaranjada, que se fue al verlo llegar. ¿Quién es?, le preguntó él (Ernesto). Un *dragueur* profesional.

Me estaba haciendo propuestas pecaminosas, rió ella. En realidad, tienes algo pecaminoso hoy, comentó él atrevidamente. Te palpitan las aletas de la nariz y los ojos te brillan mucho. No digas boludeces, contestó ella riéndose. Resultaba excitante su manera de reír. Desde el sitio donde estaban sentados divisaban las torres iluminadas de *Notre-Dame* y el resplandor de arcos voltaicos a través de follaje de los castaños, a orillas del río. El interior del café estaba lleno de humo y de gente. Este lugar me recuerda una etapa más bien agitada de mi vida, dijo ella de pronto después de beber un sorbo de «kir». ¿Hay algún momento de tu vida que no haya sido agitado?, preguntó él con humor. Y claro... ya te lo dije, fui una mujer fiel, una boluda. ¿Verdad que te acostaste con tres tipos a la vez? A la vez no... *et vous êtes trop curieux, monsieur.* Cuéntame, Oona; la curiosidad me devora. ¿De veras que te devora? Sí, Oona, cuéntame. Oh, fue un típico despelote de primavera. O quizá de verano. Una gran casa de campo por los lados de Chantilly, un bosque..., hacía mucho calor y todo el mundo aquel *week-end* andaba medio loco. Yo estaba muy nerviosa, recuerdo. No podía hacer el amor con Robert. Teníamos un bloqueo. Yo hablaba todo el tiempo de la liberación sexual... Y tenía dos *flirts*. Simples *flirts* sin nada de... bueno, de eso. El primero era un francesito de Deauville, de muy buena familia, que me seguía a todas partes. Recuerdo que me fui al bosque con él, en aquella fiesta de Chantilly... Oh, no sé por qué te cuento esto. Hablemos de otra cosa. *J'ai envie de...* ¿De qué, Oona? De..., ¿te lo digo? Bueno, de otro «kir». El «kir» es una mezcla peligrosa de cassis y vino blanco, ¿lo sabías? Se me subió a la cabeza el primero. Oona, no cambies de conversación. Yo soy curioso. Quiero saber cómo tuviste tres hombres en una sola noche. Estábamos, pues, en el bosque con tu primer *flirt y* él te... No seas boludo. Sólo dije que fuimos al bosque. No pasó nada. No en ese momento. Me besó... y yo estaba muy asustada. De modo que regresamos a casa y de pronto, al acercarnos, vi por la ventana que Robert, el buen Robert, imagínate, estaba besándole la mano a una muchacha. Me dio mucha rabia. De modo que volví al bosque con el francesito boludo y... entonces sí, pasó eso. Hicimos eso en el prado. Pero fue *raté*. Completamente *raté*. Seguía bloqueada. Estaba como histérica. Volví sola a la casa, corriendo. Busqué al otro *flirt* que era un uruguayo. Hicimos el amor en el baño... y también fue *raté*. No sentía nada. Nada, ¿sabes? Me entró una crisis de llanto. El dueño de casa, que era un amigo de Robert, un escritor francés, un poco mayor (te caes si sabes el nombre), me encontró en la cocina llorando. Me dio un calmante. Luego me llevó a un cuarto del segundo piso, sin ninguna intención, sólo para que yo reposara un poco. Tenía una voz suave, paternal. Adorable. Un hombre que podía ser mi papá... Me pasó la mano por la cara y el pelo, hablándome como a una niña. Y de pronto sentí un deseo horrible por él. Temblaba de los pies a la cabeza. Me ardía la piel. Jamás había imaginado que... Él se dio cuenta. Hicimos el amor allí mismo. Sin cerrar la puerta, no nos importaba nada. Nada, ¿sabes? Y yo jamás había sentido aquello. Jamás, *vachement bien, je te le jure*. Oh, qué despelote fue aquél. Duró dos años. Oh, no sé por qué te cuento esto. No pongas esa cara de boludo, vamos a caminar.

Se había sentido muy inquieto caminando al lado de ella en el aire tibio y lleno de luces de la noche, por el *Quai de Conti*. Habían ido hasta el *square du Vert Galant*, recuerda, para ver el río. El agua del Sena fluía lenta y oscura como aceite reflejando las luces del *Pont Neuf*. Tranquilas barcazas se mecían junto al muelle. La noche amplia y vibrante, rumorosa y llena de un olor estival, se abría sobre los puentes y el agua bruñida de reflejos. Parada en el extremo del *Vert Galant,* frente al río. Oona alzó los brazos para recibir la brisa. El traje blanco se le pegaba al cuerpo. Él sintió de repente el impulso de atraparla por el talle, pero no se atrevía. Estaba tenso. Mierda, este clima me pone nervioso. Tengo deseos de... de olerte el pelo, dijo incongruentemente rozándole con los labios la mejilla. Sintió el contacto tibio de la piel, el olor de su pelo. No hagas boludeces, dijo ella apartándose y mirándolo. Se echó a reír. Ven, no quiero que me violes debajo de este sauce. Él veía sombríamente el ligero vaivén de su falda blanca y sus rápidos talones subiendo las gradas del puente delante suyo. Se detuvo en lo alto y se volvió hacia él. No pongas esa cara siniestra, *regarde qu'est-ce que c'est beau le vieux Henri IV.* Le estaba señalando la gran estatua ecuestre que se alza en medio del puente. Yo adoro los caballos... Oona, empezó a decir él cuando se dirigían hacia la boca del metro: no sé qué vaina me ocurrió. A veces olvido que eres la mujer de Lenhard. Ella se rió. Huy, estás hablando como un personaje de telenovela. O de Corín Tellado. ¿Nunca has leído a Corín Tellado? En Costa Rica, la leen todas mis primas. *Eh bien, monsieur, il ne faut pas oublier que je suis une femme libre.* Inesperadamente se dio la media vuelta: qué boludo eres, *je t'aime,* murmuró besándole la mejilla. Antes de que él pudiera decirle nada, se había ido, bajando las escaleras del metro.

Estaba de nuevo al día siguiente con él, con unos ajustados pantalones de cuero negro llenos de cremalleras, caminando por los lados de la Contrescarpe y deteniéndose ante no menos de diez restaurantes, antes de decidirse por uno. Él estaba más inquieto que nunca. De nada sirvió la botella de vino que pidieron al almuerzo para darle alas a la conversación. Algo la llenaba de pausas, de silencios repentinos; oían zumbar las moscas. Me voy, dijo ella de pronto, bruscamente, sin haber terminado de comer. Estamos boludos y esto no lo soporto. Es culpa mía, dijo él. No logro olvidar que eres la mujer de Lenhard. Oh, sí, dijo ella; eres un gallardo caballero bogotano, *très comme il faut.* En cambio, Robert... ¿Sabes lo que me dijo cuando supo que almorzaría hoy contigo? Me dijo: *amuse-toi,* diviértete. Sí, él es un hombre liberado, repuso él. Yo no. Fui criado por unas tías y por la Metro Goldwyn Mayer. Ella se echó a reír: *sois pas bête,* llévame al *Bois.*

Estaba echada sobre la hierba, mientras él miraba, desde la orilla del lago del *Bois de Boulogne,* los patos nadando en el agua. Recuerda los largos muslos de Oona ceñidos desesperadamente por el cuero del pantalón, la manera como le apartó la mano cuando él le pasó un tallo de hierba por el mentón y el lóbulo de la oreja. Pensaba por primera vez: tengo que acostarme con ella, *il le faut, absolument.* Oscura, rabiosamente mientras la veía a su lado, con los ojos cerrados, tomando el sol, con aquellos pantalones de cuero tan ceñidos: cogerla, joderla, tirársela. Le sorprendió oír su propia voz, ronca: quiero hacer el amor contigo. A través de las pestañas, vio aparecer las pupilas de ella, lánguidas, llenas de risa. *Vous êtes trop pressé, monsieur.* Ven, vamos a remar, no digas boludeces.

Lo había eludido una y otra vez. Aquel infinito juego de provocaciones y esguinces había durado muchos días, semanas, quizá, para furia de Julia que se daba cuenta de todo. La tía esa es una vulgar calentadora, le decía; te ha vuelto zonzo. No haces sino mirarle el culo con ojos agónicos. Jódela, que lo está pidiendo a gritos. Él se reía oyéndola. Tienes razón, le decía. Pero Oona parecía burlarse de él. Le pedía que la acompañara a uno y otro lugar. Entraba a tiendas de antigüedades y a *boutiques,* preguntando el precio de todo sin comprar nada. Le hablaba a veces de sus antiguos amantes. Del escritor que vivía en Chantilly; de un jardinero con el que había hecho el amor una noche en Costa Rica, en el prado, mientras todo el mundo la buscaba dentro de la casa; de un norteamericano con el que había hecho lo mismo, pero en París, de pie y en el rellano de una escalera. Cada vez que la dejaba en el metro después de una tarde extenuante, enervante, juraba no verla más.

María estaba sorprendida de sus cambios de humor. Él se sentía culpable de llegar tarde, y al mismo tiempo le crispaba encontrarla siempre en el mismo sitio pintando sus eternos jarrones de flores, que luego rompía por no encontrarlos debidamente buenos. Debes salir, hacerte amigos, le decía. Dependes demasiado de mí. María había aceptado tomar algunos cursos de historia del arte en el Louvre, pero salvo un austriaco que la había invitado a tomar un café, no había cambiado una sola palabra con nadie. A mí no me interesa tener aventuras, le replicaba suavemente, abriendo muy grandes sus ojos oscuros, cuando él le recordaba que la suya era, a fin de cuentas, una relación libre. Si a ti te interesa acostarte con una muchacha, puedes hacerlo, ¿sabes? Pero lo ocurrido en Mallorca, la noche que se fue con Reichel, le hacía pensar a él que esto no era del todo cierto; María era muy frágil. Oona, además, la crispaba. Es exactamente el tipo de mujer que yo detesto, decía con frecuencia. Él nunca le hablaba de ella. ¿Para qué? Sólo quería acostarse con Oona una vez, sin llevar el asunto más lejos; después de todo, ¿por qué no? Todas las mañanas cuando estaba afeitándose, se preguntaba adónde podría llevarla. Siempre andaban en cafés y sitios muy públicos. Una tarde en que habían salido soñolientos de almorzar en un restaurante del *Quai de la Tournelle* después de haber bebido una botella de vino, le dijo a ella medio en broma, medio en serio: nos está faltando un lugar donde nadie nos juzgue, Oona. Ella metió la mano a la cartera y sacó sonriendo una llave plateada y diminuta. Yo tengo uno, le dijo. Era el apartamento de una amiga suya, argentina, que estaba en aquel momento en Cuba, invitada por el Gobierno. Tiene discos... boleros y otras cosas de tu generación, gallardo bogotano. Él la miraba incrédulo. ¿Podemos ir ahora? (El corazón le latía enloquecido.) Sí, pero prométeme una cosa. Y promételo de verdad: te portarás bien. Como un santo, contestó él alzando las manos.

Quedaba por los lados del campo de Marte. Recuerda haber subido por una escalera oscura lleno de ansiedad. Ni un adolescente, pensaba él. El apartamento aquel, lleno de libros, estaba en penumbras; detrás de una cortina japonesa, de bambú, se veía una cama. Encontraron en alguna parte una botella de ron Bacardi. Oona puso un disco de Los Panchos. Todo parecía propicio, recuerda: el disco, el ron, las penumbras, inclusive el calor de aquella tarde y la luz intensa adivinándose tras las persianas corridas. Oona se había tendido, soñolienta, en el suelo, la cabeza apoyada en un cojín, y escuchaba el disco. Era curioso, después de tantas semanas esperando aquel momento, él descubría que dentro de él no había sino tensión, ansiedad y un cerebro atolondrado indicándole que debía hacer algo rápidamente, a fin de no perder la deslumbrante ocasión. Colocando a su lado el vasito de ron Bacardi, se arrastró al lado de Oona. Se veía a sí mismo como una especie de robot moviéndose con una prisa mecánica. La besaba en el cuello, con un apremio que no respondía a un deseo real, profundo, sino a órdenes mentales. No le prestó atención a las quejumbrosas protestas de ella, que le recordaba su promesa de portarse bien, de ser *sage* como un *bebé*. Ineptamente le abrió la blusa con dedos temblorosos. Se encontró con la dura copa de un brasier. No supo qué hacer con él y optó por introducir su mano bajo la falda para descubrirse arañando desesperadamente el nylon inexpugnable de una media pantalón. Ella empezó a reírse, lo que acabó de sembrar el pánico en las filas. Espera, espera, decía, me vas a romper la ropa. Se incorporó sacándose la blusa. Luego se quitó la falda, que cayó a sus pies como un despojo. Ven aquí, le dijo indicándole la cama que había al fondo. En la pared había un retrato de Fidel Castro hablando ante un manojo de micrófonos. Oona apartó la cortina de bambú y se dejó caer con risa en la cama. *Vous êtes vraiment un monsieur trop pressé.* Llevando las manos hacia atrás se quitó el brasier. Él se estremeció al verle surgir aquellos senos firmes y ariscos con dos pezones rosados. Con manos que le seguían temblando, él le sacó la media pantalón y el diminuto slip blanco con delicados encajes que llevaba. Le latía el corazón con prisa, al mismo tiempo que hacía esfuerzos por expulsar de su cabeza un testigo de sí mismo, que lo contemplaba distante y con humor, estúpidamente divertido ante la idea de hacer el amor delante del retrato del comandante Castro Ruz. Oona tenía un cuerpo esbelto, ágil, muy joven, que él acariciaba torpemente, con manos que parecían movidas por hilos, como marionetas. Intentaba en vano, para excitarse, encontrar en su mente las imágenes que lo habían tenido en ascuas aquellos meses: Oona con su bata vista al trasluz. Oona sentada sobre el escritorio, Oona haciendo el amor en el rellano de una escalera. En vano: de nada servía que ella empezara a agitarse y suspirar. Él estaba frío, crispado, atento a sí mismo, incapaz de nada. Se dejó caer en la cama, al lado de ella. No puedo, dijo. Perdona pero no puedo. Es idiota, pero... No quería mirarla. Se quedó mirando el cielo raso tratando de no pensar en nada. Le llegaban rumores distantes de tráfico, en la calle. Se preguntó en qué avenida se encontraría aquel apartamento. Luego cerró los ojos con una depresión profunda. Oyó la voz de ella, suave, comprensiva: a veces ocurre, ¿sabes? Eres un poco nervioso. Hablemos de otra cosa, dijo él. ¿Quieres que nos vayamos?, preguntó ella. Se vistieron en silencio, sin mirarse. Cuando cruzaban por el bulevar *Montparnasse,* en un taxi, ella le besó la mejilla. *J'ai beaucoup de tendresse pour toi,* ¿sabes? Él se crispó. Eso era lo que faltaba ahora, que le tuviese ternura.

Aquella noche resolvió llevar a María al cine. Estuvo muy tierno con ella. Vieron la película tomados de la mano y cuando volvían al apartamento le dijo que había tomado serias resoluciones. En vez de perder su tiempo, iba a reanudar su libro, desde hacía algún tiempo interrumpido. Iba a modificar sus propios horarios de trabajo y sentarse en la máquina de escribir desde las cuatro de la tarde. Me he estado portando como un niño, ¿sabes? María lo miraba sorprendida. Estás muy raro esta noche, pero me parece bien que escribas, le dijo. Cuando llegó a su oficina al día siguiente, estaba resuelto a dejar de ver a Oona. Como si ella lo supiese, no vino a mediodía. Él llamó a Julia. La citó para almorzar. Hermano mío, le dijo la muchacha cuando salieron por la *rue du Maître Albert:* ¿qué te ocurre? No sé, dijo él; creo que soy un saco de frustraciones. Julia lo observó. Sí, estás hecho un asco. Se ve. Mira, embriágate, vete donde las putas, pero no te quedes como un perro con el rabo entre las piernas. Entre la calentadora esa y la virgen de los remedios que tienes en casa, van a acabar contigo. Lo hizo reír. Qué salvaje eres, pero a lo mejor así es, tienes razón, hispánica.

Aquel anochecer se había ido *monsieur* Vernier, el contable, y la secretaria estaba cerrando las oficinas, cuando apareció inesperadamente Oona. Lo saludó con un trivial «hola, qué hay», y le pidió, como en otras épocas, que le prestara el teléfono. Dejándose caer en la silla giratoria donde él se sentaba habitualmente, marcó un número. Puso los pies sobre el escritorio aguardando a que le respondieran. La única luz que había en el cuarto era la de una lamparilla de mesa. Oona llevaba el mismo traje blanco de la noche en que habían paseado por el *Vert Galant*. Sentada en la silla, los pies puestos sobre el escritorio, un tanto separados, la forma larga y esbelta de las piernas se dibujaba bajo la tela del traje. Él se sintió palidecer. Ella hablaba con alguien, en una voz baja, confidencial; se dio cuenta, no supo bien cómo, que era el argentino Estrada Hoyos. A veces, su tono bajo, susurrante, era quebrado por una risa. Se echaba hacia atrás en la silla, al reír. Él sintió un estremecimiento de cólera. Cogerla, joderla, tirársela, pensó. Joderla, hacerle daño. Ella se había puesto el dedo meñique entre los labios y se lo mordía mientras hablaba. El deseo que empezaba a experimentar por ella estaba impregnado de una rabia sorda. Sin pensar en lo que estaba haciendo, cerró la puerta con llave y se aproximó a ella. Tomando los brazos de la silla giratoria la hizo volver hacia él. Le introdujo la mano entre las rodillas. Sin soltar el teléfono, riéndose, ella intentaba esquivarlo haciendo girar la silla. Él sujetó un brazo de la silla con su mano izquierda, de manera que no pudiera girar; la otra mano se deslizaba bajo la falda, despacio; sentía ya el calor de sus muslos. Espera, espera, oyó que le decía Oona al argentino. Se volvió hacia él, cubriendo el teléfono con las manos y con una expresión de furia. Déjame, le dijo. Él le arrebató el teléfono de las manos y lo colgó. Oona se incorporó de la silla, su enojo convertido ahora en asombro. ¿Estás loco?, dijo. Sí, dijo él; estoy loco. Le sorprendió a él la violencia que oyó en su propia voz. Oona empezó a retroceder hacia el fondo del cuarto, asustada. No quiero hacer nada contigo, murmuró en voz baja; nada, ¿oíste? Eso vamos a verlo, dijo él. Retrocediendo, ella tropezó con la puerta del baño, que se abrió. Alzó las manos para rechazarlo, pero él la empujó contra el lavamanos. Le juntó las muñecas, de modo de poder sujetárselas con una sola mano, la izquierda, férreamente. Con la mano derecha le levantó la falda y la metió bajo el slip. Sintió en sus dedos algo húmedo, tibio, terriblemente vivo, palpitante. Déjame, sollozó ella, déjame, por favor. Pero la voz se le iba quebrando. Si no me dejas hacerlo te mato, le murmuró él al oído, acariciándola aún; él, o una parte de él mismo, estaba sorprendido de oírse la voz, tensa, salvaje, transfigurada por una especie de violenta determinación. Y es cierto, pensó como si observara a otra persona; estoy dispuesto a todo. Inclusive a matarla. No me importa. Te lo voy a hacer, le dijo. Ahora mismo, aquí. Le hablaba casi en un susurro y con una especie de odio. Oyó la voz de ella, muy baja, también, casi un cuchicheo; estás loco, completamente loco. Sí, sí, le dijo él; ahora mismo, aquí. Aquí. La había sentado sobre el borde del lavamanos y le sacaba el slip bajándoselo a lo largo de una pierna. Se dio cuenta que ella levantaba la pierna para ayudarle. Ahora mismo, aquí, repitió sorda, rabiosamente. Y ella, ya con la voz rota, pero no de miedo, la falda recogida sobre las piernas: estás loco. La sintió estremecerse toda. Había apoyado el pie en el vano de la puerta para no caerse. Él cerró los ojos. El sudor le hizo escocer los ojos; le resbalaba a chorros por la cara. Ahora la voz de ella era una súplica ronca, susurrante: más despacio, hazlo más despacio, así, así. No pudo hablar más. Empezó a gemir. Él tuvo que sujetarse del lavamanos para no caer cuando ella se apoyó sobre sus hombros, temblando.

La aguardó afuera. Cuando salió, ella le dio un empujón para apartarlo. Déjame, le dijo. Te odio. Estaba llorando. La vio alejarse por la calle, ya a oscuras, ante la mirada curiosa de un árabe que estaba parado en la puerta de un café. Él respiró el aire a pleno pulmón. Estaba trémulo, sorprendido, feliz. No me importa, pensó; no me importa un carajo, realmente tenía que hacerlo. Y se echó a reír.

Oona vino al día siguiente, antes del mediodía. Se detuvo junto al escritorio. Lo miraba con ojos brillantes, sonriéndole. Estás loco, «*tu es completement fou*», le dijo en voz baja para que no la oyera *monsieur* Vernier.

INTER-CAPÍTULO

Estás triste, Ernesto.

No, abuela.

Hemos salido del internado y caminamos hacia el paradero de los buses. A nuestra izquierda, en la luz todavía incierta del sol, se divisan los pinos y eucaliptos del Parque Nacional. Pasa un hombre con un racimo de bombas de colores ondulando en la brisa. Es domingo. Abuela camina a mi lado, deteniéndose a cada instante. Nunca me ha parecido tan vieja, tan escuálida, tan pobre, con su abrigo negro que empieza a volverse verde en las solapas y sus gastados zapatos de hebilla.

¿Cansada?

Ay mijo, tengo la vejez metida en los huesos. Ayer, cuando salía del Instituto de Radium, casi me da un vértigo en el tranvía.

Vamos a tu pensión.

El bus amarillo, traqueteante, cruzando entre las apretujadas casas de ladrillo de la Perseverancia. Puestos de fritanga en las esquinas, hombres de ruana bebiendo cerveza en la puerta de las tiendas. Abuela me cuenta que tío Eduardo se ha casado en Nueva York. Tengo que mostrarte el retrato de la novia, es muy bonita; me alegro por Eduardo, suspira, si no fuera por él a estas horas estaría en un asilo.

No digas eso, abuela.

Es la pura verdad.

Caminando despacio, deteniéndonos de trecho en trecho, cruzamos el parque de La Rebeca. Dejamos atrás la blanca figura en piedra de la mujer que alarga sus brazos hacia los patos que nadan en el agua del estanque y tomando por la carrera trece nos dirigimos hacia la pensión de la abuela. Betulia, la dueña, está zurciendo un colchón en el patio. A través de la polvorienta marquesina, el sol enciende los tiestos de geranios. Sentados en las sillas del zaguán, algunos hombres en bata leen *El Tiempo*. Pequeña, vivaracha, el pelo gris recogido en un moño, un lunar del tamaño de una uva en el mentón, Betulia nos grita un saludo. Has debido quedarte en cama, le dice a la abuela. A tu edad no deben cometerse imprudencias. Luego, observándome: caramba, cada vez te pareces más a tu mamá. Abuela se quita el abrigo y lo cuelga del paragüero de la entrada. Mírala cómo está de flaca, dice Betulia. Esa mujer no se cuida.

Ahora, como todos los domingos, nos hemos sentado en la penumbra de vidrios de colores del comedor, para almorzar. Todos saludan a la abuela al entrar llamándola doña María y preguntándole por su salud. Un contabilista a quien llaman, no sé por qué, el Erizo, se acerca, amable ceremonioso, a nuestra mesa. Doña María, déjeme saludar a este joven. Sólo ahora vengo a saber que es hijo del líder, caramba, caramba. Sonríe. Agrandados por los cristales de sus lentes, sus ojos parecen llenos de una mezcla de estupor y tristeza. Qué gran hombre era su padre. De estar vivo, hoy lo tendríamos en la presidencia. El rostro me arde. Nunca sé qué decir cuando me hablan así de papá. Cuando el Erizo se aleja, abuela me cuenta que es un hombre muy informado, se la pasa oyendo por la radio las noticias de la guerra. La mujer lo abandonó, me dice, y los hijos sólo vienen los fines de mes para pedirle plata. Luego, mientras toma a sorbos lentos unas cuantas cucharadas de sopa, soplándola porque está caliente, la abuela me habla de Beatriz. Qué idea la de tus tías, haberla metido interna a la Enseñanza. Las monjas la obligan a bañarse con un chingue hasta los pies. Más tarde iremos a visitarla.

Quizá no debas ir, abuela. Estás muy cansada.

Tonterías. La muchachita me está aguardando.

La plaza de los Mártires. Frente al colegio, un caserón de ventanas ciegas y ancho portón con tachuelas plateadas; en la plaza, un monumento con cuatro leones de bronce a los lados. Las monjas, que son de clausura, no dejan entrar a ningún hombre. De modo que doy vueltas por la plaza, esperando a la abuela, sin saber qué hacer, pateando las piedritas. Me detengo a contemplar uno de los leones de bronce. Pongo la mano en sus fauces oxidadas. La plazuela está vacía. Hay un fotógrafo dormitando al lado de su cámara. El domingo parece haber dejado desiertas las calles. De vez en cuando, con un ruido quejumbroso de hierros, pasa un tranvía por la carrera séptima.

Ha transcurrido mucho tiempo, cuando veo abrirse la puerta del colegio, y la silueta escuálida de la abuela, con su abrigo oscuro, saliendo. ¿Qué le ocurre? Da unos pasos por la acera, se detiene apoyándose en la pared. Me acerco corriendo. La abuela está muy pálida, le tiembla el mentón. Se apoya en mi hombro. Rápido, búscate un taxi, tengo el vértigo. Un hombre elegante, con paraguas y sombrero, nos mira intrigado al pasar. Se detiene: ¿qué le pasa a la señora? Con su ayuda, logro sostenerla. Levantando el paraguas, el hombre hace señas a un taxi. Quizá deberían llamar a un médico. No es nada dice la abuela; un simple mareo. Pero no es cierto. Mientras el taxi avanza por las soleadas y desiertas calles del centro, la veo crisparse, contraerse.

Cristo Nazareno, Virgen santa. No sabes lo que es esto, Virgen santa.

Betulia y un estudiante de la pensión la sacan del taxi, alzada, y la llevan hasta su cuarto. Betulia da órdenes apresuradas. Traigan una botella de agua, alcohol, llamen al médico. La abuela se retuerce y gime en su catre. Betulia, de pronto, repara en mí. Ven acá, mijito, no te asustes. Llevándome a la cocina, me hace servir una taza de chocolate con panderos. Lo mejor es que vuelvas a tu internado, dice. Es sólo una crisis. Si Dios quiere, el próximo domingo estará bien. Despídete de ella. Delante de un Divino Rostro que cuelga sobre la cama, han encendido una lamparilla de aceite. La abuela abre los ojos, me reconoce. Alarga una mano amarilla y temblorosa hacia mí. Pobrecito, qué será de él, qué será de él. Salgo a la calle con un frío de pavor en el estómago. Todavía no ha oscurecido del todo. Un último resplandor del sol dora los flancos de Monserrate. Suenan, profundas, las campanas de San Diego. Pienso en el internado que me espera con sus corredores largos, sus luces lúgubres, sus vastos salones helados. No debo llorar, un hombre no llora. Pero ya la imagen de la calle, con sus lentos tranvías avanzando en el crepúsculo, empieza a titilarme ante los ojos como reflejos en el agua.

Oiga, sus zapatos tienen hambre.
¿Tienen qué?
Hambre, huevón.
Oigo risas. Como tengo desprendida la suela del zapato, camino con dificultad rastrillando el pie para que no se note. Restrepo se ha dado cuenta entrando a clase. Rubio, con una cara ancha y traviesa salpicada de pecas, ocupa el pupitre que está detrás del mío. Habla en voz baja, pero en forma de que puedan oírlo los que están cerca.

Dígale a su papá que no sea tacaño y le compre cha-
gualos.

De nuevo oigo risas en torno y la cara me arde de
vergüenza.

Dígale también que le compre un Parker y no ese
tintero y esa pluma que parecen de notario de pueblo.

Vidales, mi vecino de la derecha, se vuelve hacia
Restrepo. Es un muchacho serio y pálido de saltones
ojos azules.

Él es libre de escribir con lo que le da la gana.

Con usted no es la vaina.

Lo que es con él es conmigo.

¿Ah, sí? ¿Son primos o qué? O será que ambos
aúllan de la misma manera.

Vidales palidece.

A la salida me repite lo que dijo.

Bajo el resplandor de una araña de cristal, un vestíbulo lleno de gente, y en la puerta, intimidados, tía Amelia, muy polveada y con un par de zorros comprados
a plazos cruzados sobre su traje sastre, Beatriz y yo
con nuestros respectivos uniformes. Tío Eduardo,
impecable, respirando buena salud, nos recibe en la
puerta.

Pasen, pasen, ven a conocer a Cristina.

Suavemente el tío nos empuja a través de la gente
hacia el fondo del salón donde arde en la penumbra
un fuego de chimenea. Sentada en una poltrona, junto al fuego, Cristina. Es más bonita que en las fotos
que publicó *El Tiempo* el día de su matrimonio: el
pelo castaño claro, los ojos más claros aún que el pelo
y una sonrisa que se sostiene, frágil, en los labios muy
finos.

Mis amores, nos dice con una inesperada familia-
ridad, mis amores, y es como si nos conociera desde

siempre. Su mirada brillante cae sobre mí, qué lindo pelo tienes, ¿verdad que vamos a querernos mucho?

Vuelve hacia el tío su rostro conmovido, las aletas de la nariz temblándole delicadamente en el rostro muy fino. Maureen O'Hara.

Qué tonta soy, pero siento que las lágrimas me vienen a los ojos. No puedo evitarlo, soy feliz, esta casa, los muebles, todo me parece un sueño, Eduardo, un verdadero sueño.

El tío sonríe complacido.

Cristina nos lleva de la mano al segundo piso. Vengan, vengan, tengo unos regalos para ustedes. De una maleta de cuero muy fina, abierta sobre la cama y olorosa a naftalina, saca un reloj de pulsera que le da a Beatriz y un reloj niquelado, de bolsillo, con una tapa color cereza y un cordón, que me da a mí.

¿Te gusta?

Sí, tía.

Vuelve a pasarme la mano por el pelo diciéndome que no le gusta que la llamen así, se siente muy vieja cuando la llaman tía. Quiere ser amiga nuestra, está enterada de aquel horrible accidente, qué pesadilla, qué horror, haber quedado huérfanos tan pequeños.

Por fortuna nos deja muy pronto, pues han llegado nuevos invitados, y yo me reúno con la tía Amelia, que parece triste y desamparada en medio de gente tan elegante. Beatriz, más atrevida, se acerca al tío y sus amigos.

La tía me está hablando de Villeta, de un pozo en el río que me gustará cuando vaya de vacaciones, cuando aparece junto a nosotros un viejo muy alto, de cara muy roja y arrogantes cejas blancas. Sostiene en la mano un vaso de whisky.

¿Es usted el ama de llaves?

La cara de la tía se pone roja de indignación.

Pues no, señor, soy la hermana del dueño de la casa.

El viejo la examina, imperturbable, vacilando ligeramente sobre sus pies, murmura una excusa y se va.

Poco después se acerca a nosotros el tío, que parece muy alegre.

¿Cómo va ese colegio, joven? Espero que los curitas no vayan a volverle godo.

No creo, tío.

Él se ríe.

Tu hermana Beatriz es muy despierta. Nos ha hecho reír contándonos historias de las monjas en su colegio. Tienen que venir los domingos a vernos. ¿Qué haces tú los domingos?

Nada, tío.

¿Cómo nada? ¿Juegas al fútbol, vas al cine con los amigos?

Desde que se enfermó la abuela, me quedo en el colegio con los requeinternos.

Malo, eso está muy malo. Tienes que salir, jugar al aire libre. Una parranda de vez en cuando, así te vas haciendo hombre.

Yo quisiera ver a la abuela, tío.

La cara del tío se ensombrece. Cambia una mirada con la tía.

Tu pobre abuela está muy fregada. Tienes que hacerte a la idea de que en cualquier momento puede morirse.

La tía se ha quedado mirando el fuego de la chimenea con aire sombrío.

Y a ti, Amelia, ¿qué te pasa?

Nada, sumerced. Sólo que el viejo aquel me confundió con una sirvienta.

El tío se ríe:

Es mi suegro. Según él, todo el mundo fue cochero de su familia.

Pues es un viejo grosero, dice la tía. No me gusta la gente cuando se pone tan jailosa.

El tío suelta una carcajada.

Jailosa, había olvidado esa palabra.

(La sala en penumbras de la pensión con sus descoloridos muebles de peluche, su olor rancio a polvo, a cucarachas, a azucenas marchitas. En la pared, el cuadro de Cristo en el huerto de los olivos. Sentada en el canapé, toda de negro, sus ojos pequeños y brillantes de ratón, Betulia, hablándonos a Beatriz y a mí, rememorando.)

Ahí nos sentábamos todas las tardes, ahí mismo, junto a los tiestos de flores. Hablábamos, tejíamos con María Ignacia, tu abuela, esperando a Julita que llegaba del Banco a las seis de la tarde. Se parecía mucho a ti, tu mamá, mucho. La estoy viendo, cuando era niña, arrastrando por el patio un cochecito de mimbre pintado de rojo. Aquí creció, en esta pensión. Tenía los mismos ojos tuyos, Beatriz. O mejor, tú sacaste mucho de ella. Tan inteligente, tan despierta. A los quince años era la mejor empleada del Banco Francés e Italiano. El señor Dassault, el gerente, le tenía mucha estima. Una criatura de quince o dieciséis años, tan delgadita que parecía que se fuera a partir, pero animosa, alegre, trabajadora como una hormiga. Ella era la que pagaba la pensión. Sostenía a tu abuela, y no era mucho lo que ganaba. Todo lo que pudo darle María Ignacia fueron dos años de colegio y unos cursos de mecanografía y comercio en la escuela de las señoritas Camargo. Pero eso sí, estudiaba mucho por su cuenta. Se compró a plazos una máquina de escribir Remington de segunda mano, sólo para practicar. Tú no te alimentas, no duermes como es debido, le decía yo, cuando la veía salir para el Banco con su vestidito, comprado también a plazos, pero limpio y bien planchado. Siempre de buen humor. Me acuerdo cómo nos divertía imitando los pasos del charleston, que entonces estaba de moda en Bogotá. Tenía mucho sentido para la música.

(Las manos de Betulia, mientras habla, van alisando los pliegues de su falda y los ojos le brillan, recordando, hablando.)

Cuando se casó con tu papá lo hizo a escondidas de tu abuelita, María Ignacia. Yo fui la madrina y el señor Dassault el padrino. Ella y yo comulgamos. Y a la salida el señor Dassault nos invitó a desayunar nada menos que en el Hotel Granada. Después, como si nada, Ernesto, tu papá, se fue para la Libre y tu mamá y el señor Dassault para el Banco. Yo me vine a la pensión pensando que debía contarle toda la verdad a María Ignacia. Pero no me atreví. No me atreví, le habría dado un patatús. Estaba empeñada en casar a Julita con un abogado costeño, un tal doctor Salgado que ahora es notario en Barranquilla. A tu papá no le tenía entonces ninguna confianza. Le parecía muy parrandero. El mono ese es parrandero, decía, y además anda todo el tiempo haciendo bochinche contra el gobierno en la calle. Ya desde entonces tu papá era muy amigo de Gaitán. Aquí lo traía. (Pero la verdad sea dicha a mí no me gustaba mucho el Jorge Eliécer, me parecía un morenito pretencioso.) Quién iba a pensar que aquellos muchachos, tan pobres, se iban a volver con el tiempo gente tan importante. Y Julita, tu mamá. Le aplicó a la política los sistemas de organización del Banco Francés, y... qué carrera la que hizo. Una luchadora. Siempre del lado de los pobres, cómo la querían. Pocas veces se ha visto en este país una mujer así, una luchadora, incansable, trabajando siempre, escribiendo, enviando circulares, pasando las noches en blanco. Y cuando triunfó, al fin, el partido liberal, qué éxito el suyo. Olaya Herrera la citó en un discurso. ¡Morirse tan joven! La casa de ustedes estaba siempre llena de escritores, de poetas, de políticos jóvenes, toda gente de izquierda. Todos decían que Martín iba a ser presidente. No se imaginan cómo fue ese entierro. Cuadras enteras de gentecita humilde. Me acuerdo como si fuera ayer mismo.

Qué vueltas las que da la vida, caramba. Cuando Julita quedó en estado, vivían todavía en esta pensión y María Ignacia no sabía siquiera que se habían casado. Yo se lo dije al fin. ¡Por poco le da un ataque! No me creía, tuve que mostrarle la partida de matrimonio. Lloró y todo, pero acabó abrazando a tu mamá. ¡Quién iba a pensar que acabaría queriendo tanto a su yerno! Se la llevaron para Tunja, cuando él terminó su carrera. Y de allá volvieron triunfantes. Tu papá fue elegido presidente de la Cámara. Fui a verlos, recuerdo. Cómo habían cambiado, qué sensación de fuerza, de confianza en la vida daban ambos. Vivían en una quinta amarilla de los Nogales, cerca de la casa donde vivía el presidente Olaya. El día que fui a verlos era domingo, habían traído empanadas del *Tout va bien* y en alguna parte estaban tocando el manicero maní, que hacía furor en Bogotá por aquellos tiempos. Ustedes dos jugaban con un perro llamado *Karol* en el jardín. Tú, Ernesto, apenas empezabas a caminar. Y tú, Beatriz, tenías una cinta muy grande en la cabeza, una cinta que parecía una gran mariposa. Y aquella tarde cuando nos quedamos solas con María Ignacia en el cuarto de costura, le dije: Nuestro Señor es muy justo, caramba. Nuestro Señor es muy justo porque te ha dado al fin la paz, la felicidad, después de tanto pesar y tanta miseria. Y ella, inclinada sobre su máquina de coser (estaba tomándole el ruedo a un delantal, recuerdo), con los ojos húmedos me decía sí Betulia, así es, yo le vivo muy agradecida a mi Dios. Tenía un cuarto muy limpio, una cama nueva y una máquina Singer. Y por la ventana se veían las hortalizas de la sabana y los eucaliptos y el tren.

Cómo imaginarse que volvería a esta pensión de pobre para morirse. Que tendría que prestarle un peso para los cigarrillos y que acabaría sus días en un hospital de caridad, en la Hortúa. Tenía un tumor así de grande, como un huevo de paloma, en la vejiga. Un tumor maligno. Cuando murió, le puse un telegrama a tus tías, a Villeta. Pero nadie vino. Solo fuimos al entierro los de la pensión y el señor Fonseca, el secretario de tu tío.

Cuando voy al cementerio me acuerdo siempre de ponerle flores en su tumba. Falta todavía la lápida. Pobre María Ignacia. Todo lo que me queda de ella es un álbum de fotos y una cajita de costura, con sus dedales y un par de tijeras. Así es la vida. Pero a veces pienso que era mejor que se hubiese muerto. Ya no sufre, ahora debe estar en el cielo, velando por ustedes. Seguro que allá está, ya no sufre, ya no, ahora es feliz, al fin es feliz.

La culpa es de ustedes, los liberales. Le han dado alas a la chusma.

Sentado a la cabecera de la mesa, don Emilio, el suegro de tío Eduardo, frunce huraño sus espesas cejas blancas. Está indignado porque el chófer del taxi que lo traía del centro se ha negado a bajarse del auto para abrirle la puerta. Qué quiere usted, don Emilio; le replica tío Eduardo jovialmente, los chóferes de taxi no piensan como los cocheros de su tiempo. Todos son gaitanistas. Para mí, ladra el viejo, no son sino una partida de gañanes y Gaitán un resentido.

¡Papá, por favor!

En la brumosa luz de lluvia que se filtra por el ventanal del comedor, la cara de Cristina tiene una expresión de enojo. Lo que pasa es que cuando te tomas dos tragos te da por pelear con todo el mundo. El otro día le pegaste al portero del Jockey. El viejo se vuelve hacia ella: yo, mi señora, no tengo que darle explicaciones a nadie, y menos a usted que casada y todo es todavía una mocosa. Cristina se muerde los labios. Los ojos se le llenan de lágrimas. Todo el mundo calla, incómodo. Es la primera vez que Beatriz y yo venimos a almorzar a casa del tío, y desde el primer instante nos hemos sentido cohibidos por la atmósfera de este comedor, por las paredes enchapadas en madera, la araña de cristal, los cubiertos y anillos de plata que ciñen las servilletas, y sobre todo por la presencia del viejo, su arrogancia de bulldog presidiendo la mesa. Tío Eduardo intenta aliviar la atmósfera alabando el ajiaco, pero nadie le presta atención. En el silencio pesado como un plomo se oye el entrechocar de las cucharas y los platos y el susurro de la lluvia en el ventanal. De pronto siento la mirada del viejo, rápida y aguda como el pico de un ave.

¿Sabe una cosa, Eduardo? Siempre tuvimos gran miedo en la familia que usted nos resultara comunista como el padre de este muchacho.

Martín no era comunista, don Emilio.

Papá, no digas impertinencias.

No son ningunas impertinencias. El hermano de Eduardo y padre de estos dos muchachos era comunista. O comunistoide, es igual. El mío era jugador. No me ofendo cuando me lo recuerdan.

Cristina está a punto de estallar, se le ve en la cara. El tío, sintiendo la tormenta en el aire, interviene, conciliador: cómo es la cosa, don Emilio, nunca me contó que su padre era jugador. Pues así es, dice el viejo, dirigiéndose a él con un destello complacido en los ojos. Sin duda ha oído hablar usted de gentes que lavaban en París sus caballos con champaña. Pues no son cuentos, mi papá lo hacía. Dejó en la ruleta de Montecarlo toda la hacienda del Salitre y no se cuántas plantaciones de tabaco. Era botaratas y mujeriego pero eso sí, todo un señor, ¿sabe usted? Todo un señor, con estilo, con raza.

¿Raza como los caballos?

Beatriz ha hecho la pregunta con aire de candidez pero los ojos le brillan atrevidos, llenos de intención.

Pues sí, señorita. Raza como los caballos. En la gente, como en los caballos, hay raza. Se tiene o no se tiene.

Yo no creo, don Emilio.

¿Cómo?

Digo que no creo. Yendo bien arriba, uno solo tiene para escoger como antepasado un indio chibcha o un presidiario español. No hay más. Al tío le brillan los ojos de risa. En mi tiempo los muchachos pedían permiso para hablar a los mayores, dice don Emilio. Al viejo el rostro se le ha encendido de rabia, la papada se le agita trémula. Y además, sepa una cosa: mi abuelo era inglés. Beatriz lo escucha con una impavidez divertida. Un inglés, dice, no es necesariamente un lord. Los piratas también eran ingleses. El viejo arroja enfurecido la servilleta sobre la mesa, al borde de un colapso, y ahora es Cristina la que interviene con una voz glacial: todo será, mi amor, pero los Sáenz hemos sido siempre gente decente. Tío se mueve incómodo en su silla. Cuando nos levantamos de la mesa, nos llama aparte. Lo mejor es que se vayan a un cine, nos dice sacando de su billetera un billete de diez pesos. Aquí hay borrasca. Si algo no se les puede tocar a ellos es el apellido.

Bueno, ya hemos oído la voz de la caverna, dice Vidales. Hace un momento, en el patio del liceo, oíamos el inevitable discurso de fin de año del rector, un sermón sembrado de palabras altisonantes, de propósitos nobilísimos, sapiencias, venerandos, hijos amantísimos, hogares y claustros sacrosantos. (Su alta y árida silueta tras el pretil de piedra del patio, las dos manos pálidas recogidas solemnemente en el pecho, el sol relampagueándole en los lentes). Ya lo verán, la burla y la chacota, querrán convencerlos de las cosas más absurdas. Les dirán que Dios no existe, que el alma es sólo el producto de dos corrientazos eléctricos, algún absurdo semejante de esos descreídos que a la hora de su muerte, les aseguro, estarán clamando por un confesor como Voltaire.

Al lado suyo, tristes, polvorientos, solemnes, los directores de curso, Medrano, Sabogal, Becerrita, Poveda, Granados, Rosales Marín, con sus viejos trajes planchados, a veces una banda de luto en la solapa.

Y ahora Vidales, caminando conmigo entre el hormiguero de alumnos de uniforme azul que se dispersan calle abajo, riéndose. La voz de la caverna, dice. ¿Viste la cara de Medrano? Desde que los alemanes perdieron la guerra está en los huesos, digo yo. Qué va, dice él, está en los huesos porque se hace la paja. Nos echamos a reír. Pobre Medrano. Pienso en su demacrada cara de español, con el trazo rotundo de las cejas y sus dedos manchados de nicotina dibujándonos en el tablero, tantas tardes soñolientas, los avances de Rommel en el desierto, Rommel con sus tropas como pinzas de cangrejo dispuestas a tragarse en el Sáhara a los anglosajones. Y si alguien murmuraba a su espalda paja, es pura paja, se volvía bruscamente arrojando la tiza al suelo. Salga usted de aquí, coño. Cerraba la puerta con estruendo y se quedaba temblando en medio del salón, incapaz de proseguir el curso. Ahora anda por ahí cabizbajo, diciendo que no hay tal victoria aliada, que los bolcheviques se tragarán al mundo.

Qué fascista, dice Vidales. No sé cómo nos han metido en este antro.

Un año más, todavía.

Vidales piensa estudiar derecho. Yo también, pero el tío dice siempre que tiene más porvenir una carrera técnica, química industrial o administración de empresas. Estas vacaciones las pasaré en su casa, y la perspectiva me inquieta. No me veo viviendo con don Emilio y Cristina. Quizá de cuando en cuando pueda ver a Vidales. ¿Qué vas a hacer tú? le pregunto. Y él, poniéndose repentinamente serio: nada, hombre, estoy jodido. Me dice que se quedará en Bogotá trabajando para ayudar a los gastos de la casa. Un tío suyo le ha conseguido un puesto en la Beneficencia. Deberá controlar las boletas vendidas en la puerta de los cines. Si me ven estos niños ricos, se van a cagar de risa pensando que estoy de portero. Le cuento que yo también voy a trabajar de mensajero en la oficina del tío: diez pesos por semana, para empezar. Vidales me lanza una mirada aguda, irónica: tu tío, como buen oligarca, se las sabe todas. Y a propósito, la que está buena es tu tía: la vi fotografiada en el periódico. Cuando comprendo que se refiere a Cristina, me sonrojo. No hables así de ella. Y Vidales, insidioso: ¿qué hay de malo en decir que está buenísima? A estas señoras de sociedad les gustan a veces los muchachos.

No joda con esas vainas.

Vidales suelta la risa:

No se caliente, hombre. A mí me pescaron el año pasado espiando a mi tía por un vidrio roto del baño. Era para chuparse los dedos: tenía unas tetas así, paraditas.

Cristina está virtiendo café en la taza del tío mientras éste, fresco, bien afeitado, con una bonita corbata de seda color vino tinto y un traje gris plomo, mira con prisa los titulares de la primera página de *El Tiempo*. Relucen sobre el mantel porcelanas y cubiertos de plata. Estoy cohibido, profundamente cohibido, pues es la primera vez que desayuno con ellos.

¿Dormiste bien?

Sí, Cristina.

¿No tuviste frío?

No.

Tienes el cuarto más caliente de la casa. Está sobre la cocina. ¿Prefieres café o chocolate?

Café con leche.

Cristina lleva encima una levantadora de seda, muy fina y casi transparente. Cuando se inclina hacia delante para servirme el café, la punta de los pechos se insinúa bajo la bata. Tiene unas manos muy finas, de uñas estrechas y largas. Sin maquillaje, sus ojos parecen aún más claros.

La taza, muy llena y con una oreja muy delgada, me tiembla en la mano. No logro sujetarla bien; choca con el plato y el café se derrama. El tío aparta el periódico, molesto.

Caramba, a este muchacho no le han enseñado a comer todavía.

Yo me siento ruborizar hasta las orejas.

Es la taza, dice Cristina. Es muy fina, pero muy incómoda.

Es posible. Pero aún así, me he dado cuenta de que no sabe manejar los cubiertos. Y es muy tímido. No sacó la personalidad de Martín. Me gustaría que fuera más despierto y que se vistiera mejor. Quizás hay que comprarle ropa..., zapatos, y presentarle alguna muchacha para que la lleve al cine. ¿No tienes novia?

No tío.

Se la pasa leyendo, dice Cristina.

Eso no está mal, dice el tío. Bueno, quizá se vuelva sabio. Sería el primero de la familia.

La luz dibuja un rectángulo lila en la ventana. Cae el crepúsculo lento, con últimos destellos de luz en las quintas del barrio. Tictac, tictac, sobre la mesa de noche, un reloj. De la cocina sube ruido de loza. Y en la sala, el estrépito de la fiesta. Podría seguir leyendo. Me paso las tardes enteras del sábado y el domingo leyendo. Pero esta noche las líneas del libro se diluyen en un tumulto de sueños e imágenes confusas. Heladas burbujas de ansiedad. Ella está abajo: la he visto bajarse de un auto y cruzar el jardín. ¿Será esto el amor? ¿La pubertad? Pubertad, qué palabra.

(Vidales: te desarrollas, te salen pelos, serás capaz de tirarte hasta una puerta y acabarás haciéndote la paja.)

Acúsome padre de... Ella desabotonándose la falda, bajándose las medias con ademanes lentos. La atraería hacia mí, Clark Gable en *Lo que el viento se llevó*. Mierda, otra vez echando globos. Tomar agua, tranquilizarme.

Sobre el espejo del baño, parpadea indecisa una lamparilla de neón. Qué cara tengo. Triste como la de un indiecito del páramo, dice mi tío. Ella jamás se fijará en mí. Sólo tengo quince años. Mejor quedarme en el cuarto, no tengo nada que hacer con esa gente. Pensar en otras cosas, leer. El vestíbulo está a oscuras. Por el hueco de la escalera suben ráfagas de voces, de risas bruscas y exclamaciones de mujer (¿será ella?, ¿será su voz?). Desde el vestíbulo, la puerta entreabierta del cuarto, esperándome, con su cama estrecha y el estante de libros. Solo como un pájaro en su jaula.

En un brusco impulso, me decido a bajar. Cruje un escalón, luego otro; me tiemblan las rodillas. Que no se note nada, que no me vea palidecer cuando la salude.

El bullicio y la atmósfera tibia del salón, como vapor de agua. Por todos lados caras rojas, humo, vasos de whisky, mesas tapizadas de verde con mujeres ruidosas alrededor jugando a la canasta. (El tío, Cristina, sus parientes, toda esa fauna que invade la casa los sábados.) De pronto, cerca de la chimenea donde arden los leños, sentada en medio de un grupo de hombres, ella, su voz contándoles algo, su acento cantarín, el brusco relámpago de su pelo, Elena Bihar.

Sus piernas muy largas. El traje color tabaco, la bufanda amarilla. El pelo de un rubio ceniza. Chilena. Una muchacha muy libre educada en París, dice a veces Cristina. Pobre mi hermano, ya todo Bogotá lo llama el reno. Baila el tango de una manera que...

Cariño, ven aquí.

Me ha llamado, y el corazón, mientras me acerco a ella, me late muy rápido. Siento el olor de su pelo, su voz en susurro, sigilosa como una serpiente, diciéndome al oído: ¿dónde está el pipi-room?

En el vestíbulo del teatro, húmedo y con olor a orines, parpadea lúgubre un tubo de neón. Inclinado sobre una mesita al lado de la entrada, Vidales va contando una por una las boletas vendidas. Luego escribe algunas cifras en una planilla cuadriculada y debajo pone su firma. Listo, dice al fin guardando en el bolsillo el estilógrafo. Se vuelve hacia el portero del teatro, que ha terminado también su turno y se dispone a marcharse. Qué dice, hombre, ¿vale la pena ver esta película? El portero nos mira con sorna. Se van a llenar de piojos, dice. (Golpea, tritura las palabras con un acento que huele de lejos a barriada bogotana.) Ahí verá si les provoca más bien tomarse una Bavaria conmigo. Yo se las brindo.

Si le decimos que no, se ofende, me dice Vidales al oído cuando salimos a la calle.

Pequeño, aindiado, el cuello de su gastado traje oscuro salpicado de caspa, el portero camina rápido delante de nosotros. Vengan, vengan, no se me asusten. Las calles sucias y tristes de Las Cruces. Perros flacos escarbando en las canecas de basura. Entramos en una especie de fonda que huele a comida, a velas de sebo. Sucias espirales de papel engomado para atrapar moscas cuelgan del techo. El portero pide tres botellas de cerveza y saca del bolsillo un arrugado paquete de Pielroja. Acepto el cigarrillo. ¿Qué diría el viejo Emilio si me viera aquí? ¿Y Cristina?

El portero, inesperadamente:

Éste no es el Jocky Clú. Si no se sienten a gusto, me avisan.

No se preocupe, hombre. No somos ningunos oligarcas.

Vidales, sonriente, echando humo por las narices. Yo no lo decía por usted, dice el portero; sino aquí por su amigo, el doctor chiquito. Por mí no hay cuidado, digo sonrojándome. Si éste es gaitanista como nosotros, dice Vidales. ¿De veras? El portero olfatea, desconfiado, una broma. Acaba por sonreír mostrando dos colmillos apenas en la boca desdentada. Caramba, caramba, yo no sabía que el doctor Gaitán tenía tantos letrados. Vidales, que está bebiendo la cerveza, se atraganta de risa. Luego, le cuenta rápidamente al portero quién era mi papá. El hombre me mira sorprendido, repentinamente respetuoso. Caramba, caramba, haberlo dicho antes. Me alarga por encima de la mesa y de los vasos una mano de uñas mugrientas.

Miguel Espitia, un servidor.

Golpeando el borde de la mesa, llama a la camarera. Mija, llévese estos cascos y tráigase lo que sabemos. Flaca, desgreñada, la mujer nos lanza a Vidales y a mí una mirada rápida y desconfiada. De eso no creo que haiga, dice. Espitia, apremiante, confidencial, persuasivo: no repare en el plumaje, son de confianza. La mujer no parece del todo convencida, pero de todas maneras vuelve después con una botella verde y una totuma que coloca sobre la mesa. La botella no tiene etiqueta alguna y su corcho está sujeto por pitas. La champaña del pobre, dice Espitia. De la otra, doctor, ni el olorcito. Vidales corea su carcajada. El portero corta las pitas de la botella con una navaja y el corcho salta con un estampido, un estampido semejante al que produce una botella de champaña cuando se destapa, pero el líquido que fluye a borbotones llenando la totuma tiene un sucio color café. Grumos de espuma se adhieren a los bordes. Espitia levanta la totuma con las dos manos, reverente como un sacerdote alzando un cáliz. La sopla. No hay moscas, dice. Bebe y se la pasa a Vidales, que toma dos largos sorbos. La nariz se le enrojece en la punta. Está brava, dice Espitia, limpiándose también la boca, pero con el revés de la mano. A esta sólo le falta posición social como a yo. Vidales suelta la carcajada. Conteniendo la respiración para no percibir el olor, bebo a mi turno. La bebida tiene un sabor fermentado, agrio, repugnante. Fuera, en alguna cantina de la calle, se oye la música de una ranchera. Mientras la totuma pasa de mano en mano, Espitia nos cuenta que es miembro del comité gaitanista del barrio, de cómo está encargado de las finanzas y de una marcha de antorchas que habrá de realizarse muy pronto.

Lo que es a este hombre no lo ataja nadie.

Nadie, confirma Vidales, que ya está medio borracho. Tiene la cara roja y dos venas le han brotado en la frente. Nadie, repite, en este país se está fermentando una revolución social, una sacudida grande. Así es, así es, jefe, dice el portero. Miren, yo soy de la chusma, yo la conozco. No hay camionero, tranviario, zorrero que no piense lo mismo. Hasta las guarichas son gaitanistas. Se van a quedar solos los oligarcas de este país. El portero me mira receloso. ¿Qué le pasa a usted, jefe? Está muy callado. ¿Le hizo mal la champanita? No, hombre, estoy bien. (Pienso en el viejo Emilio. Mi papá lavaba sus caballos con champaña. El viejo, los parientes de Cristina, todos con raza como los caballos, todos de sangre azul y no valen una mierda. No, yo estoy de este lado.)

Estoy con ustedes.

Así tiene que ser, con el padre que tuvo. De no haber muerto sería el brazo derecho del doctor Gaitán. ¿Qué les parece, nos tomamos la otra?

Vidales rehúsa: hombre, estoy medio ajumado. Se ha puesto pálido. Yo también, seguro. Siento las rodillas flojas y una especie de sudor frío que empieza a correrme por la frente. Me levanto en busca del baño. La nauseabunda taza de madera en el cuartito lleno de moscas me contrae las tripas. Siento confusos deseos de vomitar. Me llevo los dedos a la boca, pero todo lo que consigo es una baba triste. Los ojos se me llenan de lágrimas por el esfuerzo. Pienso: estoy borracho en una tienda de Las Cruces. Vidales y Espitia me ven llegar con aire misterioso. Oiga, me dice Vidales, ¿quiere venir con nosotros donde las guarichas? El corazón me late azorado. Yo nunca... Pero Espitia se levanta, sus dos colmillos de Drácula. Vengan, vengan; ya es hora de que este pollo se despeluque y cante como los gallos.

En la oscuridad de la calle, la música de las cantinas parece confundirse en un solo estruendo. Tengo un escalofrío de ansiedad y pavor en la boca del estómago. Trato de hablarle a Vidales, a solas. Oiga, yo nunca... Es peligroso. Pienso en chancros, en cosas horribles. (Si no temes a Dios, témele a la sífilis.) Déjese de pendejas, hombre, me dice Vidales. Vamos sólo por ver. Y el portero, que camina adelante, volviéndose hacia nosotros: ¿qué le pasa al doctor chiquito? Está atortolado, dice Vidales. No joda, le digo. (Un hombre no llora, pienso, un hombre va donde las putas. No mostrar miedo, eso es lo importante.) Siguiendo a Espitia, entramos en un sector populoso y lúgubre, con algunos bombillos de luz agónica brillando en medio de pozos de sombra. Grupos de hombres pasan lentos y confusos delante de zaguanes y ventanas iluminadas con luces rojas. Mujeres con vistosos trajes de raso a la altura de los muslos están sentadas en la penumbra de las puertas riéndose y a veces hablando a gritos de un andén a otro. Una de ellas, encinta y con sandalias plateadas, pasa muy cerca de nosotros. Espitia se inclina para decirle algo y ella se vuelve feroz, una dentadura de oro brillándole en la boca: eso dígaselo a su madre, gran huevón. Espitia sigue su camino riéndose. Le dije que nos veríamos cuando desocupara el tanque. Vidales se ríe también. Yo no puedo, estoy lejos, resbalando en una grieta de tristeza y repugnancia. Veo a Espitia, pequeño, rápido, decidido, cruzando la calle para hablarle a una mujer de traje rojo y pelo teñido de rubio que está recargada en una puerta. El portero nos hace una seña llamándonos. Con la garganta seca, le digo a Vidales: vaya usted. Ahora es Vidales el que cruza resuelto la calle. Conversa rápidamente con Espitia y la mujer. Los veo reírse. Luego regresa hacia mí. Oiga, nos recibe por diez pesos cada uno. No, no, yo me voy a casa, le digo. Vidales me mira sarcástico, dudando. Bueno, aguárdeme en esa tienda mientras regreso.

Pido una Coca-Cola con voz insegura. Sentados en bultos de papas, varios hombres beben cerveza. El dependiente, friolento bajo su ruana, me mira de mal modo. Usted, mijo, está muy sute para andar por estos barrios. Estoy aguardando a un amigo. La mano con que tomo la botella me tiembla. Todo esto es un asco. Estoy a punto de irme a casa, cuando veo aparecer al fin a Vidales, muy pálido. Espitia se quedó, me dice. Vámonos de aquí. Caminamos de prisa y en silencio por la calle, el uno al lado del otro. Las preguntas me zumban en la cabeza como moscas.

¿Lo hiciste?

Vidales escupe en el suelo con desdén. Todo inmundo, me dice. Ni siquiera había un catre, sino un papel periódico en el suelo. En el resplandor de una puerta veo su cara demacrada, sus saltones ojos inquietos, avergonzado, que no quieren mirarme.

¿Era la primera vez?

Sí, hombre. Y lo peor fue que en el desenfreno se me rompió el condón que me dio Espitia.

CAPÍTULO TRES

I

Despertó tarde, con la nebulosa impresión de hallarse en un sitio desconocido, extraño; de no reconocer ni el olor del cuarto, ni la luz, ni los quietos rumores que venían de fuera: pasos sin prisa, voces; lejos, una campana. Se desenredaba de jirones de sueño, penosamente, sin poder asirse a nada confiable, los ojos descubriendo ahora una cortina amarilla llena de luz y agitada por el viento, un nervio latiéndole dolorosamente en las sienes. Algo en el calor y en la luz sugería quizás el mediodía. Su cerebro le envió un nombre, Dourdan, y casi de inmediato tuvo conciencia de la muchacha que dormía a su lado, de su respiración tranquila y de sus cabellos claros en la almohada. Con su nombre, en un instante, le llegó el resto: la fiesta, Cristina y la Margy bailando enlazadas en la pista del Katmandou. Cerró los ojos. Relámpagos de dolor le cruzaban la cabeza. Calma, pensó: es sólo un guayabo de espanto. Ron y whisky. Estoy temblando, caramba.

Se quedó quieto pensando intensamente en Cristina; quieto en la penumbra clara del cuarto, con la algarabía ahora reconocible de las golondrinas afuera y otros rumores pacíficos llegándole por la ventana. Volvía a ver en la niebla azul del Katmandou a Cristina besándole una mano a la Margy: sumisa, enamorada. Le ardió este recuerdo como sal en una herida reciente. Qué mujeres, tienen navajas en las uñas. Basta, pensó con exasperación: sácatela de encima, expúlsala, bórrala, carajo, no existe ya, *c'est fini. Out.* Era lo indicado en estos casos. Lo único posible. Se pasó la mano por la barba áspera, y su cerebro empezó a trabajar rápida, defensivamente en cosas concretas, inmediatas: en un baño caliente y espumoso con toallas limpias al alcance de la mano; en un cepillo de dientes y una máquina de afeitar; en una tableta de alkaseltzer y un desayuno con café caliente, *croissants,* quizás unos huevos y un jugo de naranja, de naranjas naturales. Luego, llamaría a París. Estaba enfermo, convaleciente de amores y desengaños, se decretaba un reposo. Así a la brava. De modo que llamaría a París y le diría a Léo, su fotógrafo, que fuera sólo al Museo de Arte Moderno para tomar las fotos de la exposición retrospectiva de Braque. ¿Y Jacqueline? No le veía la cara, sino su cabeza y el cuerpo bajo las cobijas. No sentía por ella ningún deseo; no en aquel momento. Podía quedarse al lado de una muchacha siendo su *copain,* su hermano. Pocos tipos de su generación podían hacer esa prueba; a menos que fueran maricas, pensó con humor. Era una de las cosas que había aprendido en París en los últimos años: a tratar a las mujeres, a conocerlas. Actuaba con ellas sin cartas escondidas en la mano, limpiamente. Sin cruce de espadas. De mujer a mujer, se decía a veces con risa. O de hombre a hombre. Lo curioso es que sólo por actuar así, desprevenidamente, terminaba casi siempre acostándose con ellas. Tú eres como nosotras, le decía la Margy. Cada vez menos macho, qué cara pondría mi tío si lo supiese.

Se levantó en silencio para no despertar a Jacqueline. Se acercó a la ventana. Al apartar ligeramente la cortina con la mano, lo deslumbró un raudal de sol y el piar de los pájaros. Revoloteaban en el jardín del convento que había frente al hotel. Extendiéndose en el horizonte, tejados de pizarra, álamos y colinas distantes, azules como humo de bosque, vibraban en la luz cálida e intensa. Mirándolos, Ernesto sintió llegar, confuso, el recuerdo de otros veranos, cuando era joven. La remota y dulce Francia de su adolescencia, descubierta justamente en verano: en verano había llegado por primera vez. Y Francia le había resultado sensual, pensó; perturbadora como una muchacha que uno encuentra dormida en el trigo. Mirando aún el cielo tan puro abierto hasta aquel confín de hayas y colinas, sintió que una emoción triste le abrumaba el corazón. Qué fugaz es todo, pensó inexplicablemente. Y de pronto recordó a María. María tendida en una cama, sus muñecas vendadas, sus blujines desteñidos; su voz: su voz débil que temblaba, alcanzada por una luciérnaga de tiempo, sorprendida por el paso de un ángel en aquel mismo lugar y también en verano, mientras caía el crepúsculo y volaban pájaros frente a la ventana. *Ernesto, qué horrible es la soledad.* Sintió una aguda tristeza. Ahora era un niño que quería llamarla; un niño despavorido: María, María, no me dejes. Dejó caer la cortina despacio, sorprendido y casi con rabia: mierda, tengo lágrimas.

Le temblaban aún las manos cuando tomó el teléfono para pedir el desayuno.

—*Que veux-tu?* —le preguntó a Jacqueline que empezaba a despertarse con suspiros.

—*Rien d'autre qu'un café noir* —dijo, la voz todavía llena de sueño.

Época turbulenta, recuerda. La ansiedad de aproximarse a las seis de la tarde, los mil pretextos dados a *mon-*

sieur Vernier y a la secretaria para quedarse a solas en la oficina con Oona, las protestas de ésta, ahora no, por favor, estás loco, déjame; pero había algo, recuerda, en su manera de mirarlo que tácitamente autorizaba todo. Cuando salían, el crepúsculo de verano invadía la *rue du Maître Albert,* las ventanas se llenaban de músicas árabes y había algo en el aire luminoso, en los tempranos luceros que aparecían en lo alto y en el olor de las calles que era plenitud y sosiego infinito de la sangre. Después de insaciables juegos eróticos, quedaban como adormecidos y trémulos mirándose por encima de la vela encendida y el mantel de cuadros de un restaurante. Jamás había tenido tanto apetito. Apreciaba ahora la delicia del salmón *fumé* y del buen vino blanco de Alsacia, de las lechugas tiernas y los riñones al jerez, los quesos y pasteles de chocolate, y también la fragancia de los castaños de indias y el encanto de los puentes, de los viejos patios, de los bares desiertos en callejuelas en ruinas adonde Oona lo llevaba. Ella conocía todos los vericuetos de París. Le gustaban las buenas *boutiques* y los perfumes y los finos artículos de cuero, y con estos gustos refinados no poseía, decía, el mal gusto de tener ideas burguesas. Voto por la izquierda pero la derecha me excita, agregaba a veces riendo. Parecía una frase del argentino.

Y nunca antes, paradójicamente, había amado él tanto a María, con aquella ternura triste y culpable de saberla tanto tiempo sola y aguardándolo. Coneja mía, amor, si pudieras comprenderlo, pensaba, si pudiera explicártelo sin hacerte daño, si supieras que algo se abre al fin dentro de mí, algo que había estado allí desde siempre esperando, reclamando su parte de vida, como una planta que necesita aire y agua y luz. Felicidad del cuerpo pero también horror del alma cada vez que encontraba a María con una tristeza a punto de deshacerse en lágrimas frente al plato donde había asado para ella sola un trozo de carne. Dime la verdad, Ernesto, ¿tú me quieres?, preguntaba a cada paso. Sí, sí, decía él; ni siquiera logro imaginarme la vida sin ti. Y era cierto. Algún día habían ido a ver una vieja película de Agnes Vardá, *La Felicidad*. Yo creo, le había dicho él después, que uno puede, en efecto, interesarse en dos mujeres al tiempo, que nada debería impedir que el amor se abriera en todas direcciones: la felicidad es la aptitud para el placer. Pero ella no había estado en modo alguno de acuerdo. Le parecía que la película de Agnes Vardá postulaba una filosofía de la vida profundamente egoísta e inmoral, que ser adulto significaba elegir una cosa y renunciar a otra. Yo conozco esa filosofía de la resignación, argumentaba él; de niño me la daban en cucharadas, y a mí me huele a muerte.

No obstante, se sentía culpable de aquella relación con Oona. Culpable frente a María y también frente a Lenhard, pese a las afirmaciones tranquilizadoras de Oona en el sentido de que su marido y ella se dejaban completa libertad sexual. Cosa extraña, Lenhard parecía ahora más amigo suyo que antes; tenía con él la complicidad deferente que daba antes a Estrada Hoyos. Lo llamaba con frecuencia para tomar una copa, y cuando llegaba Oona estaba con él, aguardándolo. Oona los trataba no como si fueran el marido y el amante, sino dos *flirts* con iguales opciones. Le tomaba la mano a Lenhard en la mesa, al tiempo que por debajo le aproximaba a él (Ernesto) la rodilla. Cuando lo despedían en la puerta del apartamento, algo en la manera como Lenhard le pasaba a ella la mano por el talle lo dejaba a él molesto. Se acordaba siempre de las frases sarcásticas del poeta Linares. Oona aparecía con cualquier pretexto por las oficinas de *Nouveau Monde* y era tal su manera de insinuarse y mirarlo que la secretaria, aquella *mademoiselle* Marianne fría y de lentes como una institutriz, enrojecía hasta las orejas y cambiaba miradas ofendidas con *monsieur* Vernier, el contable. A él le resultaba difícil continuar trabajando cuando Oona aparecía por allí. Le exasperaba no tener un lugar donde llevarla. Oona detestaba los hoteles; me siento mal, decía, me siento como una puta. Aparte de que jamás aceptaba deliberadamente hacer el amor; virtualmente era violada, siempre. Llegar a un cuarto, quitarme la ropa como si fuera a echarme a una piscina, no me dice nada, *je te jure,* decía. Sólo una tarde, después de haber bebido una botella de vino y de haberse rozado las manos y las rodillas todo el tiempo, había aceptado ir con él a un hotel de citas en la calle de los Cuatro Vientos. Tapizado de rojo, el hotel parecía un burdel de la *belle époque* con luces rojas y espejos lilas en las paredes de los cuartos. En alguna alcoba contigua se oía gemir a una mujer. Dentro de esta atmósfera, tan distinta de las oficinas de *Nouveau Monde,* se habían amado toda la tarde insaciablemente. Habían vuelto a la realidad, agotados y trémulos, en el café de la esquina frente a una botella de agua tónica. En un momento dado, ella lo había mirado de una manera dura y extraña. Te odio, murmuró roncamente. Luego reaccionó. No sé por qué lo dije, estoy loca.

Le pareció muy extraño que Lenhard lo llamara un domingo pidiéndole el favor de llevarlo en su propio automóvil hasta la estación del tren: se iba para Toulouse por tres días. De modo que le dejó el auto; y le dejó también a Oona. Recuerda la absurda escena: Lenhard, imperturbable con sus barbas al viento, su pañuelo de seda rosado al cuello, despidiéndose por la ventanilla de un vagón que empezaba a rodar, alejándose, y ellos dos, él y Oona, culpables y como avergonzados despidiéndolo. Quedaban por primera vez solos en París. Siempre lo hace así, le explicó Oona, como reflexionando consigo misma, mientras veía alejarse el tren en la luz de aquel domingo. Antes llamaba a Néstor (Estrada Hoyos). Extraño, pensó él en voz alta y con un gesto, quizás el mismo gesto que puede inspirar un queso podrido. Ella estalló. ¿Qué tenía de extraño? Lo que pasaba era que Lenhard era un hombre superior, más civilizado que él y los demás machistas de latinoamericanos. Ella lo admiraba mucho. Bruscamente le había dado la espalda y se había ido, sin querer que él la acompañara. La dejó irse, tranquilo, en el fondo. La disputa le resolvía problemas: podía llevar a María al cine, el domingo era de ella, le pertenecía.

Fue después de ir al cine y después de acostarse tranquilo en su cama y de apagar la luz, con María ya dormida a su lado, cuando lo asaltaron dudas, sospechas. Oona había querido quedarse sola. Estaba con otro, seguramente con el argentino. Había peleado adrede con él (Ernesto) para quitárselo de encima. ¡Qué puta era! Qué puta, seguía repitiéndose con una rabia sorda. Los hombres nunca sospechan que puede haber otro, había dicho ella alguna vez. De puro falócratas eran ingenuos. Era evidente que no se había quedado sola en su casa. Cualquiera, pero ella no. Ella necesitaba siempre hombres en torno suyo. Uno, dos, tres amantes. Qué puta. Temblando se había levantado de la cama. Se vistió con prisa. Quería simplemente de una vez por todas salir de dudas, saber a qué atenerse. Frío, decidido, había puesto en marcha el automóvil de Lenhard que él había dejado parqueado en la puerta de su casa. Las calles de París estaban desiertas en la tibia noche de verano. Subió de dos en dos los tramos de la escalera, en la casa donde vivían Lenhard y Oona. Tocó el timbre. A medida que aguardaba en la puerta sin escuchar del otro lado ningún ruido, confirmaba sus sospechas. Era claro: o estaba ahí adentro con un tipo o había dormido fuera. No se movería de allí, la aguardaría, juró con rabia. La luz de la minutería se apagaba cada momento. Timbró una y otra vez. De pronto oyó

ruido de pasos, y una voz, la de Oona, llena de sueño.
¿Quién es? Soy yo. ¿Qué quieres? Ábreme. Vete, dijo
ella; vete, mañana nos vemos. No, no me voy. Estás
loco, dijo ella. Hubo luego un largo silencio durante el
cual la luz del pasillo se apagó nuevamente. No la encendió. Permaneció largo rato inmóvil en la oscuridad,
temblando de rabia. ¿Ernesto? No contestó. Pasaron
algunos minutos más de silencio, antes de que ella, cau-
tamente, pensando sin duda que se había ido, entre-
abriera la puerta. Lanzó un grito cuando él entró como
una tromba, empujándola. Ahora sólo le interesaba saber si estaba allí Estrada Hoyos. Solamente eso. Cruzó
el vestíbulo y se paró en la puerta de la alcoba. No había nadie; una muñeca de estúpidos y muy abiertos
ojos azules en la mesa de noche. Oona estaba detrás de
él, con su bata transparente y una cara llena de ira.
Ahora me haces el favor de irte. Vete y no vuelvas nunca más. Nunca más, repitió él, incapaz de controlarse y
sintiendo de alguna manera que su cólera era la única
defensa contra el ridículo de aquellos celos infundados.
Nunca, repitió tomándole las muñecas. Ella intentó
morderle la mano. Entonces él la arrojó sobre la cama.
Le mordió el cuello, sorprendido, casi aterrado de su
propia violencia, al tiempo que le abría la bata desga-
rrándosela. Puta, se oyó decir, todavía sorprendido de
aquella voz ronca y cargada de odio que era la suya. La
sentía debajo de él, respirando muy fuerte, los ojos
asustados. Eres una puta, volvió a decirle, ahora la voz
convertida en un susurro ronco. Sí, sí, oyó la voz de
ella. Y luego en un cuchicheo salvaje, imperioso: hazlo
así, despacio, despacio.

Experimentaba una especie de rencor y de aversión
por ella cuando, ya con la luz del día en la ventana, se
afeitaba con el jabón y una máquina de afeitar de Lenhard. No debo ver más a esta mujer, pensaba mirándose en el espejo. Es venenosa, me jode. Y además yo

quiero a María. Yo adoro a María, no puedo hacerle esto. Oía venir de afuera, en la claridad de la mañana, gritos remotos de niños en un jardín. Oona se había levantado y calentaba un café. Cometió el error de aceptárselo y de sentarse con ella en el salón, delante de una mesa portátil, para desayunar. Fuera, revoloteaban palomos. La luz de verano trazaba rayas vivas en las persianas. Hacía mucho calor. Había una música de Mozart en la radio, y Oona, bebiendo su café y mordiendo trocitos de tostada, le hablaba de su infancia en Costa Rica, de unas carretas grandes y pintadas de rojo y tiradas por bueyes, y de su padre que tenía plantaciones de café.

Era hija única. Su madre había muerto al dar a luz. Era ella la que desde niña se sentaba al lado de su padre en la gran mesa del comedor de la hacienda, ella la que lo acompañaba en sus viajes. ¡Y qué celos tenía ella si él se fijaba en una mujer! Papo, papote adorado, un día tendrás que conocerlo, decía.

La oía hablar sin prestarle atención, examinándola mientras bebía el café. Era fea. Fea, y atractiva sólo por onzas de maquillaje y por las cosas que se ponía encima, siempre provocativas y a veces estrambóticas. Como este absurdo kimono japonés con dragones, que ahora llevaba encima. Las tetas se le marcaban bajo el kimono. Se chupaba los dedos y con el dorso de la mano se apartaba el pelo de la cara. Ella lo estaba observando: qué te pasa, boludo, por qué me miras así. Joderla, derribarla. Empezaba a sentir la conocida ansiedad latiéndole en el vientre. Joderla, derribarla. Escucha, le dijo, quiero hacer eso, ya. No puedo, déjame en paz. Pero él insistía: vamos al cuarto. No, dijo ella, *je ne veux pas, j'ai mal ici... et puis tant pis, oui, j'ai envie.*

Hicieron el amor sobre la alfombra allí mismo, y luego de nuevo en la noche, cuando volvieron a verse, y siempre de la misma manera salvaje y casi rencorosa. Oona no lo dejó irse sino a la madrugada. Empezaba a clarear cuando llegó a casa. Encontró a María despierta, con la lamparilla de la mesa de noche encendida. Tenía los ojos rojos. Había llorado. Temblaba. Creo que tengo fiebre, le dijo. Su frente, en efecto, ardía. Le tomó las manos y empezó a besárselas, mientras a ella las lágrimas le resbalaban por las mejillas. Había pavor en su voz. Ernesto, tengo miedo, le dijo. Tengo un miedo horrible. Toda la noche he estado despierta, temblando. Y lo he visto todo muy claro. Creo que tienes una mujer y que me vas a dejar. Estás loca, murmuró él acariciándole el pelo: a ti yo no te dejo nunca. Ella lo miraba a través de las lágrimas. Pero tienes una mujer, le dijo. Sí, admitió él; algo pasajero, algo en fin de cuentas sin mayor importancia. Mira, déjame traerte una aspirina. Estás volando de fiebre. Cuando volvió de la cocina con un vaso dentro del cual se disolvía una tableta de aspirina efervescente, ella le preguntó quién era la mujer. Tú no la conoces, mintió él. Una muchacha... del Brasil. En fin, es un asunto que está terminándose, no te angusties.

A mediodía Oona vino a verlo en las oficinas de *Nouveau Monde*.

Habían colocado la bandeja sobre la colcha y desayunaban en la luz clara de la ventana.

—*Qu'est-ce que tu peux être bête* —decía Jacqueline—. Yo me había dado cuenta desde un principio de todo lo que iba a suceder.

Estaba sentada en la cama, en posición de yoga, sin otra cosa encima que un slip blanco, mínimo, muy limpio, bebiendo su café. Entre el pelo dorado que le resbalaba por los hombros surgían sus senos, duros y pequeños. Se acordó de ella en Mallorca, años atrás.

246

Bajaba ágilmente las rocas con Julia, delante de él. Casi la había olvidado ya. Era curioso, pensó. París siempre había sido así: gente muy próxima a uno desaparecía de repente, durante años, y reaparecía de improviso sin que uno dejara de ser su amigo; nada allí era estable. Nunca había vuelto a ver a Julia, por ejemplo. Vivía en Tánger. Se había casado, quién iba a pensarlo, ella que tanto hablaba de su libertad. Así ocurriría también con Cristina, quizá; con el tiempo, Cristina no sería sino un recuerdo fugaz y hasta divertido de una noche en el Katmandou.

Jacqueline le decía ahora que la Margy lo había planeado todo.

—¿Te lo dijo?

—No, pero yo la conozco bien. Cuando la Margy invita una muchacha al Katmandou es porque quiere cogérsela. ¿No le enseñó a tu amiga el cuadro que tiene en la alcoba?

—¿Aquel horror? Sí.

Jacqueline sonrió.

—Siempre lo hace. Eso las excita.

—Lo que yo no me imaginaba es que Cristina fuera lesbiana.

—Puede que no lo sea —dijo Jacqueline—. Le interesó una experiencia femenina. ¿Por qué no? Yo tampoco lo soy, en realidad. Puede gustarme tanto una mujer como un hombre.

—Eres de doble transmisión, como llaman en mi tierra —dijo Ernesto mordiendo un *croissant*.

Jacqueline se había quedado en silencio, reflexionando. Él la observó. Hebras doradas le brillaban en su pelo, que era largo y sedoso. Su piel era muy tostada y los ojos muy claros.

—Yo sé por qué Margy hizo esto —murmuró ella.

—¿Por qué?

—Porque yo iba a dejarla. Margy no soporta que-

darse sola. Es muy posesiva. Tiene miedo, y lo peor
que le puede ocurrir a una persona es actuar por miedo. Por miedo de perder una muchacha que ha conseguido la vigila todo el tiempo, la cerca. Y acaba
perdiéndola, es fatal. Siempre ocurre lo mismo.
Cuando una muchacha le interesa, la invita a bares, a
restaurantes de lujo, a discotecas. Les da una sensación de vida fácil. Y poco a poco, sin que ellas se den
cuenta, están en sus manos. Dependen de Margy totalmente. *Et elle est pire qu'un mari.* Celosa, posesiva. *Moi j'en avais marre, tu sais? Je tiens beaucoup
ma liberté.*

—*Je comprends.*

—*Mais c'est une drôle de fille, Margy. Un mec,
quoi.*

—¿Nunca le ha gustado un tipo?

—*Tu parles!* Los odia.

—¿Realmente?

—Los odia, te digo. Quiere ser como ellos, pero los
odia.

—¿Es cierto que la violó un jardinero cuando niña?

—No la violó. Se masturbaba delante de ella.

—¿Así es la cosa?

—Así. Sacaba su... *son truc* y se masturbaba llamando a su hermana. Estaba loco por la hermana mayor de
Margy. Un *cinglé, quoi.*

Se habían quedado en silencio, oyendo el zumbido
de las moscas en la ventana. Ernesto volvió a pensar en
Cristina. La imaginaba ahora con la Margy en aquel
cuarto suyo oloroso a esencias hindúes, y experimentaba una opresión en el pecho. ¿Tanto le gustaba? Sólo
había hecho el amor con ella un par de veces; la última había sido la víspera por la tarde. Pero sabía por experiencia que era el tipo de mujer con el que era mejor
no enredarse; todo en ella indicaba peligro. Quizá la
Margy había sido providencial.

—*Il fait bon ici* —suspiró Jacqueline desperezándose—. Me gustaría tomar un baño. *Est-ce que tu veux rentrer à Paris tout de suite?*

—No, podemos quedarnos, si quieres. Hoy tengo el alma demasiado averiada para irme a trabajar.

—*Tu as trop bu hier soir.*

—Quizás un baño me arregle también. Tengo latidos hasta en las sienes. —Se pasó la mano por el mentón. En la bandeja del desayuno le habían traído una máquina de afeitar y dos cepillos de dientes, pero no crema para la barba—. Tendré que afeitarme a rejo seco, pensó.

La fiebre había desaparecido al día siguiente, pero María no quiso levantarse de la cama. Permaneció dos días más como en estado de postración, los ojos fijos en el empapelado de las paredes, sin tomar otra cosa que tazas de té. No quiso que él llamara un médico. Estoy bien, le decía mirándolo con los mismos ojos dóciles y brumosos que tenía en Mallorca cuando escapó de casa. Intentaba sonreírle, pero una ligera crispación en el mentón y la tensión que se le veía en la mirada indicaba que en cualquier momento podía echarse a llorar. Al tercer día se levantó con otro ánimo. Inopinadamente se presentó a mediodía en las oficinas de *Nouveau Monde*. A él le sorprendió la manera como se había maquillado, acentuando el color de las mejillas y el trazo de las cejas y de la boca. Su expresión era animada. Invítame a almorzar, le dijo con una desenvoltura que no le era habitual. Cuando se encontraron sentados en un penumbroso rincón de un restaurante de la *rue Sainte-Geneviève*, pidió un aperitivo, cosa que nunca hacía. Mirándolo con una expresión resuelta, le anunció que había tomado decisiones importantes. Quería buscarse un trabajo, salir, cambiar de vida...

Descubrí que estaba jugando el mismo papel de mi mamá. Ella no hacía sino preocuparse por las queridas de mi papá y por problemas de plata. En Colombia nos educan para depender de un hombre y eso no puede ser. A una la pisan, simplemente porque se deja pisar... No lo digo por ti, aclaró apresuradamente. Finalmente tu historia con la muchacha esta del Brasil es tan normal. Él asentía, sorprendido no tanto por lo que estaba diciendo como por aquellos párpados inesperadamente teñidos de violeta, por la boca tan roja y las palabras tan enfáticas. Daba la impresión de arrojar manotadas de palabras y propósitos categóricos para ahuyentar algo que en el fondo de sus pupilas seguía titilando despavorido. Le recordaba a Estela (y ésa era la razón, lo descubría ahora, de su propio desasosiego oyéndola) poco antes de su conflictiva separación. Estela había empezado a hablar de la misma manera profusa y desafiante (ella de Reich, de Marcusse, de la liberación sexual), a fumar marihuana, a buscar unos poetas más bien paupérrimos en las mesas lúgubres del Cisne, y también entonces su expresión tenía la misma ambivalencia de susto y atrevimiento que ahora tenía la de María. María, es cierto, no se parecía en nada a Estela. Era, por ciertos aspectos, su polo opuesto: suave, discreta. La personalidad de que estaba revistiéndose no le correspondía. Pero lo que estaba diciendo era obvio, varias veces lo habían hablado. Estaba de acuerdo en que se buscase un trabajo. O pintar sus acuarelas, pero en serio, sin aquel sentido autocrítico que en el fondo no era sino inseguridad. Quizá podían enseñárselas un día a Viñas, y éste les facilitaría contactos para exhibirlas en alguna parte, le dijo. Además debes liberarte de una dependencia excesiva hacia mí. Yo te quiero, coneja, pero... un día me vas a ver como el abominable hombre de los trópicos. La seguridad y la libertad, María, es el problema más viejo del mundo. La una al precio de la otra, es siempre un mal negocio... Yo lo creo también, dijo ella. De pronto me di cuenta que estaba aferrándome a ti como me aferraba a mi mamá cuando tenía miedo de la escuela. Uf, hay que cambiar. Pide otra botella, Ernesto.

Habían salido del restaurante sintiéndose unidos por una nueva y extraña complicidad. Iban a poner en práctica una nueva fórmula de vida en común, manteniéndose muy cerca el uno del otro, pero concediéndose libertades recíprocas. ¿No te pondrás celoso el día que yo...?, le había preguntado ella riéndose. Seguro que sí, sonrió él. Mis vísceras seguirán siendo machistas leninistas, sin remedio. Pero si yo me tomo una libertad, no es justo que tú no. Ay, María, hemos vivido demasiado estrujados. París es libertad, tomémosla a dos manos. Ventilemos el alma. Que florezcan mil flores... Estás borracho, Ernesto. Yo también lo estoy. Caramba, qué tonta he sido. Me había hecho la idea de que nos casaríamos, que tendríamos un niño... Y de pronto, cuando comprendí que tenías otra mujer... No pienses en eso, dijo él deteniéndose ante una *boutique*. Miró a María. Qué linda era. Había sido horriblemente egoísta con ella. He sido egoísta contigo, le dijo. Mira, hagamos una locura. Cómprate una ropa, coneja.

La había dejado en el metro cargada de paquetes. Y él había regresado a su oficina, sintiéndose mejor. Sobre su máquina de escribir encontró un papel rencoroso de Oona. «No te encontré. No me esperes. O.» Qué mujer insoportable, pensó. Posesiva, además. Decidió no pensar en ella y ocuparse de la revisión de unos cuantos originales que habían ido acumulándose sobre su escritorio. Eran cerca de las siete de la noche, cuando Oona apareció al lado suyo. ¿Con quién estabas a mediodía?, le preguntó bruscamente. Con María, respondió él. Eso es todo lo que deseaba saber, dijo ella, dando media vuelta. La alcanzó en la *rue de Carmes*.

Caminaba rápidamente. Déjame, le dijo sin detener el paso. Él continuó caminando a su lado, sin saber qué hacer. ¿Adónde vas?, le preguntó. La voz de ella sonó dura y rencorosa sobre el ruido rápido de sus tacones. Tengo cita con... con un *mec*. Sonrió, vengativa, caminando siempre de prisa. Es un yanqui. ¿Ah, sí?, ¿el mismo que hizo el amor contigo en el rellano de una escalera? Ella se rió. *Quelle mémoire, monsieur.* No supo a qué hora la había atrapado con fuerza por la muñeca. Suéltame, exclamó ella deteniéndose. Lo miraba con odio. Un hombre se había parado para verlos. Él la soltó. Eres una mierda, le dijo. Le dio la espalda y echó a caminar calle abajo, con un mal sabor en la boca. Estoy loco. Loco, pensaba sentado en el metro. Debo olvidarme de esta mujer. Se acordó de María, la vio en su imaginación dándose vuelta feliz ante un espejo, probándose un vestido en la tienda. El sexo era sólo una evasión. Tenía a María, un trabajo en París, un libro empezado. A los cuarenta años podía enderezar aún el rumbo. Sentado en un alto pupitre, un inquisidor embozado de negro surgió en la niebla roja de sus párpados cerrados. ¿Qué has hecho de tu vida Ernesto Melo? Abrió los ojos para ver correr a través del vidrio del metro vallas de propaganda. Se rió, y ahora la vieja que tenía delante, con una cara de arrugas empolvadas, lo miraba con franca desconfianza. Así debe comenzar la locura, pensó divertido.

Lo desconcertó encontrar inesperadamente el apartamento vacío. Era la primera vez que ocurría. María no estaba. Frió unos huevos, que comió en la luz lúgubre de la cocina. Luego se sentó junto a la ventana a leer *Le Monde*, buscando como de costumbre en primer término las noticias de América Latina (diminutos despachos con su carga habitual de horrores, de detenciones, desaparecidos y muertos), pero las líneas le resbalaban ante los ojos. Estaba inquieto por la ausencia de

María. ¿Dónde estaba? Qué absurda importancia tenía ahora en su vida, pese a todo. No podía imaginarse habitando solo aquel apartamento. Vibraban los vidrios de la ventana cada vez que pasaba un tren por el viaducto. Pensaba en María, en las innumerables tardes en que había debido permanecer sola frente a aquella ventana, esperándolo. ¿Qué pasaría por su cabeza? Cables eléctricos, sigilosos trenes color de hierro: delante de este paisaje, qué lejos vería su mundo de Cartagena. Qué lejos estaba Colombia, en realidad. Recordaba aquella época, ya remota, cuando había regresado de París. Las irrisorias actividades políticas de entonces, tan llenas de fe, de pasión. Las fangosas calles de Segovia, durante la huelga de los mineros; amaneceres brumosos en el Quindío avanzando con un campero lleno de hojas de propaganda. La carretera a Ciénaga con médanos y troncos podridos a la orilla del mar, y siempre los flacos, palúdicos compañeros aguardándolo en alguna trastienda calurosa, los frustrados abogados de provincia y sus delirios revolucionarios. Qué lejos ya todo eso.

Estaba ya en la alcoba cuando escuchó pasos en la escalera y luego el ruido de una llave en la cerradura de entrada. Era María. Estuve en el cine, le dijo cuando entró con la misma expresión valerosa de aquel mediodía. Él no pudo evitar preguntarle con quién. María le habló de su amigo austríaco, el mismo que estudiaba en la escuela del Louvre y que alguna vez la había invitado a tomarse un café. Él debió apagar un instantáneo sentimiento de aprensión. Es absurdo cómo me inquieto cuando tú no estás, le dijo. ¿Verdad que nos querremos pase lo que pase? Siempre, dijo ella. Siempre, repitió él mentalmente, y por enésima vez aquella noche se dijo que debía poner punto final a su lío con Oona. Le pareció buen signo que ésta no apareciera más por las oficinas de *Nouveau Monde*, y, pese a la inquietud, al desasosiego que lo roía por dentro, tampoco él hizo nada por verla. Pero todos sus buenos propósitos se derrumbarían tres días más tarde, en la fiesta de Viñas.

Recuerda aquel vértigo de música tropical, de parejas bailando y de grupos heterogéneos de latinoamericanos y franceses en todas partes. Recuerda la violenta y silenciosa conmoción que le produjo ver a Oona, sus rubios cabellos sueltos, bailando con una especie de gigante de espaldas atléticas, muy pegada a él. En un rincón del salón, Viñas largaba sus truculencias de costumbre para delirio de la galería. Detrás del personaje que ahora le gustaba representar, el verdadero Viñas parecía aburrirse infinitamente. Durante aquellas semanas, una o dos veces había tratado de verlo, de encontrar al viejo amigo del pullover agujereado. Era inútil. Toda tentativa de aproximación se estrellaba como una mariposa contra el vidrio de aquella personalidad de noche de *vernissage*. Pero al mismo tiempo le crispaban las críticas que hacían, a sus espaldas, Oona y sus amigos y que eran inspiradas sólo por la envidia. Alicia Pittis, por ejemplo, la argentina amiga de Oona, recién llegada de su viaje por Cuba, aquella noche se le había acercado diciéndole fíjate qué alfombras se gasta, che, qué pituco es, míralo no más. Él (Ernesto) experimentaba siempre un rechazo visceral ante aquellos especímenes de la izquierda antropófaga, que vivían dándose dentelladas entre sí. Le gustaba estimular sus secreciones venenosas. Aquella noche con la Pittis, por ejemplo. Déjate de vainas, le había dicho. Viñas es un tipo chévere, qué hay de malo en que viva bien, si ha ganado dinero con su pintura. Y así de *suite,* hasta que la sonrisa de la argentina había empezado a tomar un rictus cadavérico. Chupále el whisky a Viñas, si querés, pero no digás tanta boludez, le contestó la mujer. Antes de verse envuelto en una de las discusiones habituales sobre el arte comprometido y el arte por el arte, el «boom», Padilla, Cuba y todo lo demás, la había sacado a bailar, decidido a tirarse de cabeza en aquella música tropical, más percutante que nunca por efectos de un soberbio estéreo. La Pittis no era la pareja ideal para aquel merengue, bastaba ver la manera más bien canallesca como meneaba las caderas y los hombros. A veces él encontraba los ojos precavidos de María, que estaba hablando con Lenhard. Debe imaginar que este áspid es mi amante, pensó él.

El áspid se vengaba ahora, sin saberlo, hablándole del nuevo romance de Oona, aquel brasileño que bailaba ahora con ella y que había sido guerrillero en São Paulo. ¿No conocés a Vitorio? No, él jamás había oído hablar de aquel Vitorio, y para evitar que la mujer siguiera dándole detalles, la atrajo hacia él para reducir todo a un contacto de muslos. Si no moderás tus pasiones nos van a echar de este boliche, dijo la argentina. Pero algo en su sonrisa autorizaba todo libertinaje. Él imaginó con horror aquella sonrisa en la almohada de un hotel, al día siguiente. Buscaba a Oona con la mirada. Cuando se dio cuenta que había desaparecido, sintió una especie de ansiedad lívida latiéndole en el estómago. Le contestaba de manera mecánica a la Pittis, que le hacía pérfidas preguntas sobre la editorial gusana, como ahora llamaba, con flagrante injusticia, a *Nouveau Monde*. En un momento dado interrumpió el baile para reunirse con Lenhard y María. Presentó a la Pittis como una vieja amiga, que acaba de regresar de Cuba. Un minuto después la Pittis hablaba de algún congreso cultural celebrado en La Habana, de la reacción general de aquellos ángeles coléricos contra los escritores del llamado «boom» latinoamericano. A María, que contaba entre sus más profundos fervores a García Márquez, Cortázar, Fuentes y Vargas Llosa, anotándole a este último algunos puntos a favor por su apuesta apariencia, la Pittis empezaba a crisparla, se le veía. Le hizo una seña indicándole que ya volvía, y se fue al baño.

Al cruzar el pasillo vio a Oona hablando con su guerrillero del Brasil en la cocina. Irse y no verla, nunca más verla, pensaba él mientras orinaba en el baño. Con todo sigilo decidió recuperar su saco, que estaba en la alcoba de Viñas. Lo buscaba entre un montón de ropa depositada en la cama, cuando oyó la voz de Oona a sus espaldas: ¿te vas? Había cerrado la puerta de la alcoba y ahora avanzaba hacia él mirándolo de un modo feroz. ¿Te vas con Alicia Pittis? ¿Vas a coger con ella? Probablemente, dijo él. Tú te quedas con el Brasil y yo con la Argentina, el reparto no puede ser más equitativo. Lo tomó enteramente por sorpresa la bofetada. Sintió que la cara le ardía. Oona parecía asustada de lo que acababa de hacer. Le rozó la mejilla con los labios. Los labios de ella parecían brasas. Sintió con un estremecimiento su olor, el olor de su pelo y aquella voz suya baja, susurrante, diciéndole de pronto: hagámoslo ahora, hagámoslo aquí mismo. Aquí no, dijo él. Aquí, ahora mismo. Sus manos rápidas, desesperadas, le desabotonaban el pantalón. Estamos locos, pensó él cuando se tendieron sobre la alfombra. Tuvo que ponerle la mano sobre la boca para ahogar su grito. De los golpes en la puerta, de las risas y exclamaciones que venían del otro lado, sólo tuvo conciencia más tarde. Cuando abrió la puerta se encontró delante de Viñas, sus pupilas duras sobre la barba. Para eso hay hoteles, maestro, le dijo. Le hirió la frase. Le pareció que todo el mundo lo miraba y que a su paso iba abriéndose un silencio glacial. De lejos advirtió la cara de Lenhard, por primera vez sombría. No encontró a María. Che, tu chica se dio cuenta de todo y se fue, le dijo la Pittis. Qué despelote has armado. Bajó de prisa las escaleras, pensando qué loco, qué loco he sido; Dios mío. Sacó la cabeza al aire tibio y salpicado de lluvia de la calle. Al fondo de la *Avenue Kléber*, zumbante de tráfico, vio la mole iluminada del Arco del Triunfo, visto por un costado. No vio por ningún lado a María. Qué barbaridad he hecho, pensó.

II

Le temblaba la mano mientras se pasaba la máquina de afeitar por las mejillas embadurnadas de jabón. Punzadas de dolor le llegaban todavía a las sienes y el corazón le latía sin sosiego. A través del espejo vio cómo Jacqueline se quitaba el slip y entraba desnuda en la bañera llena de una espumosa agua azul. Se había recogido el pelo sobre la cabeza con una especie de horquilla. La huella blanca del slip hacía por contraste más tostado el color de su cuerpo. Tenía una espalda muy larga y esbelta como la de una muchacha que ha vivido en largo contacto con el agua y el sol. Parecía esculpida en líneas firmes y delicadas. Ernesto se volvió hacia ella con la máquina llena de jabón en la mano.

—*Tu n'est pas mal du tout, tu sais?* —le dijo—. Pareces hecha en bronce.

Ella se hundió riéndose en el agua caliente y olorosa a pino de la bañera; sus pechos emergían y desaparecían entre la espuma como peces.

—¿Puedo entrar yo también? —preguntó, cuando terminó de afeitarse.

—Seguro. Pero ten cuidado no vayas a... cómo se dice, *faire déborder*.

—Derramar el agua.

Se quitó el slip y entró también en la bañera, que no era muy grande. Consiguió sentarse abriendo las piernas para no tropezar con las de Jacqueline. Suavemente con los pies tocó los muslos de ella como si fueran los ijares de una yegua. Los pelos del pecho se le habían llenado de espuma, a tiempo que los poros se le crispaban de placer en contacto con el agua caliente.

—Si no tuviera hoy el alma tan averiada, esta situación resultaría altamente erótica —dijo.

Jacqueline soltó la risa. Los ojos muy claros, se le llenaron de puntitos brillantes.

—*Sacré* Ernesto —dijo mirándolo con afecto—. *Ça me plaît beaucoup de te revoir, tu sais?*

—¿Hace cuánto tiempo que no nos veíamos?

—Cuatro, cinco años. No recuerdo. Julia se casó, ¿lo sabías?

—Sí, con un ingeniero. Y vive en Tánger. Qué vaina más rara es la vida. —Suspiró—. Hay momentos en que pesa más que un piano. Un piano que a lo mejor es preferible cargar entre dos.

—Bof —hizo Jacqueline.

—¿Decono?

—*Oui, tu décones. Vachement.*

Apenas entró, oyó en alguna parte del apartamento a oscuras el llanto de María. No estaba en la alcoba. No estaba tampoco en el salón, sino en el baño, sentada a oscuras en el borde de la bañera, llorando. Hizo un ademán de rechazo cuando él quiso tocarla. Déjame, le dijo con una voz rota por sollozos. Después de contemplarla sombríamente él fue a la cocina, buscó en el aparador un frasco de valium y volvió al baño con una pastilla y un vaso de agua. Consiguió con algún esfuerzo hacérsela tragar. Ahora, con la luz encendida, podía ver su cara estragada por el llanto y los ojos enrojecidos que lo miraron con dureza. Habló despacio, con rencor: eres egoísta. Yo creía que eras bueno, pero... Las lágrimas empezaron a correrle de nuevo por las mejillas. Cálmate, María, tenemos que hablar. Ella sacudió la cabeza con un gesto rotundo. No tenemos nada que hablar, dijo. Encerrarte delante de todo el mundo con esa mujer. Justamente con esa... Jamás volveré a vivir contigo. Antes, prefiero echarme a la calle, hacer el *trottoir*. No seas loca, dijo él. Jamás, óyelo bien, jamás, decía ella.

Aquella noche, recuerda, debió dormir en la sala. Permaneció muchas horas desvelado. El resplandor de la luna entraba por la ventana proyectando en la pared, agigantada, la sombra del piano. Todo aquello era un mal sueño, una pesadilla lúgubre, pensaba. Necesitaba a María, la quería. ¿Era tan horrible lo que había hecho? Recordó los ojos duros de Viñas, juzgándolo. Para eso hay hoteles en París, maestro, le había dicho. A lo mejor tenía razón. Actuar como a él le ocurría con frecuencia, por impulsos, era siempre un desastre. El poeta Linares diría que era típico de su signo astrológico, Aries. Jamás se fijaba objetivos moderados ni aceptaba límites y todo terminaba en un despelote de la madona. ¿Cómo había sido su padre? ¿O su madre? Era extraño no saberlo, guardar de ellos apenas un recuerdo impreciso. Como fuese no quería pensar lo que pasaría con él si María lo dejaba.

Despertó con un sobresalto amargo, recuerda. Era aún de noche. En alguna parte de su sueño, había estado con su padre. Iban por una carretera llena de sol, entre altos eucaliptos polvorientos. Su padre le hablaba del futuro. Harás lo que yo no hice, yo me voy a morir, le decía... De un modo reposado, casi jovial, le decía que se iba a morir y que contaba con él. Cuento contigo, la frase seguía resonando en su cabeza ahora que se había sentado en la cama con un profundo sentimiento de tristeza. Fue entonces cuando oyó rumores en la cocina. La luz del pasillo estaba encendida. Se levantó. Encontró a María en la cocina, desnuda, removiendo frascos en un aparador. Tenía los ojos hinchados de llanto. No puedo dormir, le dijo al verlo aparecer en el umbral. Necesito otro valium. Él le indicó dónde estaba el frasco. Vio cómo ella tomaba dos pastillas con una mano que temblaba. Mientras aguardaba a que el valium le hiciera efecto, encendió un cigarrillo y se sentó al lado de una mesa. Lo miraba de un modo casi compasivo. ¿Por qué me mentiste? Decirme que se trataba de una muchacha del Brasil. No quise hacerte daño, María, o simplemente no me atreví a decírtelo, explicó él. Ella guardó silencio. Fumaba con una expresión que nunca le había visto, dura, casi amarga. ¿Estás enamorado de ella? Oh no, no es eso, dijo él. ¿Qué es?, preguntó ella. Otra cosa, María. ¿Sexo? Sí, es eso. Ella hizo un gesto despectivo. Los hombres me dan asco. Todos son iguales. Dejan cualquier cosa por una mujer que les enseña las piernas. Se quedó observándolo con una especie de amargura sombría. Pronto serás viejo, le dijo. Él sonrió, pero su sonrisa debió ser una mueca lúgubre. Así es, pronto seré viejo. Me das lástima, murmuró ella, en un tono de convicción triste. Nunca escribirás tu libro.... lo has abandonado. Y yo nunca haré mi exposición... y el horror de volver a Colombia. La voz se le había roto. Estaba llorando de nuevo. No nos hagamos daño, María. Creo que debemos hablar. Ella sacudió la cabeza, inflexible. No hay nada que hablar. Ya no te quiero. Lo mismo me ocurrió un día con mi mamá. Dejé de quererla. No digas eso, María.

Había sido inútil intentar hablar con ella. Al día siguiente, que era un domingo, la dejó durmiendo para verse con Julia. Lo había llamado diciendo que le tenía un recado urgente, debían hablar. Se respiraba en el aire el calor intenso del verano, cuando divisó a Julia desde lejos, en la terraza del Old Navy, haciéndole señas. Huérfano, le dijo en cuanto él se sentó a su lado: tengo un mensaje de tu vampiresa rubia. Se va para Grecia con su marido. Hoy mismo. Me llamó por teléfono

esta mañana... Dime qué ocurrió, ella tenía una voz ex-
trañísima. Cuando él se lo dijo, Julia se echó a reír. Yo
no veo dónde está el drama, dijo. ¡Que cada cual lo
pase bien en la cama (o en la alfombra, si prefieres) con
quien quiera, y listos! ¡Tu Virgen de los Remedios debería conseguirse un hombre! ¿Por qué armar semejante follón? Oh, Julia, para ti la vida es un soplo... Así es,
dijo ella. Si alguien me viene con historias de celos, lo
echo por la borda. Mi norma es: en amor no prometo
ni exijo exclusividad. Se rió. Tostada por el sol, los
dientes y los ojos le resplandecían en la cara morena.
Llevaba una franela amarilla, de verano, que le contrastaba con la piel. Lo miró, traviesa. ¿Sabes una cosa?
Ahora quisiera probar con una mujer. No soy lesbiana, pero la experiencia me llama la atención. ¿Te escandalizo, huérfano? Él movió la cabeza. Después del
rumano, cualquier cosa es posible. Se echaron a reír.
Ven a Deià, conmigo, huérfano. Deja a todas tus mujeres y ven conmigo. Estoy harta de la Alianza Francesa
y de broncearme en la piscina Deligny. Cómo me gustaría, suspiró él. Había tenido de pronto la visión de
una enredadera amarilla, del agua azul del Mediterráneo vista de la terraza de los Azuola. París es veneno-
so, dijo.

María dormía aún cuando volvió al apartamento.
Prefirió no despertarla. Bajó a la calle de nuevo, se comió una salchicha con un vaso de cerveza en un café de
la *Place Clichy,* leyó *Le Monde* de la víspera y regresó
a su casa, caminando despacio. El verano en París lo
deprimía. No era una mala idea ir a Deià, si arreglaba
sus problemas con María. Oona se había ido a Grecia,
menos mal; dos o tres meses sin verla, y aquella historia quedaría olvidada. Sería duro verse las caras con
Lenhard. Pese a todo. A lo mejor todo lo ocurrido le
parecía muy natural. Pero no, aquella noche le había
visto una cara sombría. Era un tipo muy raro. Impene-

trable. Según el poeta Linares, Lenhard estaba acostumbrado a que Oona se acostara con sus amigos. Era una típica relación sadomasoquista, decía el poeta. Y de él y María, ¿cómo llamarla? Era muy extraño la necesidad que tenía de ella, y al mismo tiempo... a su lado, al lado de María, experimentaba a veces una sensación de asfixia. Se sentía atado. Sin ir más lejos, le habría gustado irse con Julia para Deià. No, para ese proyecto le estaban sobrando veinte años. Qué raro, a veces tenía la impresión de estar viviendo una segunda adolescencia. Se rió, caminando por el bulevar. Viviendo mi *démon de midi.*

Le sorprendió que María no se hubiese despertado. Su alcoba estaba en penumbras; pesadas cortinas rojas tamizaban la luz. Olía a calor, a encierro. María estaba en la cama. Confusamente distinguió su cuerpo bajo las frazadas. Se retiró. Leyó varias páginas de un libro en el salón. Se quedó dormido en el diván y despertó cuando ya el sol empezaba a tener un color rojizo en la ventana. Entonces se dirigió de nuevo a la alcoba, intrigado. Oyó, nebulosa, la voz de María. ¿Eres tú, Ernesto? Su voz sonaba muy débil. Encendió la luz de la lamparilla de la mesa de noche y se sentó a su lado en la cama. Le sorprendió la palidez de su cara. ¿Estás enferma? ¿No has comido nada? Apaga la luz, pidió ella; es sólo un poco de cansancio. Fue entonces cuando advirtió aquella mancha de sangre en la sábana. ¿Qué es esto?, dijo él con alarma. Nada, me corté abriendo en la cocina una lata de sardinas, dijo ella. Lo miraba con ojos distantes, brumosos, muy extraños, que no parecían verlo, como los de una ciega. Los labios finos y sin color intentaban sonreírle. Déjame ver dónde te cortaste, dijo él. Con aire dócil y ausente ella sacó de la sábana una mano envuelta en una toalla ensangrentada. ¡Qué bárbara!, exclamó él. Hay que llamar un médico. Ella sacudió la cabeza. Le sonreía, débilmente. No vale la pena, no es grave. Cómprame pan, tengo hambre. Y cigarrillos. Su voz era muy lenta y las palabras le salían con esfuerzo. Los labios le temblaban.

Se encontró caminando con prisa por el bulevar de Clichy en la luz malva y el aire ya tibio de un crepúsculo que empezaba a llenarse de bastardas y relampagueantes luces de neón anunciando cabarets y sexshops. Buscaba desesperadamente una farmacia. Con alguna dificultad se abría paso a través de lerdos turistas alemanes que iban mirando con ojos atónitos a las brillantes vidrieras expuestas a la calle, llenas de cromos con mujeres desnudas. Grupos de marineros contemplaban indecisos las callejuelas que desembocaban al bulevar: en cada puerta había una prostituta. Descubrió con alivio en la *Place Blanche,* brillando sobre una puerta vivamente iluminada, la cruz verde de una farmacia.

Regresó con una *baguette* de pan y una bolsa de farmacia con gasa y esparadrapo. No entendió lo que realmente estaba ocurriendo, sino en el momento mismo en que entró al baño buscando un par de tijeras y vio el agua de la bañera teñida de sangre. Entonces, con un ramalazo de horror, comprendió todo. Lúcido, frío, aterrado, regresó a la alcoba, levantó la sábana y encontró las toallas enrolladas en los codos de María, rojas de sangre y las sábanas manchadas. Oyó su voz, que el horror hacía curiosamente tranquila: ¿por qué lo hiciste? En la cara de María, blanca como un papel, los ojos parecieron moverse en dirección suya pero no lo encontraron. Los labios sin color seguían sonriendo. Quería morirme, murmuró. Recuerda haberse dirigido al vestíbulo, haber marcado con una especie de exactitud tranquila y glacial los siete números del teléfono de Julia, haberle hablado con calma a Julia; llama una ambulancia y mándamela de inmediato. María se ha abierto las venas. Alcanzó a sacar de un closet un maletín, poner allí una camisa de dormir de ella, un cepillo de dientes y algunos artículos de tocador, antes de oír el timbre del teléfono. La voz de Julia, también tranquila, le decía escucha bien, la ambulancia llega en pocos minutos. Diles que la lleven al hospital Cochin.

Los dos enfermeros tenían el aspecto rústico y fornido de un par de carniceros: uno de ellos era pelirrojo. Le pareció que no mostraban prisa y que eran torpes. Tropezaban los hierros de la camilla contra las puertas. *Est-ce qu'elle a perdu beaucoup de sang?*, preguntaba el pelirrojo estúpidamente. *Oui, oui, dépechez-vous.* Le pareció infinito el tiempo que tardaron en acomodar la camilla dentro de la ambulancia. María se había desvanecido. Estaba oscureciendo. Él se sentó al lado del conductor. Sólo después de oír el ruido de la sirena y el resplandor azulado de la luz que giraba arriba, en la capota de la ambulancia, y advertir la velocidad de vértigo con que iba abriéndose paso por las calles, tuvo la sensación de que su prisa era comprendida, su ansiedad compartida al fin. La tensión le dolía como un calambre en la boca del estómago. Tenía una impresión de vacío e irrealidad.

Julia estaba en el hospital, aguardándolo. Debieron soportar la indiferencia, la poca prisa y las preguntas rutinarias de las enfermeras, antes de que un interno se hiciera cargo de María. El interno resultó ser un muchacho tímido y más bien inexperto. Hacía pensar en un mal actor haciendo el papel de médico. No debían inquietarse, María había perdido mucha sangre; pero *elle s'en sortira,* dijo. Había ordenado una transfusión. ¿Era la primera vez que la señora intentaba suicidarse? Sí, contestó él. *Elle s'en sortira,* no se inquiete. La encontrará mañana en el servicio de reanimación. Antes de mañana no sabrá nada.

No quedaba otra cosa que hacer sino irse y esperar al día siguiente. Los hospitales en París son como cuarteles, decía Julia. Se dirigieron caminando muy despacio hacia la *Place de la Contrescarpe*. Después de tanta tensión, él se sentía agotado y vacío, sin deseo de otra cosa que respirar el aire tibio y beberse una cerveza. Estaban instalando luces y parlantes para la fiesta del 14 de julio. Se habían sentado en una terraza, recuerda. Dentro del café, había gente celebrando una fiesta. Cantaban en coro. Julia estaba sombría. Todo esto me parece un chantaje, estalló al fin. Detesto la gente débil. Mi mamá, por ejemplo..., es como María, incapaz de valerse por sí misma. Gente así, siempre te hace sentir mal, cruel... Se habían quedado de nuevo en silencio, oyendo cantos a su espalda. Quizá tengas razón, dijo él al fin. Pero yo no puedo dejar a María. De una manera que no puedo explicar, María soy yo, tal como era cuando niño. Tenía siempre miedo. La misma necesidad de aferrarme a algo, a una abuela, a una hermana... No puedo dejarla. Aún si esto me rompe. ¿Lo comprendes? Julia sonrió mirando fijo delante de ella. Francamente no, hermano.

Después del baño, Jacqueline había confeccionado un cigarrillo de hachís y ahora lo fumaba despacio en la penumbra del cuarto. Estaban recostados en la cama, el uno al lado del otro.

—¿Quieres? —preguntó Jacqueline pasándole el cigarrillo.

Él aspiró despacio y con cuidado aquel cabo, pero el humo le raspó la garganta y lo hizo toser:

—No has aprendido aún —dijo ella riéndose.

Le explicó cómo debía hacer.

—Oh, fúmalo tú sola —dijo él devolviéndole el cigarrillo—. A mí no me hace mayor efecto. Para este guayabo prefiero una ginebra con agua tónica.

Llamó por teléfono a la recepción. Pidió un gin tonic; luego, rectificando el pedido, solicitó una botella de ginebra y dos botellas de «Schweps».

—*Dis donc* —silbó Jacqueline—, por lo que veo tus asuntos marchan bien.

—Qué va —dijo Ernesto volviéndose hacia ella y apoyándose en el codo—, lo que pasa es que soy un pobre con manías de ríco. En el más estricto secreto, me encantan los hoteles de cuatro estrellas.

—*Mais tu gagnes quand même ta vie.*

—Más o menos.

Se quedaron en silencio. En el resplandor que se adivinaba al otro lado de las cortinas, la ciudad y los pájaros habían enmudecido de repente. Uno podía adivinar las calles provincianas llenas de sol, vacías a la hora de la siesta, los comercios cerrados, el zumbido del calor. Lejos, una campana dio las dos de la tarde.

—Me gustan estos días de verano —suspiró Jacqueline—. Pero quisiera estar a la orilla del mar. *Ne rien foutre pendant des semaines. Des mois, peut-être. J'ai envie de partir.*

—*Partir c'est un peu mourir.*

—*Qui est-ce qui a dit cette connerie-là?*

—*Un poète.*

—*Eh bien, pour moi c'est plutôt le contraire. Rester dans un même endroit c'est mourir.*

—Quizá tengas razón. Tú viajas mucho, ¿verdad?

—Rara vez puedo quedarme más de tres meses en un mismo sitio. Tres meses es lo máximo.

—Tendrías que darme la fórmula para viajar sin dinero.

—No tener miedo.

—Caray, Jacqueline, con el solo valor no se come.

—*Là, tu te trompes.* Te equivocas. Cuando yo tengo hambre, pido. Y siempre me dan. Un trozo de pan, al menos. Siempre, ¿sabes? Un día, en Irán, después de haber pasado muchas horas sin comer, le dije al chófer de un camión: tengo hambre. Él no comprendía el francés, pero entendió lo que quería. Me llevó a su casa. Era el anochecer y su casa estaba en un pueblito muy pobre, en medio de colinas amarillas, sin árboles. Y allí, con su esposa y sus hijas, pasé ocho días encantadores. Compartieron su comida, conmigo. Gente pobre. En todas partes, en Marruecos, en Goa, en la India, en Katmandú, he encontrado gente así.

Se quedó un instante, pensativa. Luego agregó:

—*Des salauds aussi, bien sûr.*

El humo de aquel cigarrillo que se le quemaba en los dedos subía en espirales lentas, delante de sus senos desnudos y de su cara absorta.

—Es mejor llevar un poco de dinero —reflexionó después—. Pero si no lo tienes, *tant pis.* Yo no necesito mucho para viajar: dos slips limpios, dos túnicas que compré en el Pakistán, ésta que ves ahí y otra, un pullover, si hace frío. Y mi saco de dormir. Todo esto me cabe en... cómo se dice, *sac à dos.*

—Morral.

—En mi morral. Cuando me lo pongo es como si llevara mi casa a la espalda. Me siento segura, nada malo me puede ocurrir, *tu comprends?*

En aquel momento golpearon a la puerta. «*Merde*», exclamó Jacqueline aplastando la colilla diminuta en el cenicero con una mano y agitando con la otra el aire para disipar el olor del hachís. El camarero entró al cuarto llevando una bandeja con una botella de ginebra Gordon's, dos botellas de agua tónica, dos vasos, un balde con hielo y un platillo de aceitunas.

—Ponga la bandeja sobre la mesa —dijo Ernesto.

El camarero, que era muy joven, se había impuesto la discreción de no mirar hacia la cama.

Cuando salió de la alcoba, Ernesto se levantó, puso mucho hielo en el vaso y se sirvió tres dedos de ginebra con un poco de agua tónica.

—¿No quieres? —le preguntó a Jacqueline.

—No me gusta beber nada. Salvo champaña.

—Caramba, qué gustos aristocráticos. ¿Tienes un papá noble, por casualidad?

—Obrero —sonrió Jacqueline—. Pintor de casas. *Peintre en bâtiment.*

—*Ah bon* —dijo Ernesto, después de beber un largo trago de gin tonic. La ginebra le caía bien. Empezaba a sentirse mejor. Durante un instante le ardió en la cabeza el recuerdo de Cristina, débilmente, como una llama que empieza a consumirse. Había sido una gran idea no quedarse en París, pensó.

Le tomó una mano a Jacqueline y se la besó.

—Te amo, mujer. Habría sido siniestro despertarse solo en París.

—Tu amiga..., *la fille* que se quedó con Margy, ¿te gusta mucho?

—Un poco.

—*Elle a l'air d'une garce.*

—No, no es *garce* —dijo él—. Tiene un ego un poco crecido. Yo la llamo «heme aquí». —Sacudió la cabeza—. Mejor pensar en otra cosa. No me has contado tu expedición a la India. ¿También allí te violaron?

Jacqueline lo miró con asombro.

—¿Por qué dices eso?

—No sé. Creo que en Marruecos tuviste problemas, ¿no es así?

—En Marruecos no pasó nada. Me defendí con una barra de hierro. Pero en Turquía sí fui violada por dos hombres.

—¿De veras?

Debió hacer una larga antesala en los servicios de recuperación del hospital, al lado de gentes de aspecto modesto y paciente. Empezaba a temer que le hubiese ocurrido algo a María, cuando lo autorizaron a verla. María se encontraba en un cuarto claro, en el que sólo había dos camas; la otra estaba ocupada por un hombre colocado bajo una tienda de oxígeno. María estaba hablando tranquilamente con una enfermera. Tenía vendas en los brazos y en las muñecas. En cuanto lo vio, los ojos le resplandecieron de alegría. La sintió temblar en sus brazos. La besaba en la boca, en las mejillas y los párpados, lleno de emoción; le quedó en los labios el sabor a sal de una lágrima. La enfermera, que era una antillana, los miraba con simpatía. Debía usted regañarla por hacer tonterías, le dijo.

Cuando la mujer se fue, se quedaron largo rato en silencio mirándose. Nunca había visto a María tan linda. En la cara muy fina y de rasgos delicados como tallada por un buril muy fino, los ojos oscuros y grandes le brillaban intensamente. Qué loca eres, murmuró él. María le sonreía mirándolo a través de las lágrimas. Su voz sonó lenta, muy triste. No te imaginas qué difícil es morir, Ernesto. Ayer, cuando estaba en la bañera, sintiendo que me iba ya, que todo estaba terminando, te vi, te vi de pronto como si estuvieras en la puerta del baño. Estabas tan solo. Como un niño... De pronto no quise irme y dejarte. Las pestañas de ella se agitaron debatiéndose con una lágrima. Él le pasó la mano por la cabeza con ternura. Qué loca eres, qué absurda, le decía. Se habían quedado de nuevo en silencio, tomados de la mano. En los cristales de la ventana zumbaban moscas, enardecidas. Fuera el aire era luminoso y quieto; se adivinaba la modorra del verano. Por el patio entre altos pabellones grises, se paseaban algunos enfermos en bata. Lejos, quizás en las calles, se oía música. Era el 14 de julio. De pronto se había acordado de otro 14 de julio, cuando era estudiante. Caía el crepúsculo, había una orquesta con acordeones en la plaza de *Saint-Germain-des-Prés;* gente joven giraba al compás de la música. Cómo era de distinta su vida entonces, cómo había cambiado, pensaba. Se vio a sí mismo, convertido en un hombre maduro y melancólico mirando por una ventana de un cuarto de hospital. Oyó la voz de María. ¿En qué piensas? Él le sonrió sin mirarla. En la vida, dijo.

El hombre que estaba en la otra cama tenía los ojos entreabiertos y sin expresión. Debía tener unos cincuenta años. Su mentón era fuerte y había en su boca, grande pero con labios finos, una expresión irremediable y amarga. Le llaman *monsieur Michel,* le explicó en voz baja María. Es su tercera tentativa de suicidio. Anoche, sin que la enfermera se diera cuenta, trató de cerrar la llave del oxígeno. De pronto se dio cuenta que yo estaba aquí, mirándolo aterrada. ¿Tiene miedo?, me dijo. Yo le dije que sí con la cabeza. Entonces él se quedó tranquilo. Le prometo que sólo lo haré cuando usted se haya ido, me dijo después. Está muy cansado. Sólo quiere terminar y yo lo entiendo, agregó María. Él (Ernesto) protestó. No digas eso, coneja.

Le había resultado difícil sacarla del hospital aquel mismo día. El médico jefe, un hombre de edad, alto y prudente, le dijo que, tratándose de una tentativa de suicidio, María debería permanecer en observación psiquiátrica varios días, a menos que él firmara un papel descargando al hospital de toda responsabilidad posterior. Firmó el papel, pero en el momento de pagar la cuenta, muy elevada, descubrió que no tenía dinero suficiente. Así que salió a buscarlo, sin decirle a María nada, salvo que todo estaba arreglado y que iba a la casa para traerle ropa. Se encontró, pues, caminando en el mediodía reverberante de calor, preguntándose a quién le pediría dinero prestado. Todos sus amigos eran pobres, salvo Viñas. ¿Y Viñas? La idea le producía un frío en el estómago. ¡Después de lo ocurrido en su casa, venir a pedirle dinero! Además, nunca lo había hecho.

Nunca le había pedido nada a Viñas. Repasó mentalmente otras soluciones. Eran todas posibles, pero requerían tiempo. Amargamente se encaminó hacia el taller de Viñas.

Lo encontró. Viñas puso cara de asombro al verlo en su puerta. Tenía un rastro de pintura verde en las barbas. Pase, maestro, dijo, tras un primer instante de sorpresa. Amistoso, contento de verlo, lo empujó hacia el interior, un vasto taller con grandes ventanales llenos de luz. Le enseñó sus cuadros. La pintura de Viñas había cambiado. Habían desaparecido los tonos sombríos, las formas crispadas de otras épocas. Ahora estallaban, en ella, mucha sensualidad y una exuberancia insolente. Era un gran pintor. Él (Ernesto) lo había sabido desde el primer día, cuando aún sus telas eran rechazadas por galerías y salones. Viñas era entonces víctima del snobismo, la ignorancia; su pintura no estaba de moda en aquel momento. Pero no parecía inquietarse por ello. Aguardaba su oportunidad frío, desdeñoso y paciente. Tranquilo, maestro, decía: hay que darle tiempo al tiempo. Luego, cuando el éxito vino, se había vengado. Seguía vengándose de todo el mundo. A críticos, personajes y *marchands de tableaux* que lo habían ignorado, les hacía ahora desaires truculentos. Se vengaba inclusive del hambre que había pasado en París derrochando con insolencia el dinero en restaurantes *y boutiques.* Se había comprado un Jaguar color fresa que dejaba cubrir de polvo en la calle, y un abrigo de piel de nutria que se echaba encima de sus camisas de pájaros y sus blujines manchados de pintura. Despreciaba profundamente la corte de snobs que lo rodeaba. Les lanzaba *boutades* y bromas como se arroja de carne a un perro para tenerlo siempre a los talones. Con muy pocos aceptaba hablar de su pintura. Él (Ernesto) era una excepción. Seguramente sabía que en él encontraba reacciones auténticas. Ahora, por unos minutos, volvía a ser el viejo Viñas fraternal y cierto de otros días; el que vivía de su guitarra en un cuarto de la *rue Dauphine.*

Después de enseñarle sus cuadros, lo invitaba a almorzar. A él (Ernesto), en otras circunstancias, le habría agradado hacerlo, pero la idea de María aguardándolo en el hospital no lo dejaba tranquilo. Recordando el motivo de su visita, sintió de nuevo un frío en el estómago. Reaccionó abruptamente, como le ocurría cada vez que la timidez lo acorralaba. No puedo, le dijo. En realidad, vine para pedirte un favor. La cara de Viñas se ensombreció de repente. La mano que restregaba un trapo contra la otra para quitarse un rastro de pintura o aceite, se hizo de pronto más lenta, como fatigada. Estaba a la defensiva. Necesito plata. Una expresión fría pasó por la cara de Viñas. Parecía acostumbrado a este tipo de peticiones. ¿Cuánto? Mil quinientos francos, le dijo. Viñas asintió. ¿Los necesitas ahora mismo? Ahora, sí. Su propia voz sonaba dura, sin proponérselo. Viñas se dirigió al fondo de la sala y volvió poco después con tres billetes de quinientos francos en la mano. No había otra cosa sino agradecerle y salir. Pero le costaba trabajo hacerlo. Él (Ernesto) se sentía avergonzado e incómodo. Entendía a Viñas. Vivía rodeado de gentes interesadas, atraídas por su fama, por su dinero. Desde su separación, docenas de muchachas lo llamaban por teléfono; él sabía que intentaban acostarse con él para resolver problemas económicos. Antiguos condiscípulos le escribían solicitándole diversas formas de ayuda. Todo esto debía dejarle un mal sabor en la boca. Debía preguntarse qué había de real en todo lo que lo rodeaba. Estaba solo. Quizá más solo que él (Ernesto). Movido por un afecto repentino, le dio una palmadita en el brazo. Gracias, maestro, me has hecho un gran favor. Y agregó de pronto, inesperadamente, bajando la voz: tengo a María en el hospital. No quería decirlo, pero lo dijo. La expresión de Viñas cambió. Lo envolvió en una mirada profunda, extrañada, benévola. Tómese al menos una cerveza conmigo, maestro, le propuso.

Reverberaba el calor en la plazuela del Odeón. Algo en la calma abrumada de las calles decía que había empezado el éxodo de vacaciones, que la ciudad se abandonaba a la desolación de sus días tórridos. Sin darse cuenta, como en otros tiempos, veinte años atrás, tomaron por la *rue de l'Ancienne Comédie*. Se sentaron en un café, en el ángulo de esta calle con la *rue Dauphine*. Desde allí veían el bar donde en otros tiempos Viñas tocaba la guitarra y el ruinoso hotel de los altos. No pudo evitar él (Ernesto) una referencia a Marta. Ahora vive en una ciudad de la Tierra del Fuego, rió Viñas. Hay que huir de las mujeres problemáticas, maestro. Hablaron de otras mujeres. De una muchacha francesa, enamorada de Viñas, a la que llamaban en otro tiempo *«la petite ficelle»*. De una peruana muy rica, que un día, en pleno invierno, los había recibido en su apartamento completamente desnuda. Le hacía atrevidas alusiones a Viñas, que éste dejaba caer en el vacío, todo envuelto en suéteres y bufandas. Maestro, aquel día sólo me interesaba que nos diera algo de comer; llevaba tres días en ayunas. Se habían reído, recordando aquellas épocas, hablando frente al calor tórrido de la calle y a dos nuevas cervezas heladas, como si no hubiera transcurrido el tiempo desde entonces y aquel París, adormilado por el verano, fuera el mismo de los remotos años cincuenta. Al final de todo, se habían levantado. Mire, maestro, le dijo Viñas de pronto: tome esta plata (le había dado dos mil francos más) y déjese de pendejadas. Váyase unos días fuera de París. París lo pone a uno verde y triste a la larga. Le había indicado una hostería por los lados del bosque de *Rambouillet*. Y él (Ernesto) con una emoción brusca había recibido los billetes. Si me quedo un minuto más me echo a llorar, pensaba después en el metro.

Le llevó la ropa a María y al entrar pagó la cuenta del hospital. María eligió una blusa de mangas largas para disimular los vendajes y se puso un par de blujines. Se había despedido con un beso de la enfermera antillana. La mujer, que estaba en la sala de guardia jugando a las cartas, le dijo que no quería verla nunca más por allí, una muchacha tan linda, con un marido que la quiere tanto, tiene todo para ser feliz. Antes de abandonar el pabellón, María, en un impulso repentino, se aproximó a la cama de *monsieur Michel,* levantó la tienda de oxígeno y le habló al oído. Luego le besó la frente. Salió con ojos húmedos, pero no dijo nada. En el taxi que los llevaba a la estación de *Montparnasse,* iban tomados de la mano. En las calles ardientes de sol, se escuchaba la música del 14 de julio. Respiraron tranquilos cuando el tren dejó atrás los vastos suburbios industriales, la triste *banlieue* sumergida en el mismo resplandor de cemento sin esperanza, y tuvieron, en cambio, la visión de los campos, el verde plateado de álamos relumbrando en la claridad de la tarde y parches claros de trigo y oscuras manchas de bosque. Sentían por la ventanilla abierta el olor crudo y grato del verano, un olor que les hablaba quizá de Mallorca, de días tranquilos y llenos de luz a la orilla del mar. María había cerrado los ojos con placidez. Su blue jean parecía muy viejo. Sólo me tiene a mí, pensaba él.

La hostería no quedaba en el campo, sino en Dourdan. A ambos les gustó sin embargo la pequeña ciudad, sus frescas y penumbrosas calles de piedra en torno a la catedral de altas agujas y a un antiguo torreón medioeval que se levantaba frente a los pabellones del mercado público. El cuarto que les dieron estaba fresco y en penumbras. Olían bien las toallas del baño, a lavanda, así como las sábanas del lecho. Había un radio en la mesita de noche. Al descorrer las cortinas descubrieron un plácido horizonte de tejados de pizarra y más allá, los campos dorados con trémulas hileras de álamos. Se dejaron caer en la cama rendidos de fatiga. Como tenían hambre, pidieron sandwiches de jamón y una botella de vino rojo. Había en radio un programa de jazz. Bebían el vino despacio mientras la alcoba se iba llenando de una luz dorada y en el aire apaciguado por el primer viento fresco del anochecer revoloteaban las golondrinas. Qué feliz me siento ahora, suspiró de pronto María. Pensar que ayer quería morirme... No pienses más en eso, dijo él. Pero los ojos de ella habían vuelto a llenarse de lágrimas. Escucha, le dijo él pasándole un brazo sobre los hombros, ya todo pasó. Estamos aquí juntos. Estaremos siempre juntos. Estaba pensando en *monsieur Michel*, dijo ella. Creo que esta noche acabará todo para él. Esta mañana, cuando me despedí, le dije: un día, *monsieur Michel*, nos encontraremos en alguna calle de París y nos reiremos de todo esto. Pero él movió la cabeza. *Là haut*, me dijo hablando en voz muy baja; nos encontraremos allá arriba. María hizo una pausa. Lejos, sonaron las campanas de una iglesia. Seguían volando pájaros, ahí afuera, sobre los tejados. Oh, Dios mío, suspiró María, qué horrible es la soledad, Ernesto.

III

Jacqueline acababa de contarle cómo fue violada en Turquía.

—De modo que así fue el asunto —dijo Ernesto—. Dos hombres.

—Dos.

—¿Y estabas con un amigo y el amigo no hizo nada por defenderte?

—De todas maneras no podía hacer nada. Aquella vez comprendí que un hombre no sirve para protegerlo a uno.

—¿Pero te diste cuenta de las intenciones de los dos tipos?

—En seguida que me senté al lado de ellos. Por la manera de mirarse entre sí, ¿sabes? Y luego por todas las explicaciones que daban cuando se salieron de la carretera. Decían que iban en busca de unos sacos. ¡Qué lugar tan desierto aquél! Estaba muy cercano a la frontera de Turquía con el Irán. Yo veía, relativamente cerca, montañas con nieve.

—Y tu amigo, ese Jack...

—Tenía más miedo que yo. Cuando vio el cuchillo en la mano de uno y el..., ¿cómo se dice el *cric...*? en la mano del otro.

—Gato.

—¿Gato como *le chat*?

—Sí.

—*Tiens!* Bueno, cuando Jack vio el cuchillo en la mano del uno y el *cric* o gato en la mano del otro, me dijo: *vas-y, on ne peut rien faire.* Yo temía que me mataran. Porque en Turquía te violan y luego te matan, para que no los denuncies. Ya me lo habían dicho. De modo que resolví tomar el asunto de la manera más natural, como una broma. *Ça va, ça va,* les decía cuando me hicieron subir en la parte trasera del camión. Sin mostrarles miedo.

—¿Los abandonaron allí?

—No, al día siguiente nos depositaron de nuevo en la carretera principal.

—¿Al día siguiente?

—Claro. Ya te lo dije: estuvieron toda la noche conmigo. Sin dormir. Pasaba el uno, luego el otro. Riéndose y bebiendo. *Fic fic,* decían de pronto. Querían hacer *fic fic.*

276

Jacqueline se mordió los labios.

—La próxima vez compraré un revólver —dijo—. Y, si un tipo quiere tocarme, lo tumbo. *Je le descends.*

A Ernesto le pareció que lo decía muy en serio. Volvió a acordarse de ella en Mallorca, subiendo por las rocas, incansable, férrea, ágil dentro de su túnica blanca, y pensó que era el tipo de mujer que hace siempre lo que se propone.

Distraídamente le pasó el platillo de las aceitunas.

—*Ils sont dingues ces mecs* —dijo llevándose una aceituna a la boca—. Estambul, *tu vois, c'est encore civilisé. Mais quand tu sors c'est la jungle.*

Escupió en el cuenco de la mano la pepa de la aceituna.

—*Et les trains turcs c'est le bordel* —dijo, y continuó hablando en francés, pese a que su español era fluido y sin acento, o mejor, con un ligero acento venezolano, pues debía haberlo aprendido con la Margy—. Durante los cinco días de viaje de Estambul a Teherán, había por lo menos quince tipos en la puerta del compartimento mirándome y riéndose. Todo el tiempo. Y si salía al pasillo, querían tocarme. Al final, decidí quedarme en mi puesto, sin salir, comiendo frutas que compraba en las estaciones, por la ventanilla, y bebiendo té rojo. Te juro, se vuelven locos cuando ven una mujer europea. En Lahore y Peshaware tuve que ponerme una túnica y velarme para andar tranquila.

—¿Realmente fuiste a la India con sólo mil francos?

—Mil francos y dos kilos de hachís.

—Y cuando se te acabaron, ¿qué hiciste? ¿Buscaste trabajo?

—¿En la India? Estás loco. No hay dónde. En la India, cuando se queda uno sin dinero, no hay sino dos posibilidades: pedir limosna y robar. Yo hice las dos cosas.

—¿Limosna? ¿Realmente pediste limosna en un país que está lleno de...

—Hay millones, sí. Y yo me dije: tengo que hacer como ellos. O puedo hacerlo inclusive mejor que ellos, tengo más chances de sobrevivir porque soy joven y tengo salud en tanto que a muchos les faltan brazos o piernas, o tienen tracomas, o lepra, o llagas en el cuerpo, y la gente les rehúye o en todo caso no les importa que revienten. *Ils s'en fichent s'ils crèvent, tu comprends?* Y un domingo, en las playas de Bombay, hice el ensayo. Recorrí diez kilómetros con la mano extendida, pidiendo.

—¿Y?

—Recogí lo equivalente a siete francos. Es mucho. Imagínate, a un leproso le dan a lo sumo tres céntimos. A mí me daban mucho más. Los burgueses me preguntaban: ¿cuánto le doy? Dos o tres rupias, les respondía yo. Para ellos es mucho.

—¿Viviste un año así?

—Sí, hasta cuando descubrí que podía robar. Pero al principio todo fue muy duro. Tienes que dejar a un lado tus valores europeos y aprender a vivir como ellos, como los hindúes. A ser como ellos. Y el cuerpo se rebela. *Le corps refuse. L'esprit est d'accord mais le corps ne suit pas, tu vois?* Tienes que obligarlo a aceptar muchas cosas.

—¿Por ejemplo?

—Los olores, la comida; las enfermedades. Yo tuve sarna, lo que no es grave porque en París puedes atraparla también, en el metro. Pero también enormes infecciones en las manos. Tienes que acostumbrarte a convivir también con esto, a saber que no existe ni el alcohol, ni el mercurocromo. Allí la lepra es como la gripe entre nosotros, algo que no se cura en el hospital. Pero hay algo peor. Peor que las infecciones y ese arroz con salsa picante que vomitas porque el cuerpo no lo acepta; o peor aún que el olor, ese olor de la India, que no se respira en otra parte. Es la falta de espacio. Yo no estaba preparada para esto.

—¿Quieres decir que hay miles de gentes en torno tuyo, siempre?

—Millones. Caminas entre millones. Los trenes están llenos hasta los techos. Nunca tienes la sensación de disponer de un espacio para ti. *Ça m'a foutu une claque dans la gueule, tu sais?*

—¿Llegaste realmente a vivir como los mendigos? ¿Dormías en las calles?

—Eso no. Logré acostumbrarme al olor, a la comida, a las llagas. Pero no pude dormir en las calles por culpa de las ratas. Tienen hambre, también. Te muerden los pies.

—Basta, Jacqueline. Me estás alborotando el guayabo. No olvides que todo el Tercer Mundo tiene un aire de familia. Algunas cosas de Bogotá te recordarían a Calcuta. ¿No conociste cosas agradables?

—Sí, claro. Katmandú.

—Ah, no, de Katmandú no quiero oír nada.

Jacqueline se echó a reír.

Por aquellos días llegó a París Marta Insignares, la prima de María. Era una muchacha fea, flaca, impetuosa, que había crecido junto a ella persiguiendo lagartijas en el mismo huerto y más tarde compartiendo el ocio inocente y abrumador de los té canasta en el club, la algarabía de las despedidas de soltera y algunas veces las quietas y sofocantes tertulias de las noches en el barrio de Manga, en Cartagena. Marta llegó como una tromba llenando con su risa fuerte y su desenfado de chismes y de malas palabras el ámbito lúgubre de aquel apartamento. Aunque vivía en Miami trabajando en una agencia de viajes, estaba al corriente de todo lo que ocurría en Cartagena: quién se había casado con quién, quién se había separado y por qué, el escándalo protagonizado por alguna amiga hasta entonces insospechable, sus amores tórridos con un personaje de la ciudad. ¿Todavía contándose chismes?, les preguntaba él en broma al encontrarlas por las tardes en el salón hablando incansablemente. Vete, niño, déjanos en paz, contestaba Marta riendo. María se sentía muy bien con ella, pese a que su prima le devolvía intacto su mundo envenenado por la maledicencia. Cosa extraña, aceptó acompañarla a una gira nocturna por París, el clásico París *by night* de los turistas. Marta decía que María había sido desde niña retraída, que había que obligarla a salir y a respirar otro aire. Días después fueron juntas a Versalles, y una tarde aparecieron con un mapa de Holanda en la mano. Marta quería llevársela por una semana a Amsterdam. Quizá darían luego un salto a Londres. ¿Estaba él de acuerdo? Sí, desde luego que sí. No debías ser tan confiado, bromeó Marta. De pronto María te deja por alguien más joven que tú y menos sinvergüenza. Le estoy dando malos consejos. La risa fuerte y saludable de Marta era contagiosa, aunque María al oírla se ruborizaba hasta las orejas. Él decidió entretanto, ahora que las oficinas de *Nouveau Monde* cerraban por vacaciones, irse un par de semanas a Mallorca.

Así que un día apareció por Deià para júbilo de Julia, de los Azuola, de Erick y de Mariana y de toda su tribu. Le alegró encontrarlos a todos en la terraza de la Casa de las Ventanas Azules, bebiendo ginebra frente al paisaje de colinas llenas de luz, de tejados y olivares y pájaros volando en el ámbito de un limpio cielo color lila. Aquella noche se emborracharon como en los viejos tiempos, Carmen cantó canciones andaluzas y Mariana preparó una paella. Al salir hacia la vieja casa donde había vivido —que doña María aceptó alquilarle de nuevo por algunos días— él (Ernesto) se sentía feliz como nunca, caminando en un Deià fantasmal a la luz de la luna, con los altos cipreses recortándose en la noche y alguna estrella fugaz cayendo a veces como una piedra de luz del lado del mar. Los Azuola lo aguardaban en las acostumbradas rocas de Lluch Alcari, al día siguiente. Encontrar de nuevo el agua quieta y transparente de las calas y la vibración de las cigarras en el aire ardiente de los olivares, era descubrir una paz de otros días, que ya había olvidado. Jamás he debido irme de aquí, pensaba echado en una roca con todo el calor del sol en las espaldas. Martín y Carmen parecían muy contentos de hablar de nuevo con él. Sentados en la terraza de su casa, como en otros años, hablaban hasta muy tarde de lo que podía ocurrir en España a la muerte de Franco, de la ETA y la situación en el país vasco. A Julia le aburrían aquellas conversaciones. Déjame secuestrarte, huérfano, le decía; basta ya de esas charlas de viejo. Decidió mostrarle otros rincones de la costa, que él no conocía. Venía todas las mañanas a su casa, acompañada por una muchacha rubia y de ojos claros, muy joven, que había conocido días atrás en Deià. Era francesa y se llamaba Jacqueline. Lo llevaban por lugares muy escarpados, trepando y bajando con agilidad entre rocas en busca de calas tranquilas. Avanzaban delante de él con una inflexible y alegre tenacidad, sus dos cuerpos jóvenes y ligeros bajo túnicas idénticas agitadas por el viento, volviéndose con la misma sonrisa para animarlo. Se burlaban de él porque no se bañaba en el mar desnudo como ellas. Muy rápidamente se había acostumbrado a verlas sin traje de baño. Julia tenía un cuerpo tan quemado por el sol que parecía una mulata con caderas anchas y senos redondos y firmes; el de Jacqueline era esbelto, de espalda muy larga y senos breves, y al mirarlo de cerca, sobre la piel fina y tostada y húmeda de aceite se adivinaba una pelusa rubia que hacía pensar en la piel de un durazno maduro. Jacqueline tenía apenas veinte años. A los quince había cruzado el Sáhara, de Marruecos a Mauritania sola, viajando en camiones a través de pistas que se perdían entre las dunas. Alguna vez un camionero había tratado de violarla, pero ella se había defendido blandiendo una barra de hierro. Una mujer puede defenderse sola, si quiere, decía. A él le gustó desde el primer día que la vio su manera directa de hablar y la mirada franca y amistosa de sus ojos claros. Llevaba siempre hachís en una bolsita de cuero sujeta al cuello por un cordón. Era todo un rito la forma como preparaba cada cigarrillo —*un joint,* como ella decía—, que luego fumaban sentados en alguna piedra solitaria delante de un mar que parecía pertenecerles por entero. Las dos muchachas se cubrían con una toalla cuando veían pasar una lancha cerca de la costa. A veces se cruzaban entre sí miradas cómplices, cuyo sentido él solo comprendió una tarde en que, luego de fumarse un cigarrillo de hachís, empezaron a acariciarse entre risas. Tócala tú también, tócala, no pongas esa cara de idiota, le decía Julia tomándole mano y poniéndosela sobre los senos breves y duros de Jacqueline. Aprende un poco, huérfano, ya es hora; los hombres nunca saben acariciar una mujer; y menos que nadie vosotros, los machos latinos. Jacqueline eludió riendo sus manos y se echó al agua. ¿Te escandalizo huérfano?, le preguntó Julia. De ninguna manera, contestó él. El único problema es que tu muchacha me gusta. Pues no veo dónde está el problema, rió Julia despacio, los dientes muy blancos en su cara casi negra por el sol, mirándolo fijamente.

Las fiestas a las que lo llevaban con frecuencia en casa de un pintor gringo lo aburrían enormemente y lo hacían sentirse viejo. Nadie conversaba. Circulaban de mano en mano cigarrillos de marihuana y los asistentes, jóvenes de pelo largo y muchachas con aspecto de hippies, oían la música de baterías y guitarras eléctricas sentados en el suelo, con el mismo aire extático, reverente ya a veces soñoliento con que se asiste a una misa.

Julia y Jacqueline parecían participar de aquel fervor contemplativo. La casa del pintor quedaba en la montaña, al final de un camino muy escarpado que subía entre olivares. Una noche, en que salieron tropezando y empujándose en la oscuridad, las dos muchachas decidieron que estaban muy cansadas para ir hasta Lluch Alcari y que dormirían en la casa de él. En cuanto entraron al cuarto del altillo, se quitaron las túnicas, porque hacía mucho calor y se tendieron en la cama, desnudas, la una al lado de la otra, retozando siempre. Él las contemplaba inquieto. Julia se había vuelto hacia él con risa (cada vez que fumaba, le daba por reír todo el tiempo), diciéndole: quítate esos pañales, bebé. A él empezó a latirle el corazón con fuerza. Esperen un momento, dijo. Bajó a la cocina y se sirvió una copa de brandy. Las dos lo vieron aparecer con la misma expresión traviesa en las pupilas. Bebé, ¿serías capaz de hacer el amor con nosotras? La voz de Julia le brotaba ronca bajo el brillo sostenido y risueño de los ojos. Están corrompiendo a papá, dijo él, el corazón latiéndole furioso bajo la camisa. No tengas miedo, susurró Jacqueline; *le loup méchant,* el lobo malo no te va a comer, agregó en francés, y ambas soltaron la risa. Esperen, esperen, repuso él. Se había sentado a la orilla de la cama, junto a Julia. Las veía a las dos, desnudas, sudorosas, traviesas. Él no acertaba a explicarse qué le ocurría, se sentía paralizado. Julia comprendió al fin. ¿Sigo siendo tu pequeña hermanita? Se incorporó despacio de la cama. ¡Qué idiota!, exclamó. Atrapó una toalla que había sobre el espaldar de una silla y se envolvió en ella. Voy a tomar una ducha, hace mucho calor, dijo. En la puerta, se volvió hacia ellos. Diviértanse, niños, dijo y desapareció. Él encontró los ojos atentos e irónicos de Jacqueline casi velados por las pestañas. *Qu'est-ce que tu peux être idiot. Viens,* le dijo.

Seguían aún acariciándose cuando volvió Julia

sonriendo y con la toalla que antes le envolvía el cuerpo convertida en turbante. Él se sentía muy bien. Recuerda haber dormido con ellas, aquella noche, sobre colchones que extendieron en el suelo. No descubrió en sí mismo ningún rastro de celos oyéndolas en la oscuridad debatirse entre risas, murmullos y quejas. El sol entraba muy claro por las ventanas abiertas, junto con una brisa tibia, cuando despertó. Piaban golondrinas en el tejado. Jamás me he sentido tan bien, pensaba él mientras bebían una gran taza de café en la cocina. La brisa que entraba por la ventana traía una fragancia de naranjos. Apaciguado su deseo (sólo ahora entendía la ansiedad que había experimentado siguiéndolas por entre las rocas) sentía por Julia y Jacqueline un sentimiento fraternal muy profundo. La manera cómo había hecho el amor con Jacqueline había sido muy dulce e intensa. La observaba mientras ella bebía su café. Hablaban en aquel momento con Julia de un viaje que se proponía hacer a la India. Su pelo era de un rubio que tiraba a castaño, con reflejos dorados. A veces se lo apartaba de la cara con un ademán leve, infinitamente femenino. Resultaba tierna y deseable. Como un melón, pensó; un melón dulce, pulposo y helado en el calor del verano. Perdona la comparación tan machista, pero me haces pensar en un melón. Jacqueline no entendió nada, porque él había hablado en castellano. Que pareces un melón, tradujo Julia en francés. Bof, hizo Jacqueline alzándose de hombros. Julia lo miró, curiosa. Tienes hoy otra cara, huérfano. Te han salido hoyuelos, estás hermoso. Hoy pareces un bebé. ¿Bebé? *Tu parles,* dijo Jacqueline, y los tres se echaron a reír.

Aquella noche, recuerda, hubo otra fiesta. Encontró a Reichel, que ahora andaba enamorada de un italiano y apenas lo saludó de lejos con la mano. Julia desapareció con una negra de California y Jacqueline estuvo toda la noche fumando hachís o marihuana con el pintor gringo, que era un hombre esbelto, de rostro muy fino y manos largas y casi femeninas que pasaba horas enteras tocando el tambor. Así que él regresó solo a su casa, con un agudo sentimiento de frustración. Le molestaba la manera como el pintor había desaparecido escaleras arriba llevando a Jacqueline de la mano. No puedo ser como ellas, pensaba. *Trop tard.* A la nada, estoy creando relaciones posesivas. Detestaba sentir celos. Lástima no ser un sueco en vez de... ¿qué cosa era? Un latinoamericano resentido... Trató de mostrarse desenvuelto y alegre al día siguiente, cuando Jacqueline vino a buscarlo. Pero era difícil. Jacqueline le dijo que Julia se había quedado en casa. Tenía el período y no se sentía bien. Mientras avanzaban por el camino de Lluch Alcari, con el acostumbrado estruendo de cigarras en el aire, la muchacha le contaba desprevenidamente la noche que había pasado con el pintor. Habían absorbido coca. *Il était complètement défoncé, tu sais? C'est un mec avec beaucoup de problèmes.* Casi no pudo hacer nada conmigo. Él la escuchaba en silencio, erizado de púas, como un cacto. Ella lo notó. ¿Qué te pasa? Iba a su lado, ligera en su túnica blanca abierta por un costado hasta el muslo. Celos, dijo él en español. Como no entendía se lo dijo en francés. Ella sacudió la cabeza con enojo. Julia tiene razón, tú es *vraiment* un bebé. Nadie pertenece a nadie, deberías saberlo. El día que descubras que todo el mundo puede tocarse cuando lo desee, puede amarse y dejarse sin historias, libremente, te sentirás *vachement bien,* como me siento yo. *Je te le jure,* le repetía después sentada en la piedra de costumbre frente al quieto resplandor del mar, el pecho desnudo y el pelo cayéndole sobre los hombros dorados, mientras preparaba con ademanes rituales y tranquilos un cigarrillo de hachís. A medida que fumaba, las pupilas le brillaban a través de las pestañas con el fulgor plácido e instantáneo de una gata a la que le acarician el lomo. Lo había examinado con una sonrisa lenta, las aletas de la nariz palpitándole. *Ce sacré* Ernesto... ¿Has hecho alguna vez el amor debajo del agua? *C'est extra, je te jure.* El agua está fría, rió él. Pero sentía latir su sangre en la garganta y en los tímpanos, rara vez había experimentado un deseo tan intenso y brusco. Quería tocarla, pero temía ver aparecer por allí a los Azuola. Vamos a los pinos, dijo roncamente. Jacqueline miró con desaliento los pinares que se alzaban sobre las rocas desnudas por donde minutos antes había descendido. *Qu'est-ce que tu es bête.* Si quieres hacer el amor, hagámoslo aquí mismo. No, no a los pinos, pidió él. Hay una gruta... Ella, dócil, alargó la mano para tomar una toalla. Sacudió la cabeza mirándolo compasivamente. *Quel idiot,* dijo.

Julia los llamó traidores cuando los vio llegar. Estaba tirada sobre una silla de lona. Alargó una mano para atrapar la de Jacqueline. Con la otra le pasó a él un papel azul. Era un telegrama. Decía: NECESITO VERTE. ESTAMOS EN BARCELONA. LLÁMAME AL TELÉFONO. Daba en seguida un número y estaba firmado YO.

Lo arrugó y lo arrojó al suelo. No quería saber nada más de Oona.

—*Qu'est ce que tu es bête.* Katmandú es una ciudad bellísima. Pequeña, se recorre en treinta minutos. Hay flores y mucha calma y el aire huele bien. Huele a montaña.

—Eso suena más agradable.

—*Bénarès est magnifique, aussi.* Es la ciudad sagrada de la India. Las gentes van allí a purificarse en el agua del Ganges, como aquí, en Francia, van a Lourdes. Tienes el antiguo palacio del rey y chozas y música por todas partes. Para bajar al río desciendes cuarenta o cincuenta peldaños. Y en cada peldaño hay un mendigo con una cítara.

—Otra vez los mendigos.

—¿Qué quieres? Hay millones, los encuentras por todas partes.

—¿No tuviste amores turbulentos?

—Bof.

—¿No aprendiste las posiciones del Kamasutra? ¿Cuántas son, entre paréntesis?

—No sé, pero para eso no es necesario ir a la India. Cualquiera las conoce.

—Me excitas.

—Quédate tranquilo.

—*Oui.*

—*Oui* —lo imitó Jacqueline. Lo miró y ambos rieron al tiempo.

No tiene ningún deseo de acostarse conmigo, pensó Ernesto. No registro ninguna onda; pero la verdad es que tampoco yo estoy emitiendo.

—Goa, en el sur, es muy bello —dijo Jacqueline—. Allí tenía una casa con una playa de arena delante el mar y una hilera de cocoteros.

—¿Alquilada con el producto de las limosnas?

—No. *Là-bas on faisait des casses.*

—*Je ne comprends pas ton argot.*

—Bueno, chico, robaba —dijo ella en su español tropical—. Entraba a las casas y robaba.

—¿Tú?

—Sí, con tipos que encontré allí, franceses. Fumaban opio y andaban con los brazos tatuados. *Des loulous de banlieue, quoi. On repérait des maisons. Des types qui avaient du pognon.*

—Habla en español.

—Americanos, alemanes. Me recibían en sus casas, yo llegaba allí como estudiante. De noche les abría las

287

ventanas a mis amigos, y éstos robaban. Dinero, pasa-
portes, joyas..., una guitarra.

—Qué sinvergüenzas.

—¿Por qué? Quinientos o mil dólares para aquellos
tipos ricos no eran nada. Un telegrama a su Banco. Para
nosotros era mucho.

Se quedó largo rato en silencio.

—También traficamos con opio —dijo.

Ernesto la miró divertido. Jacqueline era todavía
muy joven. Recordaba haber visto una tarde en una po-
blación obrera de las afueras de París a una jovencita de
quince años que se le parecía. Rubia, muy linda también y fumaba con el mismo aire de insolencia tranquila. Estaba en medio de un grupo de adolescentes tos-
cos, de chaquetas de cuero y muñecas gruesas, que uno
bien habría podido imaginar al día siguiente con un
overol de mecánico y una estopa llena de grasa en las
manos. Conversaban en la puerta de una pista de pati-
naje. Muy cerca, en el aire brumoso del invierno, se
veía un canal con barcazas llenas de carbón y al otro
lado el paredón de una fábrica: los tristes suburbios
obreros de París. Y él había pensado de pronto, con
una remota ternura, en Jacqueline. «De aquí salió, de
esto quiere escapar. De un trabajo de ocho horas en una
fábrica, de domingos en *Ballanvilliers o* en *Colombes.*»

—¿En qué piensas? —le preguntó ella suavemente.

—En comer. Los infortunios de amor me abren
siempre el apetito. ¿Tú no tienes hambre?

—Un poco —dijo ella.

—Vistámonos entonces —dijo él—. Rápidamente
porque el restaurante del hotel debe estar a punto de
cerrar.

—De acuerdo —aceptó ella levantándose.

Antes de salir él decidió llamar de todas maneras a
la recepción para saber si había aún servicio de comedor. Le contestó una mujer con enojo. Eran más de las

tres de la tarde, *monsieur. A cette heure-ci, tout de même!*

—*Avez-vous du caviar?* —cortó Ernesto, perentorio como un emir petrolero.

No tenía tampoco. Pero salmón ahumado, sí. Ernesto pidió cuatro raciones, calculando que cada una sería servida con extremada avaricia, y una botella de vino. La dama de la recepción preguntó si rosado o blanco.

Ernesto se volvió hacia Jacqueline que, ya vestida con su túnica roja, se pasaba un cepillo por el pelo ladeando la cabeza.

—*Je ne bois que du champagne, tu le sais bien* —dijo ella.

Ernesto habló de nuevo por teléfono, imprimiéndole a su voz un tono majestuoso:

—*Envoyez-moi une bouteille de champagne, madame.*

IV

Aquel cambio tan sorpresivo de María lo advirtió en seguida que regresó a París. Era otra. Distante, evasiva, apenas si le habló de su viaje por Holanda e Inglaterra con Marta Insignares. Sus ojos eran esquivos; pausas y silencios congelaban su conversación. ¿Qué te ocurre?, le preguntaba él. Nada, nada, respondía ella, crispada. Empezó a comprender todo la noche que la oyó hablar por teléfono con un tal Bernard. El tono con que hablaba, cálido y amistoso, le produjo irritación, luego inquietud. Jamás se le había ocurrido pensar que María se interesara en otro hombre. Pero no podía decirle nada, después de haberle hablado tantas veces de libertades mutuas, de las detestables servidumbres conyugales. Así que al principio calló, admitiendo sombríamente las llamadas diarias de aquel amigo discreto y misterioso acerca del cual María no decía una sola palabra. María evadía inclusive las bromas que él trató de hacerle respecto de su fiel admirador: a él mismo le resultaban lúgubres. Una noche, lleno de tensión después de haberla aguardado hasta muy tarde, le preguntó si estaba enamorada de otro tipo. Enamorada no, dijo ella (acababa de llegar de la calle y estaba limpiándose con un algodón el maquillaje de la cara ante el espejo del baño). ¿Pero hay otro?, le preguntó él, con una voz que sentía impaciente, erizada de ansiedad y temor. En la cara de ella hubo una expresión de cansancio. Ernesto, tú y yo hemos convenido en ser libres; yo nunca te pregunto nada. Es cierto, María. Pero hay en ti ahora una actitud, una... frial..., no, hostilidad, que... me pregunto si vale la pena vivir juntos en estas condiciones. En cuanto lo dijo, se arrepintió de haberlo dicho. María lo miró duramente en el espejo. Será como quieras, le dijo. Sí, había cambiado tanto que parecía otra mujer.

Desde su llegada no había querido, con uno u otro pretexto, hacer el amor con él. Y las frases, los comentarios que intercambiaba, a propósito del tiempo o de una noticia leída en el periódico, podían ser los mismos que se cruzan con un vecino o la persona que viaja al lado de uno en un tren o en un avión. Así que después de varias noches de aquella atmósfera tensa, exasperado por las llamadas de teléfono del tal Bernard y las imprevisibles ausencias de María, había decidido llamar a Oona, que le colgó el teléfono y después lo volvió a llamar. Se dieron cita. Aprovechando que Lenhard estaba ausente, se fue con ella al campo. Luego de dar vueltas por las afueras de París en el auto de Lenhard, acabó llevándola al mismo hotel de Dourdan donde había estado con María. Oona se negaba a subir. No quiero hacer eso contigo, decía. Además, aquél era el lugar donde los burguesones se escapaban con sus secretarias.

Sólo aceptó cenar allí. Pero después de una botella de vino y varias copas de coñac, subió al fin al cuarto pidiéndole, como de costumbre, que fuera *sage,* que se portara como un bebé; estaba demasiado nerviosa. Se negó a hacer el amor. Estoy bloqueada contigo, le dijo. Él despertó, a la mañana siguiente, con una sensación de disgusto. Oona tenía un aire marchito; bastaría cualquier cosa, un soplo de viento, para que aquella cara se ajara y se endureciera. Se preguntaba por qué había vuelto a verla. No era bonita. Atractiva sí, por momentos, pero no bonita. Y quizá, pensaba despierto en la cama, mientras ella dormía aún y afuera piaban los pájaros con el primer sol, no atractiva, sino excitante, cualidad que no sabía dónde ubicar, si en sus caderas altas y estrechas y sus largas piernas y sus senos duros, o en su forma de vestirse, o en su provocadora coquetería que enfurecía a las otras mujeres y suscitaba en los hombres una actitud similar a la de un animal macho frente a la de una hembra en celo de su propia especie. Era algo que desaparecía por completo cuando estaba dormida, pensó de pronto deslizando la mano bajo las sábanas para tocarla. Se demoró en los pechos, luego la dejó resbalar por el abdomen firme y largo hasta perderse en la tibieza profusa del vientre. La acariciaba despacio, con maldad, contemplando fascinado el efecto de aquella caricia en la cara de ella. Los párpados le temblaban de pronto, con un temblor parecido al del agua cuando la roza el viento: se quejó: una queja infantil, casi un ronroneo, a tiempo que su cuerpo se contraía con un movimiento lánguido e instintivo, desenredándose poco a poco de las algas del sueño para ofrecerse pasivamente a la caricia, ya oscuramente consciente de aquel placer que se abría como un capullo sigiloso entre sus piernas. Todavía con los ojos cerrados, su respiración obedecía a un ritmo que no era el del sueño. La vio morderse los labios. Continuó acariciándola con una delicadeza puramente instintiva sintiendo que su propia sangre empezaba a latir sordamente en las arterias y que el deseo se alzaba en él como un animal hambriento. Ronca, muy lenta, oyó la voz de ella llamándolo: ven. Lo aceptó, con un estremecimiento. Lo buscaba y lo rehuía, curvándose, con el ímpetu regular de una ola que se levanta y cae para levantarse de nuevo antes de romperse en espumas, jadeando. Espera, decía, espera, espera, ordenaba, hasta que su respiración jadeante acabó por desgarrarse en un gemido largo tocada por el hierro candente de un espasmo. Antes de precipitarse en el mismo vértigo, tuvo la impresión de una cara violenta, el furioso y revuelto cabello rubio esparcido sobre la almohada como una medusa. Muy despacio volvió a la realidad del cuarto, al olor quieto y animal de sus cuerpos y a las golondrinas piando en la ventana. La oyó hablar, con una voz en la que había rencor y risa a la vez. Ya sé lo que eres: un *obsedé* sexual. Él no quería mirarla. Sentía crecer hacia ella una hostilidad sombría, inexplicable. Tenía necesidad de aire puro, de estar solo respirando a plenos pulmones el aire puro del campo. Basta ya, pensó; basta con ella. Se lo repitió mientras abría los grifos de la bañera, todavía con las piernas y las manos temblándole como las ancas de un caballo luego de una carrera. Pero mucho más tarde, después de desayunar (ella se había ceñido una toalla bajo los brazos y, la cabeza ladeada, una horquilla entre los dientes, se cepillaba despacio el pelo) la tomó de nuevo.

Se habían paseado en silencio aquella tarde por el bosque de *Rambouillet,* recuerda. Día claro y frío, con el esplendor de oro viejo de los árboles sobre su cabeza y un naufragio de hojas muertas que crujían bajo sus pies. Caminaban contra el viento frío. Oona le hablaba de aquel escritor francés que había sido su amante. Siempre se acordaba de él cuando paseaba por un bosque. Ella aparecía en su última novela, que había estado a punto de ganar el premio Goncourt. Pero estaba aburrida, decía Oona; aburrida de la literatura, de andar siempre entre escritores y críticos y profesores, en toda esa fauna que quiere colocarlo a uno en sus libros como una mariposa disecada en una vitrina. Caminaba a su lado, frente al viento que le alzaba el pelo, las dos manos en los bolsillos de una gabardina muy clara, con pasos breves sobre sus zapatos de tacón alto. En cambio, ¿sabes lo que me gustaría?, dijo. Un *petit môme*, un bebé. ¿Un bebé? Sí, ¿te sorprende? No, contestó él, después de todo es normal; toda mujer... Boludo, no has entendido nada. Estoy tratando de decirte que quisiera tener un bebé contigo. Él sintió que algo dentro de él se replegaba cautelosa y desconfiadamente como un caracol en su concha. Ella continuó hablando. Le gustaría tener un bebé, y una casa en el Midi, con muchas flores. En última instancia le gustaría ser sólo una mamá, con el *petit môme* gateando por el suelo y ella tejiendo algún pullover junto a la chimenea. Oh, qué horror, se rió de pronto, no sé por qué digo tanta boludez. Él miraba el suelo, lleno de hojas secas, sin decir nada. Nunca había pensado en vivir con Oona. Una casa de campo y un hijo, todo aquello habría sido posible sólo con María. Oona era una mariposa de cócteles y *vernissages* y playas de moda. María, en cambio... Ahora iba a perderla. La idea le produjo un brusco terror. Era irreal. Necesitaba a María. La quería. La quería mucho. Pero era fatal, acababa jodiendo siempre lo que más quería. Oona estaba observándolo. No te veo a ti viviendo en el campo, dijo él, simplemente por decir algo. Oh, era una broma, no te asustes, dijo ella. Estalló poco después, en el auto. Egoísta, eso eres; y además machista. Leninista, agregó él.

Era domingo y estaba oscureciendo, recuerda. Le latía el corazón con prisa mientras subía la escalera, olorosa a sopa y a coliflores, que conducía a su apartamento, después de haber dejado a Oona en su casa. Pensaba en María, en lo que iba a decirle, en la necesidad de arreglar su situación con ella. Pero no la encontró. El apartamento estaba vacío; el letrero de Parking, recién encendido al otro lado del viaducto, llenaba de un resplandor lúgubre la sala. Movido por un brusco presentimiento, abrió el closet. No, allí estaban aún los trajes de María, sus zapatos. No se ha ido aún. Hablarle, explicarse con ella, jugarle limpio, pensaba luego, bebiéndose una ginebra en el café de la esquina. Desde allí podía ver la salida del metro, por donde ella seguramente llegaría. Las cosas no terminan así, de un día para otro, argumentaba dentro de él una voz; pero otra voz, insidiosa, le recordaba que así, bruscamente, había concluido su vida común con Estela y también el matrimonio de María. María, era además, una mujer secreta, imprevisible, pensaba luego, escuchando en un traganíqueles la música de *Nous irons tous au paradis*. Empezaba a sentirse triste. Pidió otra ginebra. Y justamente cuando empezaba a beberla, vio surgir de la boca del metro una boina roja, una chaqueta azul marino: María. Cuando pasaba delante del café, le golpeó en el vidrio. Ella le sonrió al verlo.

Y allí mismo, en el café, habían hablado, recuerda: la había escuchado como un reo oye una requisitoria aplastante que hará inevitable su condena. La estaba viendo, sentada delante suyo, con una expresión dulce, por primera vez dulce en muchas semanas. Sí, sí, yo también quería hablarte, le había dicho. Y había empezado a hablar, en aquel sitio, que no era el más apropiado, por encima de la música del traganíqueles y del bullicio de todos aquellos parroquianos dominicales que venían a comentar los resultados del *tiercé* ante un vaso de *pernod*. Largo preámbulo, recuerda, recordándole cómo habían sido de felices en Mallorca, cómo había ella llegado a pensar que un día se casarían, tendrían un hijo, ella que estaba dispuesta a seguirlo a cualquier parte. La sola idea de perderte algún día me aterraba, Ernesto. Temblaba ante la idea de que pudiera ocurrirte algo. A veces tenía horribles pesadillas, te veía muerto, ahogado en el mar, recuerdas. Le dijo cómo había sido feliz también durante los primeros tiempos en París, cuando se encontraban en aquel café de la isla de la *Cité* y vagaban por las calles del barrio Latino. De su horror cuando había empezado a cambiar, a ausentarse, a mostrarse silencioso y hostil, la agonía de tantas noches pensando que él iba a dejarla. He sufrido mucho, Ernesto. Algunas tardes, incapaz de quedarme en el apartamento, salía a dar vueltas, sin rumbo. Iba hasta el *Parc Monceau,* me sentaba entre los viejos y las palomas, y sin que pudiera evitarlo me ponía a llorar. Lloraba en los metros, la gente me miraba. Pensé en matarme. Quería encontrar una manera limpia de hacerlo, porque es horrible arrojarse desde una ventana o meter la cabeza en un horno de gas y horrible también echarse al río y dejar un cadáver hinchado como último recuerdo. Cuando decidí cortarme las venas, estaba desesperada. Pensaba que aquello sería rápido e indoloro, pero qué largo, qué difícil es morir Ernesto. Uno lo decide, traza planes y en el último instante, pese a todo, algo dentro de uno se aferra a la vida con todas sus uñas. Así es, pero tú no lo sabes. Jamás has pasado por esto. Creí que al salir del hospital todo se había arreglado entre nosotros. Fueron maravillosos aquellos tres días en Dourdan, pero... Yo te oprimo, Ernesto. Lo comprendí cuando al regresar me enviaste, me expediste como un paquete a Holanda. Sí, me enviaste a Holanda con Marta Insignares y tú te fuiste a Mallorca con Julia. Tienes ahora amantes de veinte años. No te lo reprocho, fíjate, quizá sea un signo de vitalidad. No me interrumpas, déjame hablar. Pide una ginebra para mí, la necesito también. Escucha: he conocido a alguien en el tren que nos llevaba a Amsterdam. No pongas esa cara, he conocido a alguien. Se llama Bernard, es un francés. Oh, no es ningún intelectual, y a lo mejor te burlarás de mí, o de él, al saber que trabaja en la Bolsa. Vende y compra acciones. Es un hombre de cincuenta años, divorciado, con tres hijos. Está muy solo en la vida. Como yo. Se ha interesado en mí, en lo que hago... También a él le gusta la pintura, tiene un *atelier* en el que trabaja algunos domingos. Es un hombre con los pies bien puestos en la tierra, un francés. Oh, no lo tomes así, tú tienes muchas cosas que él no tiene: la imaginación, por ejemplo; el humor. No vayas a burlarte, por favor. Tiene ternura. Mi mamá, mi pobre mamá —ahora la veo así, como mi pobre mamá— soñaba siempre con un príncipe azul para mí. Debía imaginarlo como Ronald Coldman, que era su actor favorito. O Robert Taylor. Y su príncipe azul resultó ser un millonario degenerado y alcohólico, que babeaba al primer whisky. Ahora creo que el amor sublime en el que uno creía a los quince años, después de leer tanta novelita de Corín Tellado, es una gran mentira, un espejismo. Una evasión, como la marihuana para las muchachas más jóvenes, hoy. Lo real no es el amor, sino el afecto, la seguridad en alguien. Y no te burles, por favor, lo comprenderías mejor si alguna tarde te hubieses paseado por un puente, pensando en... Había un hombre en un banco, llorando. Y quizá fue por él, por aquel hombre llorando solo en su banco, que yo no me arrojé al agua. Había gente aún más infeliz que uno en el mundo, pensé. Ernesto, yo te he querido, mejor dicho, te quiero, caramba, pero... no pongas esa cara, que me haces llorar. Fuiste tú el que echó todo a perder. Tú lo sabes destruir, quieres demasiadas cosas: la revolucion, escribir libros, acostarte con todas las mujeres lindas que pasan a tu lado y al final... No, no quiero decirte

cosas duras. Se te está marcando una arruga aquí. Crée-
me, tú tienes mucha fuerza. Ya vendrán mejores días.
¿Te acuerdas de aquel cuento de Kafka que me leíste?
«A veces tambalea en el crepúsculo, pero no cae...» Así
eres tú. Oh, qué tonta soy, qué idiota. ¿Tienes un kle-
nex? Se me está corriendo el rímel de las pestañas, debo
estar horrible.

Habían dormido juntos aquella noche, tiernos
como hermanos. La luz de la luna entraba por la ventana de la alcoba. Mientras ella le acariciaba la cabeza,
le contó que había conseguido un apartamento de tres
piezas por los lados del parque *Montsouris*. Antes de
una semana se mudaría allí con Bernard. Era lo mejor
para todos. Con un frío en el alma, él había conseguido dormirse. Pero se había despertado en la madrugada con pánico. Tranquilo, tranquilo, pensaba. Más tarde, sentado en la taza del W.C., se había puesto a llorar.

Saltó el corcho con un estampido. Sujetando diestra-
mente la botella con una servilleta, el camarero llenó
dos copas. Colocó luego la botella sobre la bandeja y se
retiró deseándoles «*bon appétit*».

—Estás loco —dijo ella riéndose cuando se encontraron solos. Estaba sentada delante de la mesa que el
camarero había dispuesto junto a la ventana, en la cálida penumbra de la cortina, encendida por el sol—.
A tes amours.

—A los tuyos —dijo él.

Bebió un sorbo de champaña helado y luego empezó a comer el salmón, que estaba muy fresco y cortado
en tajadas muy finas.

—Está delicioso —dijo comiendo con apetito.
Observaba a Jacqueline. La túnica roja parecía acentuar
el color de su cara y de sus cabellos color miel. Sintió
por ella un impulso de ternura.

—Me siento bien contigo —le dijo.

—Yo también.

—Hay días en que uno, en París, se siente más solo que un perro. ¿No te ocurre a veces lo mismo?

Jacqueline alzó los hombros.

—A todo el mundo. No tiene importancia.

—Ninguna —admitió él—. ¿Vivías con Margy?

—Hasta ayer.

Él bebió un sorbo de champaña.

—Si no tienes dónde quedarte, puedes venir a mi estudio.

—Gracias —respondió ella—. Es posible. En realidad, había pensado ir a casa de mi madre. Vive en *Join-ville le Pont. Mais ça m'emmerde un peu à cause de son jules, tu vois?*

—¿Y tu papá?

—Hace muchos años que no lo veo. —Jacqueline se quedó ensimismada, mientras comía—. Era un hombre muy complicado —murmuró—. Destructor. Alcohólico. Le gustaba jugar. Como le aburría quedarse solo en casa, mientras mi mamá trabajaba en una fábrica, me pedía que me quedara jugando con él. Y yo, feliz, claro, de no ir a la escuela. Pero cuando mi mamá regresaba a casa y se daba cuenta... Se insultaban como locos.

—Ya veo.

—*C'était un mec violent.* Yo tenía que defenderme de él, insultándolo. *«Gros con, tu me fais chier»*, le gritaba a veces. Y él se quedaba asombrado. *«Non, mais dis donc je suis ton père»*, decía.

Se rió sirviéndose otra copa de champaña.

—*Oh, qu'est-ce qu'il était bizarre.*

—¿Vive aún?

—*Je n'en sais rien.*

—¿Qué tal esa champaña?

—Buenísima.

—¿No has comido nada?

—No tengo mucha hambre. Prefiero beber. —Jacqueline se había quedado mirando distraídamente la copa, sonriéndole a sus propios recuerdos—. *Il était dingue* —repitió con una voz que parecía venir de nostálgicas distancias—. Durante quince años vivimos en un cuarto muy pequeño. Mucho más pequeño que éste. Un corral. Cuatro paredes y tres personas, y cada persona con su energía, su locura, su fantasía. Y mi mamá... siempre con miedo.

—¿Miedo de qué?

—Miedo. De perder su empleo. De que mi padre la dejara. A Jacqueline algo duro le brilló en las pupilas. —Y bien, un día decidí que no sería como ella, que yo no tendría miedo. Me di cuenta que la gente arruinaba su vida sólo por miedo. Por miedo aceptaba cosas que no debía aceptar. Suspiró profundamente—. Y un día me la llevé.

—¿A tu mamá?

—A ella, sí. Un día salí de la escuela para no volver más. Y era buena alumna, ¿sabes? Tenía buenas notas. Pero un día me fui de la escuela y no volví más. Lo había decidido. Llegué a casa y le dije a mi mamá: «Escucha, nos vamos. *On se barre d'ici.*» Ella me miraba incrédula. «Sí, le dije. Yo trabajo, tú también, podemos sostenernos las dos, sin necesidad de él. Empaca tus cosas ahora mismo.» Y ella me obedeció. Empezó a guardar sus cosas en una caja. Era como si a partir de aquel momento yo fuera la mamá y ella la hija.

—¿Qué hiciste?

—*Rien que des merdes.*

—¿Qué clase de *merdes*?

—Trabajos idiotas. Sirvienta en un restaurante vegetariano, luego empleada de una *créperie*. También dependienta de una panadería. Hasta que un día llegué a la pieza y encontré a mi mamá esperándome en la es-

calera. «Jacqueline —me dijo— hay alguien ahí adentro.» Y yo comprendí. Me alegré por ella. Necesitaba
otro tipo, realmente. «Okey, mamá, está bien», le dije.
«Está bien.» Le di un beso en la mano y me fui. Me fui
para siempre.

—¿Qué edad tenías?

—Quince o dieciséis años. Me sentí triste, es cierto.
Pero también muy libre. Dejé la panadería, también...
y *voilà* fue entonces cuando hice mi primer viaje al
Sáhara.

—Ahora entiendo —dijo Ernesto llenando su copa.

—¿Qué cosa?

—Por qué eres como eres.

—No es muy complicado de entender.

—Claro que no.

—Me gusta ser libre —dijo ella—. Lo más bello del
mundo es ser libre. Cuando la gente busca mucha
seguridad es porque tiene miedo. El enemigo es el miedo. Siempre ha sido así desde el comienzo del mundo.

—Estoy seguro de eso. Hay que aprender a cazar al
tigre, Jacqueline.

—¿Qué tigre?

—El tigre que todos, a veces, oímos rugir. Hay unos
que salen a cazarlo y otros que meten la cabeza en la
almohada para no oírlo.

—Tienes razón —dijo ella.

—Estamos llenos de sabiduría, Jacqueline. Alza esa
copa.

Qué nudo en las vísceras, qué frío en el alma después
de aquella noche, viendo cómo María había iniciado
sus preparativos para mudarse. Había comprado un
gran bául de metal y ponía allí toda su ropa, sus dos ál-
bumes de fotos, una caja de nácar donde guardaba collares y pulseras y los libros de la colección «*Que*

sais-je?», que compraba puntualmente en la librería de las Prensas Universitarias, como una niña que se prepara para entrar en un internado de monjas. Le había ayudado a subir dos cajones de la cava para poner allí sus tubos de acuarela y otros libros. Se iba a la calle temblando y con un nudo en la garganta y con la impresión de que todo aquello era, no obstante, inverosímil, un mal sueño. Le resultaba monótono y despreciable aquel trabajo de *Nouveau Monde*, vagaba por las orillas del Sena desesperado de no tener con quién hablar. Julia no entendía su inquietud. Decía que era lo mejor que podía ocurrir. María y él no estaban hechos para vivir juntos. Tampoco le sirvió de mucho el poeta Linares, a quien fue a visitar una tarde. Mujeres en París hay por docenas, decía el poeta con su salvaje vozarrón, llenándole a cada paso una taza de vino agrio y espeso. Estaba sentado en su cuchitril, cubierto con una chaqueta de piel de chivo que parecía un harapo. A su lado dormitaba un diminuto fox-terrier. María me hace pensar siempre en una burguesita de Miraflores o de San Isidro, decía el poeta; una hija de papá, muy gentil, pero... Oye, quizá se entienda con el francés. Los burgueses se olfatean entre sí, se reconocen como perros de la misma raza.

Absurdamente había salido de casa del poeta, borracho de vino y llevando al fox-terrier sujeto por un collar. El poeta se iba para Londres aquella noche y no tenía con quién dejar el perro, que se llamaba *Yes*. Pese a la correa, fue un problema llevarlo en el metro. Tironeado por el fox-terrier había regresado a su casa. El animal se detenía en cada rellano de la escalera olfateando todas las alfombrillas que encontraba. Rápida y familiarmente entró en el apartamento, el hocico muy cerca del piso, moviendo la cola y rastreando siempre. Alzó sus patas saludando a María, que lo esquivó asustada. Luego tironeando la cuerda se precipitó al centro del salón. Él no vio de inmediato al hombre que se encontraba allí, de pie, sino la cabeza impaciente del perrito husmeando un par de brillantes zapatos masculinos de charol y el pliegue impecable de un pantalón gris. Volvió a alzarse sobre las patas traseras saludando. Fue entonces cuando él levantó la vista y se encontró ante un desconocido pulcro y maduro de pelo gris y ojos azules. Es Bernard, dijo María presentándoselo.

Aquélla había sido una situación incómoda; el perrito que continuaba saludando con verdadero apremio, y aquel Bernard, con aire de correcto hombre de negocios, haciendo inocuos comentarios sobre los fox-terrier, mientras María, incómoda, se iba a la cocina con el pretexto de traer un café. Se reunió con ella, sujetando siempre al perro. Ella lo vio venir con una expresión de alivio. Perdona, le dijo en voz baja; no esperaba que ustedes se encontrarían aquí. Bernard vino para ayudarme a llevar unas cajas. Él se sentía tenso y glacial. Sentía necesidad de tomar una decisión inmediata. Escucha, coneja, no quiero aguardar autopsia, le dijo. Me voy ahora mismo. Múdate con calma, y cuando te vayas me dejas la llave con la conserje. María rompió a llorar. Ernesto, Ernesto mío, murmuraba, besándole las manos. Es tu culpa, tú lo echaste todo a perder... Él sintió un nudo en la garganta. Mira..., tu amigo espera su café. ¿Cuántos años te lleva? Veintitrés, dijo ella. Seguía llorando.

Era de noche. Caminaba en el aire frío del bulevar con un *nécessaire* bajo el brazo (en el cual había colocado un cepillo de dientes, un dentífrico y su máquina de afeitar) y llevando al perro por la correa. *Yes* iba delante suyo, husmeando los pies de los transeúntes y a veces alzando las patas embarradas para saludar a desconocidos, que lo esquivaban malhumorados. En la cabina de teléfonos, le enredó las piernas con la cuerda y empezó a ladrar mientras él llamaba a Julia. Apenas podía escucharla. Julia le decía que podía dormir en su apartamento, si quería, pero debía llegar después de las doce de la noche. Estaba con Pierre. ¿Qué Pierre?, preguntó él aturdido por los furiosos ladridos del perro. No le oía. Mi amante, la oyó gritar al fin. Estábamos haciendo el amor cuando sonó el teléfono. Oh, perdón, dijo él y colgó.

No encontró hotel donde lo dejaran hospedarse con el perro. Acabó por aguardar la medianoche en una vinería de la *rue de Buci,* cerca del apartamento de Julia. El frío se colaba por las puertas de vidrio. Había mucha gente y humo. Afuera, sobre los puestos de verdura colocados a lo largo del andén y cubiertos con lonas, caían, venteadas, ráfagas de lluvia. El perro gemía a cada instante y lo miraba fijamente agitando la cola. El camarero decidió que tenía hambre y le trajo un hueso, que en efecto lo calmó. Él se había quedado allí mucho tiempo, mirando la lluvia y bebiendo copas de vino blanco. Experimentaba un gran cansancio y un deseo de dormir. Recordaba la suave respiración de María durmiendo a su lado, la manera como se abrazaba a él para no sentir miedo. Le parecía inverosímil aún que se fuese a vivir con otro hombre.

A medianoche fue donde Julia. Estaba aún con Pierre, un gigante de barbas, de cabeza lisa y brillante como una bola de billar. Pierre era saxofonista y tocaba en una cava de la *rue Saint-André-des-Arts.* Recuerda la cara de idéntico asombro con que lo vieron aparecer con el perro. Se dio cuenta de inmediato que caía como un intruso, que no era el momento de aparecer por allí, interrumpiendo sus juegos amorosos, con sus problemas, sus zapatos húmedos y un fox-terrier. A Julia no le hizo ninguna gracia que el perro viniera a saludarla agitando la cola y alzándose sobre sus patas traseras, como parecía su hábito más fiel. Fuera, fuera, le decía, con ceño colérico, mientras su amigo, el barbudo, contemplaba al perro divertido. Decidió llevárselo.

Así que la situación tenía su lado estrafalario, pensaba más tarde, llevando el perro a través de una llovizna glacial por las calles desiertas en la madrugada. *Yes* disfrutaba enormemente de aquel paseo nocturno. Iba de un lado a otro, moviendo la cola y husmeándolo todo con verdadera perplejidad. Cuando llegaron al *Pont des Arts* y él, soltando la cuerda, lo dejó correr libremente, la perplejidad del fox-terrier se convirtió en júbilo. Empezó a ladrar corriendo de un lado a otro por el puente. Él estuvo largo tiempo contemplando el río en la oscuridad. Temblaba de frío. En el extremo del *Vert Galant* había un hombre solitario con una guitarra. ¡Qué ciudad de locos!, pensaba. Un reloj dio la hora, y él volvió a recordar a María. Se acordó de la noche aquella en que habían venido juntos al puente; la noche en que habían decidido irse a Mallorca, justamente. La había besado. Sin saber cómo, le vino a la mente la letra de un vallenato que alguna vez había estado de moda en Colombia: «Cómo me las compongo yo en el día de hoy, cómo me las compongo yo en el día de mañana... » Algún día, no sabía cuándo, volvería a su país. París quedaría convertido de nuevo en un sueño brumoso. María también, quizá. Sintió deseos de llorar. Lloró: delante de sus ojos temblaban violentamente las luces del *Pont Neuf*. Pero *Yes* lo devolvió a la realidad del puente y de la hora, ladrando.

Llamó por teléfono a Oona. Consiguió al fin que ella se hiciera cargo del perro y él se fue a dormir, a un hotel de la *rue des Carmes*. Despertó muy tarde. El recuerdo de María seguía oprimiéndole el pecho como si le hubieran puesto encima un saco de arena. Quiso llamarla, pero pensándolo bien no tenía ya sentido. Experimentaba aún una aguda sensación de irrealidad, observando aquel cuarto de estudiante donde estaba, con un lavamanos en el rincón y una ventana que daba a las mansardas de París. Hacía un lindo día de otoño. Llamó a Oona. No entendía de qué le hablaba ella. Es un loco, decía. Completamente loco. Destrozó un poof y el apartamento nuestro está lleno de plumas. Además, óyelo bien, se comió un capítulo entero del libro de Robert. Un capítulo entero, ¿te das cuenta? Tardó segundos en comprender que le estaba hablando del perro, de *Yes*.

—Mira la Margy —dijo Jacqueline— camina como un *mec*, pero en el fondo ella tiene miedo. Por miedo te quitó la muchacha.

—¿De qué puede tener miedo ella?

—De quedarse sola. De envejecer. De no recibir puntualmente el giro que le mandan sus padres. ¿Tú los conoces?

—Sé que él es un importador de maquinaria agrícola en Venezuela.

—*Il a beaucoup de pognon tu ne peux pas imaginer.* Cuando él y su esposa vienen a París, Margy juega el papel de la chica burguesa muy gentil. Los lleva al Lido, a la *Tour d'Argent...* no la reconocerías. Y no habla sino de cosas tontas con ellos.

—Ya me lo imagino. Mira, cuando se ve de cerca a los burgueses latinoamericanos le dan ganas a uno de coger un fusil y echarse al monte. Y lo peor es que uno debe escoger entre ellos y los comisarios como la Colmenares. Suficiente para vivir en el exilio perpetuo.

—Una vez le propuse a Margy que hiciéramos un viaje por América Latina —dijo Jacqueline—. A mi manera, con un morral a la espalda, durmiendo en las playas...

—Ella hace ese viaje contigo, pero con reservaciones prudentes en los hoteles Inter-Continental —dijo Ernesto riéndose—. Mira, pese a todo la Margy me cae simpática. Y te confieso que cuando la conocí me gustó mucho. Como mujer, quiero decir. Me parecía atractiva. Pero mi radar no me engañó, me di cuenta muy rápido que no emitía ondas.

—No entiendo.

—Ondas, vibraciones. Eso que un hombre siente cuando una mujer consciente o inconscientemente le interesa. A las mujeres les ocurre también. Se dan cuenta cuando un hombre es marica. No emite. Y a mí, con las lesbianas. Con Margy, por ejemplo. Cero vibraciones.

Jacqueline lo miraba fijo.

—¿Y conmigo? —le preguntó despacio y en una voz más baja. Había levantado la copa y rozaba el borde con los labios, sin quitarle los ojos.

—En ese instante percibo algunas ondas —dijo él—. Y en Mallorca, cuando te conocí. Pero hasta hace poco no emitías. En la bañera tampoco.

—*Sacré* Ernesto —dijo ella, todavía con la copa muy cerca de los labios y las pupilas muy intensas fijas en las suyas.

Él sintió una especie de ansiedad.

—Estoy experimentando fuertes ondas —dijo—. Muy fuertes.

Dejó el apartamento frente a las vías férreas para siempre. No pudo soportar la soledad que había quedado entre aquellas paredes después de la partida de María. María no había dejado ningún rastro suyo; ni un par de zapatos viejos, nada, salvo un papel pegado en el espejo del baño con scotch y que tenía su nueva dirección y su número de teléfono. Pero no la llamó. ¿Para qué? Seguía sintiendo a toda hora el mismo nudo en la garganta y aquel hierro frío en la boca del estómago. Bebía mucho, fumaba todo el tiempo y no tenía deseos de comer. Sufría de insomnio. Salía a caminar por las noches por las orillas del Sena hasta que la fatiga lo devolvía a su cuarto del hotel *des Carmes* con las rodillas flojas y los pies doloridos. Había perdido todo interés por su trabajo. Dejaba sin contestar docenas de cartas. Me voy a pique, es absurdo, pensaba. Se peleaba frecuentemente con Oona, se reconciliaba de nuevo y hacía con ella furiosamente el amor, ahora que podía venir al hotel. Pero después quedaba vacío y triste. Al fin, una mañana, al despertarse luego de haber soñado confusamente que María le gritaba desde lejos, la llamó por teléfono. En cuanto oyó su voz, María dijo «hola» y rompió a llorar. No lograba decirle nada, así que él le propuso encontrarse cerca del apartamento donde ella vivía, en un café de la *Porte d'Orleans.*

Le dolió verla: con un suéter blanco y muy demacrada. Ella lo encontró muy flaco y le pasó doloridamente una mano por la cara. Le contó que estaba muy mal, despertaba todas las noches con unas pesadillas atroces. Estaba viendo a un psicoanalista. No entiendo la fijación que tengo contigo, le dijo mirándolo muy seria con sus grandes ojos oscuros. Y yo tampoco entiendo la mía contigo, había reído él lúgubremente. Ella esquivó la mano cuando él quiso tomársela. Le dijo que el francés, Bernard, era muy tierno con ella. Debo darle una vida infernal con mis llantos, mis pesadillas. Me dice que es normal, siempre ocurre así cuando uno se separa y de todas maneras tú representas para mí el último nexo con mi país, con mi gente. Profundas reflexiones para un corredor de Bolsa, murmuró él. Deja a un lado tus ironías, estalló María. Bernard es muy bueno... Unos segundos después le estaban corriendo lágrimas por las mejillas. Él pensó que realmente no valía la pena verse de nuevo. ¿Para qué, realmente?

Una desgracia nunca viene sola. Se acordó de aquella frase sentenciosa de sus tías, cuando *monsieur* Christopher lo convocó a una reunión urgente, y le anunció el cierre de las ediciones *Nouveau Monde*. Sólo dos de los libros editados habían alcanzado una segunda edición, a partir de la cual se recuperan costos. Su continente ya no está de moda, *monsieur* Melo, le decía: ahora lo que interesa es el Vietnam y también China. Hablaba con su acento suizo, de suizo alemán, articulando cada palabra con énfasis; los lentes con montura de acero le centelleaban a cada instante en la cara. No iba a declarar la quiebra. Prefería liquidar tranquilamente las oficinas en breve lapso y volver a sus guías turísticas más seguras. En cuanto a usted (dijo clavándole sus pálidos ojos azules), no tiene derecho a ninguna indemnización, pues no hay contrato. Pero, como una concesión graciosa de la empresa, puede contar con un mes adicional de sueldo. Quizás aguardaba una protesta, una negociación laboriosa, pues parpadeó incrédulo cuando él aceptó de inmediato. Sorprendido y a la vez satisfecho, lo invitó a un café. Mientras lo bebían, de pie, en el *tabac* de la esquina, le preguntó qué pensaba hacer. Voy a dedicarme a la poesía, *monsieur* Christopher. Con perdón suyo, me gusta más que los balances y las cuentas de cobro. El suizo lo miraba intrigado. Parecía considerarlo como un ave muy rara. *Vous avez la nonchalance des pays chauds,* dijo al fin. Consultó de nuevo el reloj; debían quedarle aún sesenta segundos, que aprovechó para una confidencia. *Vous savez?* cuando yo era joven me gustaba componer canciones. Pero entré a trabajar en la *Banque Helvétique…* y la *Banque Helvétique* fue entonces mi única realidad. Aprendí a eliminar todo lo que no fuera concreto, dijo.

El suizo había desaparecido en un taxi después de despedirse de él con un breve y vigoroso apretón de mano. Sentado en la terraza de aquel café, ante una copa de *pernod,* él (Ernesto) se preguntaba cómo iba a vivir ahora que *Nouveau Monde* desaparecía. Tendría que buscarse un cuarto barato y volver a las irrisorias traducciones; al pan y al salchichón de los días difíciles. Igual que cuando tenía veinte años. ¿O volver a Colombia? La sola idea le producía un frío en la médula. Imaginaba qué triste podía ser su vida en Bogotá. «Ahora te atajan vendedores de todo lo que la miseria puede fabricar, revender, copiar, robar», le había escrito por aquellos días un amigo. «El mundo miserable del plástico, del alambre dorado, de la caña pintada. Y los comestibles del hambre: el chicle, el pandeyuca, la tajada de piña, la de papaya, el bocadillo, la gaseosa. Y no hablemos del leproso sin dedos, del talidomídico sin brazos, del tiñoso sin pelo, del ciego sin ojos...» Un espectáculo cotidiano que preferían rehuir, hasta donde era posible, amigos y parientes prósperos. Los mendigos, los enjambres de gamines que llenaban las calles, formaban parte del paisaje, como los cerros. Recordó a su tío, jovial pese a los años, llevándolo a almorzar un día al Jockey Club. «Espero que no te harás tirar las orejas de tus amigos izquierdistas por venir a almorzar aquí conmigo», le decía. Recordaba la atmósfera británica del club y aquellos hombres de negocios de rostro colorado y cabellos grises levantándose aquí y allá para saludar al tío. Y luego la sensación de prosperidad que daba éste, su impecable traje gris plomo, su discreta corbata azul de seda con finas rayas vino tinto, sus manos de uñas muy cuidadas alisando los pliegues de la servilleta, mientras le hablaba como podría haberlo hecho su padre. «Tienes inteligencia, pero me parece, Ernesto, que te está dejando el tren», le decía. Le proponía, en cambio, como ejemplo, a Rodrigo Vidales, que estaba haciendo una carrera interesante. No, no hablaban los dos, no hablarían nunca el mismo lenguaje. Pero a su manera su tío conocía mejor el país. Sabía cómo se triunfa, cómo se asciende. Y todos los rechazos suyos (de él, de Ernesto) eran traducidos en términos de puro y simple fracaso. Lo mismo le ocurría con su hermana Beatriz, pensaba ahora. Estás mal vestido, le decía ella; jamás podrás salir adelante con pantalones que te brillan en las rodillas. Era, a fin de cuentas, tan fácil hacer lo que ellos proponían. ¡Tan fácil! Y de antemano tan seguros y confortables los resultados. Todos sus viejos amigos de París, de su época de estudiante, que eran comunistas o izquierdistas en su tiempo y asistían a todos los mítines contra la guerra de Argelia y a los tumultuosos festivales de la juventud, hoy estaban bien ubicados, eran abogados de empresas, exportadores, ejecutivos, parlamentarios, ministros. O estaban muertos, así era de simple todo. O estaban muertos por haber querido llevar un poco lejos aquellas ideas primarias y románticas acerca del socialismo y la revolución. Él no había sido capaz de elegir. Incapaz de hacerse un burgués con todas las de la ley; pero incapaz también de seguir siendo un inútil y apostólico revolucionario o de hacerse matar, *voilà*. Rechazos sucesivos lo habían dejado a la altura de sus cuarenta años en un hotel de la *rue des Carmes* con una maleta y una máquina de escribir, un par de zapatos de suelas que dejaban pasar como un papel la humedad de las calles y por añadidura sin empleo. Balance más que positivo, pues.

Pidió otro *pernod*.

INTER-CAPÍTULO

Qué cara tenías viéndola bailar.

¿A quién, Cristina?

A quién va a ser, bobo. A Elena, mi cuñadísima.

Ella baila muy bien el tango, sí.

¿Tango, esa indecencia? Qué manera de moverse, de echarse hacia atrás. Pero ustedes, los hombres, se les caía la baba mirándola. A ti también, yo me fijé.

¿A mí?

A usted, sí señor, no se haga el pendejo. No le quitaba los ojos de encima.

No, yo no...

Te has puesto colorado, señal que di en el clavo. Te gusta Elena, ¿no es cierto?

Bueno, me parece muy bonita.

Me parece muy bonita, ¡qué hipócrita! Cambias de color cuando la ves, yo me he fijado.

No digas burradas. Ella es casada.

¿Y qué? A ella eso la tiene sin cuidado. Es una muchacha muy libre, se educó en París.

¿Libre de qué manera?

No te hagas el inocente.

Bueno, sí, lo imagino.

Creo que sabes demasiadas cosas para tu edad.

Yo creo que, al contrario, me faltan muchas cosas por aprender.

Pues vas a tener que buscarte alguien que te enseñe...

Caramba, Cristina.

¿Viste? Te pusiste colorado otra vez. Dios mío, debo estar jaladísima, pero sírveme otro trago sin que vea tu tío. Anda vigilándome todo el tiempo.

¿Con agua? .

Sí, un poco. Así está bien. Cuéntame una cosa, ¿tienes novia?

No, Cristina.

¿Nunca has tenido?

Nunca.

Qué raro eres. Te la pasas todo el tiempo encerrado en tu cuarto. A veces me dan ganas de...

¿De qué?

¡Uy, qué mal pensado! Ganas de saber qué es lo que lees.

Ningún misterio. Novelas, versos.

Novelas bien prohibidas, seguro.

¿Qué llamas novelas bien prohibidas?

Ahí paso, con esa pregunta me corchaste.

Oye, ¿dónde conoció tu hermano a Elena?

¿Lo ves?, no haces sino pensar en ella.

Simple curiosidad.

La conoció en París, y creo que le va a pesar.

¿Por qué?

No me hagas hablar que estoy rascadísima. Pero pobre, todo Bogotá va a terminar llamando a Federico el reno. Acércate, voy a decirte un secreto.

No oigo.

¡Idiota! Te digo que vamos arriba.

¿Arriba?

Sí, hombre, arriba a ver qué está haciendo Elena.

Quizás esté en el baño.

No la conociera yo... Mira, sube en puntas de pie y me esperas arriba, en el vestíbulo, sin encender la luz.

Yo...

Suba, no sea pendejo.

Bueno.

¿Dónde estás?

Aquí.

Shh, shh... No hagas ruido. Ven.

No veo nada.

Cállate que nos pueden oír.

Pero aquí es el baño.

Acurrúcate y no hables. Acurrúcate que voy a abrir la ventana y nos pueden ver: míralos.

¿Dónde?

Ahí, en el salón de los sarapes. Por la ventana, tonto. Ni siquiera se les ocurrió correr la cortina.

¿A quiénes?

A Elena y al Chinche. ¿No los ves?

Se están besando.

Mira donde le tiene la mano.

No veo.

Shh, shh. Mira... ¡Qué frescos! Si seguimos viendo esto nos van a excomulgar, qué horror. ¿Tienes susto?

No, pero.

Estás temblando, pendejo.

Es un simple calambre.

Calambre de celos, será. Ahí ves a tu Elena y sus diversiones. Pero vámonos. Si alguien sube y nos encuentra aquí quién sabe qué va a imaginarse.

¿Y qué más te dijo Eduardo al salir?

Sólo eso: que tenía una junta y llegaría tarde. Que no lo esperáramos a comer.

Una junta, cómo no. ¿Y te dijo dónde?

En Bavaria, creo.

¿A las nueve de la noche? ¡Seguro! Y yo como una idiota, en cuanto oí el timbre, me puse a chupar menta para que no me fuera a notar nada. Acércate, que te voy a soplar un ojo.

¿A soplar qué?

Un ojo. ¿A qué huelo?

A menta... y también a whisky.

Eso me lo viste en la cara, pendejo. Bueno, aprovechemos la junta. Alcánzame la botella que escondí en el mueble aquel. Sí, ahí, en la licorera. Tráeme un vaso y un balde de hielo. ¿Quieres uno?

No me gusta el whisky.

Tendrás que aprender a tomar. Y... a muchas otras cosas. Caray, si alguien me oyera pensaría que soy una corruptora de menores. Dime, ¿la mujer esa estaba en la oficina cuando saliste?

¿Cuál mujer?

La india esa de pelos teñidos, Estela. ¿A ti también te gusta?

No mucho.

Ay, es horrible. Vulgarísima, con el traste bien ceñido y... Cuando se sienta, las faldas se le suben hasta aquí. Y se hace la que no me conoce cada vez que llamo por teléfono. «El doctor está ocupado», me dice. Qué descarada. Pero las mujeres así, no se por qué, les encantan a los hombres.

A todos no.

A todos, sí señor.

A mí no, por ejemplo.

Ah no, usted, caballero, es caso aparte. Le gustan... ¿cómo decimos? Sofisticadas, afrancesadas. Como Elena.

Ella es chilena.

Pero muy sabida, mijito. Demasiado. Aprendió muchas mañas en París.

¿Qué mañas?

Mañas. ¿No ha oído hablar nunca de todas las mañas que saben las francesas?

No, ¿cuáles son?

Hágase el inocente... Ésta, por ejemplo.

¿El dedo en la boca?

No exactamente el dedo... Qué horror, estoy diciendo barbaridades. Debo estar jaladísima. ¿Te escandalicé?

No mucho.

Seguro que no. Con tanta porquería que te la pasas leyendo debes saber muchas cosas... en teoría. Te falta la práctica, ¿no es eso? Al revés que tu tío.

¿Mi tío?

No lo estoy calumniando. Él es un experto. Y ahora debe estar en plena práctica, ¿tú no crees?

Dijo que lo esperaban en Bavaria.

Seguro... O en un reservado con fallebita en la puerta. Una junta sólo de dos. Yo lo conozco, ni boba que fuera. ¿Me guardas un secreto?

Claro.

Pero acérquese.

Aquí nadie nos oye.

Aquí hasta las paredes tienen oídos.

¿Cuál es el secreto?

Ya me cortaste. Mira, sírveme otro... pero bajito, que estoy jaladísima.

¿Con agua?

Pero muy poca. Así. ¿De qué estábamos hablando?

Me ibas a contar un secreto.

Ah, sí. Era un secreto de mi noche de bodas. Qué horror, qué cosas te estoy diciendo.

¿Qué pasó?

Qué curioso eres... Con cara de que no matas una mosca y te mueres por saberlo, ¿no es cierto?

No, simplemente... ¿Te casaste en Miami?

Sí, pero mi primera noche de bodas no fue allí, sino... ¿A que no adivinas dónde?

Ni idea.

En un parqueadero de Nueva York.

¿Cómo, en un parqueadero?

Sí, señor. En un parqueadero oscuro. ¡Cómo era yo de inocente! Tu tío se las sabe todas. Yo no sabía qué trataba de hacer..., hasta que de pronto estábamos ya... Bueno, eso. Dentro del carro.

¿Dentro del carro?

En el puesto de atrás. Me puso como loca. Muy experto, el señor. ¡Caray, no sé por qué te cuento estas cosas! Debo estar jaladísima. Y seguro que mañana me voy a arrepentir, no sé qué cara voy a poner cuando entre al comedor y te vea.

La chusma. Compacta marejada de caras mestizas, de ropas mugrientas, de colores agrios, la habitual muchedumbre de los barrios del sur, de la Perseverancia, de San Victorino, de la plaza de mercado, de las cantinas, de los buses, de las canchas de tejo desborda la platea del teatro Municipal, los pasillos, las escaleras y el vestíbulo y se asoma en rugientes y apretados racimos por los palcos repitiendo el estribillo con el mismo ritmo acompasado, salvaje, atronador:

¡Gaitán sí, otro no! ¡Gaitán sí, otro no!

La idea de venir esta noche ha sido de Vidales. Y Camilo, un compañero de curso, nos ha acompañado. Espitia, que hoy anda con brazalete rojo; Espitia, irreconocible, dando órdenes en la puerta del teatro, nos ha conseguido puesto en un palco reservado al comando de Las Cruces. Pero a última hora la multitud, desbordando los cordones de vigilancia, se ha introducido en los palcos a empellones y codazos. Pisados, estrujados, respirando la misma atmósfera turbia de olores de los buses, Vidales, Camilo y yo logramos mantener precariamente el equilibrio.

¡Gaitán sí, otro no!

Algunas manos reclaman ahora silencio. Los gritos van muriendo. La voz se eleva firme sobre una multitud tensa, momentáneamente silenciosa. Si me empino, logro divisar a Gaitán: pequeño, vigoroso, con un traje negro de rayas, de pie delante de un micrófono en el polvoriento escenario acribillado de luces. Al lado suyo, una mesita con una carpeta verde, una jarra con agua, un vaso. Sentados al fondo del escenario, bajo banderas rojas de astas cruzadas, el sombrero modestamente colocado sobre las rodillas, con aspecto de zapatero, de maestros de escuela o dirigentes de barrio, una veintena de hombres lo escuchan solemnes. Bajo la luz que llueve de lo alto, le brilla a Gaitán el pelo engominado y el sudor de la cara, una cara aindiada, de mentón enérgico, de labios grandes y amargos.

(El indio, el negro: así lo llaman, sentados en torno a las mesitas de la canasta, los parientes de Cristina; así también los muchachos que llegan a clase con las llaves del auto en las manos, hablando del domingo pasado en el Country, de caballos de carreras, partidos de polo y fincas en tierra caliente.)

Y ahora nos vienen con que van a lanzar de tercer candidato a la presidencia a un jugador de polo...

El áspero, sarcástico acento de Espitia, de los loteros, de los choferes de taxi. Una ráfaga de risas recorre sordamente la sala.

... y yo pregunto: ¿por qué un jugador de polo, por qué el próximo presidente tendría que ser un jugador de polo y no Jorge Eliécer Gaitán?

Él mismo, subiendo el tono, da la respuesta. Él va a decir por qué, él sabe por qué. Porque (y aquí su voz se afirma, se eleva, ya no es sarcástica sino colérica y el puño se agita frente al micrófono, venas airadas le brotan en la garganta) porque Gaitán es un hijo del pueblo, sólo un modesto hijo del pueblo, y un hijo del pueblo no puede ser en este país presidente de la república, porque el poder es un privilegio de clase, el poder es una hacienda, ¡un coto de caza de la oligarquía!

La voz naufraga en una ovación unánime que revienta bajo la bóveda del teatro, la gente se ha puesto de pie en la sala, puños y sombreros se agitan en los palcos y ahora tanta furia desperdigada se reúne, se disciplina acompasadamente en el estribillo frenético, atronador:

¡Gaitán sí, otro no! ¡Gaitán sí, otro no!

Y Vidales, cuando todo ha terminado:

A este pisco no lo ataja nadie.

Ahora me doy cuenta, dice Camilo.

Caminamos en medio de la multitud rugiente que, incapaz de dispersarse, se dirige hacia la carrera séptima por un costado de la Plaza de Bolívar. La noche es muy fría. En la plaza brillan lúgubres, amarillos, los globos de los faroles.

¡A *El Tiempo*! ¡Vamos a *El Tiempo*!

¡Turco no! ¡Turco jamás!

¿Y ahora cuál es el programa: piedra? —dice Camilo.

Es un muchacho más alto que nosotros, pecoso, tranquilo, siempre con un brillo risueño en los ojos verdes.

Piedra a *El Tiempo*, dice Vidales. Les rompen los vidrios todos los viernes. Y los lunes los vuelven a poner.

¡Abajo los oligarcas!

El grito ha estallado muy cerca.

Ese grito es para nosotros, dice Vidales. Por culpa de esa corbata que usted lleva, Camilo.

Es una corbata negra.

No importa.

¿Me da pinta de oligarca?

Claro que sí. Y el caminado que lleva. Me arrepiento de haberlo traído, carajo. Nos van a dar en la jeta.

Camilo se quita la corbata con disimulo y se la guarda en el bolsillo.

¿Ahora estás más tranquilo?, le dice a Vidales. Si quieres trato de escupir también por un colmillo.

No tenés remedio. Aun así, lo oligarca se te conoce. Un niño bien.

Ernesto, ¿tú ya habías venido?

No, digo yo. Pero ya conozco el ambiente. Vidales tiene muy buenas amistades en Las Cruces.

Vidales se ríe:

Pita y putas, ¿no?

He sido testigo de sus esfuerzos por llegar hasta el pueblo, digo yo.

Esfuerzos que me costaron una gonorrea, dice Vidales.

Qué horror, dice Camilo. No creo que sea necesario llegar a esos extremos.

Los tres, caminando de prisa en medio de la multitud. Desde el atrio de la catedral, divisamos la masa negra y compacta que se encajona por la calle Real, rumbo a *El Tiempo*. Alguien ha encendido una antorcha.

¡Abajo los oligarcas!

¡Abajo!, grita Vidales.

A eso los griegos lo llamaban demagogia, dice Camilo.

Vidales se dobla de risa.

Como sea, griten algo, dice después. Nos van a linchar. Esto no es un paseo al campo.

¿Y también nos va a tocar tirarle piedra a *El Tiempo*?, pregunta Camilo.

Bueno, tanto como eso no, dice Vidales. Mi hermano trabaja allí.

De veras que nunca... No puedo creerlo. ¿De veras que no sabes cómo es una mujer? (Su voz ronca y baja en la

319

oscuridad; su aliento muy próximo, que huele a whisky.) No. Yo...

Espera, bobo. No enciendas la luz. Dame tu mano. Estoy loca, pero... Dame tu mano. (La manera como está respirando, tan extraña.) Toca aquí. Más arriba. Ahí.

¿Es como un huesito?

Ningún hueso, bobo. Ningún hueso. Algo muy delicado. Tócalo despacito, con suavidad. Así, sí. (Su voz entrecortada, un cuchicheo furioso.) ¿Nunca habías tocado a una mujer?

No.

Déjame tocarte a mí.

Cristina, tengo miedo.

No seas pendejo.

Alguien puede venir.

Nadie. Estamos solos, las sirvientas duermen. Déjame (el contacto tibio de los labios, su lengua inquieta buscando la mía).

Cristina.

No digas nada. Tranquilo. Déjame tocarte. Déjame, déjame.

Cristina.

Uy, ya eres un hombre. Ya lo eres. Caray, quiero verte. Quiero saber cómo eres. Voy a encender la luz.

No, no la enciendas.

(Su respiración va creciendo, es casi un sollozo.)

Ven, ven.

¿Adónde?

A la cama, ¿adónde va a ser? Bobo.

(Está loca, Dios mío, está loca.)

Quítate eso, rápido. Ven aquí. Espera, ahora...

Cristina, Cristina.

Así no. Así no. Despacito, con calma. Tienes que aprender. Con calma. Así, rápido, lo hacen los perros... Así sí, así sí, así así, así.

(Dios mío, está loca, está loca.)

320

Sube y le dices buenos días.

Es inútil, tío. No quiere ver a nadie.

Sube de todas maneras.

Subo al segundo piso. La puerta de la alcoba de Cristina está cerrada. Me parece escuchar mis propios latidos. Golpeo en la puerta, pero nadie responde. Hago girar la manija.

Penumbras. Olor de cigarrillo, de agua de colonia. Cristina está en la cama, fumando. Al verme se cubre el pecho con las frazadas con un gesto airado. Bajo el pelo revuelto, su cara sin maquillaje se ve muy pálida.

Buenos días, Cristina.

Su voz es glacial:

Buenos días.

Fuma despacio, mirando fijo delante de ella. Ahora no se parece a Maureen O'Hara, sino a una Joan Crawford de pómulos duros y cejas hostiles. Lenta, su mirada se vuelve hacia mí. Sus pupilas tienen un destello feroz.

Haz el favor de dejarme, dice con una voz fría, cortante.

¿Qué te dijo?

Nada, tío.

El chofer nos conduce hacia el centro por las calles soleadas del Retiro. La cara del tío parece sombría. Bajo sus ojos, de ordinario vivos y joviales, han aparecido sutiles arrugas de preocupación.

No sé qué le ocurre a Cristina, sobrino. Está muy rara. Hace un tiempo le había dado por el trago y las fiestas.

Ahora no hace sino rezar. Dizque quiere hacer retiros espirituales y regalar su ropa a los pobres y otras chifladuras por el estilo.

¿Dice eso?

Sí. Y a ti te ha tomado aversión. Fue ella la que insistió en que vivieras con nosotros y ahora... ¿Qué te parece si vuelves a vivir con tus tías?

¿En Villeta?

No, en Bogotá. Voy a traerlas, la tierra caliente le ha sentado mal a Amelia.

Está bien, tío.

Entretanto... Fonsequita, mi secretario, tiene un cuarto libre cerca de su casa. Quizá te resulte más cómodo vivir allí. Es un cuarto independiente, encima de un depósito de buses. Buena luz. Te compro una radio para que no te sientas tan solo.

Está bien, tío. ¿Cuándo me mudo?

Quizá sea mejor hoy mismo, sobrino. La atmósfera está muy tensa en la casa. A Cristina nunca hay que hacerle mucho caso. Dentro de quince días habrá cambiado. Te estará adorando. Y va a llorar porque te fuiste de la casa. Yo la conozco.

El tío se queda un rato silencioso mirando por la ventanilla.

Qué cosa seria son las mujeres, sobrino.

CAPÍTULO CUATRO

I

Habían vuelto los duros tiempos, recuerda. Pan, salchichón y café, a veces spaguettis, que él mismo preparaba, al almuerzo. Y para colmo se venía encima el frío. Había bruma en las noches y el barrio donde ahora vivía, muy próximo a Pigalle, era lúgubre, con muchos bares de mala muerte y prostitutas en todas las esquinas. A Oona no le gustaba venir. En cuanto entraba examinaba con un frío desdén aquella pieza desnuda, con un colchón extendido en el suelo y arrumes de libros por todas partes. Pese a sus ideas de ultraizquierda, miraba la pobreza con el mismo horror con que una muchacha rica las llagas de un mendigo. Muchas veces, después de fumarse un cigarrillo y, de dar una vuelta inquieta por el apartamento, se iba con el pretexto de un compromiso urgente.

A María había dejado de verla, pero de vez en cuando, con largos intervalos, la llamaba por teléfono. Había mucha dulzura en su voz. Le contaba que se sentía muy deprimida; tenía vértigos; Bernard, muy preocupado, la llevaba donde muy buenos especialistas. Él colgaba el teléfono con una especie de decepción amarga, diciéndose que era la última vez que lo hacía. Pero no llegaba a olvidarla. Cuando la volvía a llamar, al cabo de una semana, se daba cuenta que María estaba aguardando su llamada con una ansiedad igual a la suya. Hola, ¿eres tú? A ella la voz le temblaba siempre.

El dinero se le agotaba. Apenas le quedaban cien francos en el bolsillo, el día que se encontró en el Consulado de Colombia con Rodrigo Vidales, su viejo amigo, que iba de paso para una conferencia en Ginebra. Por poco no se reconocieron. Vidales había cambiado mucho desde la última vez que lo viera. El abogado joven y alerta que había sido en los años sesenta; el que defendía presos políticos y organizaba ligas agrarias; el mismo que una noche se había entrevistado en La Habana con Fidel Castro, se había convertido en un personaje de pelo gris, embutido en un soberbio abrigo oscuro con solapas de terciopelo. Y del remoto condiscípulo que iba con él y Camilo a oír los discursos de Gaitán, sólo quedaba el brillo irónico y rápido de las pupilas.

Acababa de salir del despacho del Embajador, y el Embajador, un hombre pequeño, pálido y pulcro lo acompañaba hasta la puerta llamando a Vidales senador, cuando se encontraron. En la cara de Vidales hubo una expresión de complacido asombro. Hola, vagabundo, exclamó abriéndole los brazos. Parecía sinceramente efusivo. Y él, por su parte, se alegró mucho de verlo; de alguna manera Vidales había sido uno de los poquísimos amigos que había tenido en su infancia. Se dieron vigorosas palmadas en la espalda. ¿Usted no conoce a Ernesto Melo?, le dijo Vidales al Embajador. Éste alargó una mano desanimada y cortés, y él (Ernesto) tuvo de inmediato la impresión de que examinaba, desabrido, de una sola ojeada, su abrigo viejo y su bufanda raída. Reaccionó de inmediato. Tienes una pinta de oligarca que da asco, le dijo ruidosamente a Vidales. ¿De dónde sacaste ese abrigo de obispo? Vidales soltó la carcajada. Mantenía su buen humor de siempre. El Embajador permanecía entre los dos, incómodo, pálido y solemne. Somos viejos amigos, le explicó Vidales. Y dirigiéndose a Ernesto: todos preguntan por ti. Ahora que tienes amigos en el gobierno, debes salir de la clandestinidad.

Con suma habilidad Vidales eludió una invitación del Embajador para aquella noche y salió a la calle con él. Prefiero visitar contigo los puteaderos de París que hablar de política con un godo greco-caldense, dijo tomándolo por el brazo y echando a andar por la *rue de l'Élysée*. El aire frío y gris estaba salpicado de lluvia. Tres guardias republicanos, con casco dorado y sable en la mano, venían caminando ordenadamente por la calle. Vidales había engordado. Bajo la pronunciada nariz, el mentón se apoyaba en una papada de hombre próspero. Le echaba miradas de reojo. Estás flaco, le oyó decir; me das envidia. ¿Cuál es la fórmula? La de permanecer pobre, le contestó él. Vidales hizo un gesto de escepticismo. Pues a mí eso no me ha servido de nada. Pierdo plata y echo kilos. La última campaña electoral fue una ruina, suspiró. ¿Adónde vamos? Yo invito a almorzar, pero llévame a un sitio divertido, bohemio. Yo sólo he estado en París cuando íbamos a aquellos festivales de la juventud, ¿recuerdas? Sólo fui a uno, el de Moscú, contestó él (Ernesto). Acuérdate que el comunista eras tú. Hombre —se rió Vidales— todo liberal que se respete ha hecho su noviciado con los mamertos. Y los godos con los curas.

Así que había terminado llevándolo a la Closerie de Lilas. Sentado con él delante de dos vasos de whisky, Vidales pareció aprobar con satisfacción el ambiente penumbroso del bar, cuyas paredes estaban repletas de afiches anunciando exposiciones y piezas de teatro. Él (Ernesto) se había tomado el trabajo de explicarle cómo aquel lugar había sido famoso en los años veinte; en la barra había una plaquita de cobre con el nombre de Hemingway. Vidales oyó la explicación distraídamente: sus saltones ojos azules seguían atentos las caderas de la muchacha que vendía cigarrillos. De modo que es un sitio bohemio, dijo: para tipos como vos. Hombre no, para mí es muy caro. Había sentido en aquel momento la mirada rápida y aguda de Vidales observándolo; una mirada de fría evaluación que parecía tomar nota del cuello raído de su camisa y de las solapas gastadas del traje. Por una parte te envidio, empezó a decir Vidales con una cavilosa prudencia; le recordaba los cautelosos preámbulos de su tío Eduardo cuando abordaba una conversación difícil. París es una vaina maravillosa. Si vieras lo que es esto de andar en Bogotá acosado por los lagartos. Pero por otra... y aquí su expresión se hizo brumosa, casi triste. Movió la cabeza. Para hacer vainas, suspiró, no hay como el país de uno. Estoy convencido. Hizo una pausa, la pausa alerta de un explorador que observa si algo sospechoso se mueve entre la maleza. Bebió un trago de whisky. Dos mancornas doradas le centellearon en los puños cuando depositó el vaso. Nosotros, Ernesto, hemos hecho muchas huevonadas en la vida. Muchas. Y ya no podemos seguir haciéndolas, estamos acorralados por el calendario. Se pasó la mano por el pelo. Nos estamos volviendo viejos... Claudia, mi hija mayor, está estudiando arquitectura en los Andes. Fidel Ernesto, el menor quiere estudiar economía. Quizá lo mande a Harvard. ¿Mi ahijado?, preguntó él, recordando al bebé que el propio Camilo Torres había bautizado en la capilla de una clínica de maternidad. Se llamaba Fidel por Fidel Castro y... era Ernesto por el Che Guevara, ¿no es así? Así es, sonrió Vidales. Bueno, dijo él, algo al menos quedó de aquella época. Vidales enrojeció ligeramente. Claudia es maoísta, dijo, y lo miró con una expresión risueña. Lo que les falta por aprender... Ahora contemplaba muy serio los cubitos de hielo en su vaso.

Todo es un asunto de táctica. Cuando uno es joven, Ernesto, se lanza contra todo a cabezazo limpio. Y lo único que consigue es romperse la cabeza, quedar descalabrado. O muerto, precisó él (Ernesto) suavemente. O muerto, dijo Vidales, lo que es una huevonada mayor. Se quedaron en silencio, y por un instante, el instante de ese silencio, la sombra de Camilo pasó entre los dos. Vidales movió la cabeza con fatiga. Uno tiene apenas una vida, suspiró.

Poco después le estaba hablando de política colombiana. La izquierda del país era ahora puramente eruptiva, un sarampión. Si uno se afeita, se cepilla los dientes o se compra un par de zapatos es un vendido, un reaccionario... Son todos resentidos de café. La pura y simple agitación no sirve de nada, salvo a crear el clima propicio para un golpe de estado. Él (Ernesto) se sentía incómodo. De todos modos nada va a cambiar en Colombia, dijo pensando en voz alta. Oh, nada en lo inmediato, admitió Vidales. Eso vos y yo lo sabemos. Por lo menos, mientras dure el Frente Nacional. Pero después... Después vendrá Turbay. O López, dijo él. López, dijo Vidales con énfasis... ¿Y...?, hizo él. Pues para esa época tendremos un grupo importante en el Congreso, una fuerza determinante dentro del partido liberal. Habremos dejado de ser los acólitos... Él (Ernesto) se daba cuenta de que Vidales ponía siempre el plural donde sería más adecuado hablar en primera persona. Pero no quería discutir con él. Está bien, dijo alzando el vaso, bebamos a tu brillante porvenir. Irás lejos, si el hígado se porta lealmente contigo. Dímelo a mí, que tengo un comienzo de úlcera, se rió Vidales. Debía beber leche, pero... Tomémonos otro. Y pídeme un paquete de Marlboro.

La muchacha alta y escuálida que vendía cigarrillos resultó ser conocida suya. Se llamaba Hélène y alguna noche la había conocido en casa del poeta Linares. Era una actriz de segundo orden. Vivía en la calle de la *Goutte d'Or*. Una noche le había acompañado a su casa porque tenía miedo de cruzar sola por aquellas calles, que parecían de la *Casbah* de Argel. Árabes embozados en largas túnicas blancas cruzaban, rápidos y sigilosos como gatos, las esquinas. Hélène le había contado entonces que provisionalmente trabajaba en el *vestiaire* de la Closerie de Lilas. Ganaba sólo las propinas, que eran mayores cuando había lluvia y la gente traía impermeables. Lo reconoció en seguida. *Qui, il pleut, ce n'est pas mal...* le contestó riendo cuando él le observó que llovía. Cambiaron dos palabras acerca del poeta Linares. Cuando se fue, Vidales la siguió con una especie de cavilosa languidez en la mirada. Caramba, está buena, exclamó apreciativo. Cuando él le contó que era una muchacha, interesada en el teatro, tuvo una expresión de asombro. ¿Así es la cosa? Ya me habían dicho que aquí en París hasta las coperas le hablan a uno de filosofía.

Durante el almuerzo, Vidales había insistido en hacerle hablar de sus planes. Se quedó muy sorprendido cuando él le dijo que no tenía ninguno. Sinceramente no veo qué diablos haces aquí, murmuró de pronto. Bebía el vino a sorbos lentos. Comían una estupenda dorada de carne muy tierna, recomendada por el *maître*. Vidales hablaba: las vainas han cambiado mucho en Colombia, ¿sabes? Mucho. El país quiere gente nueva, los viejos políticos están quemados. En cualquier momento se reanudarán las relaciones con Cuba, y las guerrillas, ya lo sabes, son historia del pasado. Por primera vez nuestra generación tiene oportunidad de llegar al poder. Nos llegó el turno de subir al tren. ¿Te parece sensato dejarlo pasar? Vidales le clavaba su mirada de saltones ojos azules. Hablaba como su tío pero él trató de no ofenderlo. Oye, Rodrigo, le dijo suavemente: pienso que éste no es el mismo tren que pensábamos tomar cuando… cuando jóvenes. La expresión de Vidales se endureció ligeramente. Es el mismo, Ernesto; sólo que va más despacio. Y entre ir despacio y no ir a ninguna parte… Calló, mirando hacia el bulevar brumoso que se veía a través de las vidrieras. Uno tiene apenas una vida, repitió con un suspiro. Bueno, dijo después, ya que no puedo convencerte tratemos de divertirnos un poco esta noche. ¿No tendrás un par de viejas por ahí? Yo invito.

Lo llevó al Crazy Horse. A Vidales pareció impresionarle el lugar y sobre todo las deslumbrantes muchachas que en una penumbra de luces de acuario se desnudaban con languidez, difusas y lentas como vistas en un sueño. Le causó gran decepción saber que después del espectáculo no venían a sentarse con los clientes. Para no defraudarlo, lo llevó a *Pigalle* en taxi. Después de ambular por calles llenas de porteros y prostitutas fatigadas, entraron en un bar penumbroso llamado Le Cheval Blanc. A Vidales le gustó una mujer de grandes pechos, teñida de rubio y con grandes ojos oscuros que resultó ser tunecina. Estaba empeñado en hablar con ella en francés aunque sólo sabía algunas palabras, y a cada paso intentaba introducirle las manos por debajo de la falda, manos que ella retiraba con palmaditas y risas exclamando «*ça, alors*», con el gesto de quien reprende a un niño. Constantemente hacía llenar su vaso de champaña. Él (Ernesto) se sentía como un turista al que lo despluman miserablemente. Pero Vidales parecía muy entusiasmado. Una juerga así es lo que me estaba haciendo falta hace tiempo, decía. Lo único que le inquietaba, le dijo después hablando en voz baja, era saber si podía estar seguro de la mujer, no quería correr el riesgo de atrapar una enfermedad venérea. Él lo tranquilizó. No tenía deseos de prolongar la noche, menos aún de irse a dormir con una de aquellas muchachas. Tenía sueño, pero se daba cuenta de que no podía dejar a Vidales en aquel lugar con un fajo de dólares entre el bolsillo. Así que esperó pacientemente a que terminara la botella y luego le ayudó a convenir con la muchacha un precio.

Lo dejó en un taxi con la tunecina, y se dirigió caminando a su cuarto, que estaba cerca. Llovía y se sentía deprimido. Le quedaban sólo cien francos por todo capital y el agua le estaba entrando a los zapatos.

—Espera, dijo Jacqueline con sigilo, y era como si en aquel momento hubiese tendido la mano para llevarlo en puntas de pie a una zona prohibida, ilícita, y él la siguiera ardiendo de ansiedad. La vio sacar de su bolso un frasco, luego un tiquete de metro. Había algo de solemnidad ritual en la manera cómo vertió el polvo sobre el tiquete, cómo formó con él un montículo diminuto y procedió luego, con ayuda de otro tiquete, a dividirlo en hileras paralelas, delgadas como lombrices. Sujetando aquel tiquete en la mano, con la delicadeza de un joyero que toma un diamante, le explicó cómo debía hacer. Hizo ella la demostración, inhalando las dos primeras líneas de aquel polvillo blanco, antes de pasarle el tiquete.

—¿Sientes algo aquí, en la garganta? —le preguntó después.

—Algo.

—*Alors, ça va.*

Se había sentado en la cama y bebía champaña a sorbos lentos, en una actitud de plácida expectativa. Él advirtió que las aletas de la nariz le temblaban ligeramente y que sus ojos amarillos tenían un brillo intenso.

—La cocaína corta el apetito sexual, *je te préviens,* dijo.

—No creo que yo pierda ese apetito.

Ella lo observó con risa.

—¿Estás seguro?

—Seguro.

Jacqueline depositó la copa vacía de champaña sobre la alfombra y se dejó caer de espaldas en la cama entrecerrando los ojos. A Ernesto le pareció que la garganta se le cerraba de ansiedad; a través de fuertes latidos, sentía venir sigiloso, como una serpiente arrastrándose entre brasas, un deseo de tocarla, de acariciarla, de rozarle los labios.

—Bebé —la oyó murmurar.

Sentándose a su lado, se inclinó sobre ella. Lo envolvió la fragancia del pelo, un olor limpio y ligeramente perfumado de lavanda, y sintió en los labios la piel ardiente y palpitante del cuello y luego los labios, frescos y con un vago gusto a champaña y la lengua tibia, temblorosa y ávida, y a través de la tela ligera del traje, bajo su mano, la presión firme de los senos, redondos y de pezones duros.

—Espera —murmuró ella.

Se incorporó despacio. A través de una fiebre de latidos, la vio desnudándose contra el resplandor amarillo de la cortina, y era como si él tuviera por primera vez la revelación de aquel cuerpo duro y dorado, como de bronce, de los senos altos y duros rematando en pequeños botones rosados y de la sombra espesa y recóndita del pubis mientras iba sacándose el slip. Se dio cuenta de que él se estaba desnudando con la misma furia silenciosa y rápida, cada poro de su piel esperándola, deseándola. La sintió venir a su lado, sintió el gemido de los muelles de la cama bajo su peso y en seguida la fragancia de la piel, el contacto tibio de los senos, el leve gusto a champaña helada en los labios y la leve caricia de araña de sus manos buscándole el sexo. Advirtió su excitación y su asombro al tocarlo. La detuvo con un ademán. Era él quien quería besarla, como ahora, dejando que todo su deseo descendiera a la punta de

331

su lengua para acariciarle con ella los senos, demorándose en ellos; ahora que la sentía estremecerse y suspirar mientras descendía muy despacio a lo largo del vientre duro, interminable, tostado por el sol y recorrido por una leve pelusa dorada de melocotón maduro, hasta encontrar, en la floresta también dorada y fragante del pubis, el diminuto pétalo de amapola, salado como una almeja y palpitante como el corazón de un pájaro, que empezó a lamer, excitándose con su olor de alga, con la manera como ella se arqueaba y gemía y se humedecía. Ahora lo llamaba; las manos de ella venían a hundirse en su pelo alzándolo para llevarlo de nuevo a ella, al cuello y al olor limpio de su pelo y a la boca quebrada de suspiros. No comprendió de inmediato lo que pretendía cuando la vio alzarse sobre él, el largo cuerpo de bronce con los senos altos y erguidos entre un desorden de cabellos color miel que se desplomaron como lluvia dorada sobre sus piernas. Lo estremeció aquella caricia hirviente y rápida, muy pronto intolerable. Debió apartarla, tumbándola, buscándola voraz entre los muslos dóciles que se abrían para recibirlo. La halló. La halló mientras le besaba el cuello palpitante y luego la boca, dejando que sus dos lenguas se encontraran acariciándose, y no pensó como le ocurría con otras mujeres en esperarla o seguirla; no pensó en nada; guiado por un instinto seguro y animal se dejaba ir a aquel subir y bajar por médanos quemantes, aquel subir y bajar por arenas hirvientes, siempre más lejos, siempre voraz, empujando en ella algo que se rompió en el mismo vértigo desgarrador y los precipitó al vacío, verticalmente, como dos pájaros alcanzados en pleno vuelo sobre el mar por la misma centella.

Permaneció largo rato inmóvil con los ojos cerrados. La oyó suspirar a su lado, la oyó moverse quedamente en el denso olor animal que había quedado en la cama, como un ave que se agitara aún sobre escombros humeantes. Le llegó el crujido de un papel, el chasquido de un fósforo. Entreabrió los párpados; vio la mano de ella, el humo del cigarrillo subiendo en la penumbra de la alcoba en pacíficas espirales. Y a través del humo la vio: tranquila y como luminosa en la penumbra dorada, la espalda en una almohada, el pelo resbalándole sobre los hombros.

Oyó su voz, baja, muy dulce:

—*Qu'est-ce que c'est chouette de faire l'amour.*

Le daba rabia sentir a toda hora aquel vacío en la boca del estómago, las rodillas temblorosas y el cortante frío del invierno traspasándole la ropa como si fuera de papel. Estoy en un callejón sin salida, pensaba. Necesitaba desesperadamente encontrar un trabajo; todo lo que había logrado conseguir hasta el momento era un par de traducciones mal pagadas para la ORTF. Le parecía amargo despertarse en el nuevo estudio que había conseguido entre *Pigalle* y la *Butte* con vista a los tejados de París. Aquel mar de pizarras, salpicado de cúpulas, bajo un cielo de plomo, sólo conseguía producirle una sensación de soledad, de abandono; la misma sensación que debe producirle el océano a un náufrago. Siempre estaba aguardando a Oona. Oona a veces no venía. Se quejaba siempre de que hubiese sido tan boludo de tomar un estudio sin teléfono y sin un lugar donde sentarse. Se negaba siempre a hacer el amor en aquel sitio; no me siento bien, decía. Una vez que, sentada sobre el colchón, él quiso bajarle el zipper de sus pantalones de cuero, le lanzó una bofetada y bajó la escalera sollozando. Con la arista de un anillo que llevaba en la mano, le había hecho una herida en el pómulo. La herida sangró mucho. Qué bajo he caído, pensaba mirándose la cara herida en el espejo del baño. Estaba furioso consigo mismo. Me voy, me voy de esta ciudad de mierda, juró de pronto. Me voy para siempre. Pero en aquel momento sonó el timbre de la puerta. Era de nuevo Oona. Lo miró asustada. Sin que él tuviera tiempo de limpiarse la sangre de la cara, hicieron el amor como unos locos sobre el colchón.

Le sorprendió saber que Lenhard iniciaba una expedición en Venezuela, que se iba por aquellos días y que ahora invitaba con frecuencia a su casa a Estrada Hoyos, y dejaba al argentino a solas con ella. Todo eso me parece un asco, estallaba él (Ernesto). Oh, no te preocupes, decía Oona, soy yo la que decido siempre con quién salgo. Piensa que ahora tendremos un lugar donde podremos vernos. Y en efecto, cuando Lenhard se fue ella lo invitó a cenar a su apartamento. La encontró inesperadamente vestida de largo, con un traje muy ceñido que le dejaba la espalda descubierta. Había dispuesto todo como para una cena íntima: velas, una botella de champaña y algunos melancólicos discos del Brasil. Ésta es una fiesta de bodas, gallardo bogotano, reía ella. Después de aquellas duras semanas de frío, de hambre constante, de caminar por calles y corredores de metro buscando trabajos improbables como en los primeros días de su llegada a París, era agradable, pese a todo, sentirse en aquel apartamento tibio. Le producía una sensación excitante estar al lado de Oona en la penumbra, con el crepitar de las llamas en la chimenea y una lánguida canción brasileña en el estéreo, y también el roce de sedas del traje que ella llevaba y la manera como cruzaba las piernas y se reía. Tenía un gran deseo de olvidarse por aquella noche de todo, y lo estaba consiguiendo al fin cuando sonó el timbre de la puerta. Ambos tuvieron el mismo pensamiento: Lenhard. Pero no era él, naturalmente, sino el argentino Estrada Hoyos. Apareció sonriente, impecable en su traje gris de rayas. Quedó muy sorprendido de encontrarlo allí. Che, te había invitado a cenar esta noche, ¿lo habés olvidado?, le dijo a Oona. Ella se echó a reír. Qué boluda, lo había olvidado por completo. El argentino supo disimular su decepción. Venía dispuesto a seducirte esta noche. Y... ¿qué te lo impide?, dijo ella, provocadora, sirviéndole un whisky. Yo, por supuesto, había dicho él (Ernesto).

Así que Oona no había tenido más remedio que poner otro plato en la mesa. Aquella velada, con los tres mirándose en la penumbra íntima de las velas, parecía, lo recuerda ahora, escena de una mala pieza de teatro. Estrada hablaba con la desenvoltura de un hombre de mundo, llevando la conversación a un terreno donde él podía moverse a sus anchas. Se refería a Buenos Aires, a amigos comunes, a funcionarios de la Unesco que en otro tiempo frecuentaban, mientras él (Ernesto) permanecía tenso, secretamente enfurecido. Se dio cuenta de pronto que el argentino no tenía ninguna intención de irse. Era claro que había iniciado una prueba de resistencia y él decidió aceptarla. De modo que así es la cosa, pensó sirviéndose después del café una gran copa de coñac. Se hizo dar un habano. Lo encendió, y mientras arrojaba espesas volutas de humo en dirección de Estrada, se disparó a hablar de cine, a propósito de la última película de Bertolucci, que el otro no había visto. Habló después del bolero, de Cuba, de *Los Tres Tristes Tigres* de Cabrera Infante, novela que el argentino intentó impugnar por razones políticas, veto que él eludió tranquilamente diciendo que él prefería un buen novelista a un revolucionario de salón y saltando con toda naturalidad a Beny Moré, al trío Matamoros, a Daniel Santos, a la guayaba, la curuba y el mango, la chirimoya y el zapote, frutas más o menos conocidas por Oona pero absolutamente ignoradas por el rioplatense. Bajo aquel diluvio verbal impregnado de un espeso humo de habano, los ojos de Estrada empezaron a perder fijeza y vivacidad y a entrecerrarse; la nariz se le alargó de un modo sombrío. Carraspeaba nerviosamente. Che, ¿qué somnífero le pusiste al coñac?, preguntó de pronto a Oona, circunstancia que ella, ya nerviosa, aprovechó para proponerles una vuelta. No habían dado una sola, sino cinco vueltas al cementerio de *Montparnasse,* que estaba próximo. Oona caminaba entre los dos, un tanto absurda con aquel traje largo y un tapado de piel como si se dirigiera a una noche de gala en la ópera. Estrada hacía de vez en cuando ineptos comentarios sobre las estrellas. Fue Oona la que claudicó finalmente. Estoy muy cansada, dijo. Creo que los voy a dejar. La dejaron en la puerta de su edificio y los dos se despidieron con suma frialdad.

A Oona le produjo mucha risa verlo segundos después en el umbral. Le estaba ayudando a bajar unas almohadas del *closet* cuando sonó de nuevo el timbre. No abras, le dijo él, seguro que es Estrada. Ella miró por el ojo mágico de la puerta y se volvió caminando en puntas de pie. Sí, es Néstor. Tengo que abrirle, anunció con un gesto de irremediable resignación, la voz no más alta que un susurro. Oh, no lo hagas, son las tres de la madrugada, estoy extenuado. Tengo que hacerlo, dijo ella. Está bien, amenazó él, rencorosamente, con la seguridad que le daba media botella de coñac bebida aquella noche. Tú lo has querido, dijo desabotonándose los pantalones. Como había adelgazado mucho en aquellos días, al aflojarse el cinturón los pantalones cayeron desmayadamente sobre sus zapatos. No podía ser más adecuado para la circunstancia el color del slip que llevaba puesto: rojo. Oona lo miró con un horror incrédulo. Cúbrete, le rogó. Cúbrete, le insistió nuevamente, ya con un comienzo de furia. Él negó con la cabeza. En aquel momento, Estrada empezó a emitir del otro lado de la puerta unos silbidos breves como trinos de canario, a tiempo que daba cortos golpes en la puerta. Oona no tuvo más remedio que excusarse, no podía abrirle porque tenía mucho sueño. Che, no jugués a la monja de clausura, decía Estrada. No puedo, respondía ella, desesperada. Fue entonces cuando él (Ernesto), siempre con la seguridad plácida que le daba el coñac bebido, resolvió acudir en su ayuda. Caminando con alguna dificultad por culpa de aquellos pantalones que le ceñían los tobillos, se acercó a la puerta y habló de un modo bajo y persuasivo. Hombre, Estrada, ella tiene mucho sueño. Hubo un súbito silencio, algo que podía interpretarse como una parálisis de sorpresa al otro lado, Oona lo miró aterrada y antes de que pudiera recobrarse, se oyeron los pasos abrumados de Estrada Hoyos bajando la escalera. Ella apretó los puños para no abofetearlo. Su expresión era de odio. Ahora te me vas tú también, le dijo. Tú también, ¿oíste? Dios mío, pensaba él, con toda la lucidez del coñac bebido, ¿cuándo resulté enredado con esta víbora? Ella había empezado a sollozar. Él no sabía nada de lo nuestro, decía, nada. Pobrecito, comentó él, apiadado. No supo a qué horas Oona había tomado de un estante un agudo cortapapeles que blandía muy cerca de su cara. Tenía una expresión realmente criminal. ¡Te me vas o te entierro esto! Él la miró tranquilamente. Curiosa manera de morir. Rubia apuñalea a su amante, recitó como si leyera un titular de prensa. Ella arrojó al suelo el cortapapeles y se echó sobre un diván del salón, sollozando aún. Odio a los hombres, decía. Los odio, los odio, son todos iguales.

Se sentía bien, ahora; fluía, plácida, la sangre en sus arterias, el corazón le latía con sosiego. Jacqueline fumaba a su lado. Zumbaban, soñolientas, moscas en el sol de la ventana. Le recordaba el cuarto de su abuela, cuando niño. Las moscas zumbando en la ventana, su abuela cosiendo en una Singer de pedal, el sol de la tarde en el cuarto: aquel era uno de los pocos recuerdos plácidos que le quedaban de la infancia.

Recordaba ahora aquella quinta de Bogotá, que entonces estaba en las afueras, donde había vivido con su padre y su madre. Veía con claridad el cuarto de su abuela. Contenía un gran catre de bronce y una mesa de noche con un reloj despertador que llenaba la alcoba con un tictac sonoro. El sol se volvía rojo al atardecer; en el crepúsculo se incendiaban de arreboles los potreros de la sabana, cortados por paredones de tierra y altos eucaliptos; relumbraban charcos; se llenaban de una bruma lenta, color lila; croaban las ranas; a veces, remoto, pitaba un tren, un tren que se aproximaba a Bogotá.

Se acordaba de los potreros, de los trenes y de su abuela cosiendo al pie de la ventana, y también de su padre y de su madre, el último día que los vio, un sábado a mediodía, la manera como su padre lo alzó por los codos en el jardín y lo áspera que resultó su mejilla al besarlo, con un vago aroma de agua de colonia; de su madre, en la ventanilla del auto, arrojándole un beso con la punta de un guante blanco. Había visto al Packard negro bajando la calle tranquila, brillante al sol; lo veía doblando la esquina frente al parquecito de altos faroles y a la quinta donde vivía el presidente Olaya Herrera. Nunca habían regresado.

Qué lóbrega había sido la casa de las tías donde lo habían llevado después. Se le encogía el corazón todavía, sólo de pensar en aquellos cuartos húmedos y oscuros, con un Divino Rostro delante de una lamparilla de aceite en alguna parte y una bañera, erguida sobre cuatro patas de bronce, que sorbía el agua gorgoteando cuando le quitaban el tapón de caucho. A toda hora sonaban las campanas. Qué triste era, y cómo se sentía él, con miedo siempre y siempre con frío, buscando la protección de la abuela, que lloraba todo el tiempo, acostada en su cama, las piernas cubiertas por una manta.

Era curioso, pensó. Las gentes que necesitaba se morían. Desaparecían. Y él nunca había logrado evitar que dentro de él un huérfano despavorido continuara buscándolas. De niño, cuando pensaba en el cielo, no se lo imaginaba igual a las ilustraciones del libro de Historia Sagrada, con arcángeles y serafines, sino muy semejante a la terraza del Tout va Bien, un sitio a donde iba con su padre y su madre, su abuela y su hermana a comer empanadas los domingos. Todos estarían allí, pensaba ahora, recogiendo aquella vieja imagen celestial: su abuela, sacándose el alfiler que sujetaba su sombrero; su padre, jovial siempre; su madre, con un sombrerito redondo: una muchacha de la época del Charleston. Y María también estaría allí, contenta de sentirse en medio de gentes buenas que le abrían un puesto para que se sintiera segura y no tuviese miedo.

Linda idea, pensó de pronto volviendo a la realidad del cuarto, de las moscas zumbando en la ventana y Jacqueline fumando tranquilamente a su lado.

—*Pour une fois tu es bien silencieux* —le oyó decir.

—Estaba pensando en el cielo. En las gentes que me gustaría encontrar allí —le dijo.

—¿En María?

A él, de repente, se le enfrió el corazón.

—¿Tú la conociste?

Jacqueline apagó muy despacio el cigarrillo, sin mirarlo a él.

—Julia y yo la llevamos al hospital —dijo.

—¿Tú?

Jamás lo habría imaginado.

—Sí —respondió Jacqueline, aún sin mirarlo—. Yo. *Tout à fait par hasard d'ailleurs.* Estaba con Julia cuando... *bon, quand* María *a fait cette connerie-là.*

Ernesto descubrió muy cerca de él la botella de ginebra y se sirvió dos dedos en un vaso, sin mezclarla con agua tónica. El trago le ardió en la garganta. Así que Jacqueline sabía, pensó. Tenía una sensación extraña, de malestar; una especie de náusea. Jamás había querido saber detalles. Por eso, quizá, nunca le había escrito a Julia a Tánger. Se había apartado inclusive de las gentes que lo habían conocido cuando vivía con María, no acertaba aún a definir por qué.

—De modo que tú estabas allí.

—Fui yo quien llamó a los bomberos.

—¿Bomberos?

—Son más eficaces que *Police-Secours*.

II

Le extrañaba que el teléfono de María timbrara uno y otro día sin que nadie respondiera. María le confesó al fin la causa: lo desconectaba cuando estaba deprimida; dormía con somníferos no sólo durante la noche sino también durante el día. Aquello le pareció tan inquietante que decidió verla. Se dieron cita en el parque *Montsouris* una tarde. Recuerda que soplaba un viento frío y que el parque estaba envuelto en una luz de invierno, crepuscular. Le había sorprendido la palidez de María; su fragilidad, lo tristes que eran sus ojos. Caminaba muy cerca y no se opuso a que él le pasara el brazo sobre los hombros. Le parecía muy desamparada. Sin ningún entusiasmo ella le habló de su próximo matrimonio con Bernard, en pascuas; un primo suyo, de Cartagena, adelantaba trámites para arreglarle un divorcio en México o Venezuela. El francés había comprado un apartamento muy grande al que se mudarían en la *Avenue du Maine*. Andaba todo el tiempo con decoradores y carpinteros, eligiendo alfombras y cortinas y mosaicos para los baños. La había llevado a conocer a su madre, una mujer muy vieja, le dijo, que vivía por los lados de Étretat, en una vasta propiedad rodeada de pinos. La vieja era horrible, una verdadera

bruja. No había hecho otra cosa que mirarla con desconfianza mientras tomaban un té, como si sospechara que
se casaba con Bernard por dinero. Bernard, le contaba
María, había regresado muy deprimido después de aquella entrevista. Su madre no creía que podía ser feliz con
una chica tan joven y venida de tan lejos. Oyéndole contar todas aquellas cosas, mientras paseaban por los brumosos senderos invernales del parque *Montsouris*, él
(Ernesto) había estallado. Tu francés es un verdadero
cretino, exclamó. ¡Pensar que pronto va a cumplir sesenta años (cincuenta y tres, corrigió ella) y todavía le va a
pedir permiso a la mamá para casarse! Jamás lo hubiera
creído, con el porte que se gasta, más bien majestuoso.
A María la barbilla empezó a temblarle.

Rompió a llorar. Tú no haces sino ridiculizarlo
todo, dijo. Bernard tiene razón, me hace mucho daño
hablar contigo.

La había dejado de nuevo en su casa y, temblando y
lleno de tristeza, había vuelto al metro caminando por
el bulevar *Jourdan*. Oona tenía fiesta aquella noche en
su casa. Ahora que Lenhard estaba ausente, organizaba
frecuentes fiestas a las que invitaba a todos sus amigos
y amigas, en su mayoría franceses. A él le resultaba incómodo aparecer ante los otros como el dueño de casa.
Pero a las amigas de Oona aquello no les sorprendía
para nada. Era al parecer normal que al ausentarse Lenhard otro ocupara su puesto inclusive en la casa. Oona
es loca, decían riendo. Existía entre ellas una fuerte
complicidad femenina. Se contaban entre sí toda suerte
de intimidades sexuales, de modo que él, por interme-
dio de Oona, había llegado a saber cuál era frígida, cuál
vaginal y cuál clitoridiana, como se definían de acuerdo a su propia clasificación. En cuanto a los hombres
que venían a las fiestas, muchos de ellos maduros, casados y con cátedras en diversas Universidades, era evidente que trataban de acostarse con Oona, alentados

por ella, por sus constantes coqueterías y provocaciones. La llamaban, apremiantes, a las horas más inverosímiles. Ella se las arreglaba siempre para quitárselos de encima, sin hacerles perder del todo la esperanza. Él (Ernesto) sorprendía la mirada rencorosa de todos ellos cuando lo veían aparecer. Parecían secretamente solidarios del argentino, que durante mucho tiempo había sido el amante oficial de Oona.

Ella se había vuelto, por su parte, más celosa que nunca. No podía aceptar que él (Ernesto) hablara cinco minutos a solas con una muchacha. De inmediato empezaba a mirarlo con una mirada feroz donde estuviese; con cualquier pretexto se le acercaba: basta, basta, le susurraba al oído, con una voz llena de rabia. Se vestía siempre de un modo muy estrafalario. La noche que Julia lo invitó a pasar con ella la Navidad, Oona insistió en venir con él con una especie de piyama transparente de lamé plateado comprado en el *Faubourg Saint-Honoré;* además se puso en los párpados puntos que eran también de color de plata. Parecía una estrella de music-hall. En cuanto entró, una tras otra las miradas convergieron hacia ella, atónitas, antes de interrogarse entre sí. Oona estaba fuera de lugar en aquella atmósfera bohemia y estrepitosa de estudiantes y artistas españoles y latinoamericanos. Al poeta Linares le hizo mucha gracia verlo de príncipe consorte. Has debido venir con traje de terciopelo, le dijo entre grandes risotadas. Oona, por fortuna, resultó hablando en un rincón con el cantante Paco Ibáñez, muy amigo de Lenhard. Julia, que llegó de la cocina trayendo una garrafa de vino y unos vasos, puso cara de asombro al llegar al salón y verla. Qué tía, exclamó; siempre anda enseñando las tetas. Por lo menos le quitará al sueño al pobre Paco. Estaba allí en la puerta con un mechón de pelo por la cara, llena de buen humor y vitalidad. Podía adivinarse que sería con el tiempo una mujer segura y robusta, una española con muchos hijos. Huérfano, le dijo al descubrirlo junto al poeta Linares, esa mujer te tiene en los huesos. Ven a la cocina, quiero presentarte a una amiga.

La muchacha, se llamaba Minina, tenía un espeso cabello negro y ojos oscuros y brillantes y era venezolana, pero él (Ernesto) no había tenido mucho tiempo de fijarse en ella porque a su lado se encontraba un hombre joven, de pelo rubio, que reconoció al instante. ¡Frank!, exclamó. El otro se levantó vivamente de la mesa y lo saludó dándole unas vigorosas palmadas en la espalda. No es posible, vale, decía; ¡no es posible! Frank era un venezolano que había conocido diez años atrás. Entonces era un muchacho de apenas un poco más de veinte años, que había llegado a Barranquilla, enfermo de úlceras y sin papeles, después de haber cruzado la frontera por la Guajira huyendo de la Policía venezolana. Él (Ernesto), llamado por Salgueira, había venido desde Bogotá para encontrarse en el catre de una pensión de mala muerte a aquel muchacho flaco, con una barba dorada de varios días, atormentado por sus úlceras gástricas, que según Salgueira era dirigente de las FALN venezolanas: uno de los responsables de la guerrilla urbana. Tenía una salud demolida por las tensiones de tres años de lucha armada. Aquella broma le había reventado las tripas, decía Frank. En cualquier momento podía ser descubierto. Cuando los digepoles, como llamaba a los agentes de la seguridad venezolana, llegaron a su casa, alcanzó a escaparse por una salida de servicio. Enfermo, sus compañeros de lucha se habían opuesto a que se reuniera con los guerrilleros de las sierras de Falcón y en cambio le habían indicado que huyera a Colombia, que tomara contacto con el ELN colombiano y viajara a Cuba para ser operado, antes de incorporarse de nuevo a la lucha. Él (Ernesto) lo había ayudado, consiguiéndole ropa, algún dinero y un pasaporte colombiano, sacado a nombre de un estudiante de la Universidad Libre que se le parecía vagamente. Era época de carnaval y aquellas gestiones de obtener el pasaporte y una visa para entrar a México habían llevado algún tiempo. De suerte que mientras se escuchaba en las calles música de gaitas y el bullicio de las comparsas, Salgueira, que entonces cantaba por las noches en el Hotel del Prado, y él (Ernesto) pasaban horas en aquel caluroso cuarto de pensión escuchándole al venezolano el relato de increíbles episodios de la lucha armada en Caracas. Finalmente una mañana lo habían depositado en un avión de la Panamerican, luego de contemplar diversas posibilidades en el caso de que Frank fuese descubierto por la Policía en el momento de salir. Pero todo había ocurrido sin contratiempos. Frank, disimulando el dolor de sus úlceras y vestido como un turista que parte de vacaciones, se había despedido de ellos desde lo alto de la escalerilla del avión. Nunca más habían sabido de él.

Ahora estaba allí, en aquella fiesta, con diez años más, un poco bebido, y presentándoselo a la muchacha llamada Minina y a otra, un poco mayor, simpática y de facciones toscas, que aquel momento entraba a la cocina y que tenía el nombre de Clara. Era la esposa de Frank. Éste es un gocho, les dijo Frank risueño. Él nunca había oído aquella palabra. Preguntó si era por casualidad una enfermedad contagiosa. Claro que lo es, respondió Clara y los otros soltaron la carcajada. Minina estaba explicándole que en Caracas llamaban gochos a las gentes de los Andes, cuando Oona entró en la cocina. Las dos muchachas y Frank quedaron encandilados viéndole la espalda desnuda y el traje color plata ciñéndole las caderas. Caminando con pasos breves, como una modelo en un desfile de alta costura, sobre aquellos zapatos empinados y también de color plata, Oona se acercó a la nevera y sacó del congelador una cubeta de hielo. La luz interior de la nevera diseñó ní-

tidamente la forma de sus piernas, provocando un parpadeo libidinoso en Frank. Con la cubeta en la mano y
un trozo de hielo entre los dientes, Oona volvió a salir
saludándolo con un «hola» glacial y lanzándole una rápida mirada a Minina. La cocina quedó impregnada de
un penetrante olor a perfume. ¿Qué fue eso?, dijo Clara. Una muñeca de vitrina, exclamó Frank. Julia, que
estaba atareada en el horno, dijo que no era ninguna
muñeca, sino el tormento de este pobre cristiano de Ernesto. Minina lo miró con incredulidad. ¿Es cierto? Sí,
contestó él incómodo. Ay, chico, dijo Minina, sinceramente sorprendida: ¿qué puedes hacer tú con una cosa
así? La pone sobre el piano, dijo Frank. Él (Ernesto)
reflexionó un instante. Sobre el piano es más bien incómodo. Frank se estremeció de risa. Ésa se te apunta,
gocho. Sírvete un palito de ron.

Estaba temblando. Lo descubrió cuando alzó de nuevo
el vaso para beberse otro trago de ginebra.

—Yo no lo supe sino cuando volví de nuevo a París
—dijo él—. Fui a buscarla, sin saber que...

Veía aquel pabellón cerca de Alesia: la oxidada campanilla, que sonó al empujar la puerta de hierro; el jardín marchito y glacial con la casa, vetusta alzándose al
fondo. Recordó el temblor de sus piernas cruzando el
prado hacia el porche de altos escalones y los ladridos
de un perro dentro de la casa. «Ahora tienen casa y perro», pensó. Y su sorpresa cuando en vez de María se
encontró ante aquella mujer desconocida que le abrió
la puerta, una mujer alta y joven y de expresión dura,
con un cuello muy largo y un extraño lunar entre las
cejas que, apaciguando el perro con la mano, intentaba
oírlo a través de los ladridos. ¿Fue entonces, por la
cara, que ella puso, cuando tuvo el presentimiento? O
después, cuando vio los brillantes zapatos de charol ba-

jando la alfombrada escalera, cuando vio la cinta de la
Legión de Honor en la solapa y la cara de Bernard,
ahora avejentada y sombría. Lo había hecho subir a su
biblioteca del segundo piso. Se había sentado en un sillón, la luz de la pantalla iluminando su cara pero dejándole los ojos en la oscuridad. Hablaba como un médico que da un diagnóstico grave. *Elle était trop, fragile,*
le había dicho. María era *trop fragile.* Y parecía triste,
pulcra, decorosa y convencionalmente triste como un
funcionario del Ministerio de Asuntos Exteriores ex-
presando una condolencia oficial. Por la ventana se veían los árboles del jardín, ya sin hojas, en la atmósfera
glacial del invierno. Él no había querido oír más, tenía
un frío repentino en el estómago y ganas de vomitar. ¿Se
siente bien?, le preguntaba Bernard, ahora solícito
como un médico. Seguramente lo había visto palidecer
y se empeñaba en ofrecerle un coñac, que él rechazó
poniéndose de pie. Temía vomitar sobre la alfombra.
Así que temblando había bajado la escalera, ante la mirada dura y sombría de la muchacha que estaba de nuevo en el vestíbulo y los ladridos furiosos del perro, y
poco después se había encontrado caminando por la
Avenue du Maine, todavía con deseos de vomitar y
aquel temblor en las manos y en las rodillas, buscando
un café.

No fue entonces cuando se le llenaron los ojos de
lágrimas; no mientras se encerró en el baño, ni después,
cuando bebió con prisa en la barra una botella de Pe-
rrier, ni tampoco después cuando se sentó en la plazuela de la *Avenue du Maine* en la que había una feria con
carritos eléctricos y puestos de tiro al blanco, sino después, cuando vio sus propios zapatos ajados y llenos de
barro, como los de un vagabundo o un hombre sin empleo de los que se sientan en los parques para matar el
tiempo, y se acordó de la época en que habían regresado de Mallorca. Los ojos se le llenaron entonces de lá-

grimas y tuvo una opresión en el pecho como si no pudiera respirar. Y lloró, se secaba las lágrimas con la manga del abrigo raído, pero las lágrimas continuaban brotándole de los ojos. Pero no le dijo nada a Minina cuando volvió al cuartito aquel de la *rue du Départ*. Lo esperaba, conversando con una muchacha, venezolana también, que acababa de entrar al *Idhec*. Bebían y conversaban frente al anochecer invernal que ennegrecía el balcón y él sólo sentía una especie de asfixia, una falta de aire, una necesidad de caminar solo por las calles.

Caminaba todo el tiempo por el bulevar *Montparnasse*, bajaba al Sena, miraba el río y las torres de la *Cité*, siempre con la sensación de asfixia en el pecho, diciéndose que era absurdo, que no debía pensar más en María, que María era una historia de otros tiempos, como Oona, que había desaparecido también (vivía ahora en Río o en São Paulo, casada con Estrada Hoyos), aunque Oona no había sido sino un accidente en su vida, y María no; no, no María.

Jacqueline estaba hablándole.

María tenía crisis frecuentes. Julia lo sabía. La visitaba... por ti, decía.

—Porque tú se lo habías pedido. ¿Te molesta que te cuente esto?

—No —dijo él.

(De todas maneras, María estaba de nuevo allí, en el cuarto.)

—Se hicieron muy amigas.

—Curioso, se detestaban.

—Sí, Julia me lo contó. Pero después que te fuiste se veían muy seguido. Yo estaba en la India. María *avait toujours des vertiges.*

Empezó a frecuentar a Frank, a Clara, su mujer, y a Minina, así como también al grupo de venezolanos que se reunía con ellos casi diariamente en un establecimiento llamado la Brasserie Morvin, cerca de la plaza del Odeón. Todos ellos, con excepción de Minina, habían participado en la lucha armada, años atrás; muchos vivían en París aún con papeles falsos. Frank le hablaba frecuentemente de lo que había sido su vida, antes y después de la guerrilla, de cómo había conocido a Clara, de sus razones para venirse a París. Habían salido de su país por razones análogas a las suyas (a las de Ernesto). Miembro de las juventudes comunistas, había abandonado su carrera de derecho para incorporarse a las Fuerzas Armadas de Liberación Nacional, FALN. Hábil para preparar las acciones más audaces en la ciudad, se había convertido rápidamente en uno de los cuadros importantes de la guerrilla urbana, hasta el momento en que, enfermo y descubierto por la Policía, había tenido que huir a Colombia, luego a Cuba con el pasaporte que él (Ernesto) le había facilitado. En cuanto se consideró restablecido, había regresado clandestinamente a Venezuela para incorporarse de nuevo a la lucha. Pero en realidad no estaba curado aún. Su sistema nervioso no soportaba la tensión de aquellas operaciones diarias y desesperadas llamadas de hostigamiento (ataques, asaltos, ráfagas de ametralladora disparadas desde un automóvil a guardas apostados en la puerta de un cuartel). Las úlceras se le habían abierto y, con un falso nombre, había sido internado de urgencia en un hospital. Allí había conocido a Clara, cuyo marido o novio, comandante de las FALN, había agonizado durante una semana después de haber recibido en la escalera de un edificio siete balazos de los agentes de la Digepol. Era Clara la que había impedido que siguieran disparándole, ya tendido en el suelo, apareciendo sin proferir grito alguno ni echarse a llorar y ordenándoles, inesperadamente tranquila y con toda su sangre fría: basta ya, ahora ayúdenme a recogerlo. Los policías, impresionados por el temple y la seguridad de aquella muchacha, habían obedecido.

Él (Ernesto) podía imaginar muy bien la relación primero compasiva, luego fraternal, luego amorosa, que había llegado a crearse entre la novia y luego viuda de aquel comandante que agonizaría detrás de un biombo, y el otro guerrillero rubio, afiebrado y solitario que en el mismo pabellón del hospital sobrevivía a una peritonitis producida por sus úlceras reventadas. Podía imaginar aquella sala común del hospital, con el probable estrépito de las chicharras en la luz y desolación del mediodía de Caracas entrando por las ventanas; la muchacha que una vez muerto su esposo, envuelto su cuerpo en sábanas, llevado a un cementerio de Caracas y sepultado en alguna fosa bajo el mismo clamor desolado y constante de las chicharras, había vuelto al hospital con diarios y revistas y quizás alguna manzana comprada en la calle para hacerle compañía al otro combatiente solitario y todavía vivo, de las barbas rubias. No era difícil comprender que se hubiera hecho cargo de su convalecencia y que, sabiéndolo solo y desamparado, lo llevara a su casa y acabara viviendo con él y amándolo. Ambos, que de una manera u otra habían luchado en aquella guerra —no de otro modo podía llamarse—, habían debido afrontar un amargo regreso a la vida normal y cotidiana después que el partido comunista, al que pertenecían, ordenara el repliegue, convencido de que la lucha insurreccional estaba condenada al desastre, y un nuevo gobierno decretara la amnistía. Así que Frank, antiguo comandante de guerrillas urbanas, estratega clandestino de operaciones difundidas al mundo por las agencias de noticias, había debido aceptar un empleo de vendedor de enciclopedias a plazos, caminando en el calor y estrépito de las calles con catálogos bajo el brazo y deteniéndose a veces en los botiquines para calmar con un vaso de leche el ardor de sus úlceras gástricas. Trabajos de tírame algo, decía. Su país, explicaba, no estaba gobernado por adecos o copeyanos, como Colombia por liberales o conservadores, sino por el billete. El billete imponía su ley. Quien gana más, manda más, tal era un principio capitalista válido en todas partes; pero en Venezuela se aplicaba de una manera abrupta, se hacía sentir a cada instante, regulaba todas las relaciones y explicaba aquella prisa desenfrenada de inmigrantes, arribistas de todo género, ejecutivos, vendedores de seguros y papeles bursátiles o publicidad, urbanistas y magnates financieros o industriales, cuyo común denominador era por lo general una extremada ignorancia de cualquier cosa que fuese ajena a su propio negocio, o al dominó, los yates o las carreras de caballos si éstas eran sus aficiones dominicales, y una vistosa insolencia frente a sus subordinados. El billete era el instrumento de poder, como antes, en la Venezuela rural de sus abuelos, lo había sido el fusil de los caudillos. Frank le había hablado de su dificultad para integrarse en aquel mundo —él, que había soñado con su revolución venezolana como un proceso inmediato e irreversible—; de su rechazo, por ejemplo, a trabajar como reportero en una empresa de periódicos y revistas en la que poetas, periodistas, escritores y críticos dependían de algún magnate de la letra impresa, tosco, ignorante, con aspecto de bodeguero o de boga de río, orgulloso de sus brillantes, de sus autos refrigerados, de sus queridas estridentes, con obvia influencia pero incapaz de leerse un libro o de escribir nada distinto que su firma al pie de un cheque o de una orden de pago. Frente a este mundo de arrogantes hombres de negocio, decía Frank, los intelectuales y artistas acaban refugiándose en una bohemia irrisoria, buscándose desde la hora del almuerzo algún bar oscuro en aquella ciudad trepidante y despiadada de sol, acero y concreto por todos lados, para emborracharse, fumar marihuana, hablar de libros que no escribirían o del único que habían escrito, y cambiar bromas con mujeres un poco desquiciadas que se acostaban sistemáticamente con el uno y con el otro.

Frank le había hablado también de cómo la mayoría de sus compañeros de lucha habían abandonado al partido comunista para fundar sobre nuevas bases, con Teodoro Petkof y Pompeyo Márquez, el Movimiento al Socialismo, MAS. Pero le faltaba a él sentido apostólico, después de haberse jugado la vida noche tras noche durante tantos años, para asumir la paciencia de hormiga del activista legal, visitando cerros o repartiendo volantes. Clara, por su parte, trabajaba en la IBM. Padeciendo la estrechez de aquella vida, o de aquel destino, Frank había empezado a beber, pese a las advertencias de su médico (si no te cuidas, no te doy más de un año en este mundo). Si no me queda sino una miguita de vida, replicaba Frank a cada paso, mejor es vivirla bien. De esta situación lo había rescatado providencialmente un ex comandante guerrillero y amigo suyo, Osvaldo. Jefe o simple compañero de un grupo de gentes adictas a Douglas Bravo que antes de retirarse definitivamente habían realizado un asalto a la sucursal de un Banco en Puerto la Cruz (simple pensión de retiro había comentado con humor el nuevo jefe de la Digepol), Osvaldo les había facilitado a Frank y a Clara el dinero para venirse a París con él y otros ex guerrilleros.

Y allí estaban, allí se veían todos los días en la Brasserie Morvin. A él (Ernesto), Osvaldo, el amigo de Frank, y al parecer jefe de todo el grupo, le cayó bien. Delgado, reflexivo, con una aguda cara de zorro bajo una melena de rizos crespos salpicada ya de algunas canas, no se sabía nunca cuándo hablaba en serio y cuándo en broma. Hablaba del padre Marx y del padre Gramsci, y no se refería nunca a las democracias populares del Este sino a las burocracias populares. Hay que partir, vale, de la base de que las infames calumnias de la prensa burguesa acerca del socialismo son rigurosamente ciertas, decía muy serio. Y decía también: nosotros conocemos las cárceles del capitalismo: nos falta conocer las del socialismo: de ésas no se sale nunca, y la única esperanza que uno tiene es que lo rehabiliten después de muerto. Con él aparecía frecuentemente un muchacho rubio, muy alto, de modales suaves y con una especie de aura de santidad en la mirada, llamado el Catire Céspedes. Con su voz pausada, que el acento caraqueño llenaba de entonaciones quejumbrosas, le había referido una noche cómo había muerto, al lado suyo, durante una operación de rutina, su hermano, un hermano gemelo. Se trataba simplemente de disparar una ráfaga de ametralladora contra los vidrios del edificio de una compañía petrolera, la Creole Petroleum Company, inaugurado recientemente. Simple operación de hostigamiento, pero habían tenido la mala suerte de haber sido sorprendidos por una radiopatrulla. Cuando corría a su lado, hacia el auto que los aguardaba, su hermano gemelo fue derribado de un tiro en la espalda. Frank, que participaba en la operación, le había impedido que lo recogiera. Nos tuestan a todos, le gritaba arrastrándolo por el brazo. El Catire lamentaba que después de todo la operación hubiese resultado tan inútil: al día siguiente, muerto su hermano y sepultado ya, había visto desde lejos cómo colocaban nuevos vidrios en la ventana del edificio.

Cuando Osvaldo se dio cuenta —y no era difícil, por cierto, dado el estado de sus zapatos y el apetito con que devoraba un sandwich o se comía una bolsa de papas fritas— de la situación económica suya (de Ernesto), hizo algo sorprendente: una noche, bebiendo cerveza en la barra del Morvin, le puso en el bolsillo un sobre de correo aéreo que contenía dinero. Lo contó después: eran mil quinientos dólares. No son míos, forman parte de una expropiación, le dijo Osvaldo, sin dejar pasar ninguna expresión por su cara. Él no le dijo nada de inmediato. Siguió bebiendo la cerveza y sólo minutos más tarde habló. Están ustedes completamente locos, les dijo. Aquellos venezolanos se le parecían enormemente a los barranquilleros, gente que siempre le había gustado. Le sorprendía pensar a veces que si hubiese nacido en aquel país su situación habría sido distinta, a menos que hubiese muerto como el hermano del Catire y tantos otros. La lucha armada en Venezuela había tenido un carácter más articulado y no había sido, como en Colombia, la aventura de unos cuantos estudiantes ilusos y de aislados campesinos, sin verdadero soporte político. Los venezolanos habían perdido la guerra pero habían emprendido una honesta revisión crítica de aquella etapa, que había culminado en la formación del MAS. Los combatientes habían sido recuperados para otra forma de lucha, larga sin duda, pero con fundamentos coherentes. (Había leído los ensayos muy claros de Teodoro Petkof.) Raros elementos quedaban a la deriva. Inclusive aquellos amigos que se encontraban en París entendían su situación como transitoria. Esperaban reintegrarse, una vez llegara a resolverse su situación legal, lo cual parecía posible.

A todos les preocupaba en aquel momento la situación de Chile. Eran solidarios con la Unidad Popular, pero tenían dudas acerca de su política. Había brotes de sectarismo y pugnas en la izquierda, en tanto que la derecha se unía. No creo en las sopas de letras, decía Osvaldo pasándose un dedo por el bigote, cada vez que se hacía referencias a las múltiples siglas de movimientos y grupos sobre los que se apoyaba el gobierno de Allende. Impugnaba las concepciones estrechamente obreristas de los partidos marxistas clásicos, así como el vanguardismo comecandela del MIR. Gritan mucho, están asustando a las clases medias. Nacionalizan empresas de treinta obreros. Mucha agitación y poca organización, todo esto, vas a verlo, terminará a plomo. Yo creo que nuestra experiencia puede servirles. Quizá todos terminemos allí, ¿te vendrías con nosotros a Chile?, le preguntó medio en serio, medio en broma una noche. Después de todo no estás haciendo un coño en París. Él se rió, pero quedó inquieto. Realmente tenía a veces una sensación igual a la del espectador que se queda en el teatro después de terminada la función.

Minina, a la que veía ahora con frecuencia, siempre estaba preguntándole por Oona en un tono en el que había una curiosa mezcla de burla y casi pensaría que de despecho. ¿Qué le ves a esa tipa? Es una vampiresa de los tiempos de mi abuela, le decía. A veces se quedaba mirándole fijamente la boca, sin prestarle atención a lo que estaba hablando. ¿Qué te ocurre?, le preguntó un día, desconcertado. Malos pensamientos, respondió ella, sonriendo despacio sin quitarle los ojos. Se rió, luego de la confusión que le causó. En realidad no sabía qué hacer con ella. Sospechaba que era la amiga de Osvaldo. Éste siempre estaba atrapándola por el talle y ella se frotaba contra él, mimosa y sensual como una gata. Pero Clara lo sacó de dudas una noche. Minina no es de nadie, le dijo. Para ella los hombres son como chocolates. Si uno le gusta, se lo come y no le da al asunto ninguna importancia. Cuando se le indigestan, toma alkaseltzer.

Bastó una fiesta en casa del poeta Linares para que su inquietud respecto de Minina desapareciera del todo. El poeta vivía ahora con una muchacha judía de pelo rojo en un apartamento dúplex, muy amplio, de la *rue Cardinal Lemoine.* Con mucho ron antillano y marihuana, aquella fiesta terminó, como decían los venezolanos, en un derape absoluto. Había por todos lados parejas acariciándose en los rincones. Osvaldo desapareció misteriosamente con Julia. Linares se había sentado al lado de Minina y le hablaba de un modo muy íntimo poniéndole su gran manaza sobre la rodilla. Cuando se empeñó en besarla, Minina tuvo que eludirlo con forcejeos y risas, mientras *Yes*, el fox-terrier, ladraba con entusiasmo. Ese hombre es un loco le explicó a él (Ernesto) cuando logró zafarse del poeta y sentarse a su lado. Los ojos le brillaban de un modo muy extraño y la sangre le encendía delicadamente el rostro. Él le pasó una mano por la cara y no supo a qué horas estaban besándose. Sentía el contacto ávido y lento de su lengua. Ven, le dijo ella de pronto, incorporándose resueltamente del diván donde se encontraban. Tomándolo de la mano, lo llevó por la escalera estrecha y abarrotada hasta un gran cuarto que había en el segundo piso. Estaba a oscuras. En una gran cama que ocupaba la mayor parte del cuarto había varias personas con aire soñoliento fumando marihuana, entre ellas Clara. Minina la llamó. Chica, le dijo en voz baja y del modo más natural del mundo: yo voy a tirar con Ernesto en la bañera, cuida que nadie entre al baño. Quedó mudo de la sorpresa, pensando, caramba, caramba, me estoy volviendo viejo, jamás creí que... Minina había cerrado la puerta a su espalda y desabotonaba tranquilamente la blusa contemplándolo con risa. Tenía pechos grandes y redondos con pezones ciegos, de niña. Luego se quitó con esfuerzo el blue-jean haciéndolo bajar con las manos a lo largo de sus caderas. Ay, chico, no me mires así, lo reprendió después, cuando quedó desnuda, cubriéndose el pecho con las manos.

Tenía razón Clara: Minina tomaba el amor como una caja de bombones, con glotonería. Era instinto puro, curiosidad, destreza. Se concentraba, daba órdenes rápidas, tócame aquí, bésame la espalda, buscando laboriosa, concienzudamente un orgasmo cuya llegada saludó con una soberbia interjección caribe dicha en voz baja y con los ojos cerrados: coño de la madre. Después permaneció largo rato aletargada y suspirando, hasta el momento en que descubrió que tenía una ducha manual detrás de ella. Dejó que un gran chorro de agua caliente le lavara la cara y el pecho, llena de alegría. ¿Qué edad tienes?, le preguntó él. Veintiún años, respondió ella a través del agua que le caía en la boca. Y en seguida: mira, pásame el champú que voy a aprovechar para lavarme el pelo.

Cuando salieron, Frank hizo algunas bromas ruidosas. Minina no le prestó atención. Riéndose, bajó a la cocina y comió queso y galletas. Decía que después de hacer el amor siempre tenía mucha hambre. Fue ella la que le propuso quedarse con él en su apartamento. El pelo húmedo le caía a los lados de la cara, que más que nunca parecía fresca y fragante como un capullo de rosa recién abierto, cuando salieron a la calle en busca de un taxi. Era muy tarde. Le pareció muy extraño recorrer en auto, con ella a su lado, aquel París de la madrugada, desierto, con luces que brillaban con halos fosforescentes en el aire frío y lleno de niebla. Minina se había dormido sobre su hombro. Por un momento pensó que sería muy bueno irse con ella muy lejos. A Chile, por qué no, se preguntó con humor.

Le sorprendió aquel papel doblado en dos y clavado en su puerta con chinches. Pensó con sobresalto que era de Oona. Temía encontrársela. Lo leyó. Durante algunos segundos no entendió nada. Decía simplemente, en francés: *téléphonez-moi, c'est trés urgent,* y estaba firmado: Bernard. Le dio un vuelco el corazón. María, pensó.

III

—¿Vértigos?
—¿Se dice así en español? —dijo Jacqueline—. Pues

sí, María tenía vértigos; de pronto, caminando, perdía el equilibrio. Estaba muy mal. Hablaba siempre de ti. Una tarde, cruzando con Julia la *Place Maubert*, se puso a llorar.

—¿La *Place Maubert*?

—Parece que allí se daban cita ustedes, recién llegados a París.

—Cierto.

—Julia hizo lo posible por ayudarla. Le decía que debía olvidarte, que tú estabas en Chile y a lo mejor nunca volverías a París.

—¿Crees que era una manera de ayudarla?

Jacqueline lo miró:

—¿Fue por María que volviste a París?

Ernesto tardó en contestar.

—Probablemente. En realidad, salí en un avión lleno de asilados que venían a Francia. De Bogotá sólo vi el aeropuerto.

—¿No sabías realmente que María...?

—No.

—¿Nadie te lo dijo?

—¿Quién podía decírmelo? Mis amigos en Chile, casi todos ellos venezolanos, no la conocían.

Jacqueline miraba ahora el humo del cigarrillo, subiendo de su mano. Habló en voz más baja.

—¿Supiste cómo ocurrió todo?

—No. Bernard no me dio detalles. O no le di tiempo a que me los diera.

—El tipo ese es un idiota.

—Completo.

—El clásico burgués francés, que mide todo en dinero. María debía ser feliz con él porque le había comprado un apartamento, unos muebles. No entendía sus depresiones. Cuando se presentaban, llamaba a Julia. *«Elle a encore pris des bonbons»*, le decía.

—¿Bombones?

—Así llamaba a los somníferos. Julia venía, le hacía beber a María tazas de café o llamaba a un médico, y le hablaba hasta que la sacaba de la crisis. ¿Y sabes algo curioso? Cuando María estaba bajo el efecto de las pastillas, veía a Bernard como a una especie de pulpo. Alguien que estruja, que ahoga. No lo podía ver.

—El padre castrador. La madre araña.

—Julia me decía que con el tiempo era de más en más autoritario. Amenazaba a María como a una niña pequeña. Hablaba de internarla en una casa de reposo. María intentaba hacer lo que él quería, portarse como una perfecta ama de casa burguesa y recibirle sus amigos, y todo marchaba muy bien hasta que caía en otra crisis. Bernard se iba entonces a casa de su madre, dejándola sola. La última vez tuvo la precaución de llevarse los somníferos y aún de esconder los objetos cortantes que había en la casa. Olvidó el horno de gas.

—¿Fue con el gas que...?

—Sí.

—Cuéntame.

—¿Para qué? No vale la pena.

—Ahora es mejor saberlo. Cuenta, Jacqueline.

Aquel Bernard que le abrió la puerta con sigilo no se parecía en nada al que una vez había conocido. Tenía ojeras profundas y una barba de dos días le salpicaba las mejillas dándole un aspecto de abrumado agotamiento. Llevaba una camisa de lana y un chaleco abotonado de cualquier manera. Hablaba en voz baja. Haciéndole seguir a un alfombrado salón de muebles modernos y pesadas cortinas que filtraban la primera claridad del día, le explicó que María estaba pasando por una grave crisis de depresión. Desde hace tres días no comía nada; tomaba muchas pastillas de barbitúricos y tranquilizantes para dormir, y seguramente bajo el efecto de aquellas drogas decía cosas absurdas: que no deseaba seguir viviendo, que no quería verlo más. Dice que me parezco a su madre, no entiendo por qué. Dormida, lo llama a usted y cuando soy yo el que aparece en el cuarto me insulta. *Est-ce que vous comprenez quelque chose, vous?* Bernard tenía una cara trastornada. La barbilla le temblaba. Sus ojos estaban enrojecidos como los de un borracho que se ha quedado dormido en un bar y despierta de repente. Hace dos días que no duermo, murmuró. Parecía a punto de desplomarse. ¿Por qué no la llevó a un hospital?, le preguntó él. No quiere, respondió Bernard. Dice que yo deseo dejarla con los locos. Está completamente trastornada. ¿Y el psicoanalista?, volvió a preguntar él. Oh, nadie en estos casos es de mucha ayuda..., nadie, respondió Bernard. Tuvo la impresión de que el hombre iba a echarse a llorar de un momento a otro. Está bien, le dijo él; acababa de tomar una determinación. Váyase usted a dormir a otra parte. Necesita descansar. Déjeme aquí, yo la cuido. ¿Tiene un lugar donde dormir? Tenía, en efecto: un cuarto de sirvienta en el último piso del mismo edificio. Duerma, luego hablaremos. Bernard aprobó dócilmente. Quizá sea lo mejor, dijo. Le pidió que lo despertara en caso de cualquier problema, y le entregó dos cajas de valium y una de Inmenoctal. Yo se las doy racionadas cada dos horas; de lo contrario, es peligroso que cometa una locura.

Cuando se fue Bernard, él se sintió envuelto por el silencio de aquel apartamento vasto y lujoso. Sobre la repisa de la chimenea había un pesado reloj de bronce, muy antiguo. Los muebles eran de buen gusto; había objetos de cristal sobre las mesas. Yo jamás podría darle esto, pensó. Era un lugar tranquilo, muy distinto a su miserable apartamento con un colchón en el suelo, en el que en aquel momento debía estar durmiendo Minina. Qué extrañas cosas me ocurren, pensó, dirigiéndose a la alcoba donde estaba María. Estaba completamente a oscuras y guardaba un olor a encierro, a cigarrillo. Tuvo la impresión de haber vivido ya aquel momento. La cama aparecía incrustada en una especie de nicho. Había tanta oscuridad que era imposible ver a María, pero le pareció que dormía. Se sentó en el borde de la cama, silenciosamente. Distinguió apenas su cabeza en la almohada. Respiraba profundamente. De pronto, agitándose, la oyó murmurar algo en francés: *j'ai soif,* decía confusamente, la voz turbia como la de una persona que ha bebido. Le trajo un vaso de agua, que ella rechazó con un ademán. Quiero morir, susurró en español. No digas tonterías, le dijo él. La voz de ella sonó confusamente, articulando con dificultad. No son tonterías, dijo, quiero morir. Él le pasó la mano por la cara, acariciándosela. Algo, su olor o el tacto, hizo que brumosamente lo reconociera. Ernesto, murmuró. Había asombro en su voz. Sí, soy yo, contestó él, y ella, sumergiéndose de nuevo en el sueño, la voz como doblegada por una gran fatiga, en el lindero mismo de la realidad y la inconsciencia, quédate, le dijo, duerme aquí, a mi lado. Él se quitó los zapatos y el saco, y se extendió en la cama, al lado de ella, rendido también de fatiga. Sintió que ella se volvía hacia él y lo abrazaba. Te quiero, la oyó murmurar. Él cerró los ojos, abandonándose por entero a aquella sensación, las manos de María que lo enlazaban, absurdamente lo protegían, el calor de su cuerpo contra el suyo; igual que en Mallorca. Qué felices éramos allí, pensó. Percibía ahora la respiración de María, que empezaba a ser tranquila, la niña que recobra la paz de un sueño con nubes plácidas y campos de flores tras los terrores de una pesadilla.

Cuando él despertó, tuvo la sensación de que el día estaba muy avanzado. La luz del sol parecía encenderse tras las pesadas cortinas de la ventana. María seguía durmiendo, pero ya de una manera que parecía normal, tranquila. Levantándose sin ruido, cuidando de no despertarla, se dirigió al baño y se lavó la cara. El baño era muy lujoso con suaves baldosines azul marino. Al mirarse en el espejo encontró que tenía un aspecto patibulario. Decidió afeitarse. Le pareció divertido hacerlo con la máquina y el jabón de barba de Bernard. Después de echarse un «after shave» de buena marca, que le produjo un agradable ardor en la cara, se sintió mejor. Tenía hambre. Debía obligar a María a comer y sobre todo darle un café bien fuerte. Se encaminó a la cocina, que era muy clara y limpia y también con azulejos brillantes en las paredes. Asó en una sartén un pedazo de carne fresca que encontró en la nevera, luego de cortarlo en filetes, y en el otro hornillo calentó agua para un café. Cortó unas rebanadas de tomate. Lo puso todo en dos platos, preparó el café y se apareció en el cuarto, llevando una bandeja, que depositó sobre una mesa. Descorrió las cortinas, de modo que la luz del sol entrara a raudales. Por las ventanas se veían los árboles sin hojas del parque *Montsouris* y un cielo muy despejado. María acababa de abrir los ojos. Se los restregó, encandilada por la luz, y luego lo miró llena de sorpresa, como si solamente en aquel momento se hubiera dado cuenta de que se encontraba allí. ¡Ernesto!, exclamó.

Se había empeñado en lavarse la cara y pintarse las cejas y ponerse una bata, antes de sentarse a comer con él en la luz de la cocina. Quería saber cómo y por qué había llegado allí. Cuando supo que había durado tres días durmiendo movió la cabeza con incredulidad. Estoy loca, dijo, de un modo tan serio y convencido que la hizo reír. Completamente, confirmó él. Le habló de Bernard, recuerda. Le dijo que no sabía qué le ocurría, pero a veces lo encontraba realmente parecido a su mamá. Se ocupaba demasiado de ella. Sus ojos preocupados la observaban todo el tiempo. *Il faut que je m'occupe de toi,* tal era su frase favorita. Decide qué debo y qué no debo comer, si debo verte o no, me hace tomar vitaminas... y yo acepto, acepto siempre, como cuando era niña y mi mamá me daba órdenes, hasta que de pronto experimento una especie de fatiga, de desgana terrible. No tengo ganas de levantarme de la cama. Sólo quisiera dormir, dormir y no despertar más. Tomo pastillas con la idea de descansar, pero cuando despierto experimento aún más cansancio, y siempre esa necesidad de irme, de no pensar. Cuando tomo más pastillas de Inmenoctal al cabo de un cierto tiempo empiezo a ver doble, tengo la lengua como un trapo y digo disparates que yo misma no recuerdo después. Pobre Bernard.

Se había quedado en silencio, con toda la luz radiante del día en su cara muy pálida. Come, le decía él; come y luego hablamos. Ella hizo caso, pero al rato estaba hablando de nuevo. Es muy extraño lo que me ocurre contigo, Ernesto. Extrañísimo. Cuando pienso en ti, cuando atravieso sitios donde hemos estado, por ejemplo la *Place Maubert,* me pongo a llorar, no puedo evitarlo. Bernard decía que esto era pasajero, que era normal en los primeros días, pero no, no es cierto. Me haces una falta horrible. Pero al mismo tiempo pienso en lo bueno que es Bernard, en lo mucho que sufría viviendo contigo, y por momentos te odio y me digo que eres un irresponsable y que yo debía ser muy feliz de haber encontrado a alguien con tanto afecto como Bernard. Qué conflicto es éste. Es un viejo lío, María. Muy viejo, y yo algún día te hablé de él: entregar la libertad a cambio de... ¿recuerdas? En fin. Oye, este pobre Bernard tiene dos o tres días sin dormir. Sus acciones en la Bolsa deben andar por el suelo. A María los ojos se le llenaron de lágrimas. No hagas chistes con él, ¿dónde está? Allá arriba, durmiendo... La miró, muy serio. María, si tú quieres, te lo llamo. Pero si no es así, si en realidad te resulta opresivo..., María yo te sigo queriendo, tú sabes. Ella le acarició la mano. Yo también, dijo observándolo con dulzura. Pero... oh, no sé qué me pasó, debo estar loca como para... ¿has visto qué apartamento es éste? Bernard quisiera ponerlo a mi nombre. Pobrecito, cómo lo he hecho sufrir. Es un hombre muy bueno. Y tú también, Ernesto. No tanto, dijo él. Pero ella no lo escuchó. Parecía ensimismada. Si yo pudiera... ¿Te molestaría llamarlo? Él sintió un frío en el estómago, la cara debió endurecérsele y ella lo notó. Te quiero, volvió a decirle jugando con su mano. Te quiero, tú lo sabes.

Encontró a Bernard tirado sobre un mísero jergón en un cuarto de ladrillos del sexto piso, durmiendo. Triste situación para un próspero agente de Bolsa, pensó él, despertándolo. La calefacción no debía funcionar bien, porque se había cubierto hasta el mentón con un abrigo. Sus ojos tardaron en reconocerlo. Se incorporó de un golpe, alarmado. Ella está bien, lo tranquilizó él (Ernesto). La dejé comiendo en la cocina. ¿Comiendo? La cara de Bernard estaba llena de asombro. Déjeme darle un consejo, le dijo él, mientras contemplaba a Bernard anudándose los zapatos. No la proteja tanto, está presentando síntomas de asfixia. ¿Asfixia?, repitió Bernard sin comprender nada. Yo sólo quiero que sea feliz, dijo. Su mamá también quería lo mismo, le dijo él; y si María no se viene de Cartagena se hubiera lanzado desde una muralla... *Je ne comprends rien*, dijo Bernard. *Je crois simplement qu'elle a une santé fragile.* Seguro, dijo él (Ernesto) incongruentemente, renunciando a explicarle nada. Cuando bajaron al apartamento, iba pensando: en ella el miedo es más fuerte, será siempre más fuerte.

Se arrepintió de no haberse despedido antes de María, pues tuvo que asistir a aquella escena de melodrama barato, Bernard llamándola *mon petit chou, mon petit lapin* mientras le acariciaba la cabeza, María llo-

rando en su hombro. Quisieron que se quedara a tomar
un café con ellos. No puedo, no puedo, dijo él, tengo
una cita, y al salir al aire frío del parque *Montsouris*
tuvo deseos de darse a sí mismo una gran patada en el
trasero por aquella humedad que tenía en los ojos,
aquel nudo en la garganta. Caramba, sólo me faltaba
convertirme ahora en una hermanita de la caridad.

—Era verano —refería Jacqueline—, me acuerdo:
aquella tarde hacía mucho calor. Yo estaba en casa de
Julia con otros amigos, cuando Bernard la llamó para
decirle que estaba fuera de París, que había dejado a
María sola, con una crisis de depresión. Quería que Julia le llevara algo de comer. María llevaba tres días sola.
—¿Tres días?
—Tres días, sí. *Quel salaud!* Todos estábamos un
poco amodorrados por el calor y por el vino, y realmente ni Julia ni yo teníamos ganas de movernos de allí
para tomar un metro con aquella canícula y dirigirnos
al otro extremo de París. Pero tú sabes cómo es Julia.
Maldijo a Bernard, a María, inclusive a ti, pero al final
de todo acabó poniendo en una cesta un tarro de Nescafé, un poco de queso, galletas y un melón y me pidió
que la acompañara. Le dijo a sus amigos que volverí-
amos pronto.
Lo primero que sentimos al llegar fue el olor del gas
en la escalera. Si no hubiese sido verano, los vecinos del
piso se habrían dado cuenta a tiempo. Pero estaban de
vacaciones. Yo no vacilé un instante. Le dije a Julia: tú
busca a la conserje; yo voy a llamar a los bomberos. Sé
por experiencia que en estos casos los bomberos son
más útiles y rápidos que la Policía. Tienen siempre oxígeno y todos los elementos para romper una puerta en
segundos. Así que los llamé por teléfono desde el bistró de la esquina. «Rápido», les dije. «Es un suicidio

con gas.» Apenas había tenido tiempo de salir del café y reunirme con Julia, que no había logrado localizar a la conserje, cuando oímos, todavía lejos, la sirena de los bomberos. Luego vimos la máquina doblando la esquina y un segundo después deteniéndose frente al edificio, y a todos aquellos tipos, con chaquetas de cuero y cascos plateados, con picas y herramientas, saltando sobre el andén. Delante de ellos venía el capitán, un *mec* enorme de bigotes rojos, y un hombre que tenía a la espalda una bombona de oxígeno y en la mano una máscara negra. Nos preguntaron, sin detenerse, dónde debían dirigirse. Tercer piso, les contestamos, y casi apartándonos de un empellón, como algo que después de la respuesta no es sino un estorbo, todos pasaron como una tromba por la escalera haciendo retumbar los peldaños con el estrépito de sus botas. A su paso iban abriendo las ventanas de los rellanos e insultando a los curiosos que se asomaban a las puertas. Al llegar al tercer piso, dos de ellos se adelantaron con palancas y otros hierros y en menos de dos segundos despedazaron la cerradura y abrieron la puerta de par en par.

Adentro olía terriblemente a gas. Los bomberos se precipitaron a las ventanas y las abrieron. Lo primero que vi, en el salón, fue al canario de María muerto en su jaula. Las plumas se le habían vuelto blancas. Julia, con prisa, con más prisa quizá que los bomberos, se precipitó a la alcoba. Yo entré con ella. La cama estaba destendida y la alfombra llena de colillas. Pero no había nadie allí. Tampoco en el baño y, cuando, acordándonos del olor, nos fuimos a la cocina, ya en la puerta estaba un bombero cerrándonos el paso. Lo empujamos: en el piso, en medio de bomberos inclinados sobre ella, vimos a María. Estaba desnuda. Tenía la cabeza apoyada en una almohada, junto al horno de gas, abierto. Los ojos parecían muy oscuros y tenía una espuma verde en la boca.

—No me cuentes más —dijo él.

—Perdóname —dijo Jacqueline—. Y si te sientes mal, emborráchate. *Soule-toi la gueule.*

—¿Estaba muerta?

—No, murió en el hospital. En la madrugada. Bernard llegó a la medianoche. Está loca, *elle est folle,* decía todo el tiempo. Temblaba. El tipo quería enviarte un telegrama a la Embajada de Colombia en Chile. Julia lo mandó a la mierda.

Ernesto bebió un largo trago de ginebra, haciendo esfuerzos por no pensar en nada, por no sentir otra cosa que el sabor de la ginebra y el tibio soplo de la brisa. Se quedó mirando fijamente el resplandor del sol en la cortina. La luz era dorada y afuera se adivinaba el vuelo de las golondrinas.

Jacqueline le acariciaba la mano.

—¿Por qué lo hizo?

Él tardó en contestar.

—No sé —murmuró—. En el fondo, creo que nunca llegué a conocerla.

Aquello empezaba a repetirse hasta el cansancio. Oona quería saber dónde y con quién había pasado la noche. ¿Cogiste?, le preguntaba. Dímelo, quiero saberlo ahora mismo. Estaban sentados en la terraza del *Dôme,* ella vestida esta vez como una modelo de *Vogue,* con un traje estrecho y un collar de muchas vueltas. Respóndeme, decía. Estaba cansado, prodigiosamente cansado de aquellas escenas, que en los últimos tiempos se repetían una y otra vez. Hice exactamente lo mismo que hiciste tú, dijo al fin. Ella le dio una palmada en la cara y se levantó bruscamente de la mesa. Todos los parroquianos del café, incluyendo un polvoriento violinista que pasaba entre las mesas tocando *Oh sole mío,* los miraban. Con Oona todo terminaba en espectáculo, tenía vocación para las situaciones espectaculares, pensó levantándose también. La vio cruzar delante de la vidriera del café, furiosa, las dos manos en el bolsillo de un abrigo y sus rápidas botas amarillas llevándola hacia el metro. No intentó alcanzarla. Caminaba ahora por el bulevar *Montparnasse,* abrumado por aquella sensación de infinita fatiga, de desgano. *J'en ai marre,* no aguanto más, pensaba.

Frank se sorprendió de verlo entrar a su apartamento con aquel aire abatido. Sin ningún preámbulo, en cuanto estuvo sentado delante de él con un vaso de cerveza en la mano, le preguntó al venezolano qué carajo estaban haciendo todos allí. Frank se echó a reír. Desgonzado en un diván, entre cojines de colores, la pelusa dorada de una barba de tres días brillándole en la cara, observó un instante por la ventana el brumoso horizonte de mansardas con la cúpula del Panteón alzándose al fondo. Gocho, dijo volviéndose hacia él, para serte franco aquí no estamos haciendo un coño. Clara dizque aprende francés en la Alianza y yo... bueno, sigo unos cursos de fotografía y de vez en cuando me echo unos palos. Nada, vale. Se quedó observándolo con sus risueños ojos de gato, tan claros como el pelo que le crecía en la barba. Qué tienes en la cabeza, gocho; suéltalo. Él tardó en contestar. A pesar suyo, la voz le sonó baja, confidencial. Hombre, París me está sabiendo a mierda. Osvaldo me habló de Chile... Frank parecía intrigado. ¿Le echarías bolas al asunto? Él se quedó callado. Sí, pero quiero hablarte con franqueza, empezó a decir. Yo dejé de creer hace tiempo en el Niño Jesús de Praga y en los milagros del socialismo. Busco una salida personal. Quizá todos nosotros buscamos salidas personales. París está podrido para mí. Estoy como un corcho que flota en el agua, a la deriva. A veces pienso en aquellos días en que uno veía la revolución ahí, tan cercana... El solo hecho de estar con gentes que esperaban o luchaban por lo mismo cambiaba las perspectivas. Me acuerdo de aquellos campesinos de Sumapaz o del Quindío, allá en Colombia. Nos veían llegar con tanta esperanza. Nos sentábamos al lado de un fogón, sobre el piso de tierra, quizá con una taza de caldo en la mano. Aquella gente que había hecho ya la guerrilla, que había sufrido tanto en otra época, sabía que tarde o temprano volvería el ejército con sus helicópteros, sus coroneles... Los mataban como a perros en los patios de las fincas, y ellos estaban dispuestos a todo, sólo esperaban que les consiguiéramos algunas armas. Uno vivía en contacto con cosas reales. Era solidario de algo. Todo tenía un sentido. Aquí en cambio, aquí o en Bogotá, donde sólo me aguarda un puesto de redactor de textos publicitarios, y algunas fiestas... Frank entendió. Eso lo comprendo bien, vale. Yo tampoco quiero acabar en Caracas vendiendo carros para la General Motors. O pisando caca de perro en París.

Habían hablado con Osvaldo, que los oyó sin decir nada, de pie frente a la barra del café Morvin, el mentón hundido en una grasienta bufanda de lana y sin dejar traslucir ninguna reacción en su cara perfilada y astuta de zorro. Habituado a la lucha clandestina, Osvaldo tenía el gusto del secreto. Cada paso que daba, se veía, era cuidadosa, sigilosamente preparado. El asunto está en marcha, se limitó a decirles, de una manera enigmática. Yo les aviso. De las entrevistas que sostuvo con aquel periodista tan amigo de Allende, el perro Olivares, sólo sabrían después por Minina, así como de sus contactos con dirigentes del MAPU. Él (Ernesto), hubiese preferido que aquel asunto se decidiera rápidamente. Estaba acostumbrado a actuar por bruscos impulsos, confiando más en su instinto que en largas reflexiones. Había decidido no ver más a Oona, y olvidarse aún de María, ahora que iba a casarse, y todo aquello que había sido su vida en París hasta entonces, y no veía mejor manera de lograrlo que precipitando su partida. Todos los cambios importantes de su vida, incluyendo su regreso a Europa, se habían decidido así, de manera intempestiva, casi insensata; no sabía hacer las cosas de otra manera.

Minina estaba dispuesta a irse también a Chile. Era una muchacha muy particular. No había participado en ningún asalto ni acción guerrillera, pero se había venido con Frank y Clara porque era muy amiga de ésta y se sentía un poco perdida en Caracas. Había ingresado al partido cuando su padre, gerente de una fábrica de gaseosas, abandonara a su madre y a sus hermanas dejándolas sin un céntimo. La madre había tenido que emplearse en un almacén de electrodomésticos, y en unas Navidades, según contaba Minina, había recorrido las calles de un sector comercial de Caracas, Sabanagrande, disfrazada de pila Eveready. La manera de ser de Minina le intrigaba más a medida que la iba conociendo. Hacer el amor con un hombre no tenía para ella ninguna implicación. Clara tenía razón, era igual que comerse un chocolate. A veces se acostaba con él, a veces con Osvaldo y otras con un escultor alemán, según ella muy parecido a Alain Delon, que había conocido una mañana en la *Coupole*. Lo que no soporto es que se enamoren de mí, decía, y por desgracia es lo que sucede siempre. Desde que un tipo empieza a mirarme de cierta manera, a tomarme las manos y a preguntarme cuándo nos vemos de nuevo, me entra una especie de fastidio, de asfixia. No vuelvo a verlo más nunca. Según Clara, que había vivido con ella en Caracas, los hombres rara vez se resignaban a ser dados de baja de un modo tan perentorio. Uno de ellos, un muchacho alto y hermoso, que era aficionado al motor-cross, a los autos deportivos y a las armas de fuego, se había disparado un tiro en una mano, encerrándose en el baño, después de haber estado a punto de matarla. Otro, un poeta, se había aferrado a sus rodillas, llorando. Y un conocido jefe guerrillero de las FALN había corrido riesgos insensatos por pasar una noche con ella en un motel de Puerto Cabello. Minina tenía pues, una historia amorosa muy nutrida, sorprendente para sus veintiún años. Los hombres son como niñitos, decía a veces. Desde que una los mira fijo, comienzan a ponerse nerviosos. Y ahí quedan: como pajaritos. ¿Yo también?, le preguntaba él, divertido. También tú, ¿qué te crees? Sólo que eres caído de la mata. Casi tuve que violarte, si no ahí estaríamos hablando todavía.

Gracias a Minina pudo mantener firme su propósito de no ver más a Oona. Pero ésta no tardó en enviarle una esquela diciéndole que necesitaba verlo. Se habían dado cita en un banco y luego habían ido a un bar muy pequeño de la *rue Sainte-Anne*, un antro oscuro con una estatua de Apolo en una especie de nicho y con paredes cubiertas de una tela de lamé plateado. Era un lugar de homosexuales, a juzgar por los dos muchachos sentados en las butacas del bar, dos rubios con pulseras tintineantes en las muñecas. Oona aceptó un cóctel a base de ron blanco de las Antillas, que les propuso el barman. Mientras bebía a sorbos breves la segunda copa frotaba contra la suya su rodilla forrada en una media de seda oscura. ¿Te acostaste con Estrada?, le preguntó él de pronto. Casi, dijo ella mordiendo con los dientes un trocito de limón. Se echó a reír. Llegó a subirme la falda hasta aquí, pero a última hora... acércate y te lo digo al oído.

Al salir, la cabeza le daba vueltas y tenía las rodillas flojas. Tengo susto, decía Oona y al mismo tiempo quisiera... Estoy loca. Se pegó a él. Ella tuvo una manera de acercarle las caderas y el busto, de besarlo en el cuello, que lo estremeció. Por fortuna había un hotel de citas cercano. No podía haber nada más estrafalario y vulgar que aquella alcoba de espejos violetas con una lamparilla roja sobre la mesa en forma de falo que se encendía y se apagaba alternativamente y una cama con sábanas negras. Pero le gustó ver aquel resplandor rojo intermitente en la penumbra equívoca, reflejado por el espejo, lamiendo el cuerpo desnudo de Oona. Jamás le había oído una voz tan profunda, despiadada, ronca, pidiendo, ordenando, controlándose antes de ser desgarrada por largos gemidos. Cuando todo terminó, empezó a sollozar mordiéndose los puños. Por qué me hiciste eso, decía. Por qué, justamente cuando había jurado no verte... La dejó en un taxi en la Avenida de la Ópera.

La encontró dos o tres días después delante de su puerta, llorando. Él no supo porqué Oona lloraba, sino luego de hacerla sentar en la única silla de su apartamento y de ponerle en la mano una taza de té hirviendo. Estoy loca, le dijo todavía con una voz cortada de suspiros y mojada en lágrimas como la de una niña que sufre por una muñeca rota. Enteramente loca. No sé lo que me ocurre. Y entre sorbo y sorbo le fue contando que finalmente Lenhard había regresado de Caracas aquella tarde. Había ido a recibirlo a Orly. Yo lo vi de lejos, Ernesto, con los demás pasajeros que pasaban por el control de la aduana, él me hacía señas y me sonreía, estaba emocionado, pero yo en cambio me sentía como un trozo de hielo, crispada, rígida, casi me destrozo las manos con las uñas. La sola idea de acostarme con él... En el taxi me tomaba la mano, se restregaba contra mí, besándome y yo le veía los ojos húmedos, los pelos grises que le habían salido en la barba y sentía que no podía fingir, era como un extraño. Hasta su olor me crispó. Lloró, Ernesto. Lloró por primera vez, cuando quiso hacerme el amor y yo lo rechacé. Parecía muy viejo, envuelto en un poncho... y el teléfono que no paraba de sonar. Después me dijo que no tenía importancia, siempre nos habíamos dado toda la libertad sexual, estábamos un poco agitados y... Bueno, me escapé. Quería verte.

Lo que experimentó en aquel momento fue el mismo cansancio de la vez que habían peleado en el *Dôme*. Le dijo, por una vez, que debía ser adulta y dejar a Lenhard. Una cosa es un padre y otra... Ella reaccionó enfurecida. ¿Y tú?, le dijo. Tú y María... ¿de qué hablas? Todos ustedes son iguales. Y pensar que por venir a verte dejé al pobre Ro... No te soporto más. Se fue cerrando la puerta de un golpe. Él la dejó ir. Esta vez es verdad, pensó mirando por la ventana los inmóviles tejados de París perdiéndose en el horizonte. Nocaut por fatiga.

Quince días después estaba en el aeropuerto con una pequeña maleta por todo equipaje.

IV

Aquel domingo, víspera de su viaje, se había dado cita con Viñas, luego con María. Había reventado la primavera y desde la terraza del Deux Magots, donde esperaba a Viñas, el aire tibio y lleno de un aroma reciente de castaños se veía radiante de luz. Era cruel irse de París justamente en aquel momento, pensaba. Sigiloso y eficaz, Osvaldo había aparecido días antes en el Morvin poniendo sobre la mesa, como cartas de naipe, media docena de pasajes de Lan Chile, entre ellos el suyo. Lo duro había sido decírselo a María. Debió repetírselo dos veces por teléfono; durante varios segundos ella no pudo decir nada, el asombro, el terror o la pena le había arrebatado la voz. A Oona, en cambio, se limitó a ponerle unas líneas. Descubrió con asombro que los preparativos del viaje se reducían a muy poco, a regalarle sus libros al poeta Linares, a pedirle a Julia que guardara su correo y a poner un traje viejo, cuatro camisas raídas y los manuscritos de su libro inconcluso en una maleta. A última hora se había acordado de Viñas, y ahora lo aguardaba en el Deux Magots.

No tardó en ver el Jaguar color fresa deteniéndose frente a la iglesia de *Saint-Germain-des-Prés*, al otro lado de la calle. Fue una conversación breve. Viñas tenía una cita más tarde en el Hotel Ritz con Mónica Vitti y otros amigos suyos, venidos de Italia. Tenía aspecto de hallarse en muy buena forma. Habló de sus proyectos; de una exposición retrospectiva que estaba organizándole el Museo de Arte Moderno de Nueva York. Quería vivir allí. Era una ciudad que estaba pudriéndose, le dijo; una ciudad peligrosa (en su último viaje, dos negros drogados le habían pasado en el metro un papel en llamas muy cerca de la cara), pero absolutamente fantástica. La decadencia del capitalismo, maestro, es más excitante que la del imperio romano. El mundo snob que ahora rodeaba a Viñas dejaba en él huellas delatoras, como el cabello de una rubia platinada en la solapa de un frac. Le dijo que estaba muy bien lo de su viaje a Chile. Hay que tener olfato para saber cuándo un queso empieza a podrirse, maestro. Oyéndole estas y otras consideraciones, él había pensado una vez más cuán lejos estaba Viñas de sus problemas para poder compartirlos. No pudo evitar la confrontación mental de este Viñas de ahora, exiliado en los témpanos árticos de su gloria, con aquel Viñas flaco, pobre y tenaz que había sido su hermano en otras épocas ya remotas. No experimentaba ningún sentimiento de rencor, menos aún de envidia, sino inexplicablemente, pensaba, de orfandad; la misma impresión desolada que se tiene cuando se extingue la última brasa en una habitación invadida por el frío. Era imposible explicarle esto al propio Viñas. No lo habría comprendido. O habría contestado con una de sus típicas *bou-*

tades. Ahora, sólo sus viejos amigos advertían en torno a Viñas aquella distancia. Los otros, los que se acercaban al pintor famoso, a la celebridad tantas veces fotografiada en diarios y revistas, se sentían agradablemente gratificados por sus bromas, sus opiniones atrevidas y sus malas palabras, y tenían la impresión de encontrarse ante un hombre caluroso y sencillo. Obteniendo de manera tan fácil una atmósfera receptiva y bien dispuesta, Viñas terminaba por fatigarse muy pronto. Su fatiga estaba sólo en los ojos, porque sus palabras, de un modo casi mecánico, seguían irradiando calor y buen humor. Así ocurría ahora que hablaba de París, una ciudad, decía, a la que por fuerza hay que venir, pero en la que no hay que quedarse mucho tiempo.

Se había ido, pues (él vio el Jaguar color fresa dándole vuelta a la plazuela) al cabo de un cuarto de hora. Y ahora él estaba de nuevo solo en la terraza del café con toda la luz del día en los ojos, pero con un sentimiento aciago en el pecho que otra copa de Campari no conseguía disipar. ¿Cuántos Campari había bebido antes de encaminarse hacia la *Place Saint-Michel* donde debía encontrar a María? Quizás el número suficiente para que poco a poco aquel sabor de ceniza fuese desapareciendo dejándole disfrutar de la algarabía de los pájaros y del espectáculo de los cafés con sus terrazas llenas. Al fin y al cabo nada era irrevocable, salvo la muerte, pensaba. María podía contar con él en el lugar donde estuviese. Mientras estemos vivos, dijo de pronto, respirando aquel aire que olía a flores, nada, nada está perdido. Nada, qué diablos, y los parasoles de colores en la placita *Saint-André-des-Arts* y el revoloteo de las palomas le hicieron preguntarse cómo había podido dejarse atrapar en situaciones tan sombrías, París era una maravilla, allí la vida recomenzaba siempre. Este pensamiento lo animó. De suerte que cuando vio de lejos a María tirándole migas a unas palomas, se aproximó a ella sin aprensión, con un ánimo alegre. María llevaba una túnica azul pálida; hacía pensar en una muchacha inglesa de la época victoriana. Jamás la había visto vestida así. La besó, recuerda, le pasó la mano por el talle, llamándole conejo sin ningún recato, y ella le sonrió feliz, los ojos negros llenos de brillo, los hoyuelos de la mejilla componiendo aquel aire inocente a lo Audrey Hepburn que le había visto por la primera vez. También ella parecía dispuesta a no dejarse ensombrecer por ninguna tristeza, a no echar a perder aquel encuentro; en vez de mencionar su viaje, le habló de aquella maravillosa primavera.

Habían recorrido el *Quai de Conti* como lo habían hecho recién llegados de Mallorca tantas veces. Se habían apoyado en el pretil del *Pont Neuf* para mirar un *bateau mouche*, repleto de turistas, que avanzaba por el río. Habían bajado las escaleras que conducían al *Vert Galant*. Se habían sentado en la punta de la isla, a la sombra del sauce, con los pies colgando sobre el agua y el cielo claro abriéndose sin una sola nube, delante de ellos, sobre los puentes y las edificaciones del Louvre. María le contó que su marido, Posada, había muerto. No le importaba, dijo. Era como si fuera un extraño. Lo recordaba como una pesadilla ya lejana. ¿Así que ahora eres viuda? Así es, respondió ella. La sombra de una preocupación le pasó por la cara. Ernesto, anunció de pronto, me voy a casar. Bernard habló por teléfono con mi mamá... ¿Pidió tu mano?, rió él. Caramba, tu Bernard es realmente versallesco. Antes de que ella protestara le puso la mano sobre la rodilla. Conejo, no hablemos de eso, ¿quieres? No hoy.

Tomados de la mano habían recorrido los puestos de flores y de pájaros de la isla de la *Cité*. Se detuvieron delante de un hombre muy viejo que estaba sacando jaulas con canarios de una camioneta azul. De vez en cuando espantaba a las palomas que revoloteaban muy cerca del vehículo. Le habían comprado un canario, recuerda. Un canario que María contempló soñadoramente acercando a la jaula donde revoloteaba sus grandes ojos oscuros. Él se lo regaló, junto con la jaula, que era dorada y en forma de cúpula. Convinieron que el canario se llamaría Guevara, ya que Fidel, el que habían tenido en los primeros tiempos de París, había muerto a consecuencia de las emanaciones de gas. María seguía creyendo que los canarios traían suerte. Parecía tomar muy en serio las supersticiones, porque más tarde se negó a entrar en *Notre-Dame.* No es por el pájaro, explicó. Una gitana me pronosticó que el día que entrara en *Notre-Dame* me iría de París. Así que él entró solo. Quería ver *Notre-Dame* por última vez. La iglesia estaba llena de gente que asistía a un oficio religioso. Resonaba en la nave bajo la vasta bóveda de piedra, un coro cantando *Aleluya.* Aquel olor a incienso, las voces en la sonora acústica de la catedral, le devolvieron por un instante remotos recuerdos del internado. Se sintió triste. Cómo me gustaría rezar, pensó; me gustaría creer en un Dios bueno, en el amor, en la bondad, en la fraternidad..., todos aquellos cuentos. Se acordaba aún de las palabras del Señor mío Jesucristo, que rezaba con fervor cuando niño. Al salir de la iglesia, le estremeció ver en la claridad luminosa de la tarde la silueta de María, con su vaporoso traje azul pálido y en la mano la jaula con el pájaro, al otro lado de la calle.

Así la recordaría siempre, pensó en aquel momento. Así, etérea, casi fantasmal, a contraluz, en la atmósfera dorada de aquella tarde de primavera. Habían seguido paseando, recuerda. Se habían detenido en el *Pont de Change,* atraídos por un estrépito de tambores que venía de abajo. Eran unos negros bailando a la orilla del río. Se sentaron en un café. Más tarde, al levantarse de la mesa, la luz empezaba a tener una tonalidad crepuscular, y se sentían inquietos, empezaban a sentirse inquietos, ambos probablemente con un nudo en la garganta y un hielo en las entrañas. Se internaron por la calle *Git-le-Coeur*, en la que el sol brillaba en lo alto de las casas; el resto había sido ganado por una penumbra azul. Algunas luces se habían encendido en las ventanas. De algún patio interior venía, en espirales quejumbrosas, una música árabe. María, dijo él al fin, no hemos hablado. Quería decirte que si un día... No, por favor, replicó ella vivamente; no. Si hablas así, me vas a hacer llorar. Acompáñame al metro.

En la *rue de Buci,* se habían detenido frente a una pastelería. Le había preguntado si tenía hambre. Ella negó con la cabeza, pero él comprendió que estaba tratando de aguantar las lágrimas. Así que entró a la pastelería y le trajo un *éclair* de chocolate. Poniendo la jaula en el suelo, ella comió el pastel con apetito. Cuando su mirada se cruzó con la suya, trató de sonreírle. Él sonrió también, o intentó hacerlo, pero la tristeza debía salírsele por los poros, porque ella se quedó mirándolo de un modo muy extraño y le brotaron lágrimas y las lágrimas le rodaron por las mejillas. Él la abrazó. Las gentes que pasaban por la calle los miraban. Ella había apoyado la cara en el hueco de su hombro y lloraba, mientras el canario se agitaba en la jaula, a sus pies. Ella le pidió un pañuelo. Me da rabia quererte tanto, dijo secándose los ojos. Pero volvieron a llenársele de lágrimas, y él sintió que el nudo que tenía en la garganta le apretaba como una soga. Ven, le dijo bruscamente tomándole del brazo. Afortunadamente había, a pocos pasos de allí, una parada de taxis. Abrió la portezuela del primero y la empujó dentro. Luego le entregó la jaula. Él oyó su propia voz muy extraña, muy ronca, muy baja, diciéndole, María, pase lo que pase yo siempre estaré ahí, siempre... esperándote. Comprendió que no podía agregar una palabra más y cerró con fuerza la puerta. Se asomó por la ventanilla de la otra portezuela y le indicó al chófer la dirección de María. El auto arrancó, y él la vio por última vez, vio la cara de ella, sus ojos llenos de lágrimas.

Se sentía hueco por dentro y las rodillas le temblaban. No quería ver a nadie. Nadie podía entender lo que estaba ocurriéndole. Se limitó a llamar a Julia por teléfono. No voy a verte, le dijo; estoy más bien fúnebre. Pero de hermano a hermana me vas a hacer una promesa: quiero que te ocupes de María, que la llames, que me cuentes todo lo que le ocurra. Yo te escribiré. Julia no hizo ninguna broma. No dijo por una vez ninguna barbaridad. De acuerdo, la oyó decir con voz muy seria. Hermana, yo te adoro, le dijo él, no quiero verte porque las despedidas me dan vómito. A mí también, dijo Julia. Pero no te preocupes, el mundo es un pañuelo, un puñetero pañuelo.

Voilà, estaba todo terminado. A Oona no la vería, ¿para qué? Sólo quedaba matar la noche de cualquier manera, ambular a la deriva en el crepúsculo de *Saint-Germain-des-Prés,* tomarse una copa en cualquier parte. Qué aire aquel, lo recuerda aún; ¡qué aire! Tenía una calidad luminosa aún después de que el sol hubiese desaparecido y empezaran a brillar las estrellas. El ambiente del Odeón era también de fiesta. Tocaba un muchacho su guitarra en un café. Más adelante el hombre que siempre escupe fuego andaba de un lado a otro escupiendo fuego, el torso desnudo y una botella en la mano, en medio de un anillo de curiosos. París sería siempre París, había que ser extranjero para saber lo que era esta ciudad, para llevársela siempre como una espina por dentro, para amarla. Entró a un café y pidió una copa de *pernod.* Necesitaba algo fuerte. En el espejo del bar vio su cara. Un hombre triste y maduro con *gueule de métèque.* Se acordó, no supo por qué, de la época en que María aguardaba su llegada en el apartamento de las vías férreas, y volvió a sentir un nudo en la garganta, el frío intolerable en el estómago. Voy a llorar, y no puedo. Los hombres no lloran, le decía su tío, cuando era pequeño. No lloran aunque tengan los intestinos en la mano. ¡Qué estupidez!

En el hotel de Carmes, donde se había alojado después de haber entregado su estudio, encontró un papel de Oona: «Pasé por aquí. Julia me contó que te vas. Necesito verte. O.» Se había sentado en un escaño público de la *Place Maubert,* a la vuelta del hotel y miraba pasar la gente, cuando tuvo la sensación de una presencia detrás suyo. Era Oona. Estaba inmóvil, observándolo, las dos manos en los bolsillos de un ligero impermeable. Hola, le dijo él incongruentemente. Oona tenía la expresión de una niña enojada. ¿Es verdad que te vas?, le preguntó. Sí, dijo él. Es todo lo que deseaba saber, contestó ella con dureza encaminándose hacia el metro. Él la dejó irse, sin llamarla. Genio y figura..., pensó con un humor amargo. Se quedó muy quieto respirando el aire de la noche. Un viejo paseaba por la plaza con su perro. Las vainas que se inventa la gente para engañar la soledad, pensó. Mañana a esta misma hora estaría volando sobre el Atlántico... o quizá ya sobre los Andes. Todo esto estaría ya tan lejos. Se levantó del escaño. Cuando subía por la *rue des Carmes* hacia su hotel oyó que lo llamaban a su espalda. Era de nuevo Oona. Perdona, estoy boluda, le dijo. ¿Quieres cenar conmigo? Yo te invito.

He decidido no hacerte reproches, le había dicho una vez que se encontraron sentados ante una mesa del Palenque, un restaurante argentino que estaba en la *rue de la Montagne Sainte-Geneviève.* Sólo quiero saber por qué decidiste esto sin decirme nada. Oh, no era un asunto tan difícil de entender, le respondió. No estaba haciendo nada en París. Tenía la vida metida entre un zapato. Y la relación nuestra iba a terminar, un día u otro, en un crimen pasional. Tú estrangulada y yo en la *Santé*. O a la inversa. Oona se rió. Gallardo bogotano, tienes gracia. ¿Nos emborrachamos? De acuerdo, dijo él. Mientras bebían vino, ella se dedicó a alabar sus méritos de amante. *Pas mal, un mec qui baise bien.* ¿Ése será mi epitafio?, dijo él. No, algo más: un *peu fou,* a veces simpático. Machista, muy machista. Políticamente no muy claro, el típico intelectual pequeño burgués. ¿Qué más?, preguntó él interesado. No más, dijo ella. Ah, sí, con algunas aberraciones. ¿Por ejemplo?, preguntó él. Por ejemplo, la de violar a las damas en los baños, de preferencia en el lavamanos. Fijación freudiana muy explicable. ¿Qué más? Nada más, dijo ella. Sólo que... no podré pasar nunca más por la *rue du Maître Albert.* Nunca más. Me traerá recuerdos, y los recuerdos yo los detesto. Por la misma razón me quedó prohibida la *rue de l'Hirondelle*... y un pueblo en el *Midi.* Bebe, que esta noche nos embriagamos... Me encanta esa palabra, embriagarse.

Extraño: era ella la que había decidido después subir hasta su pieza de hotel, y sólo aquella vez, la última, habían hecho el amor sin furia, con algo que habría podido parecerse a la ternura. Luego, la había llevado a su casa en un taxi. Ella había bajado del auto rápidamente, con un simple «chau». Los ojos le brillaban de un modo extraño. Cuando el taxi iba a ponerse en marcha de nuevo, él la vio volverse corriendo. Escucha, le dijo asomándose por la ventanilla: ¿No tienes una foto tuya? Tengo un álbum con todos mis amantes. Tú ahí no puedes faltar, *ça ne serait pas gentil.* Tanto más que fue con el único que... habría estado dispuesta a tener un *gosse. Oh, tant pis,* agregó precipitadamente. Si no es contigo, *il y en aura bien un autre.* ¿Por qué no?, admitió él. Escucha: foto mía no cargo sino la del pasaporte. Pero si se trata de un recuerdo, ahí te queda la *rue du Maître Albert.* Boludo, dijo ella.

El taxi que le llamó el portero, a las siete de la mañana, era conducido por una mujer. Había hombres barriendo la *Place Maubert.* Le parecía irreal irse de París. Frank, Clara y Minina lo estaban aguardando en el bulevar *Raspail* con simples maletines de lona en las manos. Cuando hablaban, un vapor azulado les salía de la boca porque hacía aún un poco de frío. Pero el día era muy claro. Cuando el taxi cruzó el *Pont Marie,* vieron, a través de una niebla fina que flotaba sobre el río, cómo el sol iba abriéndose paso e iluminando las torres de *Notre-Dame.* Por el río venía avanzando una barcaza cargada de arena. Árboles muy verdes abrían su follaje en las orillas. Frank carraspeó inquieto. Se pasó una mano por el mentón mientras sus ojos muy claros y rasgados de gato observaban en la bruma luminosa los encajes de piedra de *Notre-Dame.* Esto que voy a decirte, vale, es una gran banalidad burguesa, dijo al fin: qué ciudad tan linda, ¡no joda!

INTER-CAPÍTULO

Noche de sábado.

Vidales, Camilo y yo acabamos de ver *Casablanca*, una película con Ingrid Bergman y Humphrey Bogart. En el crepúsculo frío y lluvioso de Chapinero, salpicado de escasas luces de neón, flota aún, melancólica, la música de *Según pasan los años*, la cara bella y conmovida de Ingrid Bergman despidiéndose para siempre de Bogart.

Qué linda es.

Linda, sí, dice Camilo.

El romanticismo de ustedes me parece sencillamente repugnante, dice Vidales. Repugnante. Léanse a Freud.

Camilo lo mira con un humor caviloso.

¿Libido reprimida?

Exactamente. Cuando me empiezo a poner romántico, me voy donde las putas.

Y todo termina con penicilina.

No hay batalla sin bajas, dice Vidales riéndose. Bueno, ¿qué dicen? ¿Nos tomamos una cerveza?

La familiar y lúgubre atmósfera de neón y humo del Café Caldas, a donde invariablemente venimos los sábados.

Vidales se ha encontrado a dos amigos de su hermano, que son estudiantes de medicina. Nos han invitado a sentarnos en su mesa, llena de botellas de Bavaria, vacías. Los tipos están un poco borrachos ya. Al parecer se conocieron con Vidales en una casa de putas, en el centro. Le hacen bromas. Como yo, Camilo permanece al margen de la conversación; los chistes, las risas de Vidales y sus amigos le resbalan; sus ojos verdes, muy serios, taciturnos, exploran el local. Bajo los tubos de neón manchados por las moscas estallan risas. Dentro, en una sala contigua, se oye continuamente el choque de bolas de billar. La mesera, una mujer de aspecto malhumorado, debe esquivar las manos de los borrachos cuando pasa entre las mesas.

Pienso aún en la película. Ingrid Bergman, su cara dulce y triste en la penumbra de aquel cabaret escuchando en el piano la música de *Según pasan los años*. Casablanca. París. Mundo remoto donde gentes se encuentran, se aman, se dejan.

Bebo a sorbos lentos, sin ganas, la cerveza tibia, dominado por una creciente melancolía. Irme algún día de aquí; lejos. Sólo tengo una vida, debo hacer algo con ella...

...Y me prendió unas ladillas tan grandes como arañas. Ladillas a las que no les faltaba sino cédula de ciudadanía.

Condones vulcanizados, eso es lo que hay que usar ahora.

Vidales y sus amigos sueltan la carcajada al tiempo.

Camilo los observa, distante.

Creo que me voy, anuncia de pronto poniéndose de pie.

Yo también, digo yo.

Quédense, dice Vidales, repentinamente molesto. ¿O es que los regañan en la casa si llegan tarde?

Se vuelve hacia sus amigos:

Éstos no fuman, ni beben, ni tiran. Primíparos.

Tarde o temprano terminarán donde Blanca, dice uno de los estudiantes de medicina. Es el gran desvirgadero de la Nacional.

Los dejamos riéndose.

Afuera nos espera un aire frío con algunas gotas de llovizna. Hay poca gente en la calle. Los andenes mojados recogen lúgubremente reflejos de algunos anuncios luminosos. Lejos, por la carretera trece, vemos las luces de un tranvía, que avanza despacio. Camilo se levanta las solapas del saco para protegerse del frío.

Rodrigo tiene ganas de farra, se ve.

Sí, digo yo. Terminará donde las putas.

¿Tú has ido con él?

Una vez estuve con él en una calle de Las Cruces y francamente todo aquello me pareció inmundo. No habría sido capaz de hacer nada.

Yo lo comprendo, dice Camilo.

Nos dirigimos hacia el paradero del tranvía.

Yo voy al centro, dice Camilo. ¿Tú?

Vivo por los lados de La Salle.

¿Con unos tíos?, me dijo Rodrigo.

No, solo.

¿Solo?

Sí, hombre.

Camilo, caminando a mi lado, se ha quedado en silencio.

¿Quieres comer algo? Más lejos debe haber un Monteblanco o una lonchería abierta.

No tengo mucha plata, Camilo.

Yo te invito.

Cae ahora una llovizna tenue y triste; en la plaza de Chapinero encontramos un lugar abierto. Pedimos un par de chocolates con pan.

Camilo me pregunta qué pienso estudiar como carrera.

No sé, hombre. Vidales me propone que entre a

estudiar derecho. Y mi tío habla de una química indus- trial. Pero yo... caramba, Camilo, me gustaría otra cosa. Viajar, escribir, conocer otras gentes. Bueno, algo dis- tinto de emborracharme todos los sábados en el Café Caldas como Vidales.

Eso lo comprendo muy bien.

Yo no creo en la otra vida. Para mí no hay sino ésta, y no quisiera que ella transcurriera entre la carrera sép- tima y la carrera trece. Pienso que si la vida no tiene sentido en sí, hay que dárselo.

¿Realmente no crees en Dios?

No. En cuanto el negro Mosquera, en el colegio, empezó con su curso de apologética, tratando de de- mostrar lo indemostrable, empecé a tener serias dudas.

Cualquiera tiene dudas oyéndolo. ¿Sabes una cosa? Yo pienso que aún si Dios no existiese, Cristo tendría razón. La gente sufre. Mucho. Mira alrededor tuyo... El amor hacia los otros es el sentimiento más grande del hombre (de pronto sonríe). Que no nos oiga Ro- drigo. Tenía razón el negro Mosquera cuando le dijo que él no pensaba sino del cinturón para abajo.

Sopla el viento. Lo oigo afuera, agitando en la oscuri- dad las ramas de los árboles. Mi cuarto está en la parte alta de una especie de cobertizo, sobre dos garajes don- de guardan buses escolares. Delante de su única venta- na se abre un vasto patio de tierra con altos cerezos, muy oscuro en la noche. Con el viento se agita el folla- je de los árboles, con un rumor como de agua corrien- do. Vibran los cristales de la ventana. Estoy solo, como de costumbre, en mi cuarto. Leo, oigo radio.

Cristina pregunta mucho por ti, me ha dicho el tío. Está muy extrañada de que no vengas a vernos nunca.

(Pero no la veré nunca. Nunca.)

Quisiera irme muy lejos. Australia, los mares del

sur. Estoy pensando en una película que vi ayer en el Metro Teusaquillo, *La Calle del Delfín Verde*.

Estar un día aquí y otro allá, no fijarse nunca en un solo sitio. Un hombre silencioso, bueno, errante: Tyrone Power en *El Filo de la Navaja*.

Cristina quiere verte, sobrino. Por qué no viniste el domingo, te estuvimos esperando.

Le ha dado por beber, nuevamente.

Voces en el patio, bajo mi ventana; una voz de hombre, otra de mujer que dice: espera, espera, subo yo. ¿La voz de Cristina? El corazón empieza a latirme con prisa. Breves, rápidos, femeninos, unos tacones resuenan en la escalera, aproximándose. Me incorporo en la cama. Golpean en la puerta. Gira el picaporte y en el umbral, sonriendo, envuelta en un tapado de piel, está ella.

¿Todavía despierto?

Estoy temblando. El corazón parece que fuera a salírseme por la boca. Ella se ha sentado en la cama, sonriendo siempre y mirándome con sus ojos muy claros y tan brillantes que parecen despedir chispas. Le tiemblan ligeramente las aletas de la nariz como le ocurre siempre que ha bebido. A través del abrigo entreabierto, la sensación de un cuerpo ligero y palpitante entre sedas rumorosas. Del cuello le llueve una cadenita con un aro diminuto al extremo, que oscila al ritmo de su respiración. Levantando su mano tintineante de pulseras, me acaricia el pelo.

Su voz baja, confidencial:

Odioso. ¿Por qué no has vuelto a casa?

Los labios, muy finos, parecen temblarle sosteniendo una sonrisa. Los ojos continúan mirándome fijos, provocadores. Levanto la mano, el corazón latiéndome aún con fuerza, y con un dedo tembloroso le rozó los labios. Ella me muerde el dedo, suavemente. Siento el contacto tibio y breve de su lengua en la yema.

Se levanta riéndose.

Tu tío está abajo esperándonos. Quiere que vengas a casa. Hoy es mi cumpleaños.

Se aproxima a la ventana.

Treinta años, qué horror. ¡Ya estoy vieja!

Bajo las escaleras detrás de ella, temblando. En la oscuridad del patio se destaca la gabardina clara que lleva el tío.

Hola, joven. Qué, ¿vienes con nosotros?

Hace frío. Cruzamos el patio en dirección a las luces de la calle. El tío ha comprado otro automóvil, un Buick color cereza con llantas de banda blanca. Por dentro huele a nuevo. Cristina se sienta en el puesto de atrás, entre el tío y yo.

Su voz suena glacial cuando se dirige al chófer:

Rodríguez, ¿está usted despierto?

Sí, mi señora.

Pues si estaba despierto, ha debido bajarse y abrirnos la puerta.

Sí, mi señora.

No olvide que usted ya no está manejando un taxi.

Sí, mi señora.

Ha empezado a caer una llovizna. A través del monótono vaivén de los limpiaparabrisas veo venir hacia el auto las luces de la Avenida Caracas. Siento en la mejilla, suave como plumas, el tapado de piel de Cristina y el olor del perfume que lleva.

¿Estabas durmiendo ya?

No, tío, estaba leyendo.

¿Qué estabas leyendo?

Una novela.

Yo pensé que era mudo, dice Cristina.

¿Yo?

Sí, bobo, usted. —Se dirigió al tío—. Desde que lo vi, no ha abierto la boca.

388

Siento, leve, lento, indudable, el contacto de su rodilla frotándose contra la mía.

Hace algunos días lo acompañé a la iglesia de Las Aguas para sacar su partida de bautizo. Me pareció que estaba pensando en casarse, pero no le comenté nada por discreción. Tú sabes que andaba de novio de la hija del viejo Montalvo. En realidad, sólo ahora vengo a darme cuenta que la partida de bautizo la necesitaba para entrar al convento.

El viernes pasado me había puesto cita en una café del Pasaje Santa Fe, el Happy. Ni siquiera cuando lo vi aparecer allí con una maleta de viaje tuve la menor sospecha. Estaba muy enigmático. Me pidió que lo acompañara a la estación de la Sabana. Y bajando por la calle quince me lo dijo: que iba a tomar el tren para Chiquinquirá, que había resuelto entrar al convento de los Dominicos. Como quien dice: me voy a pasar una semana en la costa. «¿Ya se lo dijiste a tu mamá?», le pregunté. «Le dejé una carta», me dijo. Entonces traté de explicarle que era una vaina muy precipitada, que debía pensarlo dos veces y sobre todo hablar tranquilamente con su familia. ¡Qué va! Estaba en un grado de exaltación mística absolutamente asombroso. Me salió con citas del Nuevo Testamento. Que Cristo había abandonado familia y bienes y también sus apóstoles. Yo con la Biblia no me meto. Así que le dejé echar todas sus citas, mientras le cargaba la maleta, calle quince abajo: pesadísima, por cierto.

Bueno, estábamos tomándonos un tinto en la estación mientras salía el tren, cuando apareció Isabel Restrepo, la mamá. Acaba de encontrar la carta y se vino en un taxi. ¡Qué pelotera la que armó! Parecía loca. Agarró a Camilo por un brazo y se lo llevó a la fuerza, arrastrándolo. Insultaba a los curas, decía que le iban a robar a su hijo. El pobre Camilo, rojo de vergüenza, lloraba. Todo resultó entre trágico y cómico, porque la gente se agolpó alrededor nuestro, y algunos decían: es un muchacho que se quiere casar a escondidas. A todas éstas yo no sabía qué hacer. Isabel debía pensar que yo era cómplice en todo este asunto. ¡Yo, que no creo ni en mis calzones! El caso es que ella metió a Camilo en un taxi y yo me quedé hecho un pendejo en la puerta de la estación.

Y ahora no sé qué va a ocurrir. Tiene a Camilo encerrado, exactamente como se encierra a una muchacha para que no se fugue con el novio. Ni más ni menos. No sé cuál de los dos se va a salir con la suya, porque son a cuál más de terco.

¡Camilo y sus chifladuras! Meterse de cura, imagínate. Qué cosa más insalubre. Bueno, ¿nos tomamos la otra?

Gruesas gotas de lluvia han empezado a caer en la calle. Se oyen truenos por los lados de Monserrate.

Camilo camina al lado nuestro.

Entonces, hombre, ¿qué has decidido?

Todo está arreglado ya, dice.

Y sigue caminando en silencio, las manos recogidas bajo su ruana blanca, sus ojos verdes tristes, distantes.

Lo más duro pasó ayer. Hablé con Teresa.

¿Teresa?

Mi novia. Sabe que entro al seminario.

El restaurante, situado en el segundo piso del edificio Faux, tiene ventanales que dan a la Avenida Jiménez por un costado y por el otro a la carrera séptima. Camareras con cofias y delantales azules circulan de prisa entre las mesas atestadas de oficinistas. Difusa, reiterativa, la música del bolero de Ravel se desenvuelve en espirales sobre el bullicio de voces y platos. Nuestra mesa está al pie de una ventana. En la luz sucia y con presagios de lluvia del mediodía vemos la carrera séptima, su ir y venir de gentes. Grupos de gentes conversan en la puerta del Café Molino. Mirada desde el segundo piso, la multitud de la calle parece un hormiguero: apresurada, rumorosa, con trajes y sombreros oscuros, se desplaza de un lado a otro rápidamente, apartándose a veces para dejarle paso a un tranvía.

Vidales alza de pronto los ojos de su plato, sorprendido.

¿Qué fue eso?

Nítidas, rotundas, con intervalos iguales, hemos oído tres detonaciones en la calle.

Me parece que son torpedos, digo, pensando en los petardos que a veces los gamines ponen en los rieles del tranvía.

Pero abajo se ha producido una súbita estampida: la gente ha corrido, asustada, hacia el andén de enfrente.

Es bala, dice Vidales.

Beatriz, mi hermana, que está sentada junto a la ventana, pega su frente contra el vidrio para mirar hacia abajo, hacia el andén que corre al pie del edificio.

Se vuelve con una cara repentinamente descompuesta.

Acaban de matar a un hombre ahí abajo, murmura asustada; el mentón y las aletas de la nariz empiezan a temblarle; los ojos tienen una expresión de horror.

Es un hombre con un abrigo negro. Está tumbado en el andén.

La voz se le quiebra del todo y se echa a llorar.

Vidales y yo nos levantamos de la mesa. Abriéndonos paso a través de las personas que, servilleta en mano, se acercan a la ventana preguntando qué ocurre, salimos fuera. Corriendo bajamos la angosta escalera del edificio hacia la planta baja, hacia el olor frío y la luz gris de la calle. Ahí, a pocos pasos de la entrada, está la carrera séptima.

Cruzamos en la esquina a cuatro policías que avanzan sujetando a un hombre; ¿el que ha disparado? Pequeño, pálido, mal trajeado, con una barba de dos días oscureciéndole el mentón, se deja llevar como un sonámbulo por los agentes, que parecen también asustados, a través de un remolino de asombro y confusión.

El muerto o el herido está en el andén, pocos metros más allá: un bulto oscuro sobre el que se agachan ya algunas personas, muy pocas todavía.

Hemos llegado corriendo. Tratamos de mirar por encima de los otros, no vemos nada; poniéndonos en cuclillas logramos meter la cabeza entre las piernas y codos para ver al hombre que yace sobre el pavimento. Veo sus zapatos bien lustrados, el austero abrigo negro que lleva. Cuando logro al fin verle la cara entre las cabezas que se inclinan sobre él, la sangre se me enfría en el estómago, me tiemblan las rodillas y una vena me late furiosa en la garganta. Es Gaitán.

No se mueve. Está tendido de espaldas, en una actitud irremediable y tranquila, su cabeza de espesos cabellos negros echada hacia atrás, sobre el polvo de la acera, las dos manos ya quietas reposando en el paño negro del abrigo y las piernas extendidas y ligeramente apartadas. Tiene los ojos entreabiertos. Creo advertir que las pestañas le han temblado ligeramente, pero en las pupilas, quietas y brillantes como si fueran de vidrio, parece congelarse la luz de la calle. Bajo la nariz grande y enérgica, su boca permanece cerrada, con una expresión que es casi dolorida, como si en aquel momento contemplara su última burbuja de vida con un triste e infinito desdén. De su cabeza y hacia los zapatos de quienes se apretujan en torno suyo, con idéntico e incrédulo horror, corre sobre la acera polvorienta un hilo de sangre, oscuro, muy breve.

Arrodillada sobre el andén, una mujer del pueblo moja su pañuelo en la sangre.

Sollozando, dice con una voz ronca y baja: canallas, nos lo mataron.

Los demás no dicen nada: están todavía helados de asombro.

Miro hacia la torre de San Francisco. El reloj marca la una y cinco de la tarde. La una y cinco del 9 de abril de 1948.

Nos incorporamos, Vidales y yo. Vidales está muy pálido: también yo, supongo. Tengo por dentro una sensación de vacío.

Aquí se va a formar la grande, dice Vidales.

Parece como si flotáramos en la atmósfera brumosa de un sueño. Todo es irreal: la gente que afluye ahora de todas partes, desconcertada y confusa; las cortinas metálicas de cigarrerías y cafés bajadas con estrépito; el hombre, que después de mirar el cuerpo tendido en el andén, sacudido por la emoción, ha lanzado un viva al partido liberal; el taxi Real, negro y con una franja roja en el costado, deteniéndose frente al edificio Agustín Nieto, donde yace Gaitán; el cuerpo con su austero abrigo negro levantado de pronto, la cara rotunda y amarga entrevista de nuevo con el espeso cabello despeinado y los ojos aún abiertos que parecen mirar (sin verlo ya, o quizá percibiéndolo como un último desgarrón de claridad en lo que ya empieza a ser tiniebla y silencio definitivo) el sucio cielo de abril; y por fin, todo tan tumultuoso y rápido que no es posibe desprenderse de aquella sensación de cosa no vista sino soñada, el taxi con el moribundo y sus amigos alejándose por la Calle Real, en contravía.

Lo llevan a la Clínica Central.

¿Vive todavía?

Sí, yo vi que movía los ojos.

Puede que lo salven.

Si muere, gasolina es lo que va a faltar pa' pegarle candela a todo.

Al hombre que disparó lo tienen ahí... ahí en la Droguería Granada.

Aquí se va a armar la grande.

De pronto me acuerdo de mi hermana, que está aguardándonos.

Vamos por Beatriz, le digo a Vidales.

En el restaurante, todo el mundo, muy agitado, está de pie cerca a las ventanas. Beatriz tiene los ojos y las narices rojas y todavía está temblando.

Desde aquí le vimos la cara cuando lo metían en el taxi. ¡Tenía un gesto tan triste!

Y se pone a llorar de nuevo.

Vamos a casa de las tías, Beatriz.

Vidales decide acompañarnos. La casa donde vivimos ahora con las tías, queda muy cerca del centro. Se puede ir a pie, pero esta vez decidimos tomar uno de los tranvías cerrados, de franja verde, que bajan por la calle quince. Los pasajeros han debido observar por las ventanas la agitación de la calle porque en cuanto subimos y ven la cara trastornada y llorosa de Beatriz nos preguntan qué ocurre.

Que acaban de matar a Gaitán.

¡No es posible!

El conductor, que me ha oído, hace girar bruscamente la barra que tiene delante y el tranvía frena en seco, rechinando. Se quita la gorra azul y la arroja al suelo, con violencia.

Esta vaina no se mueve de aquí, dice.

Y se baja, dejando su tranvía abandonado.

Echamos a caminar calle quince abajo. Frente a El Siglo, un hombre agita el puño, lanzando insultos contra los oligarcas, los conservadores y el gobierno. La gente lo mira desde las puertas, como si se tratara de un loco. No saben aún la noticia.

Cuando llegamos a casa, tía Rosario nos dice que Gaitán acaba de morir en la Clínica Central. Lo ha oído en la radio.

Llovizna, destellos momentáneos de sol, gritos, humaredas lejanas, grupos de gentes que afluyen de todas partes hacia el centro como un torrente de aguas coléricas. Caminando de prisa, después de haber dejado a Beatriz en casa, Vidales y yo sentimos en torno nuestro el rumor de la revuelta que crece.

Calle arriba, nos sorprende la visión turbulenta de la Plaza de San Victorino, con un edificio ardiendo al fondo y a través de una claridad de sol húmeda aún de lluvia, camiones y volquetas repletas de gentes con machetes y ondulantes banderas rojas cruzando en todas direcciones.

Han asaltado las ferreterías de la plaza. Por una puerta de hierros violentados, abiertos en arco, vemos surgir hombres con racimos de machetes en las manos.

El que se aproxima a nosotros parece un limpiabotas.

Tengan, hermanos; ármense. Le entrega a Vidales un machete y a mí un serrucho, ambos nuevos y de hojas relucientes, con etiquetas sujetas al mango.

Vidales y yo los aceptamos con desconcierto.

El hombre escupe.

Van a faltar hierros de estos pa' cortar pescuezos.

La multitud que encontramos en la Avenida Jiménez avanza hacia la carrera séptima con prisa. Descolgándose de los cerros o acudiendo de las barriadas, caravana andrajosa y vengadora armada de palos y machetes, la antigua chusma gaitanista, la que Gaitán estremecía hablándole en teatros y plazas, corre ahora por las calles del centro cómo lava de un volcán en erupción.

Dóciles, asustados, sin gorra, una escarapela roja ondulando al extremo de sus fusiles, dos agentes de Policía avanzan en medio de un remolino de machetes. Arrasados por la marejada humana, se han sumado a la revuelta.

Entre un corte de desarrapados, camina un hombre apretando contra el pecho un revólver.

Monumental, en medio de dos amigos que intentan consolarlo ofreciéndole una botella de aguardiente, un negro llora cubriéndose la cara con las manos. Parece flotar entre la multitud como cáscara en el agua de un río.

Arriba arden dos tranvías y una densa humareda negra brota de las ventanas de un edificio, el de la gobernación. Pese al fuego, hay aún hombres dentro del edificio arrojando hacia la calle, por un balcón, puñados de papeles, sillas, un archivador de hierro que abajo la multitud destroza con furia. El pavimento, mojado de lluvia, está lleno de escombros. Huele a humo y a maderas chamuscadas.

Vidales se detiene sorprendido:

¡Espitia!

Casi no reconozco al portero del teatro de Las Cruces. Despeinado, con un pañuelo cubriéndole la nariz y los ojos rojos de humo y lágrimas, está aplastando con el tacón del zapato las teclas de una máquina de escribir, como si fueran arañas venenosas.

Ya hay oligarcas y godos colgados de los faroles de la Plaza de Bolívar, nos grita bajándose el pañuelo. Si no me creen, vayan a verlo.

Lo importante es el Palacio Presidencial, dice Vidales. ¿Qué ha pasado por allí?

Pero Espitia no lo escucha.

Candela a todo, qué carajo. Hasta yo mismo me quiero chamuscar.

¿Llora o es el humo? Sus ojos tienen lágrimas.

Muerto el jefe ya el pueblo no espera nada, dice, y continúa con furia pateando la máquina de escribir.

Está loco, le digo después a Vidales, alejándonos.

Borracho. ¿No te diste cuenta?

¡A Palacio! ¡A Palacio!

En la carrera séptima, que hierve de gente, aquel grito resuena por todos lados. Ha salido ahora el sol; relumbran los machetes; delante de una cigarrería cuya vidriera ha sido destrozada, botellas rotas dejan fluir licor sobre el andén. En el lugar donde horas antes cayera Gaitán, dos mujeres arrodilladas intentan prender una vela.

¡A Palacio!

La multitud se desplaza ahora en dirección a la Plaza de Bolívar, avanzando entre las viejas casas de aleros anchos de la Calle Real. Al fondo, el cielo está oscurecido por el humo de incendios.

Apoyándose en el machete como si fuera un paraguas, Vidales tiene un aspecto muy cómico.

—Yo creo que el gobierno se cae, afirma.

—Lo malo es que no hay quien remplace a Gaitán, le digo yo.

Hileras de soldados, rígidos como estatuas, montan guardia en torno al Palacio de Comunicaciones. Su actitud es pacífica. La multitud los vitorea.

Es curioso, le observo a Vidales; el ejército no interviene.

No puede, sería una masacre. Aparte de que Gaitán tenía simpatías en el ejército. Así lo cree el pueblo.

De pronto, del lado de la Plaza de Bolívar, se escuchan disparos de fusil. La multitud retrocede; algunos corren.

¿Qué sucede?, preguntamos a un hombre que hemos visto venir corriendo en dirección contraria a la nuestra y se ha detenido cerca, muy agitado.

Hay chulos disparando en la plaza, cerca de palacio. Tumbaron a varios.

¿Y el humo? ¿Es el Palacio o el Capitolio Nacional? No, son tranvías incendiados.

¿Es verdad que hay godos colgados de los faroles? Eso dicen.

Vidales cambia conmigo una mirada.

Yo te dije que aquí se armaría la grande.

Una nueva descarga, más próxima, nos hace retroceder hacia la calle doce.

La multitud esgrimiendo machetes vocifera allí bajo los balcones del Teatro Nuevo, donde algunos hombres intentan arengarla. Pero la gritería impide escucharlos.

Surge de pronto en el balcón un dirigente liberal que hemos visto muchas veces fotografiado en los periódicos: Darío Echandía. Se alzan brazos, a su lado, pidiendo silencio, pero los gritos ahogan su voz. Vagamente escuchamos que pide calma y confianza.

Vidales mueve la cabeza escéptico:

Ésta no es gente para ponerse al frente de una insurrección popular.

En la esquina, otro grupo se arremolina en torno a un personaje de traje gris claro y sombrero.

Jefe, póngase al frente del pueblo.

¿Quién es?, le pregunto a Vidales.

Mendoza Neira, responde un hombre que carga al hombro una escopeta de cacería. Iba con Gaitán cuando lo mataron.

Tratamos de escuchar lo que dice:

... Vamos a Palacio a pedirle la renuncia a Ospina. Tiene que irse, esta situación no la podrá controlar.

Algunos metros más allá, en el balcón del Teatro Real, dirigentes marxistas intentan hablar a la multitud.

La fórmula es junta revolucionaria de gobierno, grita uno de ellos. Junta revolucionaria.

Pero nadie los escucha.

Qué caos, le digo a Vidales.

Encontramos, más adelante, a un estudiante de derecho, de apellido Rubio, que trae noticias.

Se han tomado las emisoras, dice.

¿El gobierno?

No, el pueblo. Y también la quinta división de Policía.

No eche paja.

Palabra, lo acabo de oír por la radio. Una columna de tanques viene desde Usaquén para tomarse el Palacio, que está defendido apenas por el Batallón Guardia Presidencial. El ejército está con la revolución.

Minutos después divisamos, en efecto, dos tanques ligeros avanzando hacia la Plaza de Bolívar a toda prisa. Sobre ellos han logrado encaramarse varios hombres, que agitan banderas rojas, machetes y algunas botellas.

Al lado nuestro, con gran estrépito y en medio de aclamaciones, pasan los tanques.

No hay duda, el gobierno se cae, dice Vidales. Vamos a casa a oír el radio. Mi mamá es goda, qué susto debe tener.

Doña Luisa, la madre de Vidales, aparta la vista de la media que está remendando. Detrás de los lentes, que brillan a la luz del bombillo, sus ojos son azules y sarcásticos.

Habla en voz muy alta, como los sordos:

¿Poner la radio?, dice. ¿Para qué? ¿Para oír borrachos diciendo disparates? No mijo, gracias.

Los pies embutidos en chinelas de lana, el pelo blanco, el cuello muy erguido, parece una reina irradiando insolencias.

Borrachos. Y además comunistas, repite. Ni siquiera se dejan hablar unos a otros.

Mamá, se trata de una revolución.

Ella deja de coser:

¿Una qué?

Una revolución.

Doña Luisa reacciona vivamente.

¿Revolución? Ja, ja. No me haga reír. Usted sí es pendejo, Rodrigo. ¿Cuándo se ha visto una revolución dirigida por borrachos? Los borrachos sólo hacen bochinche y después se quedan dormidos en cualquier parte.

Vidales, divertido, cambia una mirada conmigo.

Debían interesarle las últimas noticias, mamá. Parece que Ospina Pérez está colgado de un farol, en la Plaza de Bolívar.

¿Quién?

El presidente.

Ella hace un gesto incrédulo.

Yo estoy muy vieja para creer cuentos tan bobos.

Pues eso andan diciendo.

No hay un solo indio de ésos capaz de tocarle un pelo al doctor Ospina. Es un señor que infunde respeto. En cambio, Gaitán... Bueno, que en paz descanse, pobrecito.

Ahora nos observa, apiadada:

En serio, ¿qué le veían ustedes a ese hombre? Lobísimo, el pobre. Con gomina en el pelo. Zapatos amarillos. Y con esa manera de hablar tan horrible. Todo lo que hizo fue alborotar la chusma. Y ahí la ven ahora, emborrachándose, robando, quemando. Es lo único que saben hacer si se la deja suelta. Eso, y hacer hijos irresponsablemente. No hay derecho, caramba. Cada cual en su sitio. Gaitán en el poder habría sido lo mismo que dejar una casa decente en manos de las sirvientas.

¿No te lo había dicho?, me dice Vidales. Es troglodita.

La vieja no ha oído. Me está examinando.

Y tú, mijito, ¿tú también andas en ésas?, me pregunta.

También, doña Luisa.

Claro que sí, mamá, confirma Vidales. Lo hubiera visto esta tarde asaltando ferreterías. Se cogió un serrucho.

Hombre, ya que le cuenta eso, háblele del machete que usted se disputó con el embolador.

Los anteojos de la vieja parecen despedir relámpagos de asombro.

¿Qué serrucho? ¿Qué machete?

El que está ahí, junto a la puerta. No habría reconocido usted a su hijo, doña Luisa. Andaba por la séptima, con un machete en alto. Daba miedo verlo.

Vidales se dobla de risa.

Pero doña Luisa está intrigada:

¿Un machete robado?

Expropiado, dice Vidales.

¡Lindo!, exclama la vieja. Era lo que le faltaba a la familia: un ratero. (Sacude la cabeza.) Caramba, qué suerte tuvo Isabel Plestrepo. Camilo se le metió de cura. Si anduviera todavía con ustedes, estaría convertido en un hampón. Tomando chicha en Las Cruces y asaltando almacenes.

Vidales está rojo de risa.

Mamá, por favor. Deje poner la radio. Hay que saber qué está ocurriendo.

Ni muerta, dice la vieja.

Cae la lluvia y el aire huele a humo. La noche es malva, encendida por el resplandor de los incendios.

Lejos, se oyen disparos.

No se ven autos en las calles.

Sombras andrajosas se deslizan a lo largo de los muros llevando cajas, producto de los saqueos.

Pasa un grupo llevando a cuestas una nevera, reverentemente, como si fuera un ataúd.

Pasa una mujer del pueblo, de pañolón, doblada bajo el peso de una radiola gigante.

Mira cómo está de claro el cielo, me dice Vidales. Todo el centro de Bogotá está ardiendo. Carajo, jamás un muerto ha provocado tantas cosas en este país.

Tía Amelia y tía Rosario están sentadas, como todas las noches, en torno al radio; pero en vez de radionovelas escuchan música clásica. Todas las emisoras están transmitiendo en cadena con la Radio Nacional. Se espera, nos dicen, un comunicado del gobierno de un momento a otro.

¿De qué gobierno?, pregunta Vidales.

Ellas no saben.

Beatriz llega de la casa vecina con noticias frescas. El ejército se ha tomado las emisoras, inclusive la Nueva Granada que está al extremo de nuestra calle. En Palacio están los jefes liberales, entrevistándose con Ospina Pérez. Los tanques que hemos visto pasar por la carrera séptima no iban a tomarse el Palacio Presidencial, como creímos, sino a defenderlo. Al llegar allí, han dado la vuelta y disparado contra la multitud. Hay muchos muertos. La Clínica de Pompilio Martínez, también en nuestra calle, no puede recibir más heridos.

Imposible salir a la calle: los soldados disparan al bulto sobre todo lo que se mueva. Así que Vidales se queda en casa, pero ni él, ni yo, ni Beatriz podemos dormir, pendientes de las noticias del radio y sometidos al constante sobresalto de los disparos. Bebemos café y esperamos.

Es una masacre, dice Vidales. Nadie dispara contra ellos.

Cuando empieza a clarear afuera, nos asomamos al mirador, cautelosamente. Hace rato que no se oye disparar.

Afuera llueve y la luz es aún neblinosa, glacial. En la calle quieta y húmeda, nos sorprenden las dos siluetas, una negra, la otra blanca, moviéndose como fantasmas, sobre aquellos bultos tirados en la calle: son un sacerdote y una enfermera, y los bultos, cadáveres. Contamos doce. Caídos todos muy cerca de la esquina, en el cruce de la calle quince con la carrera quince, yacen unos sobre el andén, otros sobre el pavimento, de espaldas unos, bocabajo los otros, con las manos apretándose el pecho o el estómago, míseros y como desamparados en la bruma lluviosa de la calle. Sus ropas están ensopadas de agua.

El sacerdote camina lento entre los cuerpos, se detiene junto a cada uno, reza juntando las manos y luego le da una bendición. La enfermera, muy pequeña, lo sigue dócilmente.

Después se van.

Detrás de los costales de arena, oímos la risa de los soldados. Algunos están de pie y se lanzan unos a otros naranjas.

Una camioneta militar viene a recoger a los muertos. Soldados con pañuelos en la cara, los alzan y los tiran dentro como si fueran costales de papas.

A las ocho de la mañana, matan a otro hombre.

Es simplemente un borracho que ha aparecido de improviso en la esquina con un machete en una mano y una bandera roja en la otra. Debe haberse quedado dormido en algún portal y ahora parece atónito, tambaleante y sin rumbo, y todavía lleno de aguardiente.

Al oír los gritos de los soldados, dirige la mirada en aquella dirección.

Levanta su bandera en alto y da un viva al partido liberal.

Luego, insensatamente, avanza en dirección a la emisora, a los bultos de arena y a la tropa apostada detrás, tambaleante y agitando su bandera.

Disparen, les dice. Disparen, ya mataron al jefe, ahora pueden seguir conmigo. ¡Me importa un carajo!

Con la misma mano que sujeta la bandera, se abre el saco para enseñarle el pecho a los soldados.

Disparen, repite, con voz de borracho.

Desde una ventana, una mujer le está gritando algo: quizá que se devuelva, que no sea loco. El hombre la mira, como perplejo, y casi al mismo tiempo oímos el grito de Beatriz y el disparo.

El hombre ha caído sentado. Desde el suelo sigue agitando su bandera y gritándole insultos a los soldados.

Otro disparo lo silencia.

Acabamos de oír en la radio que se ha producido un acuerdo calificado de patriótico: ministros liberales participan en el gabinete de Ospina Pérez. El de gobierno es Darío Echandía.

A Vidales le tiemblan las manos bebiendo un café. La nariz parece habérsele perfilado en la cara y sus ojos están rojos por la falta de sueño.

¡Qué farsa!, exclama. Liberales y conservadores se ponen de acuerdo por arriba, mientras al pueblo lo masacran en las calles. La burguesía se une; está asustada. Acaba de descubrir que vive en el cráter de un volcán.

Estoy de acuerdo, digo. Ya nada será como antes.

Escombros, hierros retorcidos, piedras calcinadas, muebles devorados por el fuego, vidrios, pedazos de pared que aún se mantienen en pie, precariamente: el centro de Bogotá se parece a las fotos de las ciudades europeas después de un bombardeo.

Caminamos sobre escombros con los brazos en alto, obedeciendo órdenes de la tropa. Todavía quedan algunos francotiradores en las azoteas, y los soldados están nerviosos.

Vidales me cuenta su visita al cementerio, dos horas antes.

Son tantos los muertos, que van a tener que quemarlos. ¿Cuántos viste?

Muchísimos; los tienen tirados en el suelo, en todas las galerías. ¿Sabes a quién mataron?

¿A quién?

A Espitia.

¿A Espitia, el portero?

El mismo.

No puede ser.

Yo reconocí el cadáver. Así, de sopetón. Tenía un tiro en el cuello. Di su nombre, para que lo identificaran. Alguna familia debe tener.

Caminando al lado mío, siempre con los brazos en alto, Vidales escupe en el suelo.

Muerto Gaitán, esto de liberales y conservadores es una farsa. Lo que es yo, ahora que vuelva a la Universidad, me afilio al partido comunista.

Carajo, estabas desaparecido. ¿Qué te habías hecho?

Me paso tardes enteras en la Biblioteca Nacional.

¿Haciendo qué?

No lo vas a creer, leyendo versos.

¿Versos?

Versos, sí.

Estás perdido. ¿Versos de quién? ¿De Julio Flórez?

No tanto. De Baudelaire. De Rimbaud. A propósito, ¿sabes que me voy a París?

¿En serio?

Sí, hombre. Como dicen los cronistas sociales, tengo necesidad de respirar otros aires. El de Bogotá me ha olido siempre, no sé por qué, a funeraria. Quizá sea culpa de mis pobres tías. No hablan sino de muertos todo el tiempo. Los muertos de su pueblo y de su pueblo, que también se les murió.

¿Tu tío te paga el viaje?

En pequeña parte. En realidad, descubrí un sistema para vivir con muy poco en París: devolviendo parte de los dólares de mi cupo de estudiante y vendiéndolos en bolsa negra. Muchos lo hacen.

¿Y qué piensas estudiar?

Filosofía y Letras, quizá.

¿Filosofía y Letras?

Has puesto la misma cara que puso mi tío cuando se lo dije. Ahora quería que yo estudiara administración de empresas.

Pues con tu filosofía te vas a morir de hambre.

Mi tío me dijo lo mismo.

Bueno, hasta ahí el parecido. Él es oligarca y yo comunista.

¿Te afiliaste, al fin?

A la Juco, juventudes comunistas. Viajo con frecuencia por los lados de Viotá. Estamos organizando grupos de defensa campesina. Ya la Policía empezó a matar gente en la zona.

En todas partes.

¿Has visto lo que pasa en Santander y Boyacá? Pueblos enteros desocupados por la Policía. Muertos todos los días. Ya te lo había dicho. Lo que despertó Gaitán lo van a liquidar a sangre y fuego.

A sangre y fuego, sí.

Pues te vas en buen momento. El panorama aquí es negro.

Qué vainas raras tiene la vida. Tú de comunista. Camilo de cura.

¿Y tú, qué? ¿Poeta?

Déjate de vainas.

¿A qué horas se te ocurrió la idea de...?

¿De irme? Leyendo a Kafka. ¿Conoces aquella historia suya llamada *La Partida*? Me la sé de memoria: «A la distancia oí un toque de corneta y le pregunté al sirviente qué significaba. Nada sabía ni nada había oído. En la portada me detuvo y preguntó: ¿A dónde va el amo? No lo sé, dije. Solamente fuera de aquí. Fuera de aquí, nada más, es la única manera de alcanzar mi meta.»

Estás completamente perdido.

CAPÍTULO CINCO

I

Habían salido a dar una vuelta por la ciudad, que se reducía a poca cosa: unas cuantas calles en torno a la catedral y a los pabellones del mercado público. En el cielo rosado del crepúsculo volaban algunas golondrinas. Él le había pasado el brazo por encima de los hombros a Jacqueline. Experimentaba una confusa necesidad de aproximarse a ella, de sentirla a su lado. Y ella debía comprenderlo; instintivamente acoplaba sus pasos a los suyos, dejando que sus muslos y caderas se tocaran. Él seguía pensando en María; en su cabeza, estaba hablándole. Perdóname, le decía; perdóname, María, por haber vuelto aquí, con esta muchacha; el aire es tibio, anochece, en torno a la catedral vuelan los pájaros y yo estoy aún sobre esta tierra. No hay otra cosa que esto. Perdóname, pero yo no quiero instalarme en la tristeza y la muerte, ni en la vejez, ni en la prudencia. Detesto la resignación, la tristeza, la muerte, el miedo, toda esa mierda envuelta en trapos negros que respiré de niño. Los santos y los divinos rostros llenos de sangre. No tengo sino la vida, este instante, esta luz tan bella, esta muchacha que mañana se irá con un morral a la espalda. Ciñó con fuerza a Jacqueline por la cintura y la atrajo, besándole el cuello. Ella aprendió el valor, pensó él; ella sabe cómo es la cosa, y no hay que intentar atraparla ni encerrarla porque es libre y no tiene miedo. Y algún día la matarán en una carretera, o la encerrarán entre cuatro paredes por comprar o vender coca, o robar, pero de algún modo habrá vivido de la única manera posible, sin aferrarse a nada, sin temerle a nada.

—Me siento bien contigo —le dijo.

—Yo también —dijo ella.

—La Margy y la Greta Garbo de Chaina Vaita deben estar haciendo el amor como locas. Y hasta el gato negro de ojos dorados debe participar en el aquelarre.

—Se llama *Víctor* —dijo Jacqueline riéndose.

—Que les aproveche. A *Víctor* también. Tengo ganas de beber algo muy frío; quizá de comerme un melón. Es tan agradable esta noche que viene. Mira qué linda luz hay en la plaza. ¿Quieres una copa de vino blanco? Allí hay un bistró.

—*Moi, tu le sais bien, je ne bois que du champagne.*

—Qué ruina eres tú. Entremos pues.

Cuando saltó el corcho los hombres que estaban en la barra, bebiendo, lanzaron exclamaciones y bromas, y el patrón debió hacer verdaderas proezas con la botella para evitar que se derramara la espuma. Llenó las dos copas. Estaban sentados delante de la plaza y al otro lado se alzaba la catedral. El cielo se había vuelto de un color lila.

—*Joyeux anniversaire* —dijo el hombre que estaba en la mesa de al lado.

—*Voulez-vous un verre?* —le preguntó Jacqueline.

—*Merci, mademoiselle* —repuso cortésmente el hombre, que tenía el aspecto de un campesino alcohólico.

—*Ça nous ferait plaisir* —dijo Ernesto—. *Venez, rien qu'un petit coup.*

—*Puisque vous insistez* —dijo el hombre acercando su copa vacía. Tenía unos cuarenta años y unas manos grandes y coloradas, con las uñas bordeadas de negro—. *A votre santé* —dijo alzando la copa.

Bebió un sorbo de champaña.

—Yo me llamo Ernest —dijo.

—Yo también —dijo Ernesto.

El hombre sacudió la cabeza, sorprendido.

—No es posible —dijo alargando su mano para estrechar la de Ernesto—. ¿De dónde es usted, *monsieur*? ¿Egipcio?

—De un país que usted no conoce. Colombia, América del Sur.

—Claro que lo conozco —dijo él—. Veinticinco millones de habitantes. Capital: Bogotá. Ciudades importantes: Medellín, Cali y Barranquilla.

Pronunciaba estos nombres despacio y con un fuerte acento francés. Se veía que había bebido mucho.

—¿Usted ha estado allí? —preguntó Ernesto asombrado.

El hombre negó con la cabeza.

—Jamás me he movido de este lugar. Salvo cuando hice el servicio militar. —Bebió otro sorbo de champaña. Se limpió luego los labios con el dorso de la mano—. *Tenez...* —dijo—, sacando del bolsillo de su overol una especie de agenda abultada con grasientas tapas de cuero, sujetas por cauchos. La hojeó rápidamente. Estaba llena de mapas—. ¿Se dan cuenta? Tengo el mundo en el bolsillo. Sin necesidad de llamarme Kissinger.

—*Et bien, mon vieux, tu es vachement calé en géographie* —dijo Jacqueline con risa—. *Et tu es mieux que Kissinger. Kissinger d'ailleurs est un con.*

—*Bien sûr* —dijo el otro. Se inclinó hacia Ernesto. Olía terriblemente a vino barato—. La bandera de tu país es amarilla, azul y rojo. *Pas vrai?*

—Sí.

—¿Y sabes por qué?

—No tengo la menor idea.

—*A cause d'une fille qui aimait* Bolívar —dijo el borracho—. Era rubia. *Une belle blonde.* Y Bolívar le dijo: la bandera de nuestro país será amarilla como tu pelo, azul como tus ojos y roja como tu boca. Así ocurrió. Bolívar, *lui il aimait les femmes.*

—Mierda —dijo Ernesto volviéndose hacia Jacqueline, que seguía la conversación divertida—. No sólo es geógrafo, sino también historiador. Y para ser francés... Cuando pienso que una vez, Yves Montand me preguntó si Caracas quedaba en el Perú.

Se dirigió al hombre.

—¿En qué trabajas?

El borracho se encogió de hombros.

—Tengo un camión —dijo.

II

Habían comido en una vieja hostería, a la luz de las velas, a la vuelta del hotel, y ahora bajaban por una calle estrecha y antigua escuchando sus pasos. No se veía un alma. La ciudad parecía dormir ya tras las persianas cerradas. Caminaban sin rumbo tomados de la mano.

—Qué bien huele el aire aquí. *On sent la campagne* —dijo Jacqueline.

—El campo está ahí, al fondo, más allá de aquel letrero verde. Ahí terminan las casas y empiezan los prados. Estamos muy cerca del bosque de *Rambouillet.*

La luz verde correspondía a un cine; estaba instalado en un cobertizo al lado de un gran parqueadero desierto.

Jacqueline y Ernesto se detuvieron a mirar las carteleras. Sentado al lado de la entrada, un muchacho de cabellos largos tomaba el fresco.

—Los cines de pueblo se parecen en todas partes —comentó Ernesto con humor mirando aquellos carteles que adornaban el destartalado vestíbulo y los letreros anunciando la película escritos a mano y clavados con tachuelas en un tablero. Le sorprendió el título de la película: *Il pleut sur Santiago*—. Caramba, es una película sobre la caída de Allende.

—¿Quieres verla? —preguntó Jacqueline.

—Oh, no, es muy tarde.

—¿Hace mucho que comenzó? —preguntó Jacqueline al muchacho.

—Está a punto de terminar. Después hay un debate. —Los observó soñoliento—. Si quieren entrar... no tienen necesidad de pagar nada.

Ernesto y Jacqueline se miraron.

—*Pourquoi pas?* —dijo ella.

Dentro, había muchos puestos libres. La pantalla se encendía de bruscos fogonazos y el estrépito de las bombas repercutía en la reducida salita a oscuras. Entre el humo, surgía la figura de un hombre con casco y una metralleta en la mano, que debía representar a Salvador Allende.

—Es la toma de la Moneda —le susurró Ernesto a Jacqueline. La muchacha le había dejado caer la cabeza sobre su hombro.

No le resultó difícil seguir el desarrollo de aquellas últimas secuencias. En las escaleras del palacio presidencial, Allende y sus amigos caían en cámara lenta alcanzados por ráfagas de ametralladoras.

Cuando las luces se encendieron, algunos aplausos resonaron escuálidamente en la sala, que era muy semejante al aula de una escuela, con hileras de escaños y dos bombillos amarillentos en lo alto.

Un hombre joven, de barbas, se levantó de su puesto y se dirigió al público.

—Como les decía antes de iniciarse la proyección,

se trata de un film histórico, realizado por gentes que fueron testigos y a veces protagonistas de los acontecimientos, film que contó con la contribución de las autoridades búlgaras. Sus intenciones se sitúan a nivel político, naturalmente, pero también a nivel humano.

Ernesto oía con humor las tímidas intervenciones de los participantes. Algunos, se veía, eran muchachos izquierdistas y otros, simples comerciantes aburridos que no habían comprendido mayor cosa de todo aquel estrépito. Uno de ellos preguntó por qué Allende andaba con casco.

—Tú deberías decir que estuviste allí —le susurró Jacqueline.

—No, mujer, basta de emociones por hoy.

Discretamente salieron dejando a dos participantes enfrascados en una animada discusión sobre las debilidades de la socialdemocracia y la conveniencia o inoportunidad de la violencia revolucionaria.

Caminaban hacia el hotel oyendo, en la oscuridad tibia y llena de olores de campo, el croar de los sapos.

—Es una película llena de retórica —comentó Ernesto—. Su final es digno de una ópera revolucionaria china. Allende resistió con mucho heroísmo hasta el final, pero no murió de una manera tan grandilocuente.

—Seguro —dijo Jacqueline—. A mí lo sublime me hace vomitar. Por la misma razón detesto las despedidas. Siempre me voy de un lugar sin decir nada a nadie.

En el ascensor del hotel, se miraron a los ojos.

—Qué bien hicimos el amor hoy —dijo ella.

—Había un ángel en el cuarto.

A la luz suave de las lámparas, la alcoba del hotel se veía muy agradable con sábanas y almohadas muy limpias.

Jaequeline se demoró mucho tiempo en el baño. Él se acostó y puso el radio, aguardándola. Había una agradable música de jazz.

Ella salió desnuda del baño, con un cigarrillo de marihuana en la mano, sujeto con una horquilla para el pelo.

III

Ernesto acababa de despertarse.

—Me pareció que hacíamos el amor en sueños —dijo.

—Oh, no fue precisamente en sueños —se rió Jacqueline.

Estaba desnuda, tendida bocabajo, las manos recogidas bajo el mentón. El cuarto se había llenado de luz. Por la ventana abierta se veía el cielo, muy azul y sin nubes, sobre los tejados de la ciudad y los campos remotos.

Lejos, escucharon una campana.

—Qué calma —dijo él.

—Es domingo.

Iba a ser, sin duda, un día de mucho calor. Soñoliento aún, Ernesto permanecía absorto escuchando a distancia vagos rumores: el zumbido de una moto, gritos de niños en un jardín. Pensaba en los domingos, cuando estaba en el internado y su abuela venía a buscarlo después de la misa.

—Los domingos se parecen en todas partes —murmuró.

—Sí —suspiró Jacqueline.

En su voz latía una especie de hastío, y Ernesto lo advirtió.

—¿Quieres volver a París?

—Prefiero. ¿No te importa?

—Al contrario.

—¿Puedo realmente quedarme en tu estudio? ¿No te crea problemas?

—Ninguno. Vivo solo.

La idea de que ella se quedaría por algún tiempo viviendo con él, le produjo una sensación agradable. Era reconfortante imaginarla despertando a su lado, bella, con aquel suave olor que hacía pensar en campos de lavanda.

Pensaba aún en ello, de regreso, mientras rodaban en el auto por la autopista del sur hacia París, en la claridad viva del mediodía de verano.

Jacqueline iba en silencio.

—Estás triste, mujer, ¿qué te ocurre?

—No es nada —dijo ella—. O sí: es París, que me pone así. Quisiera irme, tirarme en alguna playa a la orilla del mar. Pero no la Costa Azul. *La Côte d'Azur c'est le bordel.*

—¿Tánger?

—Tánger, Marruecos, más lejos aún.

Ernesto sintió un frío en la boca del estómago.

—¿Y qué te detiene?

—El dinero. *Je n'ai pas un rond.*

—*Oui.*

—Necesito conseguirme un trabajo por algunos días. Justo lo indispensable para arrancar.

—Ya veo.

Empezaba a experimentar una zozobra que él conocía bien. Tranquilo, pensó. Sólo quiere irse. Es normal. Sólo piensa en irse, sonrió mirando a través del parabrisas la rauda franja de concreto de la autopista, y en el horizonte las cúpulas y torres de París surgiendo en el resplandor del mediodía. Deja volar a las mariposas, pensó. Déjalas volar, no trates de atraparlas.

—¿Necesitas mucho dinero?

—Mil francos. Quinientos, menos aún, lo mínimo para irme, *tu vois?*

—Yo te los presto.

Sintió la mirada de ella volviéndose hacia él, tranquila.

—Yo nunca podré pagártelos.

—No importa.

—¿Puedes hacerlo, realmente? ¿Sin problemas?

—Oh, problemas de plata tendré toda la vida, Jacqueline. A veces pequeños, a veces grandes. Lo único que varía es su tamaño.

Se dio cuenta de que ella seguía mirándolo.

—Te propongo algo —le oyó decir.

—Dilo.

—Vente conmigo.

—¿Adónde?

—Donde sea.

—¿Tánger, Marruecos... el Sáhara?

—Mauritania, y más lejos aún. ¿Por qué no? Estás solo... y *tu n'as rien à foutre. Et puis, je me sens bien avec toi.*

Ernesto sintió que el corazón se le contraía, pero se rió, los ojos fijos en la carretera.

—Tengo muchas lunas —dijo—. Cuarenta y cinco el próximo abril.

—¿Y qué?

—Cacique Toro Sentado se siente bien con bella Flor de Loto. Pero Cacique Toro Sentado está viejo y Flor de Loto es muy joven.

—*C'est idiot ce que tu dis.*

—Cacique Toro Sentado no aprendió a dormir en los campos y en las playas, bajo las estrellas. Cacique Toro Sentado vive como los rostros pálidos. Sólo conoce las estrellas de los hoteles.

—*Ça va.* Deja de hablar como Tarzán.

Estaban entrando a París por la *Porte d'Orléans.*

Jacqueline pidió que hiciera un alto en el apartamento de Margy para recoger su ropa. Él la aguardó dentro del auto, mientras ella subía. La vio reaparecer un cuarto de hora después trayendo un morral a la espalda. Se había puesto un blue-jean y una blusa.

—Tu amiga estaba con Margy, en la cama —le dijo, después de colocar el morral en la silla trasera.

—Otra hija de Lesbos, caramba. Y otro novio que abandona en vísperas de matrimonio.

—Preguntó por ti. Yo le dije que no sabía dónde estabas.

—Pensarán que me arrojé al Sena. Por despecho. Jacqueline, ¿no tienes hambre?

Ella se volvió hacia él, muy seria.

—Ernesto, si puedes prestarme ese dinero... Quisiera irme de París esta misma tarde.

—Mira, sólo llevo en efectivo unos trescientos francos y un billete de veinte dólares, que guardo siempre en la cartera... casi un fetiche. Pero si te lo doy, seguirá dándome buena suerte.

—Eso basta. O menos. Suficiente para llegar hasta... hasta el fin del mundo —se rió—. ¿De verdad tienes hambre? Podemos comprar frutas y una ensalada en la *Muff.* Sobra el dinero.

—De acuerdo.

Luego de comprar un melón, media libra de melocotones, jamón de Parma, una lechuga y una botella de vino, almorzaron en el estudio de Ernesto, en la *rue du Jacob,* al pie de una ventana, mirando las idas y venidas de las palomas por un patio lleno de sol. Jacqueline no quiso hacer el amor.

—Si lo hacemos, me quedo contigo —dijo riéndose.

Así que la llevó a la *Porte d'Orléans,* en el punto donde empezaba la autopista del sur. Había gente joven, con morrales, alzando hacia los automóviles letreros con los nombres de Lyon, Orléans y Marsella.

—Rubia y bella, y con esa blusa abierta... Es trampa, Jacqueline. Cualquiera te recoge.

—Yo lo sé —sonrió ella.

Se habían detenido frente a un semáforo, junto al

andén donde se habían colocado los jóvenes que hacían autostop.

Jacqueline lo miró muy seria con sus grandes ojos amarillos. Habló en voz baja.

—¿Por qué no te vienes conmigo?

Él trató de sonreír. Tenía un nudo en la garganta.

—Cuando Toro Sentado muera y vuelva a nacer hará como bella Flor de Loto. Se irá por los caminos. Ahora ya sabe. Pero es un poco tarde, ha dejado pasar en vano muchas lunas.

—*Idiot* —dijo ella abriendo la puerta del auto.

Se besaron. Ella se bajó. Al doblar hacia la izquierda, alcanzó a verla, por última vez, echándose el morral a la espalda.

Ernesto se alejó, sin saber qué rumbo tomar.

París, octubre de 1978